U0569707

河北省哲学社会科学规划研究重点项目
非物质文化遗产研究系列

燕赵文化研究系列丛书

河北文学通史

第四卷 上

【王长华 主编】

【陈超 本卷主编】

科学出版社
www.sciencep.com

内 容 简 介

中国幅员辽阔，每一地区有每一地区的风俗和文化，也同样有每一地区的个性鲜明的文学。本书作为一部区域文学史著作，用200多万字的篇幅深入浅出地记述和描绘了中国大地上的一个重要区域——河北文学近三千年的发生和发展，第一次细致全面地展示了拥有光荣文学传统的古燕赵区域内自上古神话产生到今天文学蓬勃发展的整个历程。书中既有对文学史发展轨迹的分类和具体描绘，又有对重要作家作品的深入分析与评介。

本书既适合作为区域文学研究的参考教材，也适于中等文化水平以上的文学爱好者阅读、自学。

图书在版编目 (CIP) 数据

河北文学通史第四卷（上）/王长华主编.—北京:科学出版社,2010
（燕赵文化研究系列丛书）
ISBN 978-7-03-026052-9

Ⅰ.河… Ⅱ.王… Ⅲ.文学史-河北省 Ⅳ.Ⅰ209.922

中国版本图书馆 CIP 数据核字（2009）第 211169 号

责任编辑:王贻社 王剑虹 王昌凤/责任校对:宋玲玲
责任印制:钱玉芬/封面设计:鑫联必升

科 学 出 版 社 出版
北京东黄城根北街 16 号
邮政编码: 100717
http://www.sciencep.com
双 青 印 刷 厂 印刷
科学出版社发行 各地新华书店经销

*

2010 年 1 月第 一 版   开本:B5(720×1000)
2010 年 1 月第一次印刷   印张:19 3/4
印数:1—1 500   字数:388 000

定价:400.00 元(全 7 册)
（如有印装质量问题,我社负责调换）

燕赵文化研究系列丛书编委会

总 主 编　王长华
副总主编　王宏斌　韩来平　武吉庆
成 员　王长华　王宏斌　邢 铁　沈长云
　　　　　谷更有　张怀通　张翠莲　武吉庆
　　　　　倪世光　秦进才　郭贵儒　董丛林
　　　　　韩来平　魏力群

非物质文化遗产研究系列

主 编　王宏斌
副主编　魏力群

河北省哲学社会科学规划研究重点项目

河北文学通史

第四卷（上）

丛书主编　王长华
本卷主编　陈　超
撰　稿　人　第一编　郑连保
　　　　　　第二编　郭宝亮
　　　　　　（其中第三章　郑连保，第四章　司敬雪）
　　　　　　第三编　陈　超　苗雨时
　　　　　　第四编　刘卫东
　　　　　　第五编　胡景敏　崔志远
　　　　　　第六编　杨红莉

目　录

第一编

河北当代小说（上）

第一章 河北"十七年"小说概述

　　文学创作与社会政治历史进程并不完全一致，以社会政治历史事件形成的"时间段"来规约某些作家的创作并不合理。但文学史又常常以社会历史进程中的重大事件为参照，对河北当代小说从新中国成立到改革开放前后发展概况的描述也不能例外。为尽可能避免简单地以"时间段"分割文学创作的缺憾，我们这里所使用的"十七年"概念，取了较为模糊的含义，有的作家在20世纪40年代就开始发表作品，但创作旺盛期是在"十七年"时期，也有的作家在"十七年"里取得了不小的成就，但艺术生命延续到了世纪之交，甚至在新时期成就更高些，出于对作家小说创作整体描述的需要，所以并不完全以"十七年"概念硬性地将某些作家的创作切割开来，特此说明。

　　河北当代文学是在晋察冀、晋冀鲁豫解放区文学基础上展开的。1931年"九一八"事变后，日本帝国主义侵占我国东北三省，华北成为抗日救亡的前沿。1937年7月7日，日军发动了全面侵华战争，河北人民首当其冲，立即起来进行抗敌御侮的斗争，并汇入了全国人民抗战的洪流。在"持久战"战略思想的指导之下，中国共产党领导的军队在华北开辟了晋察冀、晋冀鲁豫等抗日民主根据地。从抗日战争到解放战争十多年的时间里，为了配合抗日战争和人民解放战争，抗日根据地文学创作和其他文艺活动逐渐活跃并蓬勃开展。在抗日民主根据地（后称解放区）汇集了大批作家和文艺人才，边区文艺蔚为大观。仅在小说方面，在晋察冀和晋冀鲁豫两个抗日民主根据地创作活跃的作家就有赵树理、孙犁、康濯、邵子南、方纪、梁斌、徐光耀、李英儒、李满天、张庆田、王林、秦兆阳、袁静、孔厥、邢野、雪克、路一、管桦等。其中，赵树理、孙犁、丁玲、康濯等，在当时已经是解放区具有广泛影响的知名作家。新中国成立后，虽然上述许多作家离开河北到了北京、天津或其他省份，河北作家队伍人数锐减，但解放区的文学传统很好地保留了下来。同时，离开河北的不少作家仍然以其熟悉的、曾经战斗或生活过的河北农村为创作基地进行创作，后来又因为某种机缘，一些离开河北的作家又调来河北工作，如梁斌、康濯、邢野、刘真等，他们的工作、生活、创作始终与河北大地具有分不开的关系。加上河北文学界注重培养新生力量，新中国成立不久便出现了一批文学新人，在小说方面如刘绍棠、刘流、盖祝国、韩映山、张峻、潮清等。这样，留在河北的解放区作家与新生力量整合，使河北当代文学在解放区文学的起点上有了一个蓬勃的起步。

河北当代文学"十七年"的小说创作上承解放区文学传统，革命历史题材和农村生活题材始终是其最为重要的两个题材领域。

新中国成立初期，那些从晋察冀和晋冀鲁豫抗日根据地走来的作家，亲自参加了那场惊天地、泣鬼神的抗日战争，对那场战争的记忆并没有随着战争硝烟的散去而消失；相反，越是在和平的环境里，他们越是缅怀那些为国牺牲的战友，追忆当年的战斗足迹和经受了血与火考验的党群关系、军民鱼水情。正如徐光耀所说："对先烈的缅怀，久而久之，那些与自己最亲密、最熟悉的死者，便会在心灵中复活，那些黄泉白骨，就又幻化出往日的音容笑貌，勃勃英姿。那爱国主义、革命英雄主义的巨大声音，就会呼吼起来，震撼着你的神经，唤醒你的良知，使你坐立不安，彻夜难眠，倘不把他们的精神风采化在纸上，就对不起自己的良心。于是写作的欲望就难以阻止了。"[①]正是这样的情感，使他们在新中国成立后阳光灿烂的日子里，把自己的情感"化在了纸上"，很快便有孙犁的《山地回忆》、《吴召儿》，刘真的《好大娘》、《我和小荣》，管桦的《小英雄雨来》等一批短篇小说问世。长篇小说方面，袁

---

① 徐光耀：《我与"小兵张嘎"》，《青春岁月》，1994 年，第 3 期。

静、孔厥的《新儿女英雄传》，孙犁的《风云初记》，徐光耀的《平原烈火》，杨沫的《苇塘纪事》，李英儒的《战斗在滹沱河上》等相继出版。这些作品以作者的亲身体验、热烈的情感和对战争与人的思考及表现感动了全国的读者。河北当代文学生发之初，便有如此众多的在全国具有影响的优秀作品出现，其中许多作品成为新中国文学的经典之作，这不仅对起步阶段的河北当代文学来说十分宝贵，就是对全国当代文坛而言也是宝贵的贡献。

关注和表现农民的生活和命运是"五四"以来重要的文学传统。在解放区的文学实践中，赵树理、孙犁、丁玲、康濯等人以解放区农民为表现对象的小说创作取得了不俗的成就，他们的艺术经验尤其对河北作家有直接的影响。新中国成立之初，写新农村的作品首推谷峪发表在1950年3月12日《人民日报》上的《新事新办》。《新事新办》及《强扭的瓜不甜》等以爱情婚姻来表现农村新貌的小说，以新颖的题材和质朴洗练的文笔为作者赢得了全国性的荣誉。在这一时期的农村题材小说中，以农村合作化为内容的占了大多数，短篇小说有刘绍棠的《青枝绿叶》、《大青骡子》，康濯的《春种秋收》，韩映山的《水乡散记》等，其中刘绍棠的《青枝绿叶》被叶圣陶选进高中语文课本。中长篇小说有李满天的《水向东流》、张庆田的《沧石路畔》、孙犁的《铁木前传》等，尤其是孙犁以其刻骨铭心的个人体验揭示了时代沧桑和人生真谛的中篇小说《铁木前传》，是中国当代文坛脍炙人口的佳作。

1956年"双百"方针提出后，河北文坛出现了新气象，一些作品大胆揭露现实矛盾，如耿简的《爬在旗杆上的人》、刘绍棠的《田野落霞》、康濯的《水滴石穿》等，但在1957年"反右"运动中，这些作品又受到了不公正的批判。

此间河北小说最重要的文学现象是荷花淀小说流派的形成。这是以孙犁为旗帜，活动地域涉及天津、保定、北京的一个小说流派。1945年，孙犁的《荷花淀》在延安《解放日报》上发表，其优美清新的风格立刻赢得了读者的喜爱，此后他又接连发表了《芦花荡》、《嘱咐》等，形成了洋溢着自然美和人情美的俊逸风格；新中国成立后，又接连发表《山地回忆》、《铁木前传》、《风云初记》等名篇，其艺术风格持续影响、吸引着文学青年们。1949 年天津解放后，孙犁以他主编的《天津日报·文艺周刊》为阵地，积极培植文学新人，围绕这个阵地，出现了刘绍棠、丛维熙、韩映山、冉淮舟、房树民等优秀作者。刘绍棠的《大青骡子》、《青枝绿叶》，丛维熙的《七月雨》、《故乡散记》，韩映山的《瓜园》、《水乡散记》，房树民的《渔婆》等一批小说，写得清新灵动，充满诗情画意，颇得孙犁小说的神韵。到 20 世纪 50 年代中期，这个审美追求和艺术风格大体一致的作家群落已经初具规模。不幸的是 1957 年"反右"开始，刘绍棠、丛维熙被打成"右派"，孙犁在完成《铁木前传》后大病一场并停笔 10 年，房树民不再写小说。直到 20 年后"文化大革命"结束，这个作家群落才又重新开始创作活动。鉴于荷花淀派小说创作的影响与成就，1980 年 9 月，中国作协河北分会、河北省文联、《河北文学》编辑部、《长城》编辑部联合举办了关于荷花淀派的创作研讨会并正式为其"定名"。荷花淀派的突出成就、创作实践、审美追求、艺术精神及对它的研究，共同成为中国现当代文学史上一道亮丽的风景。

20 世纪 50 年代后期到 60 年代初，河北文学创作出现了一个高潮。首先表现为以革命斗争历史和抗日战争为题材的创作的繁荣。梁斌的《红旗谱》、《播火记》，雪克的《战斗的青春》，刘流的《烈火金钢》，李英儒的《野火春风斗古城》，冯志的《敌后武工队》，刘真的《长长的流水》，任文祥的《鼓山风雷》等长篇小说相继出版。这些长篇小说，从不同角度生动、真实地展现了中国人民在反抗阶级压迫和民族革命战争中的艰难曲折与革命英雄主义风采，受到全国亿万读者的热烈欢迎。特别是梁斌的《红旗谱》三部曲，以其多历史阶段的跨度、宏大的历史画面、丰满的人物形象和鲜明的民族风格，在当代中国文坛占有重要地位，为"三红一创"（《红旗谱》、《红岩》、《红日》、《创业史》的简称）之首。其次，在中短篇小说方面也出现了徐光耀的《小兵张嘎》，刘真《长长的流水》、《英雄的乐章》等具有全国影响的作品。这些作品的出现为60年代初期凋零的中国文坛增加了亮色，尤其是《小兵张嘎》以其独特的题材和艺术魅力，并与电影艺术结合，影响广泛，可以说是家喻户晓，影响至海外。另一个出现在这一时期并与电影艺术结合而产生了广泛影响的中篇，是1958年由邢野（1918~2004年）等创作的《狼牙山五壮士》这一纪实性小说。小说写的是1941年秋天，日寇调集3万多日伪军，向晋察冀边区进行残酷的"大扫荡"。在易水河畔的狼牙山区，晋察冀军区一分区的主力部队转移到外线作战，留下一团七连这一个连队坚守狼牙山区，与敌人周旋，掩护军政首脑机关和老百姓转移。他们依靠当地人民群众，在民兵的配合下，神出鬼没地打击敌人。完成任务后，六班的五个战士马宝玉、葛振林、胡德林、宋学义和胡福才掩护连队撤退。他们一边阻击，一边后撤，把敌人引向了狼牙山棋盘陀主峰。他们被几百名敌人三面包围在棋盘陀上，坚守了一整天，打退了敌人数次进攻，歼敌100多名。他们在弹尽粮绝的情况下把最后的一颗手榴弹投向敌群，砸碎枪支，高呼"打倒日本帝国主义"的口号跳下悬崖。五名战士只有葛振林、宋学义被崖半腰的树挂住幸免于难。作品还塑造了张大叔、李惠芬、石老道等群众的形象。作品生动地记录了军民团结、共同御敌的英雄事迹，热情地歌颂了人民战士大无畏的英雄主义精神。小说于1958年被改编并拍摄成同名电影，《狼牙山五壮士》与邢野编剧的另一部影片《平原游击队》，成为诠释中华民族新英雄主义的经典性范本，影响广泛。

20世纪50年代后期到60年代初，反映农村新生活的小说也有较大的发展，可分为两类：一类是表现新时代生活风貌的作品，如申跃中的《一盏抗旱的灯》、《社长的头发》，以巧妙的构思，欢快的笔调，写出了"大跃进"年代里干部群众建设社会主义新农村的积极性和精神面貌；张峻的《尾台戏》、《搭桥篇》等以山区农民群众在新的时代里建设新生活的热情和朴实的人情美为内容；潮清的《合婚台》、《岭根小店》等通过年轻人追求个人爱情、美满婚姻的过程，来展示具有时代特征的新观念、新风尚；韩映山的《作画》、《日常生活》等，可以说是把日常生活中的美升华为具有时代新质艺术美的佳作。这类作品还有张朴的《水上姻缘》、《新媳妇》等。另一类是出现在 20 世纪 60 年代初文艺政策调整时期，对"左"的思潮和"浮夸风"提出了尖锐批评的作品，如张庆田的《"老坚决"外传》、《对手》，李满天的《力源》、《"穆桂英"当干部》等，这些作品着力描写并歌颂了一批一心为群众和集体利益，踏实务实、实事求是、不追求虚名的基层干部，作品具有很强的针对性、现实性和战斗性。但这些作品不久都被作为"写中间人物"的黑样板而受到了不公正的批判。

"文化大革命"开始后，曾经活跃在河北当代文坛的作家，几乎都遭遇了厄运，被迫停笔，创作一片萧条，文坛少有佳作。1972 年，张峻取材于根治海河的壮举而创作的长篇小说《擒龙图》，以宏大的气势和生动的人物形象，在百花凋零的当代文坛引起了较大反响；同类题材的长篇还有马春的《龙潭春色》（上下册，上册 1973 年由天津人民出版社出版，下册出版于 1975 年），这部 50 多万字的长篇，以其宏大的结构和民族化的风格在当时为读者所喜欢；刘彦林反映华北制药厂工人生产、科研生活的长篇《东风浩荡》，1973 年由人民文学出版社出版，也引起了读者积极的反响；单学鹏以渤海渔民斗争生活为内容的长篇小说《渤海渔歌》，1975 年由人民文学出版社出版。这些作品囿于时代局限，虽不乏精彩的片段章节，但都难免存在明显公式化、概念化的痕迹，主人公也有"高大全"的影子。

"文化大革命"结束后，中国历史进入一个新的历史阶段。那些曾经活跃于五六十年代的作家们又重新焕发了活力，在思想解放时代大潮的影响下，他们紧随时代，对自己的思想观念和艺术追求都进行了新的审视和调整，他们的作品由过去更多地关注社会和政治需求而转为对人自身的审视。在革命历史题材方面，由过去对战争性质及革命英雄主义的表现，转向了对战争与和平、战争与人性、战争与人生等关系的深层思考；而农村题材的小说则由过去过多关注社会生活和政治生活的表象、侧重农村风俗画的描写而转为努力把握时代内在蕴涵和对人的灵魂深层的体悟，努力从文化深层和人物灵魂深处来把握和表现时代，作品普遍地增强了思想力量和哲理意味。

在革命历史题材方面，作家们能够以新的角度、新的审美观念来发掘"老题材"，推出了一批主题和艺术都有所超越的新作，如梁斌的《烽烟图》，徐光耀的《四百生灵》、《少小灾星》，雪克的《无住地带》，李英儒的《女游击队长》、《还我河山》，阎涛的《东行漫记》，张孟良的《血溅津门》，路一的《赤夜》，张朴的《地下医院》，李丰祝的《解放石家庄》、《长长的征程》等作品，还有李涌的《金珠和银豆》、蔡维才的《小铁头夺马南征记》等以儿童生活为题材的作品，它们共同构成了新时期革命战争题材的英勇雄壮的交响曲。在这新时期革命战争题材的交响曲中，徐光耀的创作最为突出，他的中篇《四百生灵》从主题到艺术都实现了自我突破。写战争悲剧不仅在徐光耀的作品中还从未有过，就是在当时的中国文坛也还不多见。在叙述方式和手段上，作者尽可能将战争进程和场景淡化，重点揭示八路军指战员在死亡阴影笼罩下多色调的感受和心灵冲突，变客观战争场景呈现为主观意识作用下的战争情感抒写，间或采用意识流、通感等现代派的一些表现手法，把写实、感觉和意象融为一体，来展示人物瞬间的、杂乱的、跳跃的心理情绪。另外，小说中所塑造的非英雄化的人物，如林烈芳、"托派"夫妇、阎其古等，都给人留下了极为深刻的印象。通过这些人物，作品把读者引向了对战争与人情、人性、人生、社会历史等形而上的思考，从而极大地拓展了这个悲剧故事的内涵和审美空间。《少小灾星》也是徐光耀在这一时期贡献给当代文坛的思想深刻、艺术圆熟的佳作。

在农村题材小说创作方面，进入新的历史时期之初，老作家们以自己的切身体验和见证人的身份，创作了表现五六十年代"反右"扩大化和"文化大革命"给社会与人民造成的伤害的小说，揭露了"四人帮"的倒行逆施给中国社会带来的沉重灾难和严重后果，如贾大山的《取经》、《分歧》，潮清的《大院琐闻》，申跃中的《挂红灯》，张峻的《睡屋》等。随着时间的推移，他们中的一些作家也写出了表现对改革开放形势下新生活的思考的小说。在这方面最为突出的是潮清、张峻、单学鹏以及被称为河北的"山药蛋派"作家的赵新。潮清的"单家桥"系列中篇（包括《单家桥的闲言碎语》、《单家桥的真情实话》、《单家桥的奇风异俗》、《花引茶香》、《窨花岭》等），以宏大的规模和气势，全方位地表现了改革开放条件下皖南山区农村政治、经济、文化、民俗、民情和社会心理的变迁，尤其是作家自觉的文化意识和追求，大大丰富了作品的思想意蕴。张峻的《星星石》、《惊蛰》、《睡屋》等，也以深沉的思考和对社会文化变迁的表现，使作品具有浓重的文化哲学意味。单学鹏的小说《这里通向大海》、《奔腾的大海》在描写企业改革中的复杂矛盾及革除弊害的艰难方面显示出直面生活的特色。赵新的作品包括小说集《庄稼观点》、《被开除的村庄》、《河东河西》及长篇《张王李赵》等，作者以满腔热爱之情，对新时期冀西山区农村生活进行了多方面的展示与出色的描绘，在思想和艺术上不断实现着自我超越。

　　虽然革命历史题材和农村题材的小说是"十七年"河北小说的当家题材，但其他题材小说，如儿童文学、城市文学题材方面的小说也有不小的成就。儿童题材的小说以刘真的《我和小荣》、《长长的流水》，管桦的《小英雄雨来》，李涌的《金豆和银豆》，蔡维才的《小铁头夺马南征记》为代表。在以城市工人生活为题材的小说创作方面，万国儒（1931～1990 年）走在了河北作家的前列。他 17 岁当工人，熟悉工厂、工人，在"文化大革命"前出版有《风雪之夜》（1958 年）、《龙飞凤舞》（1959 年）、《欢乐的离别》（1964 年）三部小说集，这些小说热情讴歌城市劳动者建设新中国的热情，赞美技术革新，刻画了各种工人形象。"他在创作时，主要是根据自己对于工人生活的细致观察、对于各种不同性格人物的具体理解来进行自己的艺术构思的"①，因而他的小说虽然难免受当时社会"左"的思潮

---

① 冯牧：《略论万国儒的创作》，《新港》，1961 年，第九月、十月号。

影响，但对生活和人物的观察、理解、把握和表现是较为独到的。他的小说结构单纯，构思巧妙，重视人物心理描写，因而当时在全国有一定影响。在以大型企业的生产、技术革新和工人的思想及生活为内容的小说创作方面，刘彦林（1935～　）是很突出的一位。刘彦林1960年毕业于河北文化学院文学系。1948年参军，历任解放军文工团、志愿军一师文工队队员，华北制药厂、华北制药集团公司企业报刊负责人。他的长篇小说《东风浩荡》（1973年）、《春风得意》（1983年）、《三月潮》（1987年）等均以大型制药企业为描写对象，被称为社会主义中国"制药工人生活三部曲"。《东风浩荡》以20世纪60年代初帝国主义对我国实行经济封锁为背景，以中国制药工人生产、科研、生活为内容，表现了中国工人阶级自力更生、奋发图强的精神。此书曾经被推荐参加了分别在德国、美国和香港地区举办的国际图书博览会，还被译成朝鲜文出版。《春风得意》以十一届三中全会前后为背景，通过两个兄弟制药工厂的深刻变化，迅速而及时地表现了中国社会生活正在经历的巨大变化。《三月潮》是反映城市工业改革的佳作。作品通过错综复杂的矛盾冲突，表现了改革年代里企业领导者的思想和行为方式必须经受时代的检验，如毕保林"勤奋中含着保守，忠诚里残留着僵化"的状态，任绍春的见风使舵、投机取巧，必然要让位于潘俊明这样既有时代使命感又不满足于现状，敢于追求世界先进水平、进行科学管理的管理者，改革必然如三月的春潮，涌动向前。刘彦林小说的语言在工人群众口语基础上提炼加工而成，具有自然明白、通俗生动的特点。此外，在表现大型国有企业改革的艰难复杂、阻力巨大方面，单学鹏的《这里通向世界》、《奔腾的大海》是有影响的作品。

由于这些从20世纪40年代走来，或者自五六十年代起步的作家大都年事已高，随着他们在世纪之交陆续地退出文坛，河北文学在新世纪繁荣发展的重任则交由以铁凝以及被誉为河北"三驾马车"的何申、谈歌、关仁山为代表的下一代作家来承担。

第二章 孙犁及其影响下的荷花淀派

第一节 孙犁的小说

孙犁（1913～2002年），原名孙树勋，河北安平县人。12岁随父亲到安国县城读高级小学，14岁考入保定育德中学，在这里他广泛阅读了中外文学书籍，尤其喜欢鲁迅的作品，"他读鲁迅的散文、小说，近于'狂热'的地步"①。他中学时便开始在校刊上发表作品，高中毕业后曾经在北平做过机关职员和小学职员。1936年在白洋淀地区的同口镇小学做教员。1937年抗日战争爆发后在冀中军区抗战学院、华北联合大学任教，后在晋察冀通讯社、《晋察冀日报》、晋察冀文联从事编辑工作。1944年抵延安，在鲁迅艺术文学院工作和学习。抗日战争胜利后到冀中参加土改。1949年进入天津，在《天津日报》做编辑工作。1956年创作完成《铁木前传》后患病达10年之久，创作基本中断，"文化大革命"中受到冲击。"文化大革命"结束后，主要写散文和评论，他的《芸斋小说》名为小说，实为散文。②代表作全部收入《孙犁文集》。2002年7月病逝。

孙犁是享誉我国现当代文坛的著名作家，抗日战争时期曾经以反映冀中人民抗日斗争的短篇小说《荷花淀》、《芦花荡》等闻名全国。随着解放战争的节节胜利，1949年1月，孙犁随解放大军进入天津，在《天津日报》社负责编辑《文艺周刊》。在做编辑工作的同时，他凭着战争年代丰富的生

---

① 刘金镛：《孙犁小传》，见《孙犁研究专集》，江苏人民出版社，1983年，第3页。
② 关于《芸斋小说》，作者在《读小说札记》中说："我晚年所作小说，多用真人真事，真见闻，真感情。平铺直叙，从无意编故事，造情节。但我这种小说，却是纪事，不是小说。强加之小说之名，为的是避免无谓纠纷。"

活积累和饱满的创作热情，陆续发表了《吴召儿》、《山地回忆》、《小胜》、《正月》、《看护》、《秋千》等短篇小说，出版了长篇小说《风云初记》。同时，他密切关注现实生活，创作了近距离地反映新中国成立前后的土改合作化生活的中篇小说《村歌》、《铁木前传》等。这些作品在题材和艺术风格上与《荷花淀》、《芦花荡》时期有明显的承继性，但已经有了很大的不同。因为作家的创作环境和所面对的社会生活都发生了很大变化，新中国的光和热，使作者在塑造人物时"用的多是彩笔，热情地把她们推向阳光照射之下，春风吹拂之中"①。这就使孙犁在新中国成立后小说创作的题材内容、审美风格上与新中国成立前相比，同中有异。

　　注重表现人民的美好情操，挖掘人性美的极致和生活中的诗情画意，是孙犁不变的追求。孙犁的小说，无论是他在战争年代近距离反映冀中军民艰苦卓绝的斗争生活的小说，还是在新中国成立初期以回忆手法写抗日战争的小说，或者是取材于解放区的土地改革及新中国成立后农业合作化运动的小说，无疑都与中国历史进程紧密关联。然而，他以战争为题材的小说中没有炮火纷飞、白刃格杀场面的展示，也没有愁云惨淡时代里的痛苦呻吟；而他以土改及新中国成立后合作化运动为内容的小说中，也没有急风暴雨般的革命斗争场面；在艺术上他的小说也不注重故事情节的完整和非凡英雄人物的塑造。作家却善于从激荡的时代风云中挖掘人性美的极致，善于从时代生活的河流里发现诗情画意，他着重表现的是普通人在战争和革命风雨洗礼下所焕发出来的优美精神情操。他认为："善良的东西、美好的东西，能达到一种极致。在一定的时代，在一定的环境，可以达到顶点。我经历了美好的极致，那就是抗日战争。我看到农民，他们的爱国热情，参战的英勇，深深感动了我。我的文学创作，就是从这个时候开始的，我的作品表现了这种善良的东西和美好的东西。"他甚至由此立下了文学信条："看到了真美善的极致，我写了一些作品。看到邪恶的极致，我不愿意写。这些东西，我体

---

① 孙犁：《关于〈山地回忆〉的回忆》，《延河》，1978年，第11期。

验很深，可以说镂心刻骨的。可是我不愿意去写这些东西。我也不愿意回忆它。"①可以说在战争的环境里和时代变革中挖掘人性的美和捕捉生活中的诗情画意，成了孙犁把握和反映生活的一种方式。这种审美方式随着解放战争的节节胜利和新中国成立后和平环境里积极乐观的时代氛围而被强化，尤其是新中国成立后他写的小说中，战争的记忆更被弱化为塑造人物的背景。如1949年11月发表的《吴召儿》，写的是"我"在阜平三将台村组织民校识字班的事。一天，"我"给妇女组上课，吴召儿认真的态度、"熟快动听"的念书声，一下子印进"我"的记忆。十一月我们反"扫荡"了，"我"是一个小组的组长，村长分配给我们的向导竟是吴召儿。她穿着红棉袄，白色书包里装着三颗手榴弹，飞快地走在最前面。她说不管走到哪里，都不会让我们挨饿，说着，飞起一块石头，前面树顶上的枣就落了下来。天黑的时候，我们到了神仙山脚下。这座山又高又陡，我们很小心地攀着石头棱角往上爬，身上都出了汗。吴召儿却矫健敏捷，爬得很快，总在前面等我们。深夜，我们到了山顶吴召儿的姑姑家，吃了一顿又甜又香的熬倭瓜。我们在山顶上休息了一天，吴召儿给我们每人准备了一个拐棍，好黑夜走路用。当"扫荡"的日本鬼子向山顶上来时，吴召儿果断地让姑父带着我们转移，她自己去截击敌人。她把身上的手榴弹的弦都拉开，把红棉袄的白里子翻出来，像一头黑头的小白山羊，跳着向敌人来的方向跑去，我们从后山跑下山的时候听到吴召儿手榴弹的爆炸声。作者以优美的文笔，生动的细节，塑造了吴召儿这个聪明、热情、勇敢、朝气蓬勃的少女的形象。作品虽然写到了残酷的反"扫荡"，写到了和敌人的遭遇，但作者意不在写战争本身，甚至有意把吴召儿截击敌人和结局放在幕后，战争在这里只是塑造人物情感美的衬托和气氛。再如《小胜儿》，写小胜儿不顾敌人的拉网"清剿"，把在反"扫荡"中受重伤的骑兵团警卫员小金子藏在她家赶挖出来的地洞里精心照料，"每天早晨，小胜儿把饭食送进

---

① 孙犁：《文学和生活的路》，《文艺报》，1980年，第6、7期。

洞里，又把便尿端出来"，而且为给小金子养伤，卖掉了准备过事儿（按：冀中结婚的说法）时做嫁妆的棉袄，"称了一斤挂面，买了十个鸡蛋"，让小金子"好好养些日子，等腿上有了力气，能走长路了，就过铁道找队伍去"。小说中说，小金子所在的骑兵团"打的是那有名的英勇壮烈的一仗"，但这"有名的英勇壮烈的一仗"在孙犁的笔下却被"简约"成了如下的一些文字："一个连陷入敌人的包围，整整打了一天。在五月麦黄的季节里，冀中平原上，打得天昏地暗，打得树木脱枝落叶，道沟里鲜血滴滴。"小金子就是在这一仗中受了重伤。而小说详写的是小胜儿及其一家人对小金子的精心照料和在这个过程中二人萌生的纯真爱情，重在表现民族危难时代里的军民鱼水情。可以说，新中国成立后孙犁相关战争回忆的小说，重点都不在于写战争，而是致力于战争危难里人性的提升和纯化的表现。同时，他笔下的冀西山地、冀中田野、水乡景色、人文景观，也如水墨画般富有诗意。这具有人性美、人情美的人物与诗情画意般的环境相结合，就使得孙犁虽然高扬的是现实主义创作旗帜，他的小说却富有抒情浪漫特色。这便是有人称他的小说为"诗意小说"、"诗体小说"①的原因。

　　作为一种文学现象，孙犁特别倾心于表现妇女的高尚情操、乐观主义精神和献身精神，他的小说把大部分的篇幅给了青年妇女，成功地塑造了一系列多姿多彩的妇女形象。这些妇女是那样地勤劳善良、纯洁无瑕，她们对亲人柔情似水，而在民族战争的考验和翻身求解放的历史变革面前，又是那样地深明大义、坚贞乐观、富于献身精神和主动性。这一创作现象和作者主观上对女性的看法和努力有关，他说："我喜欢写欢乐的东西。我以为女人比男人更乐观，而人生的悲欢离合，总是与她们有关，所以常常以崇拜的心情写到她们。"②这是孙犁观察生活和写作的兴奋点。1949

　　① 有关孙犁小说"诗意小说"、"诗体小说"的提法，参见冯健男：《孙犁的艺术——〈白洋淀纪事〉》，《河北文学》，1962年，第1期；黄秋耘：《一部诗的小说——漫谈〈风云初记〉的艺术特色》，《新港》，1963年，第2期。

　　② 孙犁：《文集自序》，《人民日报》，1981年9月2日。

年进入天津以后，他的这一创作兴奋点仍然长久保持。80年代他在谈铁凝的一篇小说时说："在农村工作时，我确实以很大的注意力观察了她们，并不惜低声下气地接近她们，结交她们。20多年里我确实相信曹雪芹的话：女孩子们的心中，埋藏着人类原始的多种美德！"①他在新中国成立后创作的《山地回忆》中的妞儿、《吴召儿》中的吴召儿、《小胜儿》中的小胜儿、《看护》中的刘兰、《村歌》中的双眉、《风云初记》中的春儿、秋芬、李佩钟等，便是水生嫂们女性形象系列的接续与延伸。发表于1950年的著名短篇《山地回忆》中妞儿的形象，在新中国成立后的短篇小说中具有代表性。小说写的就是"我"对往事的回忆："我"随部队来到阜平，一天早晨在河边洗脸时遇到了一位叫妞儿的姑娘，她开始嫌"我"在上游洗脸弄脏了她的菜，转而发现了"我"没有袜子穿，又坚持要为我做一双。果然，第五天"我"便穿上了新袜子，用的是准备为她爹做袜子的布。妞儿说让我穿上这袜子三年内打败小日本。渐渐地我与这家人熟了，把这儿当成了"我"的新家。农闲时"我"帮大伯去贩枣，妞儿就起早贪黑地做饭，并让大伯用贩枣得的钱买了织布机。她开始学习织布的全部手艺，当她织成第一匹布时"我"离开了阜平。小说通过"回忆"中的这些"细枝末节"，塑造了这个说话不饶人，又纯真爽朗、心灵手巧、可亲可爱而又富有奉献精神的妞儿形象。孙犁的女性形象系列是对中国新文学的独特贡献。

孙犁的小说从题材上说，包含了人们习惯上说的"重大题材"，即革命历史题材和农村生活，这是新中国成立以来"十七年"小说创作的当家题材。不同于其他作家的是，孙犁对这类题材的处理是独特和别致的，尤其在新中国成立后"左"的思潮影响下，艺术与政治的关系表现为简单机械的"互动"、"配合"，而孙犁的创作却表现出了难能可贵的独立性。这缘于他对政治有自己的理解，他说："不是说那个政治还在文件上，甚至还在会议上，你那里已经出来作品了，你已经反映政治

---

① 孙犁：《怎样体验生活》，见《孙犁文集》（四），百花文艺出版社，1992年，第171页。

了。你反映的那是什么政治？……我写作品离政治远一点，也是这个意思，不是说脱离政治。政治作为一个概念的时候，你不能做艺术上的表现，等它渗入群众的生活，再根据生活写出作品。当然作家的思想立场，也反映在作品里，这个就是它的政治倾向。"①可以看出，孙犁不是反对文学对政治的表现，而是反对文学对政治，甚至是一时政策的简单"配合"，他看重的是作家对时代精神的把握与体验。他说："我们必须体验到时代总的精神，生活的总的动向，这对一个作家是顶要紧的。因为体验到这个总的精神、总的动向才能产生作品的生命才能加深作家的思想和感情，才能使读者看到新社会的人情风习和它的演变历史。"②如果说"七七事变"后抗日就是中国最大的政治，那么随着解放战争的节节胜利，在解放区实行土改和新中国成立后的农业合作化运动也便是这一时期中国最大的政治，然而这些都被他推到了幕后或侧面，成了他小说的背景或人物生活环境的一部分。他的小说没有曲折离奇的情节和惊心动魄的场面，展现在我们面前的常常是散发着浓郁乡土气息的日常生活，如夫妻恋人间的亲昵私语、离合思念乃至于误会龃龉，邻里之间的家长里短关怀照应，军民之间亲如一家的鱼水情等，又常常在家务事、儿女情中映显着时代精神和政治。他把这些生活片段和细节用一种思想、一种情感串联起来，并与他们的生活环境——白洋淀水乡或阜平山区特有的风俗及自然景色紧密结合，使得他的小说又呈现出浓郁的风俗化、风景化和抒情性特点。

孙犁的小说在语言上重视大众化和通俗化，注意简约明快、通俗易懂，于通俗质朴中蕴涵着清丽温馨与高贵典雅，极具个人风格。这种语言风格的形成，除了他注意从民间语汇中吸取营养外，也与他在语言方面的审美追求密切相关。在古典小说中，孙犁最崇拜的是《红楼梦》，他说："曹雪芹的文学语言，可以说达到了中国文学语言空前的高度。

① 孙犁：《文学和生活的路》，见《孙犁文集》（四），百花文艺出版社，1992年，第388页。
② 孙犁：《怎样体验生活》，见《孙犁文集》（四），百花文艺出版社，1992年，第178页。

他的语言有极高的境界，这个境界就是：语言的性格化。……这样浩瀚的一部书，我们读起来简直没有一句重复没用的话，没有一句有无均可的话，句句有声有色，动听动情。而且，语言的风格极高，它们的生命力，就像那些女孩子活跃的神情。"①此外，"我很喜欢普希金、梅里美、果戈理和高尔基的短篇小说，我喜欢他们作品里的那股浪漫主义气息，诗一样的调子，和对于美的追求。我也喜欢契诃夫，他的短篇写得又多又好，他重视单纯、朴素、简练、真挚，痛恶庸俗和做作。但我最喜欢的还是鲁迅……鲁迅的小说《故乡》、《药》、《孔乙己》、《社戏》、《祝福》、《风波》以及《野草》、《朝花夕拾》那些散文集子，给我留下了极为深刻的印象。我非常注意他的抒情方法，叙述和白描，特别是他作品中的那种内在的精神，对人生态度的严肃，和他对人物命运的关注。很少有作家像他那样，在人物身上倾注了那么多那么深的感情"②。可以看出，孙犁崇拜的作家在语言上的一个共同点便是简约、质朴和诗意，但在此基础上又都有自己的语言性格。从孙犁推崇艳羡的话语里，已经说明孙犁也试图在语言风格上以简约、淡雅、诗意为审美特征并形成自己的语言性格。通观孙犁的全部小说，不妨说他的创作实践已经证明他实现了这一目标。丁帆在《中国乡土小说史》中说："孙犁乡土小说的人物对话语言，也都是人物心灵的交流，而叙述语言则与作者的人生体悟、淡泊情致和审美趣味相表里，清新俊逸，清辞丽句，清淡高雅，清通隽永，在貌似大众化、通俗化中，透露出难以遮蔽的高贵与典雅。简言之，'清水出芙蓉，天然去雕饰'就是孙犁乡土小说的美学风范。"③

孙犁的长篇小说《风云初记》，是他小说散文化、风情化、诗意化的审美追求在长篇小说创作方面的一次成功实践。《风云初记》共分三集。第一、二集创作于1950～1952年，曾于1953年合出单行本；第三

---

① 孙犁：《〈红楼梦〉的现实主义成就》，见《孙犁文集》（四），百花文艺出版社，2002年，第559页。

② 吕剑：《孙犁会见记》，见《孙犁研究专集》，江苏人民出版社，1983年，第11页。

③ 丁帆：《中国乡土小说史》，北京大学出版社，2007年，第184页。

集创作于1954年。1962年作者重新编排了章节，并重新写了尾声，与前二集合为一部，由作家出版社出版。小说以冀中平原滹沱河沿岸的子午镇和五龙堂两个村庄作为故事发生的背景，围绕高、吴、田、蒋四姓五家在抗战初期的沉浮变迁，细致描绘了各阶级各阶层的生活形态和思想动向。"七七事变"发生后，子午镇和五龙堂出现了非常复杂的局面：地主田大瞎子购买枪支、组织民团；"以门窗不动能盗走大骡子出名"的高疤也趁机拉起了队伍自称团长；就在这时，曾经领导过高蠡暴动的高庆山、高翔受党组织委派，也回到了家乡领导群众进行抗日斗争。小说通过敌我之间矛盾斗争的生动描绘，展示了冀中人民在中国共产党的领导下，组织人民武装，建立抗日政权的壮丽画卷。

春儿和芒种是小说的主要人物。春儿的父亲吴大印因被地主田大瞎子诬为共产党而下了关东，只有姐姐秋分与她相依为命。芒种原是吴大印在田大瞎子家做长工时收养的孤儿，时常得到吴大印的照顾。吴大印在下关东时嘱咐两个女儿说："芒种要是缝缝补补，短了鞋啦袜子的，帮凑一下。"芒种也"早起晚睡，抽空给她姐俩担挑子水，做做重力气活"。贫苦生活中的互相关心爱护，使两颗年轻的心在贴近。作为冀中平原上一对极为普通的，在贫苦中成长起来的少男少女，虽然爱的根苗已经在二人的心里萌发，但如果不是抗日战争爆发，他们只能沿袭这块土地上世世代代人们的传统，"一是在劳动上结合，一是在吃穿上关心，这就是爱情了"，最佳结局是成为一对患难夫妻。但战争的到来，改变了他们的生活。贫苦生活和家庭的熏染，使他们在国家危亡之时成为平原上最先觉醒的人。在民族自卫战争的行列中，他们的思想觉悟迅速提高，个人才干迅速增强。仅一年多的时间，他们就由一对极普通的青年男女，成长为抗日政权和抗日武装的骨干分子，二人的爱情也焕发出动人的光彩。作者对这一对新人没有拔高，没有神化，而是严格按照生活的逻辑，通过一个个客观的情节和事件，来表现他们由普通人成为抗日战士的过程。春儿在天真纯朴中又透露出精明、泼辣的性格特征，尤其得到了充分的表现。

李佩钟是作品中一个独具特色的人物，她的生活道路既不同于春儿，更不同于高翔、高庆山。她的父亲李菊人是县城内一个"领了半辈子戏班"的封建乡绅。她的"唱戏出身"的母亲有过被李菊人霸占的痛苦历史，她从思想感情上站在母亲一边，但命运又使她从乡绅的女儿成为地主田大瞎子的儿媳妇，她的丈夫是一个吃喝嫖赌无所不为的花花公子。这就使她在原来的精神伤痕上又加上了婚姻的痛苦。她从双重封建家庭的桎梏中挣扎出来并投身于时代的洪流，身心背负着因袭的重担，在民族面临危亡的时刻，她勇敢接受了组织上委任她为县长的重任。她以"苗细"的身躯，承担起了组织民运、拆城破路、宣传抗日、配合部队作战等作为一个县政权领导者应负的责任。尤其她当众审判了不交军鞋、动手打村干部并踢伤长工的公爹；当众拒绝了父亲反对拆除城墙的要求。作者对这个人物的不幸遭遇寄寓了深切的同情，对她的事迹给予了高度的评价。尽管作者也批评、讽刺了她身上的一些缺点，如说起话来"娇声细气"；吃饺子"嘴张得比饺子尖还小一些"；把手枪像女学生的书包一样"随随便便挂在左肩上"；为掩饰自己出身的"缺点"，不时有激进的表现等。但作者说："我们不应该求全责备。她参加了神圣的抗日战争，并在战争中牺牲了她的生命，她究竟属于中华民族优秀儿女的队伍，是抗日战争中千百万烈士中间的一个。"她的牺牲，为冀中人民的抗日斗争增添了悲壮的气氛。应当指出，从李佩钟作为县长及与作品中多个人物的特殊联系上说，这个人物是可以担当起小说结构线索职能的，但作者没有让她在小说中承当这一"重任"。虽然孙犁的小说不以经营故事结构取胜，但若有一个好的故事结构无疑会给这部长篇增加色彩。

高庆山和高翔在作品中，是作为抗战时期党在敌后地方政权和武装的组织者身份出现的。高庆山原是子午镇的青年农民，因为参加的高蠡暴动失败而出逃，在南方找到了红军，参加了两万五千里长征。抗战爆发后，接受党的派遣，回家乡组织抗日武装和抗日政权。高翔原是学生党员，高蠡暴动失败后与高庆山一起出逃，不幸被捕。北京十年的牢狱生活使他成为一个铮铮硬汉，西安事变后出狱到延安学习，抗战爆发后回到家乡，与高庆山互相配合，成了抗日武装和地方政权的组织者和领导人。小说通过这两个人物的塑造，使滹沱河沿岸的抗日斗争与广大的敌后战场紧密联系在一起。

除以上人物外，像变吉、秋分、老常等人物，同样以客观、真实、细致的描写而给读者留下了较深的印象。即使是反面人物如高疤、俗儿、田大瞎子、田耀武等，作者也没有以主观概念作直线条的简单化处理，而是细致客观地描写了他们在不同时期、不同问题上的态度变化，即使是丑恶的灵魂，也符合生活的逻辑。作者不管是对正面人物还是反面人物，基本上不使用判断性语言，而只是如实写人物的行为、语言，即使是应该属于人物内心深层心理活动和情感的描写，也同样只是以能契合人物内心世界的形象描写来展示，如写春儿初恋时，也仅仅写春儿睡得很香甜，"养在窗外葫芦架上的一只嫩绿的蝈蝈儿吸饱了露水，叫得正高兴；葫芦深重的垂下，遍体生着像婴儿嫩皮上的茸毛，露水穿过了茸毛滴落。架上面，一朵宽大的白花挺着长长的箭，向着天空开放了。蝈蝈叫着，慢慢爬到那里去"。这样写的确非常准确而高妙地表现了青年男女初恋时的幸福和欢愉，且具有朴素、本色而含蓄的特点。

《风云初记》没有经营完整曲折的故事情节，也不是为了表现主人公们的机智勇敢和大无畏的英雄气概，而是用具有浓郁冀中风习的一连串的生活画面拼接起来，形成了散文式的、随人物感情流动的抒情结构。与他的短篇小说相比，《风云初记》具有更加注重生活原色和风俗描写的倾向，如堤埝纺织、叨草缝衣、瓜棚夜话、沙岗送别等具有民俗意义的场景和意趣构成了这部小说的重要内容。但孙犁并不是生活的旁观者与客观的描写者，他常常在这些风俗画中有强烈的情感注入，甚至是情不自禁地直接进入抒情角色："亲爱的家乡的土地！在你的广阔丰厚的胸膛上，还流过汹涌的唐河和泛滥的滹沱河。这些河流，是你身体里沸腾的血液，奔走和劳动的动脉，是你奋发激烈的情感，是你生育的男孩子们的象征……"小说中时常将叙事、抒情、写景有机结合，无论是原野、道路、河流、山峦，还是果树、瓜园、花草、夕阳，常被染上作者或浓或淡的主观色彩，从而创造出情景交融的诗意盎然的艺术境界，如下面一段文字：

> 部队爬到了长城岭上的关口。……
>
> 站在关口回望，在关里，除去那挤到一块的一排排的山谷山峰，就什么也看不见了，那些人烟，那些河流，完全隐蔽起来了。太阳还没有落下，圆圆的月亮就出现了，她升起的很快，好像沿着长城滚过来。有一大群山羊，这时还没有下山，黑色的羊群在岩石上跳跃着，沐浴在落日的红光里。那个背着水斗饭袋的中年牧人，抱着牧羊的小铲，向着阳光坐在长城的墩台上。你啊，是回忆着古代的频繁的战争？还是看见新的部队出关，感到你和你的羊群有了巩固的保障？
>
> 战士们在关口休息了一下，他们爬上城墙，抚摩着那些大砖石。不知道由于什么，忽然有很多的人唱起《义勇军进行曲》来，一时成为全连全队的合唱。他们的心情像长城上的砖石一样沉重，一种不能遏止的力量，在每个人的血液里鼓荡着，就像桑干的河水。歌声呀，你来自哪里？凌峭的山风把你吹到大川。古代争战的河流在为你去节。歌声呀，唱到夕阳和新月那里去吧！奔跑在万里的长城上吧！你灌满了无穷无尽的山谷，融化了五台顶上的积雪，掩盖了一切的呼啸，祖国现在就需要你这一种声音！

这是抒情的诗，这是写意的画，诗、画与具有人情美的人结合，共同呈现着孙犁小说鲜明的浪漫抒情性特征。孔范今在他主编的《二十世纪中国文学史》中说："孙犁写于四五十年代的作品，是蕴含着诗韵的山水画卷，是融战争风云于诗情画意之中的新散文化小说，作者善于将风俗画和风景画的描写融入日常生活中，以白洋淀的胸怀和情趣来拥抱他的人物与生活，从平常的题材中发现充满人性美和人情美的诗意世界。"①关于《风云初记》的诗性特征和艺术特色，评论家黄秋耘称之为"一部诗的小说"，他说："一部《风云初记》，几乎可以当作一部带有强烈的抒情成分的诗歌来读。是的，它有故事情节，有人物形象，有细节的描写，这一切都符合长篇小说的条件。但是它同时又具有诗的意境，诗的氛围，诗的情调，诗的韵味。把浓郁的、令人神往的诗情和真实的人物性格刻画结合起来，把诗歌和小说结合起来，这恐怕是《风云初记》一个最显著的特色。"②

在语言方面也体现了孙犁小说的共同特点，即作者从生活出发，既注意保持滹沱河沿岸农民语言的泥土味，注意大众化和通俗化，又不露痕迹地进行了艺术加工，把语言的通俗和优美、朴素和细腻、雅淡和高贵，和谐地统一在了一起，既明白晓畅又生动传神，富于诗意美。正是因为这多方面的艺术成就，《风云初记》没有因岁月流逝而暗淡，反而更加显示出它特有的艺术魅力，仍将长久地为人们所喜爱。

新中国的成立，生活环境的稳定，使孙犁能够从容构思创作规模较大的作品。除《风云初记》外，1949年10月，孙犁发表了他从事文学创作以来的第一部中篇小说《村歌》，小说以他参加土改工作时的冀中平原张岗村的土改及实行生产合作为背景，刻画了解放区农村中一个多才多艺、活泼开朗、爽直倔强、能干好胜的女青年双眉的形象。小说中的双眉，曾经因为好说笑、爱打扮、参加过剧团、说话刻薄、有男子汉性格，被传统观念重的人视为"流氓"，甚至不让她参加互助组。后来在区长老邴支持下，双眉与几个妇女成立了一个互助组，向传统势力挑战。作品通过她成立互助组、转变大顺义和小黄梨等人的思想、分胜利果实、鼓励心上人兴儿参军、保卫秋收、到野战

① 孔范今：《二十世纪中国文学史》（下），山东文艺出版社，1997年，第866页。
② 黄秋耘：《一部诗的小说——漫谈〈风云初记〉的艺术特色》，见《孙犁研究专集》，江苏人民出版社，1983年，第488页。

医院演戏慰问伤员等细节的描写，展示了双眉由新时代激励所焕发出来的美好品格。值得注意的是，如果说孙犁以战争为背景的小说塑造了一批可谓是"美的象征"的女性形象，那么，他以新的时代生活为内容的小说中的女性形象，其单纯和可爱程度明显减低，人物思想性格的复杂性明显增加。在作品中，大顺义、小黄梨等女性形象，是作为落后而被"转化"的女性形象出现的，就是主要人物双眉，作者在表现她美好品格的同时，也没有回避这个人物在土改过程中表现出的那种急躁冒进、"急风暴雨"式的作风。当双眉提出入党要求时，支部书记李三和她有过如下谈话：

> "眉，我们说个笑话。就说那些日子你手里提的青秫秸吧，提着那个有什么用？"
>
> "有什么用？你说有什么用？在斗争大会上，我拿它教训那些地主富农；在地里教训那些落后顽固队！"
>
> "可是，我看见你带领妇女大队，手里也是提着那个家伙。"
>
> "我没有打过农民！"
>
> ……
>
> 李三说："经过斗争，群众的认识提高了，多数的并不比我们落后。我们再欺压他们，他们会找机会教训我们。"

这段话体现了作者对新生活和新人物的深刻思考。中国农民是带着几千年的历史重负参与到中国历史进程中来的，摆脱受压迫境遇，尤其是成为掌权者以后，如何防止变成新的压迫者，在这一问题上，孙犁的思考与鲁迅有相同之处。需指出的是，因为《村歌》对生活的过于近距离的表现，作者对生活的过滤与提升显得不够，双眉的思想性格因为缺少发展而显得不够丰满，也因此使得这个中篇的成就和影响不及他的另一个中篇《铁木前传》。

《铁木前传》发表于1956年《人民文学》第12期，是中国当代文坛不可多得的佳作。如果说孙犁反映抗日战争和土地改革的小说以人性美和人情美为核心内容，那么这个中篇则表现了孙犁对当代生活沉重而有深度的思考，也奠定了孙犁在中国当代文坛的特殊地位。

《铁木前传》描写的黎老东是冀中这个村子里唯一的木匠，老婆早死，留下六个孩子，日子艰难。铁匠傅老刚不是这个村里的人，却每年要来村里一次，为村里人的镰刀锄头加钢，或打造其他生活用具。在这艰苦的岁月里，二人建立了亲密无间、患难与共的手足情谊。这一年傅老刚从山东老家把女儿九儿带来了，黎老东的小儿子六儿成了九儿亲密无间的伙伴，日久产生了朦胧的爱情。这一年抗日战争开始，黎老东把家里两个较大的儿子送到了抗日前线。兵荒马乱中，傅老刚没有能及时返回家乡。抗日战争结束后，多年没有能够回家乡的傅老刚现在急于要回故乡看望一下。临走的那天晚上，黎老东打了一壶酒，给老朋友送行。席间，黎老东提起六儿和九儿的婚事，说如果铁匠不嫌弃，就让九儿给六儿做媳妇吧。傅老刚说孩子们年纪还小，等他和女儿从老家回来再议这事。傅老刚父女一走便没有了音信。土改以后黎老东因为是贫农，又是军属，分得了较好的土地。又因二儿子在解放战争中牺牲，领到了一笔抚恤粮。天津解放后在那里做生意的大儿子又捎来一笔现款，黎老东的生活一下子好了许多。在黎老东的娇惯下，六儿不愿意做一点农活，整天打扮得油头粉面，惹动一些热爱生活的女青年喧动不已。失去音信多年的傅老刚和女儿这时候从国统区来投奔黎老东。这时的傅老刚，"小车已经破烂不堪，吱扭的声音，也没有了当年的气派"，九儿也长高了，穿的衣服却十分破旧，父女俩与黎老东的生活形成了鲜明对比。财大气粗的黎老东迫不及待地向傅老刚炫耀自己的新宅、新车、"新黑细布面的大毛羔皮袍"、猪圈、马，脸上的表情得意而夸张，使傅老刚"忽然觉得身上有些寒冷似的"。九儿与六儿重逢，六儿的思想作风令她失望。黎老东开始打造大车，准备用大车跑运输赚钱。傅老刚帮助老东做大车的铁匠工序。旧社会他们曾合作给别人打过多少大车，虽然世事艰难，但那时他俩是兄弟关系，而现在傅老刚却觉得黎老东变成了东家，自己不过是个雇工。黎老东一心发家致富，赶工赶得很紧，傅老刚抽袋烟黎老东也显出不满的神情，最使傅老刚气闷的是，自己远道而来，黎老东却再也不提六儿和九儿的婚事，他们的友情消失了。铁工活快完的时候，黎老东笑着对傅老刚说，他的日子越来越紧，请傅老刚父女别笑话，"这些日子，就当你们是在老家度荒年吧！"傅老刚听了这话，愤然作色，他告诉黎老东他们父女不是来逃荒的，他提起水桶浇灭了炉火，推上他的小车和九儿一起头也不回地离开了黎老东的宅院并加入村里的合作社。

关于《铁木前传》的素材来源和主题，孙犁在《关于〈铁木前传〉的通信》中说："这本书，从表面上看，是我1953年下乡的产物。其实不然，它是我有关童年的回忆，也是我思想感情的体现。"①"它的起因，好像是由于一种思想。这种思想，是我进城以后产生的，过去是从来没有的。这就是：进城以后，人和人的关系，因为地位，或因为别的，发生了在艰难环境中意想不到的变化。我很为这种变化所苦恼。确实是这样，因为这种思想，使我想到了朋友，因为朋友，使我想到了铁匠和木匠，因为二匠使我回忆了童年，这就是《铁木前传》的开始。"②这段话便是理解《铁木前传》创作意图和思想内容的钥匙。50年代的文坛，正是阶级分析的理念盛行之时，而孙犁的这个中篇不是从阶级分化、思想斗争和两条路线斗争政治性主题立意，而是通过铁木二匠两个好朋友从友情建立到破裂的过程，着眼于在我国农村经济制度大变革面前各类人的思想感情和人与人关系的复杂变化，从一个特殊的视角再现了农业合作化初期农村生活的斑驳图景。

小说除以简练的语言和白描的手法刻画了傅老刚和黎老东的艺术形象外，小满儿是孙犁为当代中国文坛贡献的一个极为复杂独特的艺术形

---

① 孙犁：《关于〈铁木前传〉的通信》，见《孙犁研究专集》，江苏人民出版社，1983年，第151页。
② 孙犁：《关于〈铁木前传〉的通信》，见《孙犁研究专集》，江苏人民出版社，1983年，第153页。

象。她有不好的家庭环境，也是包办婚姻的受害者，和六儿、杨卯儿、黎大傻夫妇搅在一起，卖包子、放鸽子、玩鹰儿，给人一种轻佻、放荡、自暴自弃、野性难驯的印象。但作品中又表现了她的另一面：矜持、聪明、热烈、大方、敢作敢当、充满幻想、富有激情和充盈的生命活力。对幸福的无边幻想和渴求使她的内心总是处于不安静的骚动之中。家庭与婚姻带给她心灵创伤且得不到周围人的真正理解，于是她的青春和热力便变形、扭曲到让人们感到难以把握的程度，形成了极其复杂的性格特征。滕云说："孙犁以其深刻敏锐的生活洞察力和戛戛独造的艺术魄力，创造了这样一个没有先例的、复杂得分寸极难把握的艺术形象，丰富了我们的文学典型的画廊，为我们的文苑添了一株异卉奇葩。"①

小说在叙事方式和结构方式上依然保持着散文化抒情诗的特色，常常在清新自然中蕴含着深沉的人生哲理，在现实的描绘中充满浪漫主义的激情。重要的是小说不是从社会生活外部，而是采用"由内而外"的艺术手法，通过对人物感情和心理的细腻描绘，表现人物的命运，反映社会的变革、时代的发展，在对一定历史时期人情世态的描写中，展示出时代风云的变幻与人的命运的关系。《铁木前传》的成功，为同代和后代的作家反映生活，特别是反映具有重大政治、经济生活提供了新的经验，在当代文坛上有着深远的影响。

孙犁以其独特的艺术个性和成就在中国现当代文坛上有重要影响，他的作品不仅有广泛的读者，而且在他的影响、带动和辛勤培植下，在五六十年代形成了以孙犁为核心，以刘绍棠、丛维熙、韩映山、冉淮舟、房树民等为基本队伍，活动范围涉及天津、北京、保定等地，绵延至世纪之交的"荷花淀派"。

---

① 滕云：《〈铁木前传〉新评》，原载《新港》，1979 年，第 9 期，见《孙犁研究专集》，江苏人民出版社，1983 年，第 455 页。

第二节 孙犁影响下的荷花淀派

　　文学流派通常指在共同的审美追求下，作品有着大体一致的艺术风格，并在一定时期持续对文坛产生影响的作家群落。文学流派形成原因各异，但常常是与大作家的带动和培养分不开的。

　　1945年孙犁在延安的《解放日报》上发表了《荷花淀》、《芦花荡》等短篇小说，这些小说为风沙弥漫的西北高原带来了一股白洋淀水乡清新的风，同时充溢于作品中的爱国爱家乡的情怀、浪漫主义精神和灵动脱俗的美，给残酷战争条件下的抗日根据地人民以心灵的鼓舞和精神的提升，因而受到文学界的广泛注目和热烈欢迎。当时在《解放日报》副刊当编辑的方纪读到《荷花淀》原稿时，"差不多跳了起来"，"《荷花淀》无论从题材的新鲜，语言的新鲜，和表现方法的新鲜，在当时的创作中显得别开生面"①。此后，孙犁接连发表了《嘱咐》、《藏》、《光荣》、《钟》等小说，以清新明快、优美婉约的艺术风格强烈地吸引着读者。新中国成立后又陆续发表了《村歌》、《吴召儿》、《山地回忆》等一系列短篇小说，继续保持着新中国成立前已经形成的艺术风格，并且更加成熟。1950年他的长篇小说《风云初记》在《天津日报》文艺周刊上连载，其风采就像"早晨的一片云霞，淀上的片片白帆，林间黄鹂的鸣转，平原上摇曳的红高粱，带着奇丽的色彩，诗一般的意境，浓重的生活气息，如清新的溪流，出现在新中国的文坛上"②。发表于1956年的中篇小说《铁木前传》，是中国当代文坛不可多得的佳作。这些作品以其鲜明而独特的艺术魅力对当代文坛和热爱追随他的文学青年构成了持续不断的影响力。刘绍棠说过："孙犁同志的作品唤醒了我对生活强烈

---

　　① 方纪：《一个有风格的作家——读孙犁同志的〈白洋淀纪事〉》，见《孙犁研究专集》，江苏人民出版社，1983年，第350页。

　　② 韩映山：《作家之路》，转引自冯健男、王维国主编：《河北当代文学史》，河北教育出版社，1997年，第234页。

的美感，打开了我的美学眼界，提高了我的审美观点，觉得文学里的美很重要。孙犁同志的作品就是美；文字美，人物美，读孙犁同志的作品，给人以高度的美的享受。我从孙犁同志的作品中汲取了丰富的文学营养。"还说："我把《铁木前传》作为我的典范。我是把它作为教科书来读的。"①韩映山在《绿荷集·后记》中回忆说："50年代初开始写作时，由于受作家孙犁同志的影响和指导，知道文学是要写生活、写人的。……美是应该追求的，但美不是孤立的，她是和时代环境相关联的。"文学青年们自觉接受孙犁的审美理念并体现在创作实践中，这是荷花淀派形成的重要原因。

　　1949年1月，孙犁随解放军进入天津，在《天津日报》负责编辑文艺副刊。孙犁的办刊方针是："刊物要有地方特点，地方色彩。要有个性。要敢于形成一个流派，与兄弟刊物竞争比赛。"②孙犁以《天津日报》的文艺副刊为阵地，通过发表习作、加编者按语、改稿、通信、交谈、报告会等方式，给文学青年以鼓励和具体指导。韩映山说："回想五十年代初，故乡白洋淀和祖国前进的脉搏一起跳动。那时，自己是一个摸鱼打草的孩子。后来到保定上了中学，才有机会读一些文学作品，知道了世间有创作这个行业，居然和几个爱好文学的同学，练习起写稿来。那时，孙犁同志主办的《天津日报》文艺周刊，经常发表青年作者的稿件。《水乡散记》等习作，大多是发表在这个周刊上。"孙犁"鼓励大家多写，大胆地写，不要被名人吓住。他引用了契诃夫的话说：'大狗叫，小狗也要叫'"③。刘绍棠从1951年9月到1957年春，在孙犁主编的《文艺周刊》上发表了10余万字的作品。刘绍棠曾深情地说："孙犁同志培养和影响了我这一代的许多人，也在更广泛更深入地影响着比我年轻的同志们。孙犁同志的巨大艺术成就和培植后生的劳绩，应该大

---

① 刘绍棠：《开始了第二个青年时代》，见《乡土与创作》，吉林人民出版社，1982年，第12页。
② 孙犁：《秀露集》，百花文艺出版社，1981年，第60页。
③ 韩映山：《紫苇集·后记》，百花文艺出版社，1979年，第254页。

书特书于当代文学史上。"①在孙犁的关怀与指导下，这些青年作者写出了一批有特色、有影响的作品。刘绍棠的《大青骡子》、《青枝绿叶》、《运河的桨声》，丛维熙的《七月雨》、《故乡散记》、《曙光升起的早晨》，韩映山的《瓜园》、《鸭子》、《水乡散记》、《作画》，房树民的《一天夜里》、《引力》、《渔婆》等小说师法孙犁，写得清新灵动，充满了诗情画意。"《荷花淀》这曲革命年代的'水乡牧歌'，以风光明媚的白洋淀为背景，其朴素、清新、柔美的风格，洋溢的诗情与浓郁的浪漫主义色彩，成为流派风格的集中体现。孙犁影响下的荷花淀派作家，虽然无出其左右，但都自觉地以孙犁作品的美学趣味为追求目标，着力追求诗情画意之美，其具有流派特征的作品都流溢出华北泥土和北方水乡的清新气息。"②从而形成了中国现当代文学史上一个以孙犁代表作《荷花淀》命名的，具有全国影响并延续至今的小说流派——荷花淀派。

一、荷花淀派小说的特征

荷花淀派小说的审美风格具体体现在以下方面。

以爱家乡的炽热的情感对河北农村生活的诗意描绘，是荷花淀派小说的首要特征。荷花淀派作家都从小生活在农村，对家乡的父老乡亲、山水田园、风俗人情既是熟悉的，又充满着深厚的热爱与眷恋。孙犁的小说创作跨越了抗日战争、解放战争和新中国革命和建设的不同时代。但他的文学之根始终深深扎在河北大地的厚土中，不断开拓着风景画、风俗画、风情画的艺术新境界。虽然年轻一代"荷派"作家面对的时代生活与孙犁不同，但他们的作品紧贴时代，描绘出了一幅幅气韵生动、具有鲜明地方色彩的农村生活画卷。刘绍棠以描绘北运河两岸的农村生活画面见长，他说："我生在河北，长在河北，我从事文学创作生涯，起自河北；我的主要作品，也写的是河北农村的生活。我本来是河北

---

① 刘绍棠：《运河的桨声·后记》，河北人民出版社，1980 年。

② 丁帆：《中国乡土小说史》，北京大学出版社，2007 年，第 178 页。

人，只是由于 1958 年行政区划调整，我的家乡通县划归北京领导，我才被改为北京人。但是，我和河北大地，存在着根深蒂固的母子连心的感情。去年，我曾在一篇短文中，充满激动的深情写道：'野人怀土，小草恋山，我始终不想放弃河北省籍。'"①说他"只想住在我的运河家乡的泥棚茅舍里"写小说，因为，"我喜欢农村大自然的景色，我喜欢农村的泥土芳香，我喜欢农村的安静和空气新鲜，我更热爱对我情深义重的乡亲父老兄弟姐妹们"②。韩映山以描写白洋淀为主，他说："我热爱那里勤劳朴实的人民，热爱那里的河堤淀水，热爱那里的风光及一草一木。我把这种感情溶进了自己的作品里。"③丛维熙早期小说则主要以冀东为描写对象，同样表现出对家乡和人民的由衷热爱，作品中散发着冀东农村的泥土味。房树民的作品则多以儿童的视角、感受来描写乡土，格调清新，地方特色浓郁。

荷花淀派小说审美风格的第二个方面，是善于从平凡的生活场景中发掘美的意蕴。孙犁是"美的极致"的追求者和歌颂者，他的作品虽然经历了战争与和平的不同时代，但他始终是从人们日常生活中捕捉他们爱国、爱家乡的革命乐观主义精神并升华成艺术的美。"要看一个事物的最重要的部分，最特殊的部分，和整个故事内容、故事发展最有关的部分，强调它，突出它，更多地提出它，用重笔调写它，使它鲜明起来，凸现出来，发射光亮，照人眼目。这样就能达到质朴、单纯和完整统一，即使写的只是生活中的一个小小的环节，但是读者也可以通过这样一个鲜亮的环节，抓住整个链条，看到全面生活。"④这几乎成了荷花淀派作家共同的审美方式创作理念。他们的作品少有全景式、大规模、长跨度地表现时代生活的作品，而更多的是描写时代长河中的几朵浪花

---

① 刘绍棠：《运河的桨声·后记》，河北人民出版社，1980 年，第 256 页。
② 刘绍棠：《野人怀土》，《艺丛》，1980 年，创刊号。
③ 韩映山：《我是怎样开始写作的》，《河北文学》，1980 年，第 10 期。
④ 孙犁：《人道主义·创作·流派——答吴泰昌问》，见《孙犁研究专集》，江苏人民出版社，1983 年，第 175 页。

儿，时代潮流中的一片微澜，心灵世界一闪间的光亮。儿女情、家务事、日常生活画面是他们当家的题材。他们善于从这些儿女情平常事中来发掘凸现人情美、人性美、心灵美，并从中折射时代生活的内涵和精神风貌，从而构成一定历史阶段社会生活的诗意画卷。

荷花淀派小说的第三个特色，是特别善于塑造农村青年妇女的形象。孙犁笔下的水生嫂、吴召儿、妞儿、双眉、春儿、小满儿等，是中国现当代文学画廊中引人注目的女性形象。受引路人孙犁的影响，荷花淀派的年轻作家们也擅长以清新淡丽的笔调刻画农村青年妇女的形象。刘绍棠《蒲柳人家》中的望日莲、《二度梅》中的青凤、《小荷才露尖尖角》中的花碧莲等；韩映山《晚香玉》、《耐冬嫂》、《串枝红》、《清风明月》中的女主人公；丛维熙笔下的李翠翠、蔡桂凤、石草儿等。这些青年妇女虽然没有受过高深的文化教育，除个别女性外，一般也没有曲折的人生经历，但她们有着大自然赋予的灵气，深受民间传统美德的浸润，她们或是深明民族大义，或是对爱情忠贞不贰，或是敬老恤贫，热心助人。她们的性格或含蓄深沉，或欢快活泼，或野性泼辣，或侠肝义胆，但都以心地芳洁、质朴自然、清新健康的美，给人一种向上的精神力量。她们体现着人性、人情美的极致，更体现着"荷派"美学理想。

"荷派"虽是以鲜明特色而影响全国的小说流派，但发展过程却充满了曲折与艰辛。"荷派"在 20 世纪 50 年代初形成一定规模，中期在"双百"方针鼓舞下，创作十分活跃，刘绍棠发表了中篇小说《运河的桨声》、《夏天》，并出版了《私访记》、《中秋节》两部短篇小说集；丛维熙出版了长篇小说《南河春晓》；韩映山出版短篇小说、散文集《水乡散记》；房树民发表《渔婆》等，孙犁的《铁木前传》也在这一时期发表。正当"荷派"创作势头旺盛之时，全国"反右"运动开始，"多情"的"荷派"作家便不为严峻的时代所容。1957 年，刘绍棠、丛维熙被划成"右派"。刘绍棠被"全国批判，口诛笔伐"（刘绍棠语，见《运河桨声·后记》）；丛维熙被劳动改造，"历史的风暴把我卷到大墙内外"（丛维熙语，见《关于

〈大墙下的红玉兰〉答记者〉）。孙犁在完成《铁木前传》后大病一场，并从此中止了小说创作。韩映山和房树民虽然幸免于难，在创作上仍苦苦支撑，韩映山出版了《一天云锦》和《作画》两个小说散文集；房树民此一时期的小说结集为《雪打灯》，但到底难成气候。到 1966 年"文化大革命"爆发，"荷派"几乎近于解体了。

1976 年后，中国社会进入了新的时期。刘绍棠、丛维熙等恢复名誉并重返文坛；孙犁也再度执笔，发表了许多评论、随笔和散文，沉寂了十多年的"荷派"开始复苏。刘绍棠、丛维熙、韩映山等的小说创作进入了又一个旺盛期：韩映山以描写白洋淀边生活的中篇小说创作成就突出，陆续发表了《串枝红》、《金喜鹊》等；刘绍棠陆续发表了《小荷才露尖尖角》、《蒲柳人家》等一系列以京东家乡运河为背景的小说；丛维熙经历了人世艰辛之后，创作了《大墙下的红玉兰》、《第十个弹孔》、《雪落黄河静无声》等具有悲壮苍凉风格的小说。不难看出"荷派"在经历了时代沧桑后，主要作家的审美风格有了明显的不同，但精品相继，成就突出。冯健男先生在其主编的《河北当代文学史》中说："尽管新时期以来只有韩映山高扬'荷花淀派'大旗，但'荷派'的艺术影响却不断在扩大。"[①] 这的确也不是虚妄之词。虽然随着刘绍棠、韩映山和孙犁先生的辞世，"荷派"有形的文学活动已经结束，但它的艺术精神被越来越多的年轻作者继承，相关学术研究的新成果更使"荷派"的影响在全国不断扩大。现当代文学史或流派研究的专书，都对"荷派"的创作实践、审美追求、艺术精神和突出成就给予了高度评价。这一切使荷花淀派一如她的名字，成为中国现当代文学史上一道非常亮丽的风景。

二、刘绍棠

刘绍棠（1936～1997 年），河北通县（今北京通州区）儒林村人。

---

① 冯健男、王维国主编：《河北当代文学史》，河北教育出版社，1997 年，第 240 页。

中学时期开始发表散文小说。1951 年 2 月到河北文联读书工作，此时他还不满 15 岁。由于年龄太小，1951 年 8 月由省文联保送到通县潞河中学读高中，并向孙犁主编的《天津日报·文艺周刊》投寄小说，与孙犁建立了深厚的师生之谊。1952 年在《中国青年报》上发表的短篇小说《红花》、《青枝绿叶》使他一举成名，《青枝绿叶》被叶圣陶选进高中语文课本，这时的刘绍棠才 16 岁。1953 年上海文艺出版社出版了他的第一个小说集《青枝绿叶》。1954 年考入北京大学中文系。为专心创作，第二年申请退学，到中国青年报社从事专业创作，陆续出版了短篇小说集《山楂村的歌声》、《中秋节》、《私访记》，中篇小说《运河的桨声》、《夏天》。1956 年加入中国作家协会。1957 年因发表论文《现实主义在社会主义时代的发展》、《我对当前文艺问题的一些浅见》和小说《田野落霞》、《西苑草》及杂文《暮春夜灯下随笔》等被错划为"右派"，作为文艺界的"三大右派之一"，受到全国范围的批判，失去了写作的权利。此后，刘绍棠曾被下放到京郊铁路工地和水利工地劳动。"文化大革命"开始后，他在"小乱进城，大乱下乡"民谚的启示下，回乡当社员，受到了家乡人民的保护并坚持业余创作。

刘绍棠是荷花淀派的中坚，他的创作师法孙犁，写得明丽轻灵、单纯质朴。内容上主要是取材于家乡农村的新人新事，注意通过对运河农村风景画、风俗画和风情画的描绘来歌颂农村在社会主义开创时期的新气象、新风貌。其中，《青枝绿叶》、《大青骡子》、《摆渡口》、《瓜棚记》和中篇小说《运河的桨声》颇能代表他这一时期小说的特色。《青枝绿叶》以对比的手法，讲述了翻身农民互助合作的故事，显示了互助合作的优越性和农民组织起来走社会主义道路的必然性。青年人春果和宝贵是互助合作的带头人，他们不仅富有青春朝气，而且有吃苦和实干精神，有聪明的头脑和科学知识，还有帮助互助组之外困难村民的热情，以互助合作的优越性和行之有效的办法，吸引落后的村民自愿加入互助组，走共同富裕的道路。《大青骡子》描写了饲养员桑贵老汉精心照料互助合作社牲畜的故事，他宁可得罪亲家，也不答应女儿雨天借用骡子的请求，表现了他爱社如家的可贵品质，同时批评了他亲家婆试图占社里便宜的想法。《摆渡口》通过俞青林和王福亮等在摆渡问题上的不同态度和做法，表现了俞青林大公无私、急人所难的高贵品质，批评了王福亮等人自私自利、乘人之危、趁火打劫的做法。《瓜棚记》描写了秋收搞技术革新为集体服务的故事，展现了农村少年崭新的精神风貌。中篇小说《运河的桨声》写京郊运河滩上山楂村农业合作社一年多发展过程，写出了在这一过程中尖锐激烈的斗争。小说成功地描写了多个性格鲜明的人物形象，如一心关心集体的年轻党员春枝、春宝，积极上进、努力学习技术的银杏，急脾气的张顺，倔强的长寿老头及基层干部俞山松、刘景桂等。同时，这个中篇情节曲折生动、语言明快，美丽的田园风光和人物的优秀品德相映衬，充满了诗情画意，具有浓厚的生活气息。

1979年刘绍棠平反后重返文坛，先后任中国作协北京分会常务理事、《北京文学》编委、中国作协理事、《中国乡土小说》丛刊主编。发表在1980年《十月》第3期上的中篇《蒲柳人家》，是他重返文坛后的第一个中篇小说。小说没有突出的主人公人物，农家六七岁的顽童何满子与爷爷奶奶生活在北运河滩上，奶奶的干女儿望日莲是个童养媳，与中学生周檎相爱。1937年"七七事变"前夜，日本帝国主义势力侵入华北，周檎在革命思想影响下，利用暑假回乡组织人民武装。望日莲的公婆密谋把她卖给地主，并勾结汉奸逮捕周檎。何满子聪明早慧，偷听到这一消息，立即告诉了周檎，周檎同乡亲们精心谋划，巧妙地粉碎了敌人的阴谋，并与望日莲洞房花烛结为夫妻，留在村中继续领导抗日斗争。小说虽然在"七七事变"前广阔的时代背景中展开，但作品没有正面描写民族危机和阶级矛盾，而是在望日莲与周檎的爱情故事展开中，以饱蘸感情的抒情之笔，讲述了运河边上几户蒲柳人家的日常生活，在风俗、风情画的描绘中表现了他们的情感与乐趣、追求与苦恼、觉醒与反抗。小说中人物各有鲜明的个性，何满子的奶奶一丈青能干泼辣、爷爷何大学问开朗风趣、望日莲温柔灵秀、何满子顽皮聪慧、吉老秤正直粗犷、柳灌斗忠厚豪爽、云遮月痴情善良等，都被作者刻画得栩栩如生。作品的语言清新明快，通俗流畅，具有鲜明的地方色彩和浓郁的乡土气息。小说深得孙犁的白洋淀小说的审美精髓，获得"1977~1980年全国优秀中篇小说"二等奖。此后，他接连出版了长篇小说《地火》、《春草》、《狼烟》、《京门脸子》、《豆棚瓜架雨如丝》、《柳敬亭说书》、《这个年月》、《野婚》、《七十二乡女》等，出版的小说集有《刘绍棠小说集》、《刘绍棠中篇小说集》、《娥眉》、《鱼菱风景》、《瓜棚柳巷》、《小荷才露尖尖角》、《烟村四五家》等。在这些作品中，可以明显看出他的审美追求已经发生了较大变化，作品风格表现出豪放雄浑的特征。虽然他强调："我是一个土著，一个土著作家，写出的是土气的作品。土气在我看来，就是要具有鲜明的民族风格和浓郁的地方色彩，也就是从内容到形式，都表现出强烈的中国气派。""我常常回想我在农村生活了三十多年的往事，而童年时代的生活最令人幽思难忘，打鸟、摸鱼、掏螃蟹、偷瓜、过家家、认方字、花兜肚、滚喜床……都涌上心头，历历在目；我仿佛看见童年的我，在村前村后，田野河边，渡头路口，欢蹦乱跳地嬉戏。"①也曾明确说："我要以我的全部心血和笔墨，描绘京东北运河农村的 20 世纪风貌，为 21 世纪的北运河儿女，留下一幅 20 世纪家乡的历史、景观、民俗和社会学的多彩画卷，这便是我今生最大的心愿。我的名字能和大运河血肉相连，不可分割，便不虚此生。"②他也确实以自己的全部创作实践了自己的诺言。但不能不说从《蒲柳人家》起，他致力于构建属于他自己的"大运河乡土文学体系"，从题材到艺术风格，已经与"荷派"分水另流了。

---

① 刘绍棠：《我是一个土著》，见彭华生、钱光培主编：《新时期作家谈创作》，人民文学出版社，1983年，第 145、154 页。
② 刘绍棠：《温故知新》，《写作》，1989 年，第 11 期。

三、韩映山

韩映山（1933～1998年），又名韩祖盼，河北高阳县人。1937年全家迁到白洋淀边外祖母家居住。刘绍棠说："一九五一年暮春初夏时节，我十五岁的时候，到过白洋淀。白洋淀翠堤绿水，荷田苇港，雁行鱼凫，柳林烟村，真是风景如画，人在画中。第二年，我读到映山的处女作，又像身临其境，呼吸着白洋淀的花香水气。"①白洋淀水土的养育和家庭的影响，使韩映山从小就喜欢文学。1951年，他考入保定一中，有机会阅读了鲁迅、冰心、赵树理、孙犁、周立波等作家的作品，尤其是孙犁的作品颇合他的兴趣，使他有了效法的样板。1952年，他开始给孙犁主编的《文艺周刊》投稿，得到孙犁的重视和具体指导。1954年，韩映山初中毕业回到家乡，一边参加合作化运动，一边坚持业余写作，发表了许多优秀作品。1956年被调到河北省《蜜蜂》编辑部工作。1959年到天津市文联《新港》编辑部。1972年到保定市文联。曾任河北省作协常务理事，保定市文联主席。韩映山创作有短篇小说集《一天云锦》、《跃进图》、《作画》、《紫苇集》、《绿荷集》、《红菱集》等，中篇小说有《串枝红》、《满淀荷花香》、《农家小院的机声》、《苇荷传》、《春秋情》、《柳文雅》等，唯一的长篇小说是《明镜塘》。

韩映山是公认的学习孙犁"最像"的荷花淀派作家，他的小说创作随他的生活道路和时代变迁也呈现出阶段性。

1952～1956年是他创作的初期。这一时期的作品多是写农村的新人新事，虽然显得稚嫩，却感情真挚，构思精巧，鲜活明丽，具有水乡气息。《鸭子》、《瓜园》、《水乡散记》是具有代表性的作品。

《鸭子》是韩映山的处女作，发表于1952年。小说写农村小伙子中秋，喜爱自己家的鸭子，驾着他的"传家宝"——小船放鸭子更是他的乐事。"中秋这只小船，是他父亲亲手制造的，中秋小时候全家受穷，

---

① 刘绍棠：《韩映山中篇小说集〈串枝红〉序》，吉林人民出版社，1983年。

全家就靠它摆脚度日。没脚摆，便到北淀摘菱角卖钱。父亲临死，把船遗留给他，嘱咐他好好珍重小船，说这是他们的'传家宝'。中秋记住父亲的遗言，小心地使用，不让小船磕着碰着，每年要刷一次油"。然而一场突来的暴雨使河堤决口，为了保住集体的庄稼不被河水淹没，紧急中他毫不犹豫地让人们把自己家的"传家宝"填满土沉入水底，堵住了决口。在对"传家宝"的珍爱与舍弃间表现了中秋热爱集体的新风貌。发表于1953年的《瓜园》，开头通过互助组长和妇联会主任路过瓜园时对秋高老人不服老的谈论和二人瓜园所见，吃瓜及与秋高老人说笑话语，把种瓜行家秋高老人对自己瓜园的喜爱之情表现得惟妙惟肖。然而一场连阴雨下个不停，虽然河堤的多处决口被堵上，但河套里还是积了膝盖深的水，棉花和晚庄稼在水中挣扎，不排除积水，秋庄稼就完了。秋高老人思谋着"把河套的水引到堤西淀里去"是最好的办法，可这儿又正是他的瓜园。他经过反复思谋，还是觉得"要为大伙多想想"，便毅然"心疼"地掘开堤埝，让水流入旧河沟，淹了自己的瓜园。秋高老人的精神境界在这个过程中得到了充分的展现。《水乡散记》发表于1954年，反映了荷荷一家加入合作社后的生活和精神状况，"男的打鱼、织布；女的编席、织网"，重点塑造了荷荷的爷爷——一位既享天伦之乐，又一心为公的"公德老"的老农民形象。

1956年到1964年是他创作的第二个阶段，也是他创作的旺盛期。1956后，韩映山先后在《蜜蜂》和《新港》编辑部工作，他的社会接触面大了，对生活的理解加深，艺术风格也渐趋成熟。这一时期的创作大都收入他的《作画》、《一天云锦》等小说集中。其中《作画》、《日常生活》是其代表作品。

《作画》发表于1961年，写大学生林红为实地写生作画来到风景如画的白洋淀，在一个多月的时间里，"林红把自己投入到生活的海洋里，劳动锻炼着她，使她的感情一天天充实起来。她的脑海里，积满了许多生动的人物形象和美丽的大自然画面"。小说细写了她与房东一家的情谊及为生产队长奎拴画肖像的过程，她不仅顺利完成了实习作画的任务，尤其在与这里的人们一起生活劳动、观察体验及作画过程中，更深刻地体会到了水乡风光特有的魅力和劳动者的智慧与美德。小说巧妙地通过林红"作画"过程，把大自然的美、人情的美和艺术的美高度统一在一起，是当时社会氛围中不可多得的佳作。

《日常生活》写于1962年，同样是韩映山短篇中的力作。小说开头说："一位母亲，为什么在黎明之前就要醒来？任大娘几乎每天就是这样，一家人还在香甜的睡梦中，她就睡不着了。"她先开开鸡窝门儿，把鸡往外轰，"出去拉拉屎去，要不又给我拉一院子"。"把鸡赶出去以后，又端个小泔水盆到前院去喂猪"，"喂完猪后又到羊圈里去看羊和兔子"，"天大亮了就向屋里喊她的老孙子"，任大娘一天的生活就这样开始了。她早起晚寐，操心家人，操心集体，边干活，边唠叨。但"她那琐琐碎碎的事迹，那些平凡的日常生活，烙印着一颗伟大母亲的心……"小说通过对任大娘日常生活劳动琐事的描写，为我们塑造了一个伟大母亲的形象，并通过这个形象揭示了蕴含在日常生活琐事中的人情美、伦理美，富含哲理意味。

"文化大革命"十年，韩映山的创作是一个空白，随着"文化大革命"的结束，他的小说创作也进入了一个新的阶段。在短篇小说方面，以《残阳如血》、《田珍小传》为新起点，表现了他在题材上的突破和思想艺术上的变化。前者写一位农民英雄伍大槐，没有死在对敌斗争中，却葬身于"文化大革命"中两派青年的武斗里；后者写"文化大革命"对一个忠于党的事业的革命者心灵的摧残，都带有悲壮的色彩。这样的主题和色调是他过去的小说中所没有的。其他描写水乡的短篇，虽仍保留着清新的气息，但调子比以前深沉，内涵比以前深厚了。这一时期的短篇小说大都收在《紫苇集》和《绿荷集》中。

新时期韩映山在中长篇小说创作方面取得了可喜的成绩，创作有十几部中篇小说，收入《串枝红》、《绿苇丛中》、《满淀荷花香》三个集子中。以《串枝红》、《金喜鹊》、《满淀荷花香》最受人们的欢迎。《明镜塘》是他唯一的长篇小说。

《串枝红》通过对山区青年的爱情描写，反映了山区农村的新风貌，批判了以金钱、地位为标准的庸俗婚姻观念。作品塑造了有追求、有远见、有金子般美好心灵，又知情晓义的山区姑娘红杏的形象；《金喜鹊》以回忆的手法和抒情的笔致，塑造了抗日战争年代里一位聪明、勇敢、活泼、善良的姑娘金喜鹊的形象；《满淀荷花香》犹如名称一样，作品中洋溢着水乡的泥土气息，充满着诗情画意。学生文文就在这样人景皆美的环境里，尝着姥爷种的大西瓜，学会了许许多多的技艺，度过了一个有意义的暑假。作者在《串枝红》后记中说："这些作品除了《串枝红》是反映山区的生活外，其他都是写我熟知的白洋淀的生活。它们依然很平凡，没有什么叱咤风云的人物，惊心动魄的故事。只不过是些常见的普通人和事，多家常里短民情民俗，水乡气息，土话村言。"实事求是地说，他这些小说在故事结构上都颇具匠心，都塑造了饱满鲜活的人物形象，语言更富有个性和诗性化特征。

长篇小说《明镜塘》是韩映山的一部力作，小说以白洋淀畔的明镜塘村为背景，以土改为引子，从合作化一直写到"文化大革命"，中间经过"大跃进"、公社化、三年困难时期。小说从始至终以梅万冬、伍老明和柳登枝三个农村干部为主线，同时又联系到三个家庭的种种纠葛和由此引起的三家儿女之间的爱情婚姻的变化，展开了一场历时几十年错综复杂的矛盾和斗争，塑造了一系列生动而富有创新意义的形象。梅万冬忠诚于党和人民的事业，刚正不阿，敢于直言，从不昧着良心说假话，表现出对"左"倾思潮的反抗和不满，但却导致一个悲剧的结局。伍老明则唯命是从，喜欢听奉承话，在荣誉面前不明是非，缺少梅万冬坚贞不屈、敢顶歪风的精神。柳登枝是韩映山为文坛贡献的一个新的文学形象，他善于投机钻营、见风使舵，似乎永远立于不败之地。新中国成立前他得到地主青睐，新中国成立后是合作化时期的"红人"，"文化大革命"中还是"红人"，改革开放后仍然是"红人"，成了先富起来的农民典型。在这一"不倒翁"身上，有着太多令人深思的社会文化内涵。

韩映山作为"荷派"的骨干作家，在"荷花淀派"旗帜下坚持创作时间最长，在守望"荷派"审美风格的持久性上超过了同辈作家刘绍棠、丛维熙和房树民等人，其模仿孙犁作品的水平，也是其余"荷派"作家所不及的。韩映山认为："反复不厌的、耐人寻味的是真实的生活细节，是家长里短，是人情世态，是呼之欲出的人物形象，是诗一般的意境，画一般的场景，乐曲一般的音韵，是甘泉一般的味道，是丰富多彩的人生，是人生的情操、理想、道德，也即是生活的美。作品达到了这样的境界，才能够存留，传远。"①他自始至终关注家乡普通劳动者的生活，努力去写出他们的人性美、人情美、世态美；在语言上，采用简洁、明快的语言，结合人民活生生的口语，构成鲜明的地方色彩和民族性特征；在表现上，化用"散文的意境"到小说中去，创造出诗情画意的场面和景象。因此说，他的许多作品已经具备了"存留，传远"的条件。但一个值得玩味的现象是，韩映山的创作在影响上却不及刘绍棠、丛维熙，当然更不能与孙犁相比。这也许与他的性情有关，他写小说"不希望轰动文坛，哗众取宠；只求朴素亲切，真实美善而已"②，在这一点上与孙犁相同。但如果一定要"求疵"、深究的话，不能不说他在守望"荷派"审美风格的同时，创新意识和超越意识不够。如刘绍棠，早在1982年就明确说："乡土文学有它的特殊性，当然也有它的局限性；它的特殊性，主要是侧重于风土人情的描写；写一个地方的特色，地方的人情，人情的美好……但是，乡土文学也有它的局限性，很难正面地、直接地反映波澜壮阔

---

① 韩映山：《作品中的细节》，见《作家谈创作》，花城出版社，1986年，第351页。

② 韩映山：《〈串枝红〉后记》，吉林人民出版社，1983年，第293页。

的斗争。"①好像韩映山缺少刘绍棠这样明确的取"荷派"之长而避其短的意识。另外，韩映山缺乏孙犁那样以深邃的哲学文化意识来升华日常生活、家长里短、人情世态的意识和能力，这就使得他的作品"朴素亲切"有余，而震撼性、深刻性不足。

---

① 刘绍棠：《乡土文学四十年》，文化艺术出版社，1990年，第189页。

第三章 梁 斌

梁斌（1914～1996年），原名梁维周，河北蠡县人。1927年在县立高小读书期间加入共青团。1929年参加了家乡的"反割头税运动"。1930年考入保定省立第二师范学校，曾参加二师以争取民主和抗日为目标的"七六"学潮。1932年震惊全国的"高蠡暴动"失败后，1933年春寓居北平，开始文学创作。抗日战争爆发后回家乡参加抗日救亡活动，先后担任新世纪剧社社长和冀中文化界抗敌救国会文艺部长。1945年任蠡县县委宣传部长、副书记。1948年随军南下，先后担任襄阳地委宣传部长和《武汉日报》社长。新中国成立后历任《武汉日报》社长、北京文学讲习所支部书记。1955年调任河北省文联副主席，开始成为专业作家。1996年病逝。

梁斌的文学创作始于20世纪30年代。1934年在"左联"主办的刊物《伶仃》上发表了以"高蠡暴动"为题材的短篇小说《夜之交流》，1942年又根据同一题材创作了短篇小说《三个布尔什维克的爸爸》，后将它发展成五六万字的中篇小说《父亲》，这一作品已经具备《红旗谱》中朱老忠一家遭遇的雏形。这些作品中描写的"割头税运动"、"高蠡暴动"、"二师学潮"等事件，长久地使梁斌激动，他计划写一部连续性长篇，构成一部壮阔而多彩的反映新民主主义革命以来农民革命斗争的史诗画卷。"《红旗谱》全书，一九四二年开始构思"[①]，经过长期酝酿，梁斌于1953～1954年完成了长篇小说《红旗谱》三部曲的第三部《烽烟图》的初稿，1954～1956年又相继完成了第一部《红旗谱》和第二部《播火记》的初稿。经过反复修改，1957年底出版了第一部《红旗谱》，

---

① 梁斌：《〈烽烟图〉后记》，见《梁斌文集》，第六卷，人民文学出版社，2005年，第325页。

1963年出版第二部《播火记》。第三部《烽烟图》初稿在"文化大革命"中丢失，"文化大革命"后几经周折而复得，经过他精心修改于1983年出版。此外还有长篇小说《翻身纪事》、散文集《春潮集》、《笔耕余录》，回忆录《一个小说家的自述》等。

《红旗谱》三部曲奠定了梁斌在中国当代文坛上的显要地位，自出版以来，一向被誉为中国共产党领导下的农民革命运动的壮丽史诗，是新中国成立后中国当代文坛最优秀的长篇之一。黄修己在《二十世纪中国文学史》中说："在五六十年代，革命历史题材的长篇小说产生了一些至今仍不失某种经典意义，代表了那一段文学史艺术水准的文本。……最著名的是被称为'三红'（《红旗谱》、《红日》、《红岩》）的几部长篇小说和《青春之歌》、《三家巷》等。"[①]这是对《红旗谱》三部曲在中国当代文学史上的地位很有代表性的评价。

《红旗谱》起笔于清朝末年，"平地一声雷，震动了锁井镇一带四十八村：狠心的恶霸地主冯兰池，他要砸钟了！"作品一开始就用这种震撼性的叙述，展开了农民与地主势不两立的生死较量：冀中滹沱河畔的锁井镇有座河神庙，庙里的铜钟系明嘉靖年间铸造，是周围四十八村农民为修桥补堤集资购地48亩的凭证。身为村长、堤董的地主冯兰池为了独吞公产，指使人砸钟毁据。长工朱老巩为维护四十八村的利益拼死护钟，他的老伙计严老祥也挺身而出，二人大闹柳树林。冯兰池使用调虎离山计毁钟得逞，朱老巩气得吐血身亡，女儿受辱自尽。他15岁的儿子虎子带着复仇的种子只身闯荡关东。25年后，朱老忠（当年的虎子）携妻儿重返故土决心报仇。朱老忠的返乡引起了地主冯老兰（当年的冯兰池）的仇视和不安，不断寻衅滋事。严志和之子运涛、江涛，朱老忠之子大贵等，逮着一只少见的脯红靛颏，冯老兰欲将鸟儿据为己有而不成，便唆人将大贵抓去当兵。运涛外出打工时结识了地下党县委书记贾湘农，并在其指示下到广东参加革命军，因表现突出被保送到军官学校受训后当了见习连长。江涛

---

① 黄修己主编：《二十世纪中国文学史·下卷》，中山大学出版社，1998年，第59页。

也考上了保定第二师范。但不久"四一二"政变发生，运涛被捕并被关押在济南监狱，奶奶受惊吓辞别人世。为了筹措探监的路费，严志和忍痛卖掉"宝地"并一病不起。朱老忠把严家的事当自己的事，与江涛一起徒步赴济南。运涛在狱中大义凛然，使朱老忠、江涛受到鼓舞。冬天，江涛回乡，在贾湘农的指导下与朱老忠、朱老明、朱老星等经过周密的组织准备，在县城大集上召开了声势浩大的"反割头税大会"，并因势利导，带领农民的队伍冲进了局子，又抢了官盐店，斗争取得了初步胜利。朱老忠、严志和等在斗争中经受了考验并加入共产党。"九一八"事变后，社会各界抗日爱国热情高涨，江涛、严萍与进步学生一道走上街头，号召"工人罢工，学生罢课，商人罢市"，他们的爱国行动遭到了反动宪警的镇压，二师掀起了学潮。省政府宣布解散二师后，地下党负责人老夏和江涛领导了护校运动。正当学生们准备突围时，军警冲进了学校，老夏等十几人牺牲，江涛和30多名学生一起被捕。进步青年张嘉庆被朱老忠巧妙救出，一起奔向青纱帐。

《播火记》上承《红旗谱》，保定"二师学潮"遭到镇压，江涛等被捕后，严萍在万顺旅店掌柜的热心搭救下来到老家锁井镇。一天，严萍陪春兰在千里堤放牛，冯老兰的账房先生说牛吃了堤上的草，蛮横地拉坏了春兰家牛的鼻子。春兰的爹拿着菜刀到冯家找账房先生拼命。冯老兰利用这件事，勾结官府试图把朱老忠等人一网打尽。与此同时，贾湘农也带着发动武装暴动的指示来到锁井镇。两个阵营都开始了积极"备战"：冯老兰一方面找"四大乡绅"商量着武装地主，一方面派儿子冯贵堂到保定"请兵"；朱老忠担起红军大队长的担子，与严志和、朱老星、伍老拔带领朱大贵等年轻人，秘密地日夜操练人马；远在白洋淀的草莽英雄李霜泗在张嘉庆的细致工作下，也决定参加武装暴动。武装暴动开始了，手持火枪、土炮、禾叉、长矛的"穷庄稼人"在朱老忠的指挥下，攻进冯家大院，活捉了冯老兰。穷苦农民分粮食、分浮财，严志和又夺回了"宝地"，沉浸在胜利的喜悦中。暴动震动反动政权，保定卫戍司令部也移至蠡县。红军与敌人会战于潴龙河岸的辛庄，但由于敌我力量悬殊，作战经验不足，暴动失败了。反动派开始疯狂地反攻倒算，在锁井镇，冯家大院隆重发丧被红军镇压的冯老兰，冯贵堂要用人头祭奠他的反动老子，朱老星等在敌人的铡刀下壮烈就义。大贵率领游击队上了太行山，朱老忠留下坚持地方工作。高蠡暴动失败了，但在潴沱河两岸广大地区播下了革命的火种。

如果说《红旗谱》三部曲的前两部主题是表现中国农民寻求自身解放之路的曲折斗争历史，那么第三部《烽烟图》则转向了对民族矛盾的关注，展示抗战初期冀中农民风起云涌的抗日斗争及农村各阶层的新动向。

"西安事变"以后，江涛被释放出狱，受党组织派遣回到了县城"做代理县委书记工作，整理大暴动后遗留下的问题，重建农村党的堡垒，同时着手建军、建政，积蓄力量，准备迎击日寇的进攻"。他借回锁井镇探亲之机，特地与朱老忠带领"暴动户"的人们到坟上祭奠了大暴动中牺牲的朱老星，震动了锁井镇。冯贵堂勾结官府逮捕并杀害了高蠡暴动英雄李霜泗，两个阶级的对立和斗争正在形成一个新的高潮。就在这时"七七事变"爆发，民族矛盾迅速上升为主要矛盾。不久张嘉庆、严萍也相继来到县城，他们借国民党军队溃逃之机，收缴了公安局的枪支，建立起一支抗日武装。接着朱大贵也带领游击队回到锁井镇，运涛也从延安回到家乡，白洋淀一带游击队建立后，江涛当了参谋长。吕正操率领的人民自卫军来到冀中后，抗日的力量迅速集结，使抗日战争的烽烟在冀中大地上熊熊燃烧起来。

《红旗谱》三部曲的突出成就首先表现在，作品通过朱老忠、严志和两个家庭三代人近半个世纪的生活变迁及悲欢离合，以磅礴的气势、豪迈的风格、史诗的气度，艺术地再现了从第一次国内革命战争到抗战初期，中国北方农民在党领导下走上革命道路的历程，概括了中国农民的"苦难史、斗争史、革命史"。正如黄伟林在《中国当代小说家群论》中所说，在当代文坛，"像《红旗谱》这种以大跨度的时代内容来阐述这一主题的作品几乎还未出现，具有梁斌这种文学准备较为充分的红色经典小说家更是不多，于是，《红旗谱》也就成了思想含量比较丰富的作品，成为红色经典小说中被评论家和史学家更为看重的作品"①。不过，在《红旗谱》三部曲的接受过程中有一个值得注意的现象，这就是由于时代和出版时间的原因，史家和读者一般认为只有第一部《红旗谱》才是写得最好的，所有文学史差不多都是只谈第一部，而对《播火记》和《烽烟图》只作三言两语的简单介绍或者干脆避而不提，这便误导读者对后两部书的阅读，把本来一部完整统一的小说"肢解"，使得《红旗谱》三部曲因为故事结构、时间跨度、规模及人物思想性格和"人物谱系"展示不完整，而影响到对作品"史诗"品格的把握。这一情况现在已经为文学史家所注意并在最近出版的文学史著作中有所纠正。如出版于2003年2月，由王庆生主编的《中国当代文学史》中说："《红旗谱》自出版以来，一向被誉为中国共产党领导下的农民革命运动的壮丽史诗。如果将《红旗谱》三部曲作为一个整体来看，它确是一部具有史诗气度的小说。"该书在对《红旗谱》第一部作重点论述时，也兼顾了其他两书，这是有见地的史家眼光。只有将三部书作为不可分割的一个整体阅读，才能够更准确地把握《红旗谱》三部曲在中国当代文学史上的独特成就、重要地位与史诗的品格及魅力。

《红旗谱》三部曲成就的第二个方面，是塑造了朱老忠等众多血肉丰满的人物形象，尤其是朱老忠这一艺术典型形象，是梁斌对中国当代文学的重要贡献。朱老忠在三代农民中是承前启后的一代，他的斗争经历和思想历程跨越了旧民主革命和新民主革命两个阶段。父亲大闹柳树林失败身亡，姐姐受辱自尽，在他幼小的心里播下了阶级仇恨的种子。父亲关于"只要有口气，就要为我报仇！"的遗言，使他血液中翻滚着父辈不屈的反抗斗争精神，铸就了他一生疾恶如仇、刚直不阿的主导性格。他被迫只身闯关东，25年的漂泊经历磨炼了他的意志，扩大了他

① 黄伟林：《中国当代小说家群论》，中央编译出版社，2004年，第77页。

的视野，铸就了他同父亲一样的"为朋友两肋插刀"的侠骨义胆。他回到家乡的时候，身上已经具有中华民族历代农民英雄的刚毅正直、爱憎分明、豪侠仗义的品格和坚韧不拔、不畏强暴的反抗性格，长期艰苦生活的磨炼和父辈们斗争失败的教训，使他比父辈有更丰富的斗争经验，更加注重斗争策略，更加老练沉着。他知道要打倒冯老兰这样的恶霸地主，不是凭一时的血气之勇所能实现的，必须从长计议。所以当他回乡在车站遇到要离家出走寻活路的严志和时，严志和问："我的大哥，干得过？"他回答说："拉长线儿，古语说得好，大丈夫报仇，十年不晚！"他的口头语是"出水才看两腿泥"，这正说明他在敌强我弱的形势下，既不服输，对实现复仇充满了信心，又坚忍顽强、深谋远虑、讲究斗争策略。但是，在他没有找到共产党、没有接受党的教育之前，他还认识不到阶级压迫的根源，没有找到正确的斗争道路。他认为世代受欺侮的根源在于穷人"缺少念书人"，"没有拿枪杆子的人"，因此，他忍着血气之勇，要通过在后代中培养出"一文一武"来实现复仇的目标。这个认识比他的父辈高出很多，但仍然带有很大的局限性。随着时代的发展，严酷的现实斗争不断地教育着他，大贵被抓丁，运涛入狱，严志和丢掉"宝地"等一系列打击接踵而来。也正是在这个过程中，他"在关东的时候，听人讲道过"的共产党不断地进入他的生活，不断启发着他的觉悟。江涛外出打工结识了县委书记贾湘农，凭他经历和见识，认识到贾湘农是个"有根底"的人，"要是扑摸到这个靠山，一辈子算是有前程了！"去济南探监时亲眼看到了共产党人是怎样和国民党反动派进行斗争的，尤其他在河南区张嘉庆领导的秋收运动中第一次看到了穷人联合起来的力量，这给了他很大的教育，在党的启发教育下他走上了革命的道路，他的反抗性也从此获得了自觉性，他由对少数人的患难救助的侠义，发展到谋求阶级解放，心胸更加宽广。反割头税斗争中他一马当先，经受了考验并加入了共产党，由一个自发反抗的农民英雄成长为一个坚强的革命战士。在《播火记》和《烽烟图》中，随着阶级斗争的日益激烈及民族矛盾迅速上升，朱老忠成了武装对敌斗争的核心人物，他的性格也不断有新的发展，形象更加丰满。小说从错综复杂的矛盾冲突和人物关系中，通过各种境遇多侧面、多角度展示了朱老忠性格的丰富内涵，在他身上有着深广的历史内容。朱老忠是一个具有民族性、革命性、时代性的农民典型形象。

严志和是作品中塑造的又一个成功的形象。他性格的主要特征是勤劳善良，内向而软弱胆小。在他身上，反抗性与软弱性并存：打官司失败、儿子被捕、母亲受惊吓而死、丢失"宝地"，沉重的生活磨难时时激起他反抗的火花。他有打倒地主过好日子的愿望，但又难以摆脱因袭的历史重负，面对强大的封建势力经常表现出逆来顺受、安分守己的心理，祈求能忍气吞声地活下去。小生产者的保守性与狭隘性使他患得患失，在斗争中表现得软弱动摇。在他身上更多有着闰土、老通宝、云普叔的影子。但在残酷的现实斗争和党的教育下不断摆脱精神负担，他胆小软弱性格不断得到克服，成为坚定的革命者并加入了共产党。小说用现实主义的笔法描写了严志和走向革命所经历的曲折，展示了他复杂的性格和心理变化，说明引导农民走上革命道路的复杂性和艰巨性。这一形象与朱老忠在对比中互相映衬、互相补充，从而取得了相得益彰的艺术效果。同时，也正因为有了严志和及与冯老兰对簿公堂的朱老明、一心盘算过好日子的朱老星、庄稼活和木匠活好把式伍老拔、封建观念浓厚的老驴头、具有正统观念和狭隘意识的老套子等一批个性鲜明的地地道道的农民形象，与朱老忠这一理想化的英雄形象构成对比互补，才使得《红旗谱》三部曲对农民的历史命运和加入革命的过程显得更为真实浑厚。小说中对于反面人物如冯兰池以及他的儿子冯贵堂的塑造，也突破了当时某些作品过于简单化、漫画化的处理方法，在写出他们阶级属性的同时，也写出了他们的血肉。

在人物塑造方面，《烽烟图》与前两部有明显的不同，这就是作者把笔墨和热情转向了年轻一代群像的塑造。虽然朱老忠仍然占有重要地位，作者也进一步描写了他的思想性格在新形势下的发展变化，但已经成长起来的年轻一代，包括江涛、严萍、春兰、运涛、张嘉庆、朱大贵、金华、二贵、庆儿、老占等，却成了全书的"主角"。在这年轻一代英雄儿女中，江涛可以作为他们的代表。江涛被从保定监狱释放后，代替了贾湘农，成了地方党组织的核心人物。小说中说他"做了几年工作，经过了几次惊天动地的大事变，又过了几年监狱生活"，这使他"那牡牛般的精神、革命的狂热、高傲的脾气、矜持的性格，都随着时光的流逝而变得苍劲了"，"变成了一个好深思远虑的人"。小说正是围绕"深思远虑"这一性格特点来刻画这一人物形象的。的确，他出狱后就面临着民族矛盾与阶级矛盾互相交织的复杂局面。"西安事变"后，蒋介石虽然被迫接受了国共合作、共同抗日的主张，但却迟迟不发文告，政局尚不明朗。地主阶级在反动政权庇护下，仍然进行着阶级报复。庆儿挨打、李霜泗被害都是在这样的背景下发生的。如何处理这两件事，是对年轻江涛的一次考验。面对这极易引起人们愤激、冲动的事件，他根据当时新的时代特点和敌我力量对比，反复引导朱老忠和锁井镇的人们，要放眼未来的民族自卫战争，反复解释"兀的和敌人闹起来，暴露力量过早，对抗日救亡运动是不利的"，"目前的形势要求我们要抓紧时机，赶在敌人前面，不露山不显水地壮大党的力量"。"七七事变"后，局面更加复杂。在抗日统一战线背景之下，出现了人民群众与封建势力联合之下的斗争。尤其在日军大举进攻、国民党政权和军队溃逃、土匪纷起的混乱局面下，他抓住中心工作不放松，清醒地利用敌人顾不上锁井镇一带的有利时机，通过收缴公安局的枪支，组建了一支小小的抗日武装。大贵带领游击队回到锁井镇，使这一武装得到扩大，并与吕正操、孟庆山率领的到冀中开辟敌后根据地的部队呼应，初步燃起了抗日烽烟。同时，作者也时时注意通过日常生活细节及与乡亲、亲人的关系，表现他作为普通人的一面，使这一人物更加血肉丰满。其他人物，有的工笔描写、浓抹重彩，有的意笔勾勒，但都栩栩如生，光彩照人，凸显了那个风起云涌、英雄辈出的时代色彩。他们与老一代农民，共同构成了农民革命的"英雄谱系"。

《红旗谱》三部曲成就的第三个方面是浓郁的民族风格和地方特色。以人物和事件为核心来组成故事单元，是三部曲的结构特色。小说的"楔子"从"朱老巩大闹柳树林"写起，既吸引读者，又揭示了老一代农民传统斗争方式的局限：没有先进理论的指导，无论是赤膊上阵地拼命，还是进行所谓合法斗争，都只能是失败的。同时，还为即将展开的新农民革命斗争追根溯源，从而使艺术画面获得一种历史幽深感。然后以"楔子"带引出朱老忠返乡、"脯红"事件、大贵被抓丁、运涛入狱、"反割头税斗争"、"二师学潮"等事件。第二部以高蠡暴动为核心、第三部围绕"七七事变"后江涛、运涛、大贵等回乡组织抗日武装、建立人民政权的各种事件，连带起一系列的人和事，前后跨越了半个多世纪。小说的结构虽然不同于古典小说的章回体，但有意借鉴了中国古典小说的布局技巧，以这些大大小小的事件为依托，组成一个个相对独立的故事单元，每个故事单元六七千字，各单元之间又互相勾连。如第三部《烽烟图》围绕"七七事变"后江涛、运涛、大贵等回乡组织抗日武装、建立人民政权这个中心事件，穿插描写了许多直接或间接与之有关联的事件，如李霜泗的被捕牺牲；日本飞机轰炸保定的惨景；国民党军队的大溃退；王楷第携公款及反动武装欲逃往静海投敌；恶霸佟志伍组织联庄会与共产党为敌；土匪徐老黑到处劫杀百姓等，还通过对严萍在高蠡暴动失败后到北京避难的描写，引出了马老将军，通过对他的描写，概括了民族危亡时期上层社会的分化和一部分爱国军人的心理状态。沿着严萍这条线，写了知识分子严知孝对国民党投降政策的愤慨以及对共产党抗日主张的真心拥护。这些纵横穿插的事件和线索，丰富了作品的中心情节，使作品包容了广阔的社会内容，拓展了艺术空间，深化了主题，为展示人物的思想和性格提供了更多的机会，体现了作者在布局谋篇上的艺术匠心，也符合多数中国读者的审美心理和阅读习惯。

在刻画人物方面，作者主要采用古典小说常见的白描手法，通过人物的行动，特别是通过人物的对话，来展示人物的性格。同时，作者还适当吸收外国小说的表现手法，通过静态的叙述和人物的心理描写，工笔细描，发掘人物内心世界。因此，"它比西洋小说的写法粗略一些，但比中国的一般古典小说要写得细一些"①。所谓比西洋小说粗一些，就是舍弃不符合民族欣赏习惯的"流于繁琐的叙述和冗长的心理描写"；所谓要比中国古典小说细一些，就是避免中国古典小说在塑造人物方面只是粗笔勾勒的不足，"加上一些必要的叙述和一些细节描写"。作者成功糅合中国古典小说与外国小说叙事艺术的某些优点，又以自己对小说艺术的独特理解，形成了自己的艺术风格。如济南探监回来，江涛在和严萍聊谈时谈到他一家三代人的命运，也谈到春兰和运涛的爱情：

> 江涛把运涛和春兰的交情说了一遍，说："春兰帮着运涛织布，两个人脸对着脸儿掏缯，睁着大圆眼儿，他看着她，她看着他，掏着掏着就上了感情……"
>
> 严萍听着，笑出来说："两个人耳鬓厮磨嘛，当然要发生感情。"说着，腾的一片红延到了耳根上。
>
> 江涛继续说："有天晚上，我睡着睡着，听得大门一响，走进两个人来。我忽的从炕上爬起，隔着窗玻璃一看；月亮上来了，把树影筛在地上。两个人，一男一女，男的是运涛，女的是春兰……"
>
> 严萍问："妈妈也不说他们？"
>
> 江涛又说："看见他们到小棚子里去，我翻身下炕来，要跑出去看。母亲伸手一把将我抓回来，问：'你去干什么？'，我说：'去看看他们。'母亲说：'两个人好好的，你甭去讨人嫌！'这时父亲也起来，往窗外看了看，伸起耳朵听了听，说：

---

① 梁斌：《漫谈〈红旗谱〉的创作》，见《梁斌文集》，第六卷，人民文学出版社，2005 年，第 287 页。

'你去吧！将来春兰不给你做鞋袜。'"

严萍听到这里，喷的笑了，说："怪不得，你们有这样知心的老人。看起来运涛和春兰挺好了。运涛一入狱，说不定春兰心里有多难受哩！"说着，直想掉出泪来。

这一段对话描写，就是"比西洋小说的写法粗略一些，但比中国的一般古典小说要写得细一些"的例子，这段对话既是对江涛和严萍这一对儿恋人私语的描写，也是对运涛和春兰爱情的交代，并不失时机地表现了江涛、严萍这一对恋人的亲密情感以及因运涛、春兰爱情挫折而在他们的内心引起的波澜，还表现了江涛父母对孩子们的慈爱、尊重、理解和宽容，可谓一举三得，较为典型地体现了《红旗谱》在塑造人物和叙事上的特点。

在描写中国北方农村的民俗乡情和地域风光等方面，《红旗谱》三部曲也有独到之处。作者说："地方色彩浓厚，就会透露民族特色。为了加强地方色彩，我特别注意一个地方的民俗。我认为民俗是最能透露广大人民的历史生活的。"①小说的主题无疑是中国北方农民在党领导下走上革命道路的历程，但这个主题却是通过朱老忠、严志和两个家庭三代人的生活变迁及悲欢离合来展示的，虽然作者以许多带有社会性的重大事件及相关联的事件为依托来实现结构艺术上的需求，但这些事件无不关涉、渗透在父母、子女、夫妇、婆媳、情侣的相互关系中，渗透在不同的家庭间，渗透在民俗与民情中。有些事件本身就是冀中风俗的一部分，如朱老忠返乡后朱、严两家与冯老兰的第一次试探性冲突，就是通过冀中的玩鸟风俗表现出来的。小说中的"反割头税运动"，看似是社会政治斗争事件，其实也可以说是民俗性事件，或者说体现着民俗性。过年杀猪，本来就是北方年俗的一方面，农村里过大年的气氛常常是从杀猪开始浓重起来的。一般人家可能一年到头吃不上肉，如果可

① 梁斌：《漫谈〈红旗谱〉的创作》，见《梁斌文集》，第六卷，人民文学出版社，2005年，第287页。

能，都会在年底杀一头猪"奢侈"一回，冀中民谚："小寒大寒，杀猪过年。"而冯老兰勾结反动政府，要人们杀猪交"割头税"，也就是杀一头猪要交"一块七毛钱，还要猪鬃、猪毛、猪尾巴、大肠头"。"反割头税运动"就是要动员广大群众起来抵制这巧立名目的税项，使反动政府这一收税计划破产。在这一运动中，大贵杀猪、老驴头杀猪和刘二卯骂街这些带有民俗性事件的描写，使得"反割头税运动"得以具体、生动、饱满地表现出来。再如《烽烟图》中对李霜泗英勇就义情形的描写，也相当精彩地表现了我国北方的旧日习俗。当刑车路过宴宾楼、兴茂源等饭庄酒楼时，掌柜的都出来敬酒上菜。李霜泗仰头大笑，神态自若，大碗喝酒、大口吃肉，对沿街群众讲道："我李霜泗在绿林中杀富济贫，在共产党里开仓济贫，没有什么对不起穷哥们儿的……"面对李霜泗的英雄气概，沿街群众都高声赞叹："八爷，真是英雄！你再给我们唱一口吧！"李霜泗也就憋足了劲，唱了一段《坐寨》。他一边唱着，人们一边喊着："好哇！好哇！好样的！""八爷，真是英雄！"在民俗民情中，李霜泗的英雄气概和劳动群众的审美与道义评价被表现了出来。再如春兰和运涛会面一节：二人定情不久，运涛便投奔革命，后来身陷狱中，一别十几年音信难通。在悠长的岁月中，春兰一直忍受着孤独而苦恋运涛，"媒人的脚碰破了她家的门槛，春兰一心不往前走，要终身守着运涛过日子"。这种信守如一的爱完全是中国式的。当运涛终于重返阔别十多年的故乡，在村边与春兰不期相遇，她终于认出运涛时，"她年轻的爱情火焰，一下子燃烧起来，于是她飞跑过去，跑到运涛跟前，扑倒在地上，搂住了运涛的两条腿，哇啦哇啦地大哭起来，哭得像个泪人儿一样"。这种以"搂住运涛的两条腿"来表达她对运涛热烈的爱的方式，也完全符合当时中国北方农村的礼俗和春兰的身份特点。作品中直接写风俗人情的例子俯拾皆是，如赶年集、逛庙会、除夕把香插在门环上、谷囤上、灶台上、牛栏上以祈求平安吉利；结婚时给新娘送猪排骨，叫"离娘骨"，还有拜天地、坐炕、吃面、闹洞房等，都使作品在表现时代主题时与民族心理、乡村风俗和历史文化相联结，从而显示出独特而意味深长的艺术魅力。

《红旗谱》三部曲在语言方面，从词汇到语法，也显示出民族化特色和地方特色的结合。作者注意语言的个性化、生活化，注意语言的民族性、地域性、时代性与人物个性的统一。作者曾说："我要把故乡的人物、性格、风貌、民族及地方风光活跃于纸上，我不得不从这一方人民的生活中，选择、提炼典型性的语言，我也曾想过避免它，但字里行间缺少了它们，觉着不够味。"在这一原则之下，真正使《红旗谱》三部曲的语言做到了"不脱离群众语言，尽可能写得通俗易懂"①，并形成了丰富多彩、明快生动的语言风格。这最重要的是表现为作品中人物语言的个性化。在他的笔下，不仅农民同知识分子、地主、反动军阀和政客的语言不一样，就是同是农民，因为身份、修养、经历、性格的不同，朱老忠、严志和、朱老明、老驴头、伍老拔、老套子的语言也有明显的差异，而同一人物在不同语境下的语言也并不相同，但总是闪耀着人物的性格光辉。如准备动身去济南探监前朱老忠对严志和一家的嘱咐：

> 明天，我就要上济南去搭救运涛，你们在家里要万事小心。早晨不要黑着下地，晚晌早点儿关上门。要管着咱们的猪、狗、鸡、鸭，不要作践人家，免得发生口角。黑暗势力听说咱们家遭上了灾难，他们一定要投井下石，祸害咱家。在我没有回来之前，你们不要招惹他们，就是在咱门上骂三趟街，指着严志和的名字骂，你也不要吭声。等我回来，咱们再和他们算账。兄弟，听我的话，你是我的好兄弟，不按我说的办，回来我要不依你。

这段话颇能代表朱老忠的语言风格。朱老忠为人豪侠仗义、脾气刚烈，语言也常常是简短明快、干净利索，现在严志和一家连续遭到儿子

---

① 梁斌：《我怎样创作了〈红旗谱〉》，见《梁斌文集》，第六卷，人民文学出版社，2005 年，第 259 页。

入狱、老奶奶辞世、丢失"宝地"和严志和病倒一连串打击，他代严志和赴济南探监前这段话，虽然是从日常生活小事上嘱咐志和一家在目前不利形势下要格外小心，显得沉重，但掷地有声，除能见到他一贯的性格主导方面外，还表现出他遇事冷静、智高识广、谨慎周密、高瞻远瞩的一面。他"虽然在不同情况下所说的话，有时以深刻的哲理引人深思，有时以炽热的感情动人心弦，有时以诚挚的态度催人泪下，有时以机智的幽默逗人发笑，然而不论怎样变化，他所说的话都闪耀着他的性格光彩，使我们确信只有朱老忠才能说出这样的话"①。再如，当严老祥要下关东时，老套子劝说道："外头给你撂着金子哩，还是撂着银子哩，即便撂着金子银子，那金窝银窝也不如咱们的穷窝呀。"这也是典型的生活化性格化语言，从中还透露出中国农民安土重迁的传统心理。又如在运涛入狱后，老驴头要春兰另嫁别人，春兰坚决不同意，她说："不管是谁，就是他长得瓷人儿似的，俺也不。他家里使着金碗银碗，俺也不。纺线的时候，给俺银纺车、金锭子、玉石葫芦片，俺也不。"这里所打的比方、列举的事物、说话的口吻，完全符合春兰的身份、思想和性格，表现了春兰蔑视富贵、忠于爱情的品格。其他如江涛、严萍的语言，具有书生味，也便常有某种思辨色彩；大贵等文化水平低的年轻人的语言质朴有力；冯兰池的语言则透露出阴狠霸道等，都实现了民族性、时代性与人物个性的结合。小说的叙述语言也是用经过提炼加工过的冀中群众口语，通俗晓畅，生动传神。

《红旗谱》的不足和缺陷表现在，朱老忠入党后性格缺少发展，显得缺少个性与作为；再就是由于时代原因，作者经常强加给人物一些不合身份的政治术语，显得很生硬。这不仅表现在朱老忠等农民身上，也表现在贾湘农、江涛等知识分子身上。如以教师职业为掩护的县委书记贾湘农，因为来往的客人太多，欠了伙房的饭费，校役和司厨找他来诉苦，贾湘农因为工作的烦累，便有了如下对话：

---

① 黄泽新：《梁斌小说的语言特色》，见《梁斌作品评论集》，百花文艺出版社，1997年，第498页。

贾湘农一时火起，站起身子说："要多少钱，给你多少钱还不行？你是劳苦群众，我还能亏负你。去吧，账房里去支，借我下月的薪金。"

校役说："你下月薪金早借光了。这个朋友走，借点路费。那个朋友走借点路费。寅吃卯粮，哪里还有薪金哩！"

贾湘农又发起火来，说："反正不能叫你们劳苦群众赔钱，下月的不够，错下下月的……"

这里贾湘农一再用"劳苦群众"指称校役司厨，显得生硬、脱离群众。另外，地下工作的保密要求也不允许他的话带有如此明显的政治色彩。过于浓重的政治色彩和政治术语，使这一人物尽管用的笔墨很多，却显得不够饱满。此外，从结构上说，第一部中的"反割头税"与"二师学潮"两大核心事件之间缺乏情节发展的内在统一性；《烽烟图》主要表现在对李霜泗被捕牺牲和对马老将军的过细交代等，冲淡了主线。但瑕不掩瑜，《红旗谱》三部曲将长久地为读者所喜爱。

梁斌贡献给中国当代文坛的第四部长篇小说是《翻身纪事》，由人民文学出版社 1978 年 1 月出版。小说写华北解放区的一个村庄叫官渡口，村里刘、王、李三大姓历来不合，经常搞械斗，村干部内部也不团结，矛盾比较复杂。以原县大队长周大钟为首的土改工作队进驻该村。工作队的到来，在村里引起了轰动，几个地主急得像热锅上的蚂蚁。刘作谦是作品中出场最多的地主。他老奸巨猾，诡计多端，利用小恩小惠、家族观念甚至自己的女儿荷花，拉拢腐蚀村干部，妄想在土改中蒙混过关。在工作队和广大群众摧枯拉朽的攻势下，他最终向群众低了头。周大钟和他率领的土改工作队在村党支部书记王二合等人积极协助下，较好地完成了上级交给的任务，在全县土改工作中名列前茅。作品着力刻画了周大钟这一人物形象。作者运用中国传统小说的白描手法，语言朴实生动，在民族形式方面进行了新的探索，但与《红旗谱》三部曲比，没有明显突破。

第四章　徐光耀

徐光耀（1925～　　），河北省雄县段岗村人，上过四年半初级小学。1938年参加八路军，同年加入中国共产党，先后担任勤务员、文书、除奸干事。1942年日寇"五一大扫荡"之初，徐光耀所属的冀中六分区司令部和主力部队突出重围，转移到了山区。此时的徐光耀正下区小队检查工作，回来后无法再去追赶进山的分区机关，在临时指挥部安排下，到宁晋县游击大队任特派员。从1942年5月到1944年春天，在极其困难的斗争环境里，在血与火、生与死的斗争考验中，他与这支抗日游击队生活战斗在一起，参加过大大小小近百次战斗。也就在此时，他开始写战地消息、通讯报道，不断投稿给《火线报》及冀中军区的《团结报》、《前线报》、《冀中导报》，用自己的笔记录、报道这支队伍的抗敌斗争生活。1945年任随军记者。1946年上半年，调任军分区政治部前线剧社任创作组副组长兼宣传科记者。1947年入华北联合大学文学系学习，为他从事文学创作打下了良好的基础，并开始在地方和部队报刊上发表短篇小说。1948年回部队，任兵团报纸记者、编辑。解放战争节节胜利的大好形势，给他创作更大鼓舞，过去他曾经把表现与宁晋县游击队在一起的那段难忘岁月的希望寄托在他人身上，现在觉得应当由自己承担起来。北平和平解放后，他所在的部队于1949年6月进驻天津，和平环境为他写作提供了有利条件，便开始了长篇小说《平原烈火》的创作，1950年由三联出版社出版发行。1951年到中央文学讲习所进修学习，结业后回河北从事专业创作。1952年赴朝鲜采访和体验生活。1953年回乡参加了初级合作化运动。1957年"反右"开始，徐光耀因所谓丁玲、陈企霞"反党集团"案件牵连而受到严重冲击。在停止上班、反思认罪、等候处理的过程中，为了不使自己精神崩溃，他把精力集中到了创作上，到1958年6月，创作完成了中篇小说《小兵张嘎》。正当他准备另一部长篇小说创作的时候，他接到了组织给他的判决书："由于徐光耀反党反人民反社会主义，决定定为资产阶级右派分子，开除党籍，开除军籍，剥夺军衔，降职降薪，转地方另行分配工作。"①在劳改农场劳改一年后，他被安排到保定市文联工作。1979年，他的"右派"问题得到平反，恢复党籍。1981年调河北省文联工作，1983年后曾任全国作协理事、作协河北分会副主席、河北文联主席。主要作品全部收入《徐光耀文集》。

长期的戎马生涯，特别是抗日战争时期敌后抗敌斗争生活经历，成为徐光耀日后文学创作的题材源泉和动力。正如他自己所说："对先烈的缅怀，久而久之，那些与自己最亲密、最熟悉的死者，便会在心灵中复活，那些黄泉白骨，就又幻化出往日的音容笑容貌，勃勃英姿。那爱国主义、革命英雄主义的巨大声音，就会呼吼起来，震撼着你的神经，唤醒你的良知，使你坐立不安，彻夜难眠，倘不把他们的精神风采化在纸上，就对不起自己的良心。于是写作的欲望就难以阻止了。"②他的代表性作品《平原烈火》、《小兵张嘎》及新时期写的《望日莲》、《四百生灵》、《少小灾星》等小说，便是他在不同历史时期对那段生活体验、思考、审视并艺术地"化在纸上"的结果。除《小兵张嘎》及《望日莲》被改编成电影、《少小灾星》被改编成电视剧外，他在新时期创作的剧本《新兵马强》、《乡亲们哪》也被搬上银幕。1999年他的回忆散文《昨夜西风凋碧树》获第二届"鲁迅文学奖"，另有散文集《忘不死的河》出版。

《平原烈火》完稿于1949年11月，1950年由三联出版社出版。这是新中国成立初期第一部以亲身经历者的感受和体验来反映冀中抗日游

---

① 张圣康：《徐光耀的创作悲欢》，中国文联出版社，1999年，第95页。
② 徐光耀：《我与"小兵张嘎"》，《青春岁月》，1994年，第3期。

击战争的长篇小说。小说以亲历者的视角，真实描写了 1942 年日寇"五一大扫荡"的残酷和敌后抗日游击武装经受的考验："日本鬼子的汽车把遍地金黄的麦子轧烂在地上，骑兵包围了村庄，村庄燃烧起来。熊熊的火苗儿把黑烟卷上天去。步兵们端着刺刀，到处追着，赶着，把抗日群众从东村追到西村，又从西村追到东村。遍地是嘎嘎咕咕的枪响，遍地女人哭孩子叫，多少个英雄倒在了血泊里了，多少个战士牺牲在枪弹下，多少个地方工作人员，投河的投河，跳井的跳井，有枪的把子弹打光了，剩下最后一颗打碎了自己的头。"而他所在的宁晋县游击大队在日寇"扫荡"中陷入敌人合围，处境危机。突围战打得十分残酷，这支队伍经过浴血奋战后虽然冲出了合围，但损失惨重。原有一百三四十人的队伍突围后连同伤号仅剩 30 多人。"扫荡"过后，"千万条汽车路连起来了，千万里封锁沟挖成了，岗楼儿就像雨后出土的青苗，不几天便钻了天，成了林！……看吧，满眼净是敌人的势力，白天满天都是膏药旗，黑夜遍地都是岗楼灯"。在敌强我弱的形势下，畏惧心理和失败的阴影笼罩了这支队伍。一段时期内他们白天盼天黑，黑夜怕天明，躲藏成了他们的主要任务，甚至有的战士身上带上了敌人发的"良民证"，幻想"敌人来了，把枪一插是老百姓，鬼子走了，把枪一背是八路军"，其结果使这支队伍几乎损失殆尽。惨重的教训终于使干部战士明白了"不打仗光隐蔽就要自己消灭自己"的道理，经过耐心细致的思想工作及主动出击不断取得一些战果，终于使这支队伍变得"不打仗就没有精神"，在抗敌斗争中又逐渐成长壮大起来，抗日的烈火又在平原上熊熊燃烧起来。

《平原烈火》在艺术上最大的特色是真实。小说中所写的人和事又大都是作者亲身经历过、体验过的，作者甚至坦言："就《平原烈火》而言，百分之九十以上的东西，有真实的生活依据，虚构想象的部分不足百分之十。"这就使得小说无论是事件人物、时代氛围、心理情绪、具体环境、情节细节，都带有抗战生活原生态意义上的真实性与鲜活，并由此给读者以巨大心理感染和震撼。如小说的开头对日寇大"扫荡"的疯狂及游击队突围战的惨烈，游击队战士在敌人追击合围下的不断倒下牺牲，二班长张子勤身负重伤拉响怀藏的手榴弹与鬼子同归于尽；尹增录丧魂失胆，举枪求降被周铁汉举枪击毙；二中队长刘一萍被疯狂的敌人吓蒙了头，消极退缩。游击队突围后被迫东躲西藏、时聚时散的"行踪"的描写，虽然显得有些拖沓、繁琐，但却真实，是非亲历者不可能写出的真实。这种带有生活原汁原味的生活场景和细节真实描写贯穿了整部小说。如"大扫荡"以来游击队打了第一个胜仗，在转移途中有这样的一幕：

> 丁虎子忽然又嘻嘻哈哈大嚷起来："看啊！看啊！"大家一望，见干巴把从"皇协"腰里搜来的一件粉红袄套在身上，嘴里叼着一方花手绢，蹀蹀躃躃，一路扭着秧歌。在他后头，张小三戴一顶大檐"皇协"帽，也随着一歪一跳地扭起来，嘴里还念着："康，康，气康气……"逗得人们前仰后合，笑得喘不上气来。

这样的场面也许不像是打仗，但谁又能说这样的场面不真实、不合理呢？这样的例子在作品中俯拾即是：如周铁汉与三生兄弟俩说悄悄话时，三生说到自己的杀敌计划："……我的计划一共是十个鬼子，十个'皇协'，你已经扎死一个了，我还一个没完成哩。"周铁汉问道"为什么还有数？"三生说："是呀！听我给你算算：鬼子把小菊烧死了，这得一个鬼子顶；抓你那天，把咱娘打了好几个爬虎，这也得一个鬼子顶；在牙口寨，把我打一个死，这又得一个鬼子顶；你一共叫鬼子治了七个死，这得七个鬼子顶；这是十个鬼子。十个'皇协'是这样合的：要是我亲手捉住周岩松了，那就算了；要捉不住，就得十个'皇协'来顶！"这样的杀敌计划虽然显得幼稚好笑，也似乎是为了报私仇，但很有时代特色，真实可信地写出了三生的思想状态和觉悟，并且是他后来的英雄行为的思想依据。

这种真实性也表现在人物塑造上。小说以高昂的战斗的激情和英雄主义精神，真实地塑造了周铁汉、钱万里、三生、丁虎子、张子勤、张小三、干巴、瞪眼虎等英雄形象，这些人物同样大都有真实生活的依据。其中，周铁汉的原型是冀中六分区战斗英雄侯松坡，同小说中的周铁汉一样，为了掩护战友被日寇俘获，受尽了敌人的电刑、皮鞭、杠子、烙烫等各种刑具的折磨，尝到过假枪毙的摧残，但始终不屈。如同小说中一样，侯松坡偶然得到一个二寸长的铁钉，秘密挖通了监狱的墙壁，率领"犯人"成功越狱，胜利返回部队。作者在侯松坡事迹的基础上，精心塑造周铁汉的英雄形象。周铁汉是宁晋县游击大队的中队长，小说通过他在"五一大扫荡"中率队突围、负伤被捕、狱中斗争、越狱归队，攻打牙口寨据点等一系列富有传奇色彩的战斗经历，多侧面表现了他大无畏的英雄品格以及这种品格是如何在党的教育下、在斗争的考验和人民的培养中成就的。当初，他"从地主门里走出来"参加到革命队伍时并没有明确的目的，不过是因为他在煤窑上打了日本工头闯下大祸，逃回家乡后为避祸才参加了八路军，后来在党的教育和斗争的磨砺下才逐步明白了民族不解放家仇私冤也难以申报的道理，人生观和价值观念都发生了重大变化，英雄品格越来越呈现出时代特色。他的弟弟三生曾问他："当党员有什么好处？"周铁汉说："共产党员没有什么好处，吃苦吃在头里享福享在后头……可是有一样，他就是光荣！光荣这玩意，不能论斤约，不能用尺量，解不了饿，也解不了渴；可是，这玩意用银子也买不到，用金子也换不来！谁要得着它，穿上绸缎也没有它体面，吃上蜜糖也没有它香甜，人人都稀罕，人人都尊敬，有说不上来的那么尊贵，光荣，还有一股力量，打仗的时候，一想到它就冲得更猛了，被敌人捉住，一想到它，什么刑罚也不怕了，连死也不怕！"这是把党性、个人价值与民族尊严相结合而产生的新英雄主义观念，这是他一系列英雄行为的思想基础。在这个基础上，作者不仅展示了他在战斗中面对枪林弹雨勇往直前的雄姿和身陷狱中宁死不屈的气概，还通过许多生活化的场景来展示他的美好心灵。例如，作为队长，他爱战士甚于关心自己，不仅在打仗时把危险留给自己，就是带领队伍到干娘家隐蔽的时候，战士们都睡了，"他自己觉得必须醒着，就像一个娘偎着一群睡熟的孩子一样，虽然知道不看他们也可以，却放心不下"。"他觉得，战士们第一就是自己的亲兄弟，第二就是自己的孩子们，或者简直可以说是自己的命。"他被捕后，在狱中细心照料两个伤员，尤其是被子弹打透了小肚子后被俘的警备旅战士铁锤儿，每次大便时周铁汉不仅要把他背到茅房，"还要替他把裤子解了，等大便完，再给擦了屁股，扎好裤子背回来"，"不管周铁汉怎样细心照顾，铁锤儿的伤没有药，天又冷，一天重似一天，眼见他皮里抽肉，瘦成个骨头架子……慢慢的东西也不吃了，身体也爬不动了，青紫的嘴唇整日价张着，艰难的喘着气。周铁汉成天守在他身边，尿尿，周铁汉就用手巾接住，尿罢再去拧在门外；大便就拉在屋里，拉完周铁汉再给他一把把抓出去。一天，铁锤儿到底昏迷了过去，周铁汉把他撅巴了好一阵才活了过来"。这种生死相依的同志爱、战友情，使周铁汉的形象更加丰满。这些"非英雄化"的细节的大量存在，就使周铁汉这一形象的英雄品格与人性人情融为一体，使读者感到这是一个真实可信、血肉丰满，可亲、可敬、可学的英雄，因而也就具有强烈的艺术感染力和亲和力。

《平原烈火》在结构方式、塑造人物的手法和语言上，可以明显看出传统小说艺术的影响。小说以游击队的活动为主线，先写游击队在日寇"五一大扫荡"中陷入绝境，突围后损失惨重，此后是他们被迫东躲西藏、时聚时散的"行踪"，周铁汉被捕后，便"双水分流"，把游击队的活动交代与周铁汉的狱中斗争描写交替进行，到周铁汉带领战士们成功越狱归队后又合二为一，随战争的进程，游击队开始主动出击，采用多样化的战术，越来越频繁地打击消灭敌人，以攻取牙口寨据点胜利而收束全书。作者没有刻意追求奇巧、惊险的情节和人物的传奇化效果，而是按照生活本身的逻辑来展开，但在敌强我弱形势下的抗敌斗争本身，就具有惊险、刺激、传奇、斗智斗勇的一面，这样来结构小说，便于广泛涉及时代生活，既引人入胜，还为人物思想性格的塑造提供了广阔的艺术空间。在叙事、描写方面，传统艺术的影响也是显性的。如周铁汉的出场：

　　周铁汉是个二十五岁的结实小伙子，生得膀乍腰圆，红通通的方脸，虽不是太高的个儿，给人一看，却觉得十分魁梧。他把盒子枪登开栓，压够一条子弹，用大拇指扳住机头，朝沿墙站立的战士们一抡，亚赛敲着钢板的声音说道："同志们！有没有骨头，是不是英雄，就看今个儿这一天了！是耻辱，是光荣，也就在这一回了！有种的跟我走哇！"

这正是传统小说塑造人物常用的口吻和方式。周铁汉负伤后，一个没有器械和药品的乡间医生给他疗伤时，"把烂肉挑开，用镊子试探着，夹一下，咯吱一声，却夹不住，再夹一下，又咯吱一声，还是夹不住"。在周铁汉鼓励下，"冯先生狠狠心，把镊子一下伸进肉里半寸多，但是，手却不由得发疟子一样哆嗦起来。周铁汉看他这样子，问声：'夹住了没有？'冯先生颤抖地说：'夹住了。'周铁汉伸出左手，把冯先生连手带镊子一把抓住，嗨的一声，猛力一带，马牙大的一块骨头被拽了出来。鲜血随着泉水似的涌出来，把医生吓得只是呆着眼看，棉花也忘了拿"。这样的情景，令人想起《三国演义》中关云长的刮骨疗毒。质朴简洁、富于乡土气息和口语化的语言，有利配合了以真实为特色的《平原烈火》在内容和情感上的抒写。

　　小说的不足是除周铁汉外的其他几个主要人物形象显得单薄，对游击队与群众关系的处理也显得简单化，除"干娘"一家外，其他群众形象有为情节需要而设之嫌。当然，如果从文学创作的角度来看，这部小说"实录"有余而"创作"不足，艺术手法上显得单一，且由于对生活的提升不够而使作品神思不够灵动。尽管如此，《平原烈火》不失为新中国成立初期我国当代文坛抗战题材小说的重要收获之一，所以在三联出版社出版后，由人民文学出版社多次重版印刷，还被译成英、日、捷克等文字。

1957年"反右"开始，徐光耀因所谓丁玲、陈企霞"反党集团"案件牵连而受到严重冲击。在停止上班、反思认罪、等候处理的过程中，为了不使自己精神崩溃，他把精力集中到了创作上。作家以《平原烈火》中没有充分展开的小八路"瞪眼虎"演变为核心人物张嘎子，到1958年6月，创作完成了中篇小说《小兵张嘎》，但到1961年才得以发表。它是徐光耀前期创作影响最大、成就最高的作品，因此奠定了徐光耀在当代文坛的重要地位。

小说以抗日战争时期最为艰苦的1943年为背景，描写冀中白洋淀边上一个年仅13岁的少年张嘎子，参军后在革命队伍的培养教育下，在严酷的斗争环境里成长为一个坚强小战士的故事。嘎子的父亲在"七七事变"那一年被鬼子打死了，母亲在他5岁那年病死了，奶奶是嘎子的唯一亲人，但为了掩护在他们家养伤的八路军战士钟亮而壮烈牺牲。嘎子满怀仇恨，带着钟亮叔叔给他做的木头手枪，参加了八路军，决心像侦察员罗金保叔叔那样机智勇敢地战斗，给奶奶报仇。他做梦都想有一支真正的手枪。在一次"挑帘战"中，他凭着机灵，从鬼子身旁得了一支手枪。可是他万万没有想到，钱区长却要收去这支手枪。他伤透了心，在和胖墩赌摔跤时又输了，因咬人被胖墩的爸爸说了几句，沮丧中用乱草堵了胖墩家的烟囱，被告到区队后，区长关了他"禁闭"。在后来一次伏击战里，他虽然负了伤，但又缴获了一支崭新的手枪。养伤期间，他受到玉英一家精心照料，和这一家人建立了深厚的情谊，并把玉英也带到了队伍上。在回部队的途中，嘎子为了保住这支手枪，悄悄把它放进村口大杨树上的老鸹窝里，但仍未能瞒过细心的钱区长。在围歼日伪的战斗中，嘎子不仅提供了鬼不灵的详细地形，在敌情有变时，还冒着生命危险混进敌人占据的韩家大院，机智地把鞭炮绑在韩家的狗的尾巴上在韩家大院炸响诱敌，配合部队取得了战斗的胜利。祝捷大会上，区长表扬了张嘎子，并奖励他一支手枪，他却并没有因此而满足，而且悄悄向小伙伴玉英透露他要求加入共产党的决心。至此，张嘎子已经成长为一名真正的革命战士。小说生动地描写了张嘎子从幼稚到成熟、从单纯要为亲人报仇到建立远大理想的成长过程。

小说的巨大成就在于，它成功地塑造了张嘎子这样一个独特而新颖的抗日小英雄的形象。嘎子身上，既有冀中农家孩子的淳朴、侠义、顽皮和智慧，也有着那个年龄段的孩子们共有的天真、想象、情感、趣味，作者时时注意从嘎子的个性特点出发来塑造这一形象。作者说："张嘎的思想和品德，我是紧紧抓住并通过'嘎'这一个性来表现的。……他对敌人的仇恨带'嘎'，对党的忠诚也带'嘎'，他一切思想行为的表现都带'嘎'，从'嘎'掌握这一人物，也从'嘎'塑造此一性格。"[1]作者说的"嘎"，既有普通孩子的天真、淘气和顽皮，又有他特有的机智灵活、敢想敢干、富于独创的天性和初生牛犊不怕虎的勇敢，以及由此而来的出乎成人意料的妙想。小说中嘎子以木手枪下"狗汉奸"的真枪、打赌、摔跤、咬人、堵烟囱、捉家雀、爬树、归部队时以画代信、藏枪在老鸹窝中及把鞭炮绑在狗尾巴上诱敌等，无不带有十足的"嘎"气，也正是这一连串"嘎"气十足、妙趣横生的行为中，表现了嘎子的成长过程和思想性格。如果说他的"嘎"气对亲人、战友和乡亲更多是以淘气、活泼、机智的方式表达他的爱，那么在对敌斗争中则是机智灵活、敢想敢干。如在获得敌人企图包围鬼不灵的情报后，钱区长带领部队便在前一天晚上神不知鬼不觉地完成了围歼敌人的部署。但敌人却并没有按往常规律部署在韩家大院，如何把日军调动到我军事先埋设的地雷阵和火力范围内便成了完成围歼敌人的关键。在钱区长等紧急谋划而找不到调动日军合适办法时，嘎子却忍不住开口道："让我去试巴试巴行吗？"他举着他那挂柳条鞭，"我想法把这挂鞭在韩家大院弄响，准定能把敌人引过一股子来！"嘎子不仅混进了韩家大院，而且机

---

① 徐光耀：《从〈小兵张嘎〉谈起》，《长城》，1979年，第1期。

智地把鞭炮捆绑在韩家的狗尾巴上，在韩家大院炸响，使鬼子误以为八路军袭击了韩家大院，以大半兵力增援，正好进入我军布下的地雷阵和火力区。作者在表现他的个性特征时，也充分注意到了嘎子活动的典型环境：如日寇的暴行，奶奶的教育和家仇，游击队的出奇制胜，钱区长的言传身教，玉英一家的关怀呵护，罗金保机智勇敢行为的影响等，张嘎正是在这样的环境中成长起来的抗日英雄。这就使人物的鲜明个性与时代背景、社会环境、乡土民情紧密结合了起来，在他身上，有着颇为深广的历史意蕴和时代内涵。

《小兵张嘎》以"枪"为线索，采用以知情者的身份向小朋友讲故事的口吻和方式来结构小说。在抗战那个特殊的年代里，张嘎子最喜欢的莫过于枪，他梦寐以求的就是有一支真的枪，其实这也是战争年代所有孩子的梦想，小说中小胖墩试图用"柳条鞭"换取嘎子的木头手枪就是证明。而作为"小兵"的张嘎子，对枪的渴求更加急迫，参军前他希望有一支真的手枪为奶奶报仇，参军后更希望有一支真正的手枪参加战斗。作者紧紧围绕"枪"来展开他的故事并吸引读者，以在他家养伤的八路军战士钟亮叔叔送给张嘎一支木头手枪"张嘴灯"始，以祝捷大会上支队长正式将一支真正的手枪"张嘴灯"奖给他作结，其间紧紧围绕着张嘎子的性格成长和思想发展，穿插了"夺枪"、"梦枪"、"玩枪"、"赌枪"、"交枪"、"藏枪"等一系列妙趣横生的故事，使整个作品结构完整严谨，情节曲折生动而紧凑，对读者有强烈的吸引力，显示了作者在结构方面的艺术匠心。

小说取得巨大成功的第三个重要因素是语言生动活泼、简洁明快，既符合儿童的心理趣味，又洋溢着浪漫色彩和战斗激情，浓郁的地方色彩和生活气息极大地增强了感染力和表现力。如小说的开头：

> 在冀中平原的白洋淀边上，有个小水庄子。这庄子有个古怪的名字，叫做鬼不灵。在抗日战争年间，就在这个庄子上，一个有趣的故事开头了。

　　单说这鬼不灵的西北角上，有一小户人家，一带短墙围起个小院，坐北朝南两间草房，栅栏门朝西开，左右栽着四棵杨柳树。从门往西四五十步光景，便是白洋淀的一个浅湾，一片葱茏茂密的芦苇，直从那碧琉璃似的淀水里蔓延到岸上来。风儿一吹，芦苇起伏摇荡，发出一阵沙沙的喧笑声。啊，若不是苇塘尽头矗立着一个鬼子的岗楼，若不是从那凛凛然逼来一股肃然之气，单看小院这一角，可不是一幅美妙的田园画吗？

　　这就是张嘎子的家，寥寥数语，便是地域风光与抗战时代融合、儿童情趣与热爱家乡情怀兼有的绝妙画图，这样的图景与充满人情美的人结合，使作品极富抒情意味。

　　小说在叙事、写景、抒情方面也常常有神来之笔。如张嘎子在荷花湾养伤时，伤略好些便在屋里待不住，央告得杨大伯、杨大妈两位老人没有办法，只好让女儿玉英带他下淀里去玩玩，小说写道：

　　　　小船向前漂着，一股微风吹来，推起层层细浪，拍得船头溅溅地响。淀水蓝得跟深秋的天空似的，朝下一望，清澄见底。那丛丛密密的笮草，在水里悠悠荡漾，就像松林给风儿吹着一般；鲤鱼呀，鲫鱼呀，在里头穿进穿出，活像飞鸟投林，时不时，鲇鱼后头又追出一条大肥的花鲫来，两条鱼眼看要碰在船上，猛一个溅儿又都不见了，苇根下的黄固鱼最是着忙，成群搭伙地顶着流儿瞎跑，仿佛赶去参加什么宴会。

　　　　玉英顺手捞起几个菱角，丢给小嘎子。小嘎子拾起一看，还嫩得不能吃，便一个个排在船板上，伸手在水皮上划着，预备亲自去捞。忽然，小船拐个弯儿，一阵馥郁的幽香飘了过来。猛抬头，苇塘尽头闪出一大片荷花，红的、粉的、白的，开得又鲜又大；圆圆的大荷叶片儿，密密层层一直铺展到远处的杨柳下去。小嘎子"噢"的一声，举起手，直朝那里探着身子，一个多么美丽的天地呀！

是啊，这是多么美丽的天地呀！这些文字是抒情的诗，是写意的画，这人、画、诗结合的图景，与孙犁笔下荷花淀有异曲同工之姿彩。不仅小说的叙述语言通俗晓畅，情味十足，同时小说中所有人物的语言也做到了高度个性化、生活化。

《小兵张嘎》犹如鲜艳的奇葩，是百花凋零的60年代初的中国文坛上的亮色。1963年北京电影制片厂摄制成同名电影，小说与电影艺术的结合，在国内产生了非常广泛的影响，可以说是家喻户晓。曾经被译成英、德、朝鲜等多国文字。1980年获全国少年文艺创作一等奖。

进入新的历史时期，徐光耀的艺术生命重新焕发出了活力。《望日莲》是他新时期的第一篇小说，发表在《人民文学》1977年3月号。小说以第一人称讲述了1942年"五一大扫荡"中一位年轻机智的地下女交通员，护送八路军干部"我"过封锁线的故事。在护送这位负有重要使命的八路军指挥员去往他的部队所在地的路途上，敌人的岗楼碉堡以及铁丝网和封锁沟遍布，这位不具名字的女孩子凭着她对此地了如指掌的地形把握和对敌人武装配置的悉知备详，在日伪戒备森严的封锁下，顺利到达指定地点，胜利完成了护送任务。在一夜惊险、曲折的遭遇中，作者展示了冀中游击战争的真实图景，展示了战争场景下人与人之间的人情美、人性美，突出表现了主人公望日莲聪明、沉着、机敏、富有战斗经验以及农家女特有的调皮和羞涩，这是一个令人难以忘怀的形象。小说发表后受到评论界好评和读者喜爱，并被"八一"电影制片厂改编成同名电影。此后他又写了《长眉大褚》、《二龙堂看戏》、《往日的云烟还在弥漫》、《"心理学家"的失算》等，与他早期的《弟弟》等短篇小说共19篇结集为《望日莲》，1980年由河北人民出版社出版。

徐光耀是一个善于思考、不断追求超越的作家，在创作中他既不趋时媚俗，也不固守艺术成规，尤其是在新的历史条件下，他能够以新的价值观念重新观照审视自己熟悉的"老"生活，同时又以开放的艺术观念，大胆吸收新的表现手法、探索新的表现形式，取得了可喜的成绩。

标志着他小说艺术取得新超越的是他 1986 年创作发表的《四百生灵》和 1989 年创作发表的《少小灾星》两个中篇。

《四百生灵》写的是 1942 年反"扫荡"中八路军一个营由山地向平原转移时陷入敌人包围，最后全军覆没的悲剧。小说第一句话就以强烈的悬念为全篇定下了沉重的基调："雪雾弥空，夜色浓重。四百个战士——四百个即将寂灭的生灵在夜雾中穿行。"这样的开头强烈地震撼并吸引着读者。然而，战士们却沉浸在即将回乡过年的热烈兴奋之中：

> 他们拉开长长的队列，从大山里钻出来，在偷越平汉铁路。他们个个鸦默雀静而又兴致匆匆，多么好啊，过路就是大平原，就回到家乡冀中了。半年的离别，渴念的亲人，即将重新会面了，小伙子们谁不热火烧心啊！
>
> 脚步紧接着脚步，石子被踢响，路基被登上，铁轨被迈过了。尽管雪雾茫茫，风刮电线呼啸，鬼子的岗楼夹在两厢，都不能压住一颗颗活泼跳动的心。人们太想家了。

冥然无知地走向死地和战士们的轻松愉快，构成了强烈的对比。然而，战争之神常常冷酷无情，并不照顾人们的一厢情愿：在他们到达预定的目的地——大陈村时，"便感到情况异常，老百姓正纷纷扰扰，准备反'扫荡'。他们诧异地问，半夜开走的部队怎么又回来了？原来有一个团已在这村住过七天，惹得周围据点调动频繁，大有群集扑来的迹象。然而，我们的常营长对于家乡过于信赖，事先不曾派一个侦察员来了解一下，至今对这一情况还一无所知。结果意外便很快发生了"。部队掉入了敌人的包围圈，虽然战士们在营长常大胜等的组织指挥下，左冲右突，拼死血战，但终于没有能够突出重围，全部阵亡殉难。

造成这场战争悲剧的原因，作者一再写到命运之神的力量，这是因为战争胜败是包括了天时、地利、人和多种因素共同作用的结果，各种因素的变幻莫测，常常使战争结局多有变数，出人意料，让人觉得战争之神"一向不辨善恶"、"惯与道德为敌"，冷酷无情地"错着牙齿"、

"撇下他冷漠的嘴角"、"在冥冥中推进他最后的计划"，从而置这四百个鲜活的生命于死地，而驰援的部队赶到时，"冥冥中的命运之神已经滚蛋"。作者对命运之神的感喟，使作品从形而上层面揭示了战争的残酷性和抗日战争的艰难曲折。

但小说的重心更在于揭示了我军内部，尤其是指挥员不健康的心理对造成这场悲剧所不能低估的作用。营长常大胜的骄傲轻敌、自信专断、意气用事、对知识分子出身的指导员郭一旗不尊重不信任等，对造成这场悲剧是起了重要作用的，甚至是决定性的作用。"护送地委机关的一部分和他们开的短训班"回冀中，是这支部队的重要任务。常营长作为指挥者，由于有"打过六十多仗，歼敌五百来人"，"不是吹，单是抓的俘虏也够编两个连了"的战斗经历和经验，加上环境熟悉，又是回自己熟悉的家乡执行任务，客观上为常大胜不健康的文化心理的发作提供了条件，并导致了连环性的错误行为：一是对家乡的过于信赖，使他事先不曾派一个侦察员来了解一下处于敌伪势力包围的大陈村的情况，就贸然率部队进入；二是到达目的地后发现情况异常，教导员建议派侦察班去搜索一下，不仅不以为然，而且认为是"这个政治机关派下来的白面书生"想插手他的军事指挥权；三是西北东三个方向响起枪声，且"从枪声判断，又绝不是虚张声势的伪军作怪"，部队向何处去？营长立即作出决定：过河向南。指导员心里知道这个决定里面包含着重大冒险，因为这个方向正是交通要冲，常识告诉他：这里很有可能有敌人的伏兵，派一支小部队侦察一下是绝对必要的。但"多年组织的经验，使他太看重人事关系了。他知道营长在赌气……派一支小部队去河南侦察的建议已到嘴边，却被另一句话顶替了：'是不是听听丁同志的意见？'"丁同志是指地委书记丁法威，是这次护送的主要对象，而丁法威却"自认为军事上是个外行，虽然晓得此去东北三十里，便是根据地的腹心，可他还是附和了营长的意见"。指导员的忍让与丁法威的附和，也助长了营长的错误。难怪"冥冥中的命运之神错着牙齿盯了这一对领导冷笑"。就是部队遭受重创，陷入包围甚至是突围无望时，个人的面子与荣辱等不健康心理仍然在或隐或显地出现在常大胜头脑中，如血腥的战斗爆发后，常大胜意识到大错铸成，但却认为"全是他妈的这场雾……"一连遭受重创，连长牺牲，指导员向常大胜建议由三排长代理连长，"常大胜没有从郭一旗脸上找出冷嘲神气，便点了一下头，可当郭一旗转身跑去时，又马上恨起自己来：真是怎么搞的，代理连长的建议，为什么又让他占了先呢？"组织柏树坟反击战，也是因为"他被自负和自疚两重心情所咬啮，决心下死力凭空翻个跟头，死里逃生，以证明我'常营'确乎是打不垮拖不烂的铜豌豆！常大胜绝不是留话柄给人笑的人！"面对指导员对这次反击战中过于冒险行为的批评，"他承认郭一旗说的是实话，流露的是真情，道理也完全正确。可他仍然厌恶他。也许厌恶的就是他的正确"。作者对这场战争悲剧原因的思考还是归结于人事或人性的弱点上。

这个中篇在艺术上实现了多方面的自我突破：首先是写战争悲剧在徐光耀的作品中还从未有过，他虽然过去也写到了战争的失败和挫折，如《平原烈火》的前半部分，但却是局部的，最后都是以胜利结束，而《四百生灵》真实地再现了一次失败战争的全过程，这在当时文坛上也还不多见。其次是突破了过去以叙述战争过程为主要手段的创作模式，通篇尽可能将战争进程和场景淡化，使之处于次要地位，重点揭示八路军指战员在死亡阴影笼罩下多色调的感受和心灵冲突，变客观战争场景呈现为主观意识作用下的战争情感抒写。把作家的主体意识融入了人物的心灵，间或采用意识流、通感等现代派的一些表现手法，把写实、感觉和意象融为一体，来展示人物瞬间的、杂乱的、跳跃的心理情绪。三是突破了战争文学英雄主义的框架，小说中没有一个主要人物，当然更没有一个真正的"英雄"，小说中花费笔墨最多的营长常大胜也具有很强的悲剧色彩：过去战无不胜的光荣史，使他现在麻痹轻敌、自信专断，是导致这场战争悲剧的根源，战争的结局也结束了他本来可以成为

"真正英雄"的一生。作品的思想意义和对后人的警示作用主要是通过这个人物实现的。惹人注目的是，作品中塑造了几个非英雄化的人物，如林烈芳、"托派"夫妇、阎其古、黑娃、小钮等，都给人留下了极为深刻的印象。通过这些人物，作家把人们引向了对战争与人情、人性、人生等方面进行现实的、历史的甚至是哲学意义上的思考，从而极大地拓展了这个悲剧故事的审美空间。

《少小灾星》原初发表时名《冷暖灾星》，1991年中国少儿出版社出版单行本时更名为《少小灾星》，小说写的是三个小八路在1942年的"五一大扫荡"时期的遭遇。由于环境的急剧变化，组织上决定"凡年小体弱缺乏战斗力的，都暂时分散隐蔽"，"扫荡"过后再回部队。于是三个小八路——轴子、苗秀、巴大坎便开始了他们的流浪逃亡生活。他们像三个小小的"灾星"，从纪昌庄转移到二龙堂再漂流到零菱港，走到哪里就给哪里的群众带来灾难，但所遇到的群众，像纪大娘、辘轳大伯、狗替儿夫妇、"三三制"大叔、多福叔一家等，他们虽有心理矛盾，但都不顾生命危险掩护了他们。小说的突出特点是，作家采用"流浪记"式叙述方式，把散点透视笔法融进了小说艺术中，显得灵活新颖，而且与内容（三个小八路疏散、流浪）相一致，在生动的情节和浪漫的气息中，成功塑造了多个身世、经历、个性不同的艺术形象，与三个小八路组成一幅军民鱼水情深的长卷，突显了冀中乡亲父老的英雄群像。

小说在艺术上的探索与追求表现在对人物群体形象的塑造上。小说中的人物是三个小八路流浪过程中在不同时间、不同地点所遇到的人物，人物之间没有逻辑上的联系，不可能如他过去的创作中那样，全篇笔墨可以集中在一两个重要人物身上，本篇只能采取散点透视、用片段描写的方式来展示人物的思想性格，这便大大增加了创作难度。但作者同样在这篇小说中塑造了多个个性鲜明、让人难以忘怀的人物形象。如狗替儿哥虽然人高马大，身强力壮，可给人的印象是位"妻管严"，而妻子狗替儿嫂嘴巴爽利、泼辣能干且精明开通，过日子的主意十之八九都是听狗替儿嫂的。当三个小八路一来到她家，狗替儿嫂就大诉其苦，左挡右推不想留他们。可奇怪的是，狗替儿一开口，三言两语便把妻子镇得服服帖帖，三个小八路便被留下了，并威严地命令道："煮粥去！"当鬼子突然进村，狗替儿嫂一时惊慌，没有按丈夫的嘱咐让巴大坎钻席筒，却让他往村外跑，差一点被敌人逮走。丈夫回家后，在这关系小八路生死安危的大是大非面前，狗替儿哥再也不含糊，不仅当着巴大坎的面狠骂妻子，而且重重地痛打妻子三大板。然而，晚上只有两口子时，刚直板正的狗替儿却直挺戳戳地在屋地上跪着，他的顺溜和虔诚终于感动了洋洋不睬的妻子，无可奈何地发了话："得，谁叫我托生到你们家来呢？起来吧……"可狗替儿哥还是一动不动，照样跪得很结实："那不成，你得承认那是打在理上。"一来二去，还是妻子先软了下去，拿眼剜着丈夫，又气又恨，欠下身去拽他，又拽不动，终于熬不住了，长叹一声，出溜下炕，照丈夫的脸上狠亲一口，戳着他的额头说："你个要人的命的！——打得对！明儿还打！行了吧？……"有人在谈到这一细节时说："这一连串的绘声绘色、活灵活现的言行描写，既出人意料，又合乎情理，把夫妻二人的性格心理和相反相成的家庭组合关系，以及虽有生活矛盾而终于服从大局真理的思想胸襟，都以精炼传神的笔墨刻画出来了。"①

再如"三三制"大叔，也同样令人难忘：这是一个明白事理又善于保护自己的面冷心细思谋深的手艺人，对付敌人的清剿有一整套办法，又事事细心，所以在战争的夹缝中有滋有味地活着，并不引人注意。他的外号源于乡亲们对他脾性的俏皮概括：八路军来了，三大腻歪：腾房子腾炕——腻歪，借盆借碗——腻歪，黑间白日的开会——腻歪；日本鬼子来了，三大便宜：抢了东西没有挨打——便宜，挨了打没有烧房子——便宜，烧了房子没有死人——便宜。因而"三三制"便成了他的绰号。三个小八路来到白洋淀第一个遇到的就是他，面对三个小八路的

① 张圣康：《徐光耀的创作悲欢》，中国文联出版社，1999年，第167页。

问这问那，他却来了个一问三不知，冷冷地说："我跟八路没关系，什么都不知道。"向他打问村干部时，"村干部都死绝了，上哪儿去找？"结果把他们支到了"两面村长"多福叔那儿，因此给孩子们（也给读者）留下了落后与冷心肠的印象。而多福叔在安排三个小八路时，又把巴大坎送到了"三三制"家，并说"那是个十成保险的地方儿"。果然，他对巴大坎也像自己家里人一样，在他精心周到的安排下，这里确实是危险四伏境况下最保险的地方。通过这个形象，写出了人物性格的复杂性和人们生活意志、斗争意志的坚韧执著。同时，这个中篇也是作家有感于和平时期一些共产党人严重脱离人民群众这样一种社会现象而创作的，因而作品有很强的现实针对性，这就使这个"似乎写滥了的军民鱼水情故事，才重新焕发了青春，具有了鲜明的当代性"[1]。

从《平原烈火》到《小兵张嘎》再到"文化大革命"后的《四百生灵》、《少小灾星》，可以看出徐光耀小说艺术创作的轨迹，他有自己的题材领域，又紧随时代，不断以新的视角、新的思考发掘其审美内涵；在艺术上又保持着探索、进取的心态，不断超越自我，保持了长久不衰的艺术生命力，可谓是中国当代文坛上的常青树。

---

[1] 傅秀乾：《最应该注意的……》，《文艺报》，1990 年 4 月 28 日。

第五章　革命历史题材小说

第一节　雪克　刘流　冯志

一、雪克

雪克（1919～1987年），原名孙洞庭、孙振，河北献县人。14岁开始在吉林印刷局做学徒工。抗日战争爆发后回到家乡，长期从事抗日救亡工作，1939年参加中国共产党。抗战胜利后曾担任《晋察冀日报》、《人民日报》记者。1950年任中国文联办公室主任，1957年任天津音乐学院党委书记。创作有长篇小说《战斗的青春》、《无住地带》等。他的长篇小说《战斗的青春》，由新文艺出版社初版于1958年，是一部以冀中滹沱河沿岸人民抗日斗争生活为题材的作品。小说出版后，受到读者的喜爱，也曾引起文艺界的热烈讨论，作者曾对这部长篇进行过多次增补和修改。

《战斗的青春》从1942年日寇发动残酷的"五一大扫荡"写起。在日寇灭绝人性的"扫荡"中，滹沱河边上枣园区的地方政权和抗日武装遭到了毁灭性的摧残，干部伤亡惨重，同上级党组织和武装也失去了联系。新任区委书记许凤和游击队长李铁、妇女干部秀芬等，在极端困难的形势下，紧密依靠群众，在县委的支持与领导下，与敌人展开了艰难曲折的复杂斗争。他们一方面与日伪军斗智斗勇，一方面排除以县委副书记潘林为代表的右倾路线的干扰，战胜了潜伏在游击队内部进行疯狂破坏的特务分子赵青及叛徒胡文玉。历尽艰难，终于打开了抗日斗争的新局面，抗日力量不断壮大，终于全歼了盘踞在枣园区的敌人。

小说的成功，首先在于它相当真实地描绘了冀中军民抗日斗争的残酷性、艰巨性和复杂性。在日寇发动的惨无人道的"五一大扫荡"中，枣园区委领导人大多牺牲，区游击队也被打垮，"扫荡"过后全区到处一片狼藉，干部群众，惶惶然无所归依，抗日斗争环境急剧恶化。虽然区游击队在许凤等人努力下重新组建起来，但面临的局面更加错综复杂：在外部，"扫荡"过后，敌人在本地区修炮楼、建据点、通公路、建立伪政权，使游击队活动更加困难。尤其是日军头目宫本，他是一个异常狡猾的中国通，加上汉奸们为其出谋划策，使本来在人数、武器装备与敌人相差悬殊的游击队的对敌斗争更加困难。在内部，由于斗争环境的严酷，党内两条路线斗争加剧，以县委副书记潘林为代表的右倾势力，一味强调合法存在，不要"刺激"敌人，对游击队活动形成掣肘；尤其是潜伏在游击队内部的奸细赵青及叛变失节分子胡文玉的疯狂破坏，更使斗争形势复杂化。但这支抗日武装，在以县委书记周明为代表的上级党委的领导下，在广大人民群众强有力的支持下，不断挫败来自内外两方面敌人的阴谋，他们以伏击战、地道战、化装奇袭，打入敌人内部等机动灵活的战术，不断巧妙地打击敌人。抗日力量在斗争中不断成长壮大，直至打开枣园据点，全歼了敌人。全书故事情节紧张惊险、曲折复杂，具有传奇性，真实而生动地反映了冀中军民艰苦卓绝的抗日斗争生活。这是小说被人们喜爱的重要原因之一。

小说还成功地塑造了一系列英雄人物的动人形象。他们的青春在民族战争的烈火中经受了血与火的考验，焕发出更加耀眼的光彩。其中，许凤的形象塑造得最为成功。许凤是小说的主要人物之一，枣园区游击队在艰苦斗争中成长壮大的历史，也是许凤思想性格的成长史。日军"扫荡"开始后，在区委干部伤亡惨重、区游击队被打垮，一时与上级又失去联系的情况下，她眼看存留下来的为数极少的游击队员要自行走散，自己也陷入了深刻的矛盾中："自己是一个姑娘，能领导游击队吗？可是如果不管，任凭人们走散，这不是明看着自己的队伍瓦解吗？"她凭着一个年轻的共产党员的高度责任感，勇敢地挑起了领导和重建游击队的重担。她以战斗的行动告诉党员和群众："区委没有垮，它在领导斗争！"从此这个年轻的姑娘成了枣园区抗日力量的主要组织者和游击队的灵魂。然而她毕竟年轻，深感自己"懂得太少"，尤其是缺乏武装战斗的经验，而她面临的对敌斗争形势又是如此严峻复杂：县委副书记赵青的破坏；原区委书记、许风的恋人胡文玉的叛变投敌；日伪军及汉奸势力的空前嚣张等。这使得她和她所领导的游击队的斗争变得愈加艰难曲折。许风也就是在这样错综的斗争中不断成熟起来。她以惊人的坚毅和果敢、冷静和智慧，度过了一个个难关，取得了一个个胜利。特别是她被捕后，饱受了更为严峻的考验，面对日寇的刑逼利诱，大义凛然，宁死不屈。她恨爱鲜明，痛骂没有骨气的民族败类赵青，怒斥卑劣无耻、叛变投敌的胡文玉；而对一同被捕的战友秀芬和小曼则关怀备至，鼓励她们"要争取活着出去！"小说还用较多篇幅写了她和胡文玉、李铁的感情纠葛，写了她感情上的痛苦和矛盾，最终在战斗中为爱情找到了归宿。这就使得许风这个英雄形象被塑造得既光彩照人而又有血有肉，可敬、可亲、可信、可学。

李铁是小说中另一个重要人物。他原是县大队手枪队成员，"五一大扫荡"后被派往枣园区任游击队长。他对党忠诚、作战勇敢、有智有谋，有丰富的武装斗争经验；同时，为人性格直率坦荡。他带领游击队伏击敌人、智取据点、虎穴除奸、解救群众，为打开枣园区对敌斗争的新局面立下了汗马功劳。他与许风团结一心，共同应付各种危险复杂的局面，在许风与胡文玉决裂后，成为许风的爱人和战友。在许风被捕后，他怀着复仇的心情，率领新编的第七支队和区游击队，一鼓作气，彻底捣毁了枣园据点，全歼了敌人。其他人物，如县委书记周明及秀芬、江丽、小曼、窦洛殿等，也都给人留下了较深的印象；几个反面人物，像奸猾狡诈的宫本、凶残可怖的渡边及奸细赵青、叛徒胡文玉，也都刻画得较为出色。

《战斗的青春》也存在着不足，如对党内两条路线斗争的描写流于表面，缺乏说服力；另外，对叛徒胡文玉的阴暗心理挖掘不深入，暴露不够充分。但瑕不掩瑜，《战斗的青春》至今仍然是读者喜爱的"红色经典"作品之一。

二、刘 流

刘流（1914～1977年），原名刘其庚，河北河间县人。童年时因家境贫困仅读过两年私塾，但热爱民间艺术，爱看野台子戏，听大棚书、鼓词等。1937年抗日战争爆发后参加八路军，历任晋察冀军区五支队侦察科科长、军区司令部参谋、晋察冀军政学校区队长、军区政治部军事教官、军区白求恩学校军事教员等职，后到晋察冀边区抗敌剧社工作。在此期间他当过演员，配合对敌斗争，写过一些通俗作品，并参加了京剧《史可法》、《李自成》等改编工作。他以通俗文艺的形式大规模地反映自己熟悉的抗日英雄的念头，正是在这时萌生的。新中国成立后，他先后任保定文联创作部长、河北省委宣传部文艺处干事、《戏剧战线》编辑部主任等职，他的创作欲望更加强烈。正如他自己所说："我所熟悉的一些抗日英雄的形象和他们的光荣事迹，老在我脑海里游来游去，我没有办法抑制自己的感情，非写不行。"经过多年的准备和艰苦创作，他的长篇小说《烈火金钢》1958年9月由中国青年出版社出版。《烈火金钢》出版以来一直为人们所喜爱，被改编成评书、电影和电视连续剧，在全国有着广泛的影响。

《烈火金钢》以章回体形式写成，全书共30回。小说起笔于冀中军民抗战八年中最为艰苦的年代——1942年日寇"五一大扫荡"。"扫荡"开始后，日军对冀中进行了以烧光、抢光、杀光为政策的惨无人道的屠杀，采取"铁壁合围"、"梳篦清剿"、"反复拉网"的战术，妄图使我军民屈服。而冀中军民在共产党领导下，以惊天地、泣鬼神的英雄气概与日寇展开了殊死较量。小说就是在这样的背景下，以恢宏的气势、高亢的调子，大气磅礴地展示了那金戈铁马、烽火烈焰、喋血苦斗的时代和在这样时代里百炼成钢的冀中军民。由于作者描写的是自己亲身经历过的斗争生活，又熟练地运用了评书艺术的语言和表现方法，这使得小说所描绘的生活和人物，既具有浪漫传奇色彩，又不失真实，为我国现代小说的民族化、大众化艺术进行了大胆而有益的尝试。

小说的艺术魅力，首先是作者在残酷而复杂的对敌斗争中，塑造了一批具有传奇色彩的抗日英雄形象。"五一反扫荡"是冀中抗战最艰苦的时期，随着我军主力部队的转移、斗争方式的转变，"扫荡"过后形成了敌人暂时强大之势。作者没有回避敌人的强大和凶残，也没有回避在这种形势下冀中各阶层的分化，如何大拿由以前脚踏两只船而完全倒向敌人怀抱；抗日干部刘铁军由于贪生怕死而叛变投敌；何志武、高凤歧之流则认贼作父，死心塌地充当日寇的鹰犬。正是这些败类的存在，使斗争环境更加严酷而复杂。小说中的英雄们，也正是在这样的"非寻常"的环境条件下"炼成金钢"的。

史更新是小说中最先出场的孤胆英雄，他所在的冀中军区主力兵团在向外线转移时，被两千多日军包围在桥头镇，包围与反包围的战斗打得异常激烈残酷。为掩护主力部队转移，史更新身负重伤，因而没有能够随连队一起冲出去。在日伪军的重重围困和搜捕中，他以有我无敌的大无畏的英雄气概，从血泊中站立起来，"白手夺枪"，消灭了一个特务和四个日本鬼子，打伤日军猪头小队长，令敌人胆战心寒，惊魂四起。竟以为在桥头镇隐藏着冀中军区司令员吕正操的警卫队，不惜调来重兵："一个日军大队，一个伪警备大队，伪治安军一个营、两个骑兵中队、两个摩托小队，配备了重机关枪、轻迫击炮、放毒瓦斯的化学兵，还有两辆小型坦克车。"妄图一举消灭警卫队并活捉吕正操。史更新借着夜色打击敌人，把慌乱不堪的敌人搅得乱成一锅粥之后，审时度势，"单枪打开千军阵，独身冲破重兵围"。作品就是在敌我力量极端悬殊、战斗异常残酷、凶险的条件下，展现了史更新大智大勇的英雄形象。侦察员肖飞，也是读者非常喜欢的人物。他足智多谋，有胆有识，经常出没于敌人的据点和占据的城镇进行侦察或传递情报，常能绝处逢生、化险为夷，一次又一次地完成上级交给的任务。小说通过他活捉汉奸解二虎、巧妙摸入敌营解救被抓妇女、进城买药大闹县城等一系列险象环生的情节，塑造了这个富有传奇色彩的英雄，给读者留下了极其深刻的印象。此外，像性情耿直、富有战斗经验，以大刀显威力的骑兵班长丁尚武；大胆机灵、指挥有方的女区长金月波；清高但有民族气节的村民何世清；立场坚定、为保护村民而英勇就义的村支书孙定邦等，都是在残酷的斗争中、在生与死考验中，成为"英雄好汉，亚赛过金刚一般，耸立在这鲜血冲洗过的古老山河上，坚强无比，永远放光！"

《烈火金钢》在艺术上另一突出特点是，熟练地运用了传统评书艺术的表现手法来塑造人物，表现现代化条件下的战斗生活，这是作者大胆而成功的尝试。评书作为中国老百姓熟悉、喜欢的艺术形式，旧时多以历史和武侠故事为题材，特别讲究故事的连贯性、传奇性、戏剧性和语言的通俗性及口语化。另外，说书人在讲故事时，随时夹叙夹评，与听众交流感情，并形成了一套习惯用语。作者充分发挥了评书艺术的优长，从塑造人物和展现反扫荡生活为出发点，从冀中军民那场"震山河，荡人心，惊天地，泣鬼神"的波澜壮阔的斗争中，提炼出了一系列或惊心动魄、扣人心弦，或惊险曲折、引人入胜的故事情节，如"白手夺枪排长奋勇，仰面喷血鬼子丧魂"，"捉二虎楞秋除奸，救妇女肖飞献智"，"一群鬼子入罗网，三路民兵战沙滩"，"飞行员大闹县城，鬼子兵火烧村庄"，"毁公路老百姓暴风卷土，歼敌人八路军猛虎出山"等，这些起伏跌宕的故事情节，既为塑造人物提供了广阔的艺术空间，又以其传奇性、戏剧性强烈地吸引了读者。同时，作者在叙述故事、描绘战斗场面的时候，常常用夹叙夹评的方式向读者介绍斗争形势、敌我力量对比、讲述党的政策，介绍有关的军事知识和战术等，不但丰富了读者的知识，而且使读者对人物和故事的前因后果有更清楚的了解。对人物间的复杂关系和心理活动，作者也常常在情节的紧张变化中腾出手来加以交代说明，这与完全靠人物语言行动展示或依靠烘托暗示及心理描写相比，更显得干脆利索，这都大大增强了小说的艺术表现力。

《烈火金钢》也存在着一些不足，如全书的情节结构缺乏整体性和内在联系，使得一个个相对独立而生动的故事显得有些独立。与上述问题相联系，全书没有一个贯穿全书的主要人物，如史更新在书的前八回中，给人留下了非常鲜明的印象，引起了读者对他行为的强烈关注和对其命运的强烈关怀，本当担当起这一角色，但八回以后作者便将他放下，让其养伤，直到全书结束也未发挥重要作用。其他人物，像体弱多病的田耕、缺乏领导和战斗经验的齐英，都没有能够担当这一角色。另外，对个别人物的处理还显粗疏，如刁世贵的反正问题，就有论者指出："由于前面对这个人物写得过于卑鄙无耻，后面又缺乏合理的思想转变过程，只是为了被逼迫成婚的小凤的悲愤而死，就一下子有了民族气节，甚至一跃成为和我党地方武装合作的积极人物，给人牵强生硬之感。"① 如果作者及早注意到这些问题并加以解决，将会使《烈火金钢》这部长篇小说更加完美。

三、冯志

冯志（1923～1968年），原名冯禄祥，河北静海县（今属天津）人。自幼父母双亡，由祖母抚养成人。曾读过四年小学。1937年"七七事变"后参加八路军，先在冀中九分区政治部做警卫员，后到文工团、冀中前线剧社做演员。1942年冀中"五一大扫荡"后，到冀中九分区敌后武装工作队任小队长，曾获冀中军区颁发的"五一"奖章。抗战胜利后回到前线剧社。1947年入华北大学中文系学习。1949年任新华社河北分社记者。1951年调河北人民广播电台，先后任编辑、记者、文艺部副主任等职。他从1945年起坚持业余创作，先后发表过特写、报告文学《英雄连长王

---

① 郑一民：《刘流小说论》，见龚富忠主编：《河北小说论》（上册），花山文艺出版社，1989年，第195页。

志杰》、《神枪手谢大水》、《团结模范高水来》，短篇小说《护送》、《化袭》以及诗歌、回忆录等。1958年11月，他的代表作长篇小说《敌后武工队》由解放军出版社出版，受到读者热烈欢迎，曾被译成英、俄、日等文字，另有中篇小说《保定外围神八路》等。

关于《敌后武工队》的创作，冯志在本书"写在前面"的话中说得很明白："我所以要写《敌后武工队》这部小说，是因为这部小说里的人物和故事，日日夜夜地冲击着我的心；我的心被冲击得时时翻滚，刻刻沸腾。我总觉得如不写出来，在战友们面前似乎欠点什么，在祖国面前仿佛还有什么责任没尽到，因此，心里时常内疚，不得平静！""书中的人物，都是我最熟悉的人物，有的是我的上级，有的是我的战友，有的是我的'堡垒'户；书中的事件，又多是我亲自参加的。在党的关怀，同志们的帮助下，现在总算完成了我多年的夙愿，把它写出来了。《敌后武工队》如果说是我写的，倒不如说是我记录下来的更恰当。"这是我们理解把握本书内容和艺术特色的钥匙。

《敌后武工队》以1942年"五一反扫荡"为背景，描写了一支小小的武装工作队在敌后的生活和斗争。"敌酋冈村宁次亲率七八万精锐部队，从四面八方来了个铁壁合围，轮番大扫荡。这就是冀中有名的'五一'突变……"此后，以保定为中心的冀中地区"碉堡林立、沟墙如网"，成了日伪所说的"确保治安区"。在这里，敌人建立了伪政权、"维持会"、"防共团"及遍布各村的情报联络员。这里成立了敌人的天下，鬼子、伪军、汉奸、特务们气焰嚣张地"胡乱窜"。在这大部队无法开展活动的"敌后的敌后"，上级决定抽调40余名战斗经验丰富，并具有一定文化程度的干部、战士，组成一支精干的武装工作队深入敌后开展斗争。小说以武工队的活动为主线，写了他们在冀中人民群众配合下，在极其险恶的环境中与日伪军及汉奸特务斗智斗勇的战斗历程。虽然这支队伍人数少，但由于所有队员个个"都是九分区部队的金疙瘩，富有战斗经验的班排干部"，所以他们特别能战斗。小说正面描写的战斗大大小小有 30 多次，他们在敌我力量对比极其悬殊的情况下，在敌人控制非常严密的地区伏击日军、巧拿炮楼、智除汉奸、化装突围、策反伪军、解救群众，常能逢凶化吉、出奇制胜。经过三年多艰苦卓绝的斗争，终于迎来了抗日战争的胜利。

作品突出描写了八路军武工队在与强敌斗争中表现出的机智灵活和随机应变的战略战术。这支小小的武装工作队要深入到敌人控制最为严密的保定周围地区开展武装斗争，虽然队员们个个都有很强的战斗力，有区县干部的配合，有何殿福、河套大伯那样的群众的支持，还有被称为"小延安"的西庄那样的秘密根据地，但他们面对的是超出自己几十倍、几百倍的日伪军及汉奸特务。残酷的对敌形势和险恶的斗争环境，决定了他们的斗争方式和手段将非同寻常，必须要审时度势、机动灵活、随机应变：打，要打得干净利落，走，要走得神速诡谲。他们常常昼伏夜出，利用夜色、地道、青纱帐，神出鬼没地打击敌人；白天则多用化装，真真假假同敌人周旋，也常利用矛盾分化敌人、打击敌人。作者就是在这样生活真实的基础上，结合自己的亲身经历、演化出一系列带有传奇色彩的对敌斗争故事。如为了除掉武工队的劲敌夜袭队，他们利用敌伪之间的矛盾，巧妙使用借刀杀人的计谋，收到了奇效。汉奸夜袭队长刘魁胜与日军车站站长的部下刘万顺为天津名妓"贵妃"争风吃醋，被站长训斥受辱，魏强率九名队员化装冒充刘魁胜及夜袭队员驱车直奔南关车站，光天化日之下，明火执仗地砸毁了敌人的车站，然后用两个冒充电话调动大队日本宪兵，使其以九挺歪把机枪盖顶，一举重创了作恶多端的夜袭队。在梁家桥，夜袭队员梁邦的老母夜晚出来看鸡窝，被炮楼上的日军哨兵开枪打死，武工队利用他回家奔丧之机进行开导，使其反正。在梁邦母亲出殡之日，日军曹长为了笼络汉奸们的人心，在炮楼跟前摆上放满干鲜果品的祭桌，带上一群"不挎刀拿枪，身着黄、绿黑色制服的军警"出来路祭。令敌人想不到的是，棺材里突然站起一个手端机关枪的汉子，抬棺材的，撒纸钱的，赶车的，打幡的，送殡的人一个个从腰里抽出手枪，一齐向低头垂手的鬼子、伪军开火，敌人还没有弄清原委，便糊里糊涂地命归黄泉或做了俘虏。这场真死人假出殡，利用路祭巧歼日军的妙剧被作者写得惊心动魄。再如武工队被日军和夜袭队包围在小庄，武工队掩护群众从地道离村后失去了突围的机会，他们占据制高点，声东击西，激战中使敌人死伤四五十名，然后化装成日军，从容离开小庄直奔梁家桥端了鬼子的炮楼。抗日战争胜利在望，日军不惜最后挣扎，松田率几百名日军包围了西王村，驱赶数百名群众集合起来指认武工队员及区干部，没有来得及转移的区委干部刘文彬、汪霞受到群众舍身掩护，由于叛徒出卖，二人被捕。为营救刘文彬、汪霞，魏强等人经过周密计划，成功劫获囚车，使二人成功获救。作品正是通过这些被艺术化了的传奇人物和曲折生动的战斗故事，来反映那段令人难忘的战斗生活。

《敌后武工队》是作者在自己亲身经历和真人真事的基础上创作而成的，"书中的人物，都是我最熟悉的人物；有的是我的上级，有的是我的战友，有的是我的'堡垒'户；书中的事件又多是我亲自参加的"。因此，书中的人物也因为格外真实而存活在读者的记忆中。武工队员刘太生是本书前半部分给读者留下了深刻印象的人物。他是武工队中一个普通战士，随武工队来到敌后，便知道了母亲被敌人杀害的消息，这个不论行军、打仗，多苦多累都整天乐呵呵的硬汉，哭得"眼泪像断线珠子一般，哗哗地朝下流"。但是，"他知道不早一天把鬼子赶出中国去，不知道有多少母亲还会死在敌人的手下"，因此，他在对敌作战中更加勇敢、顽强。小说第六章写他单独外出执行任务返回途中，遇上了大队的敌人。他在给敌人造成大量伤亡后，与路上和他巧遇的抗属何殿福一起被敌人包围在一口安装着八卦水车的水井上。"他俩占的这块五六平方米大的地点，好像出了活佛的圣地，四周围炮楼、据点的敌人都先后跑出，往这里朝拜。敌人越来越多，手枪、步枪、机关枪，密密匝匝地围了个转遭转。"但"刘太生蹿蹿跳跳，东打西射，全无一点惧怕劲头"。这使得亲眼目睹了他战斗风采的何殿福对他"打心眼里起敬，他觉得这个八路军不是普通人，就像浑身都是胆，大战长坂坡的赵子龙"。最后，在何殿福的带领下，他从井里走秘密地道安全脱险。小说通过刘太生多次与敌人的战斗及生活场景的描写，展现了他机智、勇敢、顽强的战斗风采和朴实、诚恳、富于理想的优秀品质。最后在与敌人夜袭队的遭遇战中，由于子弹"哑了火"，当被三个敌人同时按住，他便毫不犹豫地拉响了身上的手榴弹，与敌人同归于尽。魏强作为武工队队长，有高度的政治觉悟，既忠实地执行上级的各项命令，又关心战友、时刻牵记群众的安危。作为一个下级指挥员，在策反梁邦、田光等事件，在奇袭南关火车站、巧夺黄庄、离间敌伪、生擒松田和刘魁胜等一系列的斗争中，都显示出他的勇敢、智慧和指挥才能。其他如贾正、赵庆田等也都是具有高度政治觉悟，同时又智勇双全的英雄战士。汪霞是书中描写得比较成功的女干部形象，她在开展各项群众工作中深受群众的信赖和爱戴，在策反梁邦的过程中，在黄庄渡口的战斗中，特别是在她被捕后的斗争中，充分表现了一个共产党员的机智勇敢、无所畏惧的品质，表现了她战胜敌人的崇高信念和坚定的意志。

小说对抗日群众形象的塑造也很出色，如河套大伯，抗战爆发时，他恨自己年迈不能亲上前线为国效劳，甚至想把14岁的儿子送去参军，无奈儿子太小，人家不要。好不容易等到1941年，便毫不犹豫地把刚满18周岁的儿子送到队伍上。他不仅带头交公粮，而且对抗日干部、武工队员亲如一家。他与老伴一起为游击队站岗放哨，爱护子弟兵如同父母，最后他为掩护武工队员惨遭敌人杀害。他那强烈的爱国心，鲜明的爱和憎，朴实而又倔强的性格，令人起敬，难以忘怀。再如李洛玉，外号"百灵鸟"，为人机智幽默，有一张"能把死人说活"的嘴巴。他的公开身份是"保长"，暗中是抗日政府的治安员。他走到哪里，就把笑声带到哪里，还用这张巧嘴"瞒哄了不少的敌人"。如第八章写武工队在张保公路上伏击了日军一个小队，日津联美队长便下令伪警备队抓民伕，把张保公路沿线两侧百米内所有树木及未成熟的麦子全部砍伐、割掉。如果敌人命令得以施行，显然群众的损失就太大了。李洛玉巧妙利用伪警备队队长嗜酒如命及与日津美联队的矛盾，加上他一张巧嘴的哄骗煽动，敌人的砍伐计划被他"用一瓶子酒、一只鸡就完全给破坏了"。其他像地下交通员郭洛耿父子、铁路工人金汉生、督促弟弟弃暗投明的梁玉环等人的形象，也都塑造得真实可信。在他们身上，不仅体现了冀中人民坚贞不屈、爱国爱家的优秀品质，也是这支敌后武工队能以少胜多、克敌制胜的根本保证和原因。小说中的这些人物，构成了冀中军民的英雄的群体，并用他们的具体行动，谱写了一曲中华儿女英勇抗敌的爱国主义的乐章，这乐章响彻中国大地并具有永久的历史穿透力，将会永远激励着中华民族为自己的美好前途抗争奋斗，这正是这部小说的思想魅力之所在。

《敌后武工队》的不足是，对全书的描写主体——武工队，过分注重了队员们个个具有较高政治觉悟和机智勇敢的共性，而对深入挖掘和表现他们独特的内心世界和个性重视不够，致使读者对他们难分你我，除刘太生外，其他主要人物，如小队长魏强，队员贾正、李东山及区委委员刘文彬等，虽然在作品中自始至终经常出现，然而形象却不够饱满，倒是花费笔墨不多，但写出了人物个性的抗日干部群众的形象，使人难以忘怀。这里有许多值得后人吸收的经验和教训。

第二节　李英儒　路一　张孟良

一、李英儒

李英儒（1914～1989年），河北清苑县人。1937年高中毕业后曾经到北平学英语。"七七事变"后回到家乡。1938年1月参加八路军，历任军校教员、宣传队长、编辑、记者。1938年8月起从事军事工作，被任命为某步兵团团长，在冀中大清河及易县、涞水一带坚持游击战。他带领部队参加了大清河北突围战、石屯攻坚战、沧石路截击战、小范村反包围战、夜袭安平城等一系列战斗。1940 年开始文学创作，同时参加冀中刊物《文艺学习》和《冀中一日》的编辑工作。1942 年他受冀中区党委指派，打入日伪占领下的河北省府保定做地下工作，开辟由冀中通往山区根据地的地下交通线。这一任务完成后，工作重点转移到发动群众、分化瓦解敌伪人员、营救被捕干部、为外线提供情报等地下工作方面，一直到抗战结束。1947 年后曾任晋察冀中央局联络部第一处处长、军区科长。新中国成立后在解放军总后勤部从事部队文化领导工作。他长期在冀中战斗生活，特殊的生活经历，为他后来的文学创作积累了丰富的素材。正如作者自己所说："我的第一部长篇小说《战斗在滹沱河上》以及以后写的长、中、短篇，还没有多少来自道听途说，大都是亲自经历的。"① 1954 年他的第一部长篇小说《战斗在滹沱河上》问世，被誉为新中国成立初期优秀长篇之一。之后又创作了长篇小说《野火春风斗古城》，获得了巨大成功，该小说先后被译成英、日、俄、德、朝、保等十多种文字发行海外，1963 年由八一电影制片厂摄制成同名故事片。他在"文化大革命"中受到迫害，被监禁八年，粉碎"四人帮"后调任八一电影制片厂顾问，创作了长篇小说《女游击队长》、《还我河山》、《上一代人》、《燕赵群雄》、《虎穴伉俪》、《女儿家》等。1989 年 2 月因病去世。

《战斗在滹沱河上》是李英儒的第一部长篇小说，1954 年由人民文学出版社出版。小说写的是 1942 年 5 月日寇对冀中发动了残酷的"五一大扫荡"，所到之处烧、杀、掳、掠，老百姓四处奔逃。沿河村人民在村长王金山、农会主任赵成儿、民兵队长赵胖墩、干部二青等人的组织下，配合子弟兵，与凶残的日寇展开了针锋相对的反"扫荡"斗争。为了保存力量，宋副团长带领大部队撤退，二青担任部队向导，途中与

---

① 李英儒：《善于思考，勇于实践——与青年作者谈创作》，见《李英儒研究专集》，解放军文艺出版社，1984 年，第 118 页。

敌人相遇，展开一场激战，给"扫荡"后骄傲的敌人以打击。为了警惕敌人的报复，赵成儿利用胜利的机会，发动群众挖洞，建立斗争堡垒。敌人很快开始进行疯狂报复。由于赵胖墩的麻痹，洞没有挖好，干部田大车受伤，不少群众被害。汉奸赵三庆带领日寇到沿河村搜捕村干部和民兵。在危急关头，赵成儿挺身而出，怒斥汉奸，为掩护其他同志而英勇牺牲。在赵成儿牺牲的第三天晚上，田大车、王金山、胖墩等人又被敌人包围，他们被迫转入地洞里，然而地洞又被敌人发现，情况万分危急。为了减少不必要的牺牲，地道隔成两部分，二青一人在外面成功掩护了其他同志。敌人撤退后，二青也被抢救了过来。刘政委率领部队回来了，同群众一道坚持斗争、恢复扩大根据地。沿河村民兵和部队紧密配合，在仙人桥附近打了个大胜仗。在庆祝胜利过程中，沿河村掀起了参军热潮。小说在复杂的矛盾斗争中塑造了赵成儿、二青、赵胖墩等干部群众的形象。由于"这本书里的材料，多半是作者亲身的经历……人物和故事，在相当大的程度上是依照真人真事写成的，情节的组织结构方面，大体也吻合当时的具体情况"①，因此"写得很感人"（康濯语）。作品出版后，广播电台曾全文播讲，个别章节，如《地下战斗》，1955年被选入人民出版社出版的《文学初步读物》。《沿河村的血迹》1956年由通俗读物出版社印成单行本。

真正奠定了李英儒在当代文坛地位的作品，是他的第二部长篇小说《野火春风斗古城》。这部长篇原载《收获》1958年第6期，1958年12月由作家出版社出版单行本，1962年由人民文学出版了修订本。小说描写的是抗日战争时期我地下工作者在敌占区的斗争和生活的故事。1943年冬，游击队政委兼县委书记杨晓东奉命前往日伪占领下的河北省城保定开展地下工作。他在地下联络员金环、银环及烈士后代韩燕来兄妹和周伯伯等人的帮助下，充分利用敌伪矛盾，营救同志、护送干部、散发传单、为外线斗争提供情报，展开了卓有成效的工作。他利用

---

① 李英儒：《战斗在滹沱河上后记》，见《李英儒研究专集》，解放军文艺出版社，1984年，第61页。

敌人进山"扫荡"、省城空虚之机，组织城郊武工队袭击了敌司令部，俘虏了伪团长关敬陶，对其进行教育后释放。日本顾问多田和伪保安司令高大成对关敬陶产生了怀疑并让被捕的地下工作者金环与关敬陶对质，以期验证他们的怀疑。金环不顾个人安危，掩护了关敬陶，并在以头簪刺杀多田时牺牲。不久杨晓冬也因叛徒的出卖被捕，他与敌人面对面地斗智斗勇，使敌人大伤脑筋。银环在武工队和地下党的配合下将杨晓冬救出；关敬陶弃暗投明，毅然起义，日伪军遭到沉重打击。杨晓冬与银环在共同斗争中产生了爱情，后奉命以伴侣身份离开省城去北平接受新的任务。

作品的巨大成功，首先在于题材的特殊性。《野火春风斗古城》所描绘的是 1943 年前后冀中日伪占领下的河北省城保定的地下斗争生活，是在敌我力量极为悬殊的特殊环境条件下的对敌斗争，斗争形势异常严峻残酷，斗争环境异常险恶复杂，这就决定了这场斗争的特殊性。作家在自身丰富的实际斗争生活经历的基础上，通过杨晓冬、金环护送首长过封锁线，智斗蓝毛，捉放关敬陶，金环被捕就义，杨晓冬狱中斗争及被地下党营救出狱等一系列惊险曲折、跌宕有致而又引人入胜的情节，艺术地再现了我地下工作人员在另一条战线上所进行的惊心动魄的斗争，显示了这条战线在削弱敌人、瓦解敌人、配合外线武装斗争方面所起的特殊而重要的作用，使我们对抗日战争有了更深刻、更全面的了解。这是李英儒在题材方面对中国当代文学的独特贡献。

作品成功的第二个方面是，相当成功地塑造了以杨晓冬为代表的一批地下工作者形象，表现了他们大义凛然、视死如归、"手中无寸铁，腹内有雄兵"的英雄气概。杨晓冬是作品的核心人物，他原是贫苦农家出身的青年学生，时代熔炉锻炼了他，进入省城做地下工作时的他已经是我党一名优秀的地方抗日武装和基层政权的领导人。他是这场地下斗争的领导者、组织者，也是战斗员，作者把他放在种种艰难曲折中来展现他思想性格的多个侧面。他既有高度的政治觉悟、政策水平、组织能力，也有一个成熟战士的机智、沉着和果敢；既有面对敌人的威逼利诱而大义凛然、视死如归的英雄品格，也有深厚的母子之情、深挚的男女之爱及对同志入微的关怀。正因为如此，这一人物才显得既丰满又真实可信。作者虽然给了他最多的笔墨和展示英雄品格的机会，但"我们可没有这么一种感觉，是杨晓冬个人在那里逞英雄"①。作品中的金环，也是一个光彩照人的形象。她是在"鬼子兵陷落城垣的那一年"，带着妹妹银环"逃亡到千里堤"的，她宁可住五道庙讨百家饭，也不肯给地主做小，后来嫁给一个长工，婚后不久便鼓动丈夫参军打鬼子。丈夫牺牲后，她便带着孩子重回省城，移居郊区，按党的指示，秘密从事地下交通工作，并把妹妹安插在省城一所医院做内线工作。她经常巧妙出入于日伪炮楼、岗哨之间，护送干部、传递情报，成为我党一名非常出色的地下交通员。作品通过一系列细节，显示了她爱国、爱人民的思想觉悟，同时也显示了她机智勇敢、泼辣刚强的性格特点。后来，由于一个小小的疏忽而不幸被捕，她巧妙利用敌人之间的矛盾，置汉奸李歪鼻于死地，又全力掩护了为我地下党争取的对象关敬陶。她的遗书充分表达了她热爱生命、热爱自由、热爱生活，但绝不逃避为抗日救亡事业应当承担的牺牲，哪怕是献出生命。其他像善良、热情、无私而又略显软弱的交通员金环的胞妹银环，深明大义的杨晓冬的母亲杨老太太，鲁莽大胆、血气方刚的韩燕来，稚气活泼而又机灵心细的小燕，饱经风霜、略带世故而又热诚善良的周伯伯等人物，也都塑造得较为成功，给读者留下了深刻的印象。

小说成功的第三个方面是它生动的故事情节和传奇色彩。小说以带有传奇色彩的笔触向我们展示了地下工作艰险、复杂、残酷、严峻的真实图景，这是对地下工作者智慧、觉悟、胆识、经验、能力、人格精神超常规的全面考验，因此也常常将读者引向关于战争与和平、正义与邪

---

① 叶圣陶：《读〈野火春风斗古城〉》，见《李英儒研究专集》，解放军文艺出版社，1984年，第143页。

恶、现实与理想、个人与群体等具有普世价值问题的思考。全书故事惊险、曲折，情节安排跌宕有致，对读者具有强烈的吸引力。小说的语言朴实、生动，富于浓厚的地方色彩和民族韵味，也是这部长篇小说成功的重要因素。小说一经发表，立刻以其题材的新颖、情节的引人入胜、人物形象塑造的成功而引起强烈反响，报刊上还对此开展了热烈讨论。1963 年被改编成同名电影，还译为日、英、俄等多种文字，产生了更广泛的影响。

"文化大革命"中，李英儒惨遭迫害，被监禁长达八年之久。囚禁中，他在物质条件和环境极端困难的条件下，以《资本论》的字缝为稿纸，偷偷创作了长篇小说《女游击队长》，粉碎"四人帮"后重新加工整理出版。小说仍以他最为熟悉的抗日斗争生活为题材，以 1942 年秋冀中抗日根据地军民奋勇抗击日本帝国主义侵略的斗争为背景，通过描写蒲州（今保定涿州）抗日游击队，在人民群众支持下，在党的正确领导下同日伪军所进行的艰苦曲折的斗争，塑造了女游击队长凌雪晴及季中扬、吕家子、龙莲、金大娘等人的形象。由于写作年代的原因，这个长篇虽然有曲折的故事情节、流畅的语言，但人物和主题都带有明显的概念化、简单化倾向，时常有政治性的说教和图解政策性的话语出现在作品中，影响了作品的政治性和艺术性。

1981 年由人民文学出版社出版的《还我河山》可视为《野火春风斗古城》的姊妹篇。小说描写的是抗日战争后期我地下工作者在敌占城市（保定）的斗争生活。这部长篇小说在艺术上保持了《野火春风斗古城》的某些特点，如故事情节曲折跌宕，结构严谨精巧，比较成功地塑造了乔兰弟、张枫林、雪娟、瑞琪等人的形象。作者注意随情节的发展变化来表现人物的思想性格的发展变化。如乔兰弟，她作为游击队的女英雄，初来城市做地下工作，环境与工作性质的巨大反差，使她产生了多方面的不适应，但在斗争中，她逐渐变得老练起来并担任了领导的重担。她多次深入虎穴探察敌情、营救同志、策反伪军，经受了一次次的严峻考验，完成了上级交给的各项任务，她的思想性格也在这一次次的考验中得以展示。再如纯洁天真的女中学生瑞琪，因为侵略者的威逼利诱而丧身失节，也由于性格的软弱而忍辱屈从，不思也不敢反抗，后在乔兰弟启发下，为正义力量所感召，慢慢觉悟过来。作者层次分明地写出了她思想性格的复杂性和微妙变化，使其成为全书血肉最为丰满的形象。《还我河山》存在的不足是明显的，主要表现在作者似乎过分看重情节的惊险曲折在结构方面的作用，而忽视了它对展示人物思想性格的意义；人物塑造方面，追求"高大全"的问题似乎还在某种程度上存在着。这使得该长篇没有能够在《野火春风斗古城》的基础上有所超越。除此外，作家还创作了《燕赵群雄》、《女儿家》等反映冀中抗日斗争的中长篇小说，由此可见作家对冀中人民抗战生活的一往情深。

二、路一

路一（1912～1997年），原名吴路一，河北蠡县人。1927年在蠡县高小读书时加入共产主义青年团，1930年加入共产党。1932年参与并领导了通县十师、泊头市省立九师学潮。1933年春回蠡县开展恢复"高蠡暴动"失败后的博（野）蠡（县）中心县委工作，由于叛徒破坏，同年秋天被迫逃往北京。在北平主编了北平"左联"的文艺刊物《荒草》、《熔炉》及《文学导报》等。1937年回蠡县工作，抗战暴发后任蠡县县委委员，1938年后调任冀中军区政治部宣传部总编辑，主编《红星》、《火线》杂志。1939年冀中文建会成立，任副主任兼编辑室主任。抗战胜利后改做党务工作。新中国成立后历任河北省文化局局长、河北省委宣传部副部长、《长城》主编等职。创作有长篇小说《赤夜》和中篇小说《华夏魂》等。

长篇小说《赤夜》是路一的代表作，1982年由人民文学出版社出版。小说写的是1932年高蠡暴动失败后到抗日战争爆发前，冀中潜龙河一带人民的革命斗争生活。1932年冀中爆发了震惊全国的高蠡暴动，国民党反动派对它进行了惨无人道的血腥镇压，革命者的头颅被挂在城楼上示众。但在这革命遭受挫折的漫漫长夜里，赤色火种仍在地下燃烧。小说表现了革命者和共产党人"在爆发革命和革命遭受挫折，人民经受苦难的严重时刻，他们那种为共产主义事业奋斗的坚定信念，百折不回，英勇不屈的革命精神和崇高情操"[①]。

《赤夜》分两条线索展开故事：一条线是以田大娟为核心，写她和姜破烂以姜桥为基地，恢复党的组织，"奔走革命"，积聚力量，领导群众开展向地主吴国宾等黑暗势力的斗争；另一条线索是以吴三喜、萧继光在飞龙镇领导工人罢工和学生运动及碱口洼四十八村的抢盐斗争。最后，以中共高、博、蠡中心县委召开活动分子大会，会后萧继光、吴三喜、田大娟、姜破烂等分头组织群众到蠡县游行示威和抢盐，遭到反动派镇压结束。小说通过这两条线索，把农村斗争和城镇的工人运动、学生运动，经济斗争和武装斗争有机地交织在了一起，在广阔的背景上深刻反映了30年代初期冀中的时代风貌。但小说在处理两条线索的关系上存在着明显的缺陷，这就是两条线索间缺少内在逻辑上的互相照应、互相推动和互相映衬，给人以松散的感觉。

《赤夜》描写了众多人物，其中田大娟和姜破烂是两个性格较为鲜明的人物形象。田大娟从小跟奶奶逃荒，她还未成年时奶奶就因冻饿而死。她出嫁不久丈夫就被抓丁，一去多年杳无音信，只得与年幼的女儿相依为命。在艰难的生活中，她经常得到扛长工的吴三喜的帮助，对吴三喜产生了爱情。"高蠡暴动"失败，她为吴三喜的安危坐立不安，为了探听吴三喜的消息到县城去查看遇害者的人头，因为对吴三喜的情义而对革命产生了朦胧的向往。她因为掩护吴三喜而被抓进监狱，受尽了酷刑和折磨，变得更加坚强，当人们说她是"女共产党员"时，她引以为豪，更加增添了"拼斗"的力量。出狱后"自动

---

① 路一：《赤夜·后记》，人民文学出版社，1982年。

走进党内来"，"一步一步和革命拴到了一起了"，成了县城南部"六个党支部的中心支部书记，她是姜桥一带村庄穷苦人的首领"。作品通过许多生动的细节和斗争故事，对她的思想性格进行了多侧面的刻画，通过这个形象说明血腥屠杀和白色恐怖并不能阻挡社会的前进和人民对正义和真理的追求。

姜破烂是作者塑造的一个具有传奇色彩的人物。他一出场就给人留下了深刻的印象：在姜桥村南青纱帐的"狐狸洞"里，一个"赤身露体，光着两只脚丫子，只在腰间一前一后耷拉着两片破布"的野孩子，与他相依为命的是"一条满身泥巴，分不清毛色的狗"。他有着苦难的家史，"南霸天"吴国宾逼得他无法回村，长期"穴居野外"，后来在田大娟、吴三喜、赵五江的帮助下一步步成长起来，由过去的单纯个人复仇到加入集体斗争行列，成为中心县委"办事情从来没有打过折扣"的交通员。其他人物如吴三喜、萧继光、二妹子也给人留下了较深的印象。小说对冀中风俗、群众语言的吸收增强了小说的乡土气息。

三、张孟良

张孟良（1927～），河北省静海县（今属天津）人。少年时代生活贫苦，父母早亡，经历过孤儿院、乞丐、流浪汉及苦力的生活，未进过学校。1942年在本村当儿童团长，不久参加八路军区队。抗日战争胜利后复员回静海。1948年再次参军，1963年转业。先后在部队和地方担任过护士、军医、文书、区队长、编辑、创作组长和廊坊地区文联副主席等职。张孟良的文艺创作始于1949年，他先在部队编写文艺节目，后陆续在《华北解放军报》、《解放军文艺》等报刊上发表文艺作品及评论文章。1957年底，他的第一部长篇小说《儿女风尘记》由中国青年出版社出版，受到读者欢迎。这是一部带有浓重自叙传色彩的长篇小说，它通过主人公张天保夫妇和儿子小马在党的教育关怀下，参加冀中抗日斗争的经历，揭示出只有在共产党领导下进行革命，才能求得翻身解放的真理。继《儿女风尘记》之后，1964年他又创作出版了长篇小说《三辈儿》。这部长篇的题材与《儿女风尘记》有些类似，主要是通过主人公曹金虎（三辈儿）的苦难身世和最后投奔八路军的描写，揭露、鞭挞了旧社会的罪恶，显示了劳动人民接受党的领导、走上革命道路的必然性。与《儿女风尘记》相比，《三辈儿》的艺术结构更加集中完整，人物形象更加鲜明，但对生活的概括力和艺术感染力不及前者。

1981 年由天津百花文艺出版社出版的长篇小说《血溅津门》，标志着张孟良的创作题材、创作思路和艺术风格发生了很大变化。这部写成于 1976 年，后经多次修改而成的长篇小说，不再像过去的创作那样，以个人苦难经历为着眼点，也突破了写真人真事的束缚，而是以更加开阔的视野，从抗日战争时期敌后战场上八路军及地下工作者的生活和斗争选取素材，借鉴和运用我国古典小说和民间艺术手法，使自己的创作达到了一个新的高度，取得了可喜的成绩。

《血溅津门》描写的是抗日战争时期，我津郊武工队配合天津地下党组织，为摧毁日本驻屯军侵华基地而与敌人英勇斗争并取得胜利的故事。1943 年后半年，抗日战争即将进入反攻阶段，上级指示活跃在冀中八分区（天津静海一带）的一支武工队进入津郊，配合天津地下工作者，把天津这个日军在华北最大的侵华兵站基地打瘫痪，以配合全国各抗日战场。队长郝明率领这支由 56 人组成的武工队，进入津郊团泊洼后，在广大群众的支持下，在内线同志的配合下，充分利用日伪军警宪兵特务之间的矛盾，以声东击西战术，大闹天津：捣毁了袁各庄据点，巧妙截获敌人运往前线的 30 万斤大米食品；巧施离间计，使日军与特务铁血队、治安军发生火并；最后除截获南运军火的列车外，还炸毁了敌人的军火物资仓库，终于使日军这个后方供应基地瘫痪，加速了日本侵略军在中国的灭亡。在这艰苦曲折的斗争过程中，郝明与失散多年的亲人疯姑也终于重逢。

《血溅津门》较为成功地塑造了武工队指战员郝明、于芬、小铁锤、李德欣及战斗在敌人心脏的地下工作者尹兰（李圆丽）、李洪信、冯老辛、王新培等人的形象。武工队长郝明是作者集中笔力塑造的英雄形象。小说的"引子"写一个化装为民伕的青年大汉愤怒抢摔欺侮、鞭打群众的伪军中队长，又在夜晚掐死哨兵后闯进帐篷，用铁锹将日军头目多多良铲得血肉模糊，并以敌人的帽子蘸着血在帐篷上写下"郝明"两个大字。这样的出场，一开始就给读者留下了不凡的印象，为他的英雄品格定下了基调。以后在袭击鬼子骑兵队，声东击西大闹天津，假扮夫妻深入虎穴，比武活捉"白帽盔"，炸毁敌人军火库等一系列与日伪军警宪特的曲折、复杂、惊险的斗争中，他那机智勇敢、沉着老练、临危不惧的性格特点和忠于党、忠于人民的思想境界一再得到展现。同时，作品还通过他的爱情生活，来揭示他丰富的内心世界和道德情操。他曾经和患难中一起长大的姑娘疯姑结婚，但在新婚之夜二人被日伪军冲散，疯姑被抓走后一直没有音信。他为报仇而参加了八路军，后逐步成长为一名出色的指挥员，但对疯姑一直思念不已。虽然与他在战斗中结下了深深情谊的指导员于芬也深深地爱着他，但因疯姑他一直拒绝于芬的爱。后来在于芬的帮助下，他与疯姑（现为地下工作者尹兰）终成眷属，这条线索的描写，使郝明的形象更加丰满。两个女性人物也以她们富有传奇色彩的经历和高尚的道德情操给读者留下了深刻的印象。作品中的几个反面人物，日军大佐联队长兼天津防卫指挥官多多良、汉奸"青帮"头子袁文会、伪军宪特骨干郭运起等，作者也没有作简单化处理，小说既写出了他们的凶狠残暴、狡猾阴险，也写出了他们之间难以调和的矛盾，展示他们之间既互相勾结依赖又互相猜忌的丑态和灵魂，同样给人留下了深刻的印象。

《血溅津门》在艺术手法上，可以明显看出古典小说和民间说唱艺术的影响。对于传统艺术形式，作者有自己的认识，他说："民族式的'中国式'小说应当看做是我国文学宝库里的一颗璀璨的明珠。'武侠说部'是人们喜闻乐见的一种文学形式，它拥有广泛的读者，在民间有广泛的影响，我们应当发掘、继承、运用它，去其糟粕，取其精华，从中汲取那些健康的东西，来充实社会主义新文学的开拓和创作。"① 正是基于这样的认识，作者从我津郊武工队配合天津地下党组织，为摧毁日本驻屯军侵华基地而英勇斗争这一特定主题和题材出发，继承、借鉴并熟练地运用我国民间故事和评书的表现形式并加以发挥，着力从所掌握的生活素材中提炼出惊险曲折的故事情节，在敌我两个阵营的尖锐对立、武装斗争和地下斗争两条线索互相交织中，来展示曲折迂回而又惊心动魄的斗争场景，歌颂冀中军民抗日英雄事迹，展现子弟兵和地下工作者忠于党、热爱人民的高尚情操。作者时常借用传统评书艺术中的悬念、巧合、暗笔、释疑等手法，使全书故事不仅连贯完整、环环相扣，而且多有波澜壮阔、引人入胜。最后在武装斗争取得胜利的同时，郝明与疯姑也在几经磨难后终于团圆，主要人物都交代了结局，既有来龙，又有去脉，非常符合中国人的欣赏习惯和审美心理。另外，小说是以天津及周围郊区为背景创作的小说，浓郁的生活气息和鲜明的地方色彩也为这部长篇增添了魅力。

《血溅津门》的主要不足是个别细节存在纰漏，如第五章写在武工队隐藏的大苇塘招待尹兰时，郝明以为饭菜里全是"水里凫的、地上蹦的"，没有天上飞的，便到茅棚外朝惊飞起的一对山鸡连开两枪，两只山鸡应声而落。这固然表现了郝明不俗的枪法和对地下工作者的热情，但武工队的保密纪律恐怕不容许这样做，何况他是队长。郝明冒充高级特务马奇洋这一情节，尽管作者多有铺垫交代，但还是让人感到难以置信。另外，作品有的章节语言不够精练，如第二十四章，冯老辛向武工队介绍三条运粮路线，就显得过于烦琐，给人拖拉之感。但瑕不掩瑜，小说出版后很快被拍摄成电视剧，受到人们的广泛欢迎。

---

① 张孟良：《〈血溅津门〉及其答记者问》，转引自紫叶：《张孟良小说论》，见龚富忠主编：《河北小说论》（上册），花山文艺出版社，1989年，第428页。

第三节　刘真　李丰祝

一、刘真

刘真（1930～　　），原名刘青莲，出生在山东夏津县一个小村庄。她的两个哥哥很早就参加了八路军，为此全家遭到日伪势力迫害。1939年刘真随全家来到冀南抗日根据地，9岁便参加八路军，当过冀南区宣传队演员、地委通讯员和冀南军区平原剧社演员。"因为小，夜间行军，我总是一面走一面睡觉。队伍进了村，要拐弯，我不知道，常常一头撞在墙上。我的队长、指导员，把我腰里拴上条带子，拉着我走。就这样，我一年年长大了，会作点工作，会写日记了。"①1943年她加入中国共产党。解放战争时期随第二野战军文工团赴前线，平时宣传演出，战时救护伤员。1949年后曾任文工团队长、创作室主作、师文工队长等职，开始写文艺通讯。她的童年、少年经历，是她日后小说创作重要的题材来源。1951年在东北鲁迅文艺学院学习，创作第一篇小说《好大娘》。1952年到北京中央文学讲习所学习，1954年毕业后到作协武汉分会从事专业创作。1958年到河北文联，1972年到邯郸文化局创作组。"文化大革命"后任河北文联副主席，中国作协河北分会副主席。主要作品有短篇小说集《林中路》、《长长的流水》、《英雄的乐章》，以及散文集《山刺玫》等。

刘真的小说创作可以"文化大革命"前后分为两个时期。她前期的小说以革命历史题材为主，大多叙述自己在革命队伍中的童年印象，经常采用第一人称的儿童口吻叙述。她说："这些作品，大部分是写我个人的生活经历，尤其是写童年的那些篇章。"②以"自叙传"的童年视角

---

① 刘真：《长长的流水·后记》，人民文学出版社，1979年。
② 刘真：《刘真短篇小说选·自序》，花山文艺出版社，1983年。

来写童年印象，是刘真前期小说的重要特征。

发表于1951年的短篇小说《好大娘》是刘真的处女作。小说以1942年4月日军对冀南进行疯狂的“扫荡”为背景，以第一人称记述了一个13岁的小八路“我”（即小刘）所在部队与日伪军战斗里，被日军飞机扔下的炸弹埋在土里昏了过去。等她醒来时部队转移了，她随逃难的百姓乱跑而被敌人包围在一个村子的大院里，她钻进谷草垛里才没有被敌人抓住，可她的战友小赵惨遭杀害。她趁夜色逃了出来，但迷迷糊糊跑了一夜，却跑到了敌占区。在危急关头，她得到了“好大娘”舍生忘死的救助和掩护，并被“好大娘”背着逃出敌占区，找到了自己的队伍。小说以动人真切的情感回忆叙述，再现了革命战争年代军队与人民的血肉关系。这篇小说在艺术上虽然显得粗糙，但已经显示刘真小说的主要特点：深情的自叙回忆、儿童视角、第一人称和无处不在的童心童趣。如这篇小说是这样开头的：

> 我和小赵，都是俺宣传队的宝贝疙瘩，她十四岁，我十三岁。虽然俺俩年岁小，干工作可带劲。有一次在群众大会上，我和小赵刚唱完河南坠子，那些大娘大嫂子们，紧紧地把我们包围起来，这个抢过来抱抱，那个抢过去亲亲。这个问：“你这么小的年纪，怎么就学会抗日呢？真有出息。”那个说：“小嘴那么灵巧，像小燕子一样，是谁教给你的？”常常是不知不觉，我们的军装口袋里，被塞满了花生、糖、大红枣。指导员总爱开玩笑地说：“又犯群众纪律啦？”我和小赵噘着嘴，假装生气的样子说：“俺一点也不知道，是人家自愿拥护的。你愿意吃，给你点儿，别眼红！”

这深情的回忆与动情的叙说和活泼有趣的笔致，是刘真的小说被读者喜爱的重要原因之一。《好大娘》获得1953年全国儿童文学作品三等奖。

标志着刘真小说在表现生活的深广度和艺术上长足进步的小说，是创作于 1953 年的《我和小荣》。《我和小荣》中的主人公就是两个孩子，一个是"我"，15 岁的小王，是部队里的"小鬼"和经常穿越敌人封锁线传递文件的小交通员；另一个是 12 岁的女孩小荣，普通农民的女儿，也是个小联络员。故事就是围绕他们两人展开："一九四二年六月的一天晚上，赵科长帮助我把文件包结结实实地捆在身上，像往日一样，我就朝着我要去的那个秘密地方出发了。"可接下来对"我"的考验却一个接着一个。先是天气，"六月的天气是很奇怪的，刚才还有满天的星星向我挤眼睛，突然，暴风带着满天的黑云，像是一头没有笼头的野马，迎面呜哇呜哇地叫喊着，拼命向我扑来"。黑云织成的天幕，把银河、北斗星都盖了起来，"我的心一慌，天那！哪里是我应该去的方向，我竟不知道了"。而"四面都是日本鬼子的炮楼，探照灯像魔鬼的眼睛，在我的身上晃过来晃过去，就像为了寻找我的文件包"。虽然"我""已经是参军三年的老战士了"，如果没有"活神仙"一样的交通员送"我"到目标地村边，我也不能及时赶到交通站李大娘家。而到了交通站时情况更加出人意料，"我"几次发出的暗号而没有回应，门上却贴上了三道封条。正在"我"焦急万分时，李大娘 12 岁的女儿小荣突然出现，拉住我说："村里有汉奸，咱们到村外去说。"这才知道李大娘、李大伯已经被敌人杀害。"好半天，我才说出：'文件怎么办？赵科长叫立刻转送西交通站。'小荣马上止住哭说：'我就等着这件事呢，快交给我。'"但"我"还是觉得小荣太小了，于是决定与小荣一起把文件送到西交通站，完成任务后又把小荣带到部队上。在这个故事框架内，穿插了"我"对小荣一家回忆及与小荣的一起成长故事，写了被她称为"活神仙"的老交通员以抗日为乐的开朗和赵科长对"我"及小荣的亲切教导和慈父般的关怀以及张大娘对小荣的阶级情谊等。这既拓展了小说反映生活的深广度，又交代了小英雄们的成长环境。《我和小荣》获第二届全国儿童文学作品一等奖。此后她在"文化大革命"前陆续发表了《核桃的秘密》、《红枣儿》、《弟弟》、《大舞台和小舞台》等小说，另外还有以取材于西南边防生活的《三座峰的骆驼》、《对，我是景颇族》的一组小说等，使她成为全国有影响的女性作家。

1959 年发表在《蜜蜂》杂志上的《英雄的乐章》，是刘真珍视的佳作，也是她对生活、对战争思考更加深入的标志。它描述的是一对男女战士从少年友情发展到青年恋情，后来男战士为革命英勇献身的故事。1939 年，还不满 10 周岁的"我"（清莲）到部队，参加了艺术训练班。音乐组长是"我"曾见过的教唱歌的小兵张玉克。他过来和"我"握手，"我"害羞地用力把手抽回。从此他不再单独和"我"说话，好像有什么东西把我们隔开了。但当这"娃娃队"被敌人围追时，"我"在最危险的时候，还是他帮助了"我"。训练班结束分手后，"我"一直想念他。1942 年敌人"扫荡"，"我"藏在老乡家里。有一天他突然出现在"我"的面前，他已是一位真正的士兵了。他要求上级把"我"送到太行山念书，可"我"再没见到他。一直到 1945 年冬，在伤兵运送站里，"我"见到了受伤的他，这时他已是一位英俊的连长了。他问"我"是否愿意跟着他一直走到共产主义，当"我"说"乐意和你并排走"的时候，"长串的热泪，从他那微闭的眼睛里无声地流出来"。到 1947 年，他已是一位立过三次大功名闻全军的英雄营长。一次在"我"演完《白毛女》卸妆时，突然在镜子里看到了他。这令人惊喜的见面，使两颗年轻而充满理想的心更近地贴到了一起。然而在山羊集战役中，他却在带头向设有敌指挥部的最后一个地堡进攻时不幸中弹牺牲了，他用壮丽的青春谱写了一曲英雄的乐章。小说弥漫着作家深沉的感伤和沉重的思考：战争把他锤炼成英雄，但战争又无情地夺去了他的生命，也夺去了"我"的初恋。这是作者在当时历史条件下对战争和生命的独特感悟、体验与思考。小说感情充沛，含蓄真实，具有浓厚的人情味；同时，小说描写细腻，想象丰富，语言流畅，富有诗意。但作品在当时是作为批判修正主义文艺思潮的靶子附发在《蜜蜂》杂志上的。批判文章认为，小说"将个人幸福与革命事业对立起来"，"把革命斗争的胜利看成个人的悲剧"；"宣传了悲观失望的厌战思想，宣传了资产阶级的和平主义"，"以资产阶级人道主义观点，看待革命战争和爱情问题"，因而是"配合修正主义思潮对无产阶级文艺事业进攻的一支毒箭"。① 对《英雄的乐章》的批判，是当时全国文艺界在"左"的思潮之下开展的诸多批判之一。这种批判不仅中止了革命历史题材作品中作者对战争体验与个人关系的思考，而且大大伤害了作家的感情和创作的积极性，也使她更加怀念战争年代里人与人之间那种真挚、纯洁的关系。1962 年周扬代表作协否定了对她的批判后，她的创作才得以恢复。现实与历史的强烈反差，促使她创作了以回忆战争年代里人与人之间真挚而纯洁情谊为内容的小说《长长的流水》。

《长长的流水》发表于《人民文学》1962 年第 10 期。小说以第一人称"我"的口气写了一个在战争中成长起来的调皮的"假小子"。"我"家住在平原，1943 年春天，党把"我"送上太行山，参加了整风大队。倔强、调皮、有点自高自大的"我"，因为当过宣传员、交通员，被敌人逮捕过，就觉得自己了不起，不喜欢学习。"我"的组长是李云凤大姐，她抗战前就在济南领导学生运动，后来她与做商人的父亲决裂。她待人非常好，一去就命令"我"洗澡，督促"我"学习。"我"先是哀叹，还没长大就有了一个婆婆，后来逐渐喜欢她了。整风到 8 月上，大姐长了一脖子淋巴结核疙瘩。她到卫生所去休养，又托付别人教"我"功课，并给了"我"一个很新的黑皮本子。整风学习完以后，"我"又去上了半年中学。一次生病住院，见到了大姐。她瘦了，因为缺乏必需药品，淋巴结核串遍全身，她的一条腿完全不能动了。"我"说不出的难过和悔恨，八九个月了，就不知道来看看她。妈妈给"我"捎来两双袜子，"我"送给大姐一双，但她批评"我"在日记上骂老师，光检讨不改，这样下去就变成兵油子了，气得"我"把袜子又要了回

---

① 王子野：《评刘真的〈英雄的乐章〉》，《文艺报》，1960 年，第 1 期；康濯：《同根长出的两株毒草——略谈〈英雄的乐章〉和〈曹金兰〉》，《蜜蜂》，1960 年，第 1 期。

来。每天晚上，她都给"我"讲《保尔》等故事，后来不讲了，要"我"自己去看。"我"一钻进书堆，才知道自己知识太少，是个大傻瓜。回到平原后，"我"在文工团工作，听说她残废了，但坚持拄着双拐工作。1960年开党代会时，"我"又碰到了阔别15年的大姐。她已与住院时的孙医生结了婚。她夸"我"文章写得好。小说以冀南区革命军民斗争为生活背景、采用第一人称的写法，带着明显的自传痕迹，同样是刘真早年生活的艺术再现。小说对假小子"我"的形象刻画得非常生动。如她的调皮：云凤大姐叫她洗头，她说没头发，不用洗。大姐说没头发也有土，她说"没有土怎么长庄稼呢？"叫她学功课做算术，她说"一个鬼子加两个鬼子，等于三个鬼子，这么一加，那三个鬼子也死不了"等。再如她的天真：听见鸟叫以为与她比歌喉，看见河水闪亮想象为许多只眼睛。再如任性与不懂事：因为大姐的批评而把送给大姐的袜子再要回来等。趣味性的情节增强了人物的生动性、真实性，也更凸显了人物性格。《长长的流水》成为刘真最著名的代表作。

　　刘真早期小说创作都是以冀南和太行山区军民的斗争生活为背景，表现根据地孩子在艰苦的斗争生活中经受锻炼而逐渐成长的故事。她小说的主人公都在9岁到15岁之间，大都用第一人称，多以作家自己童年生活和思想格调为小说素材和情绪基调，带有明显和自叙传性质。刘真笔下的儿童，是那样地勇敢机智、乐观顽强，又天真纯洁、活泼可爱，富于儿童情趣和想象力。但刘真又没有对此有意拔高，时时注意小战士的素质和觉悟与儿童的天性稚气、兴趣爱好、语言行为的一致，从不忘记他们是儿童，不可避免地有倔强、淘气、馋嘴、爱哭以及自我控制力、生活自理能力差的一面；当然，她更没有忘记她笔下的这些儿童成长与严酷战争及抗日根据地环境的关系，写出了少年儿童在革命战争中经受的教育、考验和成长。她以儿童的视角和感受来揭露侵略者的罪恶，再现革命斗争的艰难曲折、大家庭的温暖和军民血肉深情。她笔下的那些好大娘、好大姐、好领导，正是作者成长过程中，保护过她、哺育过她的人民群众和战友。这类人物的共同之处是嗔怒中透着亲切，严格中包含着疼爱，他们对身边缺少父母关爱的孩子来说，是他（她）们难以忘怀的。作者笔下的这些人物形象，也给读者留下了难忘的印象。

"文化大革命"中，刘真同样受到迫害，新时期她才拿起笔来重新开始了创作，此后的创作可视为刘真创作的第二个阶段。在这一阶段的作品中，最有影响也最具代表性的小说是短篇小说《黑旗》。这篇小说发表于1979年，与茹志鹃的《剪辑错了的故事》几乎同时发表。《剪辑错了的故事》巧妙地从40年代和50年代两个不同历史阶段中，着意剪辑了一些故事片段，重点通过"大跃进"与革命战争年代干群关系的对比，对极"左"路线破坏下的干群关系表现出深深的忧虑。而刘真的《黑旗》则着重揭示了"大跃进"年代的浮夸风给人民群众带来的灾难与不幸。小说以"我"（罗萍）在全国"大跃进"的背景下，从省妇联下放到河北某公社担任公社副书记的经历和感受为线索，再现了当年浮夸风横吹下农村种种荒诞的生活景象。如"在县委召开的一次电话会议上，喇叭筒里传来一个外号叫刘大炮的公社书记的声音：'二十年赶上英国！就是那么难吗？不，我一年半就要赶上！'一位细声高嗓的女干部说：'一年半？不行，我保证，俺公社三年内实现共产主义社会。'"在报产量会上，"刘大炮说：'我保证，我们全公社今年平均亩产五万斤。'"在这个基础上"所报的数字越增越高，到了十五万斤了"。正是在这种喧嚣的浪潮中，"我"所在公社的干部们为了坚持实事求是的原则，坚决不肯虚报产量，不肯放"卫星"，结果被定为全县落后的典型，颁下一面黑旗以示惩罚，在政治上承受着巨大压力，正直的公社书记丁尽忠甚至被逼疯，我离开公社回到省里。小说结尾是18年后，即1976年"文化大革命"末期，当"我"因出差而重返这个地区（保定）时，看到的到处是讨饭的人群，到处是凄凉的景象。一面"黑旗"，织进了20多年农村痛苦的历史，也织进了刘真对这段生活的深刻思考。但小说结尾"我"与当年一起抵制浮夸风干部群众巧遇的描写，有较明显的人为痕迹。同样具有"反思"意味的小说还有《余音》、《姑姑鸟》等。新时期刘真的小说收编在《刘真短篇小说选》中。

二、李丰祝

李丰祝（1932～　），河北省武强县人。1947年3月参军，参加了解放石家庄战役，后来又参加了保北、冀南、冀东、平津战役，参加了解放太原、解放大西北的战役及抗美援朝等，先后任连队副指导员、团宣传干事，师宣传科长、军区《前进报》总编室副主任。他创作的第一部长篇小说《保卫马良山》，1974年1月由辽宁人民出版社出版。小说描写的是一支志愿军部队在朝鲜人民军与朝鲜人民配合下，英勇战斗并取得胜利的故事。1976年李丰祝转业地方，先后任河北省出版局副局长、河北省文联副主席、花山文艺出版社社长、河北省出版协会副主席等职。李丰祝有长期部队生活体验，又有长期在宣传和文化部门工作的经历，他的作品多与军旅生活有关。转业地方后的主要作品有长篇小说《解放石家庄》、《长长的征程》以及电影文学剧本《三大战役》等。

《解放石家庄》，1977年由解放军文艺出版社出版，是李丰祝最有影响的长篇小说。小说写我军某旅执行党中央的军事部署，南征北战英勇杀敌并不断取得胜利的战斗生活。小说情节围绕解放石家庄这一总目标展开，既清晰勾勒出我军解放石家庄这一华北重镇的总体战略思想和部署，又通过对参战某旅的具体描写，生动再现了这一战役的详细进程和我军官兵的精神风貌。1947年秋，为了解放石家庄，中央军委决定将守敌引出他们经营多年、易守难攻的石家庄，在运动战中予以围歼。因此，我人民解放军调动冀中多路部队，先造成了攻打保定的假象。在这期间，钟天民旅长抓紧时间练兵，并对战士们进行思想教育，使干部战士克服了落后狭隘的农民意识，战斗力有了很大提高。石家庄守敌军长绰号"老耗子"，为了保存自己的势力，并不轻易上钩，但在我军真真假假的迷惑下，在蒋介石的催逼下，不得不前去"增援"重兵包围下的保定。在完成保北引诱敌人的任务后，钟天民旅与兄弟部队一起挥师南下。"老耗子"的部队在民兵游击队的阻击下行动迟缓，难以与保定守敌汇合，欲退又不能。钟天民旅和其他部队以惊人的速度直插清风店，将敌人围困在清风店地区。我军乘敌人没有准备，首先攻下敌人占据的北营，使南营之敌被孤立。南营是敌主力驻地，修筑了牢固的防御工事。钟旅长在其他各旅的配合下，向敌人发起了猛攻。英雄连队潘有财连孤军深入，像一把尖刀直插敌人心脏，战斗打得异常激烈。地方民兵给予了部队有力的支援。经过浴血奋战，全歼南营之敌，活捉敌军长"老耗子"，完成了解放石家庄的第一步。石家庄是敌人经营多年的城市，防御体系完备，易守难攻。我军指战员以集体的智慧和胆略，把坑道挖到了敌人防线下，抢先突破，打乱了敌人的部署，又迅速突破了敌人的几道防线，全歼了守敌，活捉了敌酋刘疯子，胜利解放了石家庄。

小说真实地再现了我军在解放石家庄战役中的战略思想和我军指战员精诚团结、机智灵活、英勇顽强和不怕牺牲的精神，同时也表现了战争对我军官兵中农民意识的冲击和改造。小说成功塑造了旅长钟天民、连长潘有财、解放战士吴昌明以及战士张喜才、孙勇、民兵苏月琴一家人的形象。这些人物都不是完美无缺的英雄，而是各有自己的不足，但这并不妨碍他们成为英雄，反而使他们的形象显得真实可信，如连长潘有财，作战勇敢，以身作则，但身上有较重的农民意识，通过战争的洗礼考验，成为出色的指挥员和楷模；吴昌明本是解放战士，由于受家庭和旧军队的影响，有较多坏习惯，但他们在党的教育和其他战士的影响下，在战争的检验里逐步成长为一个合格的战士。小说语言明快，通俗流畅，情节明了，战斗生活气息较浓。李丰祝说："1974 年前后，我正式开始写这个小说，大约一年半就写成了，因为解放石家庄战役中我还只是一个小兵，许多打法我当时并不能完全理解，所以当时我借鉴了很多老首长和老战友写的有关解放石家庄的回忆录，他们为我写这个长篇小说提供了依据，我手上现在有 20 多份资料，都是他们写的怎样过内市沟、怎样打铁甲列车，怎样活捉罗历戎。不过在写小说的时候我更想突出的还是每个人物身上的一些闪光细节，当年我虽然经历少，但看到、听到的却多，写小说时，每当我脑海中出现一个闪光的情节时，便自然地会浮现出一位熟悉的首长和战友，如小说的主角钟天民，我写他的时候，就常常想到我们旅的参谋长钟天法。我尝试着把不同的闪光情节加在不同性格的首长和战友身上，希望把当年震撼过我的所有故事都通过人物的生生死死表现出来。"①应当说作者在这部小说中基本上实现了他的创作意图。但因为小说出版于"文化大革命"结束不久，作品中过多的政治性话语和对人物思想性格开掘欠深，影响了小说的真实性和审美效果。

　　长篇小说《长长的征程》，1981 年由河北人民出版社出版，小说描写的是解放战争时期，我晋察冀野战军一个连队，从保北（保定以北地区）到察南（张家口蔚县一带）到冀东转战中的生活斗争故事，生动地再现了解放战争进入三大战役关键时期我军的战斗风貌。小说中的"我"（连队指导员张亮），既是这支连队转战征程中的亲历者、见证人，又是知情者和叙述人，因此，小说的叙事优势便表现在以真实的细节和心理描写取得读者的"信任"方面。小说以流畅朴素的语言，引人入胜的故事情节，真实生动的细节和丰沛的感情，塑造了年轻而感情丰富、在战争烈火不断成熟的连指导员张亮，连队的老参谋、绰号"老烟袋"的司务长贾全有，英勇善战、石匠出身的营长石大石，为人民解放而燃烧牺牲自己的"老宣教"曹振林，活泼热情、不断成长的女文教刘海珍等人的形象。对我军高级将领罗瑞卿爱兵、知兵、亲兵的片断描写也真实感人。但作品中过多的人事巧合，给小说真实性造成了损害。如果说张亮曾经救助过的姑娘刘海珍后来被分配到张亮的连队做文教宣传员，本来就算是"巧"了，这增添了故事情节上的戏剧性，二人年龄相近与朦胧的爱情成为小说故事的一个亮点，具有诱人的魅力，而张亮连队里

---

① 李丰祝：《用文字重现"解放石家庄"》，《燕赵都市报》，2007 年 7 月 2 日。

解放军战士耿大田又恰是刘海珍的姐夫，这巧得便有点"离谱"，后来张亮与刘海珍姐姐刘山珍的意外相遇则属多余，也缺少真实生活的逻辑依据；再如解放军战士江志奇，思想落后，性格怪僻，甚至开小差，而在部队转战冀东的路上与从国民党统治下逃出虎口的父亲、妹妹相遇，部队的教育和亲人遭遇使他思想转变，这一情节也不太合理。尽管如此，这还是显示出作者在思想与艺术的探索中不断走向成熟的趋向。

第六章 农村题材小说

第一节 康濯 李满天 张庆田

一、康濯

康濯 (1920～1991 年)，原名毛季常，湖南湘阴人。自幼爱好文艺。1938 年到延安参加革命，进鲁迅艺术学院文学系学习，毕业后到八路军一二零师当宣传干事。1939 年随华北联大到晋察冀边区，以后即在当地做群众工作和文化工作，并从此与河北大地有了一生难以分解的情缘。1939 年后开始在延安《军政杂志》和《文艺战线》等报刊上发表作品。其中有反映边区人民抗日斗争和新人新事的短篇小说《腊梅花》、《我的两家房东》，有反映土改斗争的中篇小说《黑石坡煤窑演义》等，尤其是《我的两家房东》，以对时代精神的准确把握和人物形象的鲜活及语言的生动而产生了广泛的影响。新中国成立初期，曾先后任中央文学研究所副秘书长、中国作家协会理事、书记处书记等职。创作了以《春种秋收》为代表的短篇小说及中篇小说《水滴石穿》。1958 年后到徐水参加农村工作，并出任河北省文联副主席、徐水县委书记等职。1963 年出版了反映河北农村生活的长篇小说《东方红》。"文化大革命"后任湖南省文联主席等职。1991 年逝世于北京。

新中国成立后，康濯到北京工作，但仍然坚持小说创作，经常下乡到自己熟悉的农村考察农业合作化工作，写出了一批反映农村新生活的小说，从中选出 10 篇结集为《春种秋收》，1955 年 3 月由作家出版社出版。这些小说有的写农村新人为集体忘我工作的热情，如《畜牧专家》、《最高兴的时候》、《竞赛》等；有的批评某些人走集体化道路的态度迟疑不决，如《往来的路上》、《一同前进》、《第一步》；有的展示农村青年的爱情生活，如《春种秋收》、《第一次知心话》、《在白沟村》等。其中影响最大的是《春种秋收》。小说以回乡青年周昌林和刘玉翠的爱情故事为线索，表现了农村青年逐步克服轻视农村和生产劳动的观念后建设家乡的新风貌。周昌林是一个热爱农村、有文化、有理想、踏实肯干又富有钻研精神的青年，他将自己的理想与建设新农村的目标结合起来，并努力付诸实践。而刘玉翠同样是个回乡青年，她心灵手巧，上进心强，也有自己的"理想"，但考虑更多的是个人的前途。她看不起农村，鄙视劳动，幻想"碰见外边的干部找她来谈恋爱"，试图通过婚姻实现离开农村的愿望。后来在团组织的帮助下，在周昌林行动的影响下，刘玉翠慢慢转变了思想，她和周昌林在春种秋收的劳动过程中，由原来格格不入的冤家对头，慢慢变成情投意合的伴侣。小说保持了康濯小说一贯的清新朴素的风格，以白描的手法，平实亲切的口吻，将一对普通农村青年的爱情故事叙述得既生动又有时代新质。小说对二人在两家相邻的地块里春种秋收的劳动场面与二人从感情上由抗拒到互相吸引再到相爱的恋爱心理过程，描写得尤其精彩，对刘玉翠在生活和爱情面前的种种矛盾心理和在新的社会风尚影响下的演变过程写得细致生动。

《水滴石穿》发表于1957年《收获》创刊号上。这个中篇小说以农业合作化运动初期的河北山西交界地区的农村生活为背景，以带头走合作化道路的年轻寡妇申玉枝的恋爱、入党所遇到的重重阻力为情节线索，从一个侧面反映了合作化运动初期农村社会存在的矛盾，揭露了党内在合作化问题上的分歧和个别党员的蜕化变质，并批判了庇护犯法行为的官僚主义。申玉枝漂亮能干，她第一个在村里组建了农业合作社，成为县里的劳动模范，赢得了大家的尊敬和爱戴。在工作和生活中，同供销社主任张永德建立了爱情关系。村长张山阳早就对玉枝有意，求婚不成便利用手中的权力干涉她与张永德的爱情，并以入党作交换条件逼迫申玉枝就范，在威逼利诱无效后便对申玉枝施以强暴。申玉枝依靠群众和党组织同张山阳进行了坚决的斗争。张山阳的问题暴露后，县里某些官僚主义者又迟迟不作处理。支书张德生和老党员老敬通过细致的调查研究，掌握了张山阳更多腐化堕落的证据，终于引起了县委的重视。申玉枝和张永德这一对有情人也终成眷属。小说结构严谨，语言生动，情节感人，富有地方色彩和生活气息，对人物的性格和内心世界有较深入的揭示和表现，尤其是对玉枝爱情生活的曲折、复杂的经历和心理描写细腻深入。但随着"反右"的扩大化，小说先是内部批判，后又扩大为公开批判。罪名主要是揭露了党内的阴暗面，结局灰暗，描写爱情的笔墨太多。在如此"左"的思潮之下，作家的思想和创作受到了很大影响和制约。正如作者所说："57年受批评以后便以为自己看农村阴暗面多了些，58年再到农村，就因之而过分重视了一时的表象，并跟随了一些不甚理解但又认为应该跟上的指示，迷于浮面，未能深入，以至又偏到了'左'边。"①这样的惶惑心态在当时是有普遍性的，并非康濯所独有。经过1958年"大跃进"的挫折，60年代初人们有所清醒，文艺政策开始调整，而康濯作为一个比较成熟的作家，对"左"的思潮也进行着有意识的抵制。如1962年5月，在河北文联为繁荣小说创作而召开的"保定短篇小说座谈会"上，他所作的《试论近年短篇小说》的发言，就显示出他在抵制和纠正"左"的思潮影响上的胆识与见解。1962年7月，他的长篇小说《东方红》（第一部）修改完毕，1963年由作家出版社出版。

《东方红》（第一部）全书56万字，描写的是河北某地农村麒麟庄，从1957年春到1958年春一年来的巨大变化。书的开头说："春末夏初，天气多变。……这是在一九五七年。河北省的部分农村又碰到了天旱。"接着便迅速进入情节，为我们展示了一幅交织着天灾与人事的错综复杂、尖锐激烈的阶级斗争图画。一面是阶级敌人煽动群众闹退社，拉牲口，请愿闹事，乘机放毒，破坏生产等罪恶活动；一面是以刘成旺、孟

---

① 康濯：《再谈革命的现实主义》，《文学评论》，1979年，第6期。

虎堂等基层干部团结农村积极分子、基本群众，稳扎稳打，以欲擒故纵的策略，同敌人展开了激烈的斗争。由于他们认真贯彻了党的路线，正确区分、处理了人民内部矛盾和敌我矛盾，最终团结教育了群众，打败了敌人的进攻，战胜了自然灾害，掀开了"大跃进"的序幕。小说突出地反映了人民内部种种复杂矛盾，同时交织着敌我矛盾和自然灾害的威胁，在一系列矛盾冲突的发展中，展示了基层干部和人民群众的精神面貌。作品语言朴素明了，反映的生活面相当广阔，塑造了几个个性鲜明的人物形象。不容讳言的是，由于《东方红》开笔于1959年4月，初稿完成于1960年7月，虽然修改完成于1962年7月，但总体上说这是作者思想处于"过分重视了一时的表象，并跟随了一些不甚理解但又认为应该跟上的指示，迷于浮面，未能深入，以至又偏到了'左'边"的时期，作品明显带有强化阶级斗争的痕迹，小说中有意强化和膨胀了的阶级斗争故事框架与人物设置，削弱了作品的真实性和艺术性。

通观康濯40多年的创作，他有自己的艺术追求，紧随时代，写有大量反映我国现代不同时期农村的革命斗争和生活面貌的小说，创作有长篇、中篇，但创作最多，最能代表他思想和艺术成就的还是短篇，形成了清新明朗、朴实自然、生活气息浓郁的艺术风格。同时，康濯长期工作生活在河北，对河北文学，尤其是河北乡村文学的繁荣发展，有很大的影响和贡献。

二、李满天

李满天（1914～1991年）原名李春芳，笔名林漫。祖籍甘肃临洮县人。1935年在北京大学读书期间，受高尔基、鲁迅等作家作品影响，追求进步，向往革命，曾积极参加了"一·二九"学生运动。1938年8月赴延安，入鲁迅艺术学院文学系学习。1939年参加中国共产党。同年转入华北联大文艺学院戏剧系学习。1940年后在晋察冀边区政府教育处、晋察日报社工作并开始发表短篇小说。1947年后随军南下，深入大别山开展工作，任英山县区委书记、军分区宣传民运科长。火热的时代生活开阔了作家的视野。新中国成立初期，李满天曾任湖北文联负责人、湖北省文化局副局长，以林漫为笔名发表了一些短篇小说。1954年任河北省文联副主席，此后李满天一直辛勤耕耘在河北文坛上。他后来在回顾、总结自己的创作道路时，把自己的创作理念和艺术追求概括为："学习了毛泽东同志《在延安文艺座谈会上的讲话》，开始懂得了文艺为什么人以及如何为的问题；研读了赵树理同志的几篇作品，开始懂得了如何更有效地服务的问题。此后三十多年，服膺毛泽东同志的教导，坚定文艺为人民服务的方向，私淑赵树理同志的风格，探索生动明快的艺术表现方法。如果说我在写作上尚稍有成就的话，盖得力于此。"①李满天的创作以小说为主，有短篇小说集《哑巴说话》、《绊脚石》、《力原》、《李满天短篇小说选》等，有反映农村合作化运动的长篇小说三部曲《水向东流》、《水流千里》、《水归大海》。

《水向东流》三部曲是作者1953年从湖北调来河北后，在定县一个农业生产合作社深入生活期间孕育并创作的反映农村合作化初期生活和斗争的长篇小说。小说以河北平原上潴龙河边的一个村庄——大杨庄为背景，通过大杨庄农业生产合作社，从一个十来户人家的小社发展成有百余户人家参加的大社的复杂过程，展现了新中国成立初期农业合作化道路的艰难曲折，描绘了一幅波澜壮阔的农村社会生活画卷。小说从建立合作社初期社员入社时对土地的评估、农具的折算、记工和分配写起，随着合作社的扩大，作品广泛涉及了农业生产、发展副业、科学种田、牲畜饲养、建章立制、试验风动水车以及家庭生活、男女爱情、民情风俗等方方面面的内容。小说表现了在开展农业合作化过程中，农村干部、党员和积极分子响应党的号召走农业合作化道路的主动性、创造性和奋斗精神；也写了部分干部由于主观盲目、脱离群众的错误以及阶级敌人的破坏给农业合作社发展所造成的波折；更用大量笔墨描绘了农

---

① 李满天：《李满天短篇小说选·后记》，花山文艺出版社，1982年，第265页。

村中的一般农民面对这一新事物的心态和行为方式，通过丰富多彩的农村生活场景，真实表现了农村社会主义改造初期人们的心理状态及在这一过程中农民群众不断克服狭隘思想和落后观念，使农业合作化运动就像滚滚东流的河水，不可阻挡地朝着社会主义方向前进。小说的第一部《水向东流》发表于1951年，第二部《水流千转》发表于1958年，第三部《水归大海》发表于1959年。难能可贵的是，作品创作和发表的年代，正是"左"的思潮和阶级斗争话语充斥社会生活的年代，作品虽然写到了政策上的"反冒进"，但立足点却在于反对部分干部的主观主义不务实作风，也没有忽视农民在合作化过程中的落后狭隘的一面，如个别人出工不出力，拒绝新事物等，作品所写张贵堂为代表的阶级敌人的破坏活动，虽然有因时代因素而来的夸大之弊和人为痕迹，但不是作品的主流内容。三部作品是了解当时北方农村社会经济、政治形态、风俗文化等方面状况及历史变革很宝贵的形象资料，有不可替代的价值。

小说成功塑造了一批真实可信的活生生的人物形象。宋连山是领导农民走社会主义道路的带头人，也是作者最为着力塑造和歌颂的农村基层干部形象。他出身贫苦，抗日战争时期便参加了革命并加入共产党，当过游击小组长、武委会主任，在大杨庄有很高的威信。土改后他响应党的号召，率先领导群众组织互助组，成立合作社。他作风正派，注重实际，"全村入社也不为多，一阵风似的乱轰，强迫命令，哪怕有一户不是自愿的强迫进来，那在我也是个挂心钩"，他用群众看得见的事实，让群众切实感觉到加入合作社的好处优点，加上他待人诚恳热情，处事公道，懂得政策，他的社很快发展到几十户人家，成了全县合作社的榜样。但在反对合作化冒进的风潮中，他这本来既合乎党的政策，又合乎群众意愿的合作社也受到冲击。当上边刮起盲目砍社风时，区干部老蔡甚至宣布了对宋连山的停职决定，但他没有退却，而是凭着党性，平息了部分社员的退社风波。在县委支持下，大杨庄合作社在艰难曲折中不断发展壮大，宋连山公而忘私、诚恳热心、正直坦荡、注重实际而又有远见的人格精神也得到了充分的展示。宋连山的形象在五六十年代党的农村基层干部中具有典型意义。

秦趁心也是作者着力塑造的一个性格鲜明而生动感人的形象。作品说他"家住山西，原本姓秦，生下没多久，娘就死了，爹养活不过，就送给一家姓石的，没几年姓石的又死了，女的改嫁到这里姓黄的，他又跟随到黄家。他14岁上，就到赵焕卿家去当小做活的。他没名没姓，人们起先叫他小东西儿，有个知底细的，开口喊了他一声'秦始皇'（秦石黄），以后人们就管他叫开了秦始皇。直到土地改革，翻了身，他才琢磨起个正经名字：起'翻身'呢，还是起'重生'呢？他还没有拿定。有人知道他要起名字，又见他在斗争赵焕卿以后，口里常念叨：'这才趁心！这才趁心！'就赶他叫'趁心'。他一思摸，倒觉得挺顺口，就笑着默认了。"他给地主喂了半辈子牲口，还落下残疾，但还是房无一间，地无一垄。只有斗倒了地主，才分得了房子和土地。他从内心感激共产党，所以他在合作社一成立时就加入了合作社，并当上了社里的饲养员。他爱社如爱家，视牲口如他的命根子，为了饲养好牲口，吃住在牲口圈里，他经常说"牲口是我的朋友，我的朋友就是牲口"。他深知牲口无夜草不肥，每天夜里起来好几遍，尤其是"十冬腊月，从热烘烘的被窝里往出钻，冻得打冷战，没那股勇敢劲儿，咋能喂好了？"他"闭着眼睛听牲口吃草，哪个吃得欢，哪个吃得软，哪个霸道，哪个受欺侮，他全听得出来"。当那匹"干草黄"半夜里吃噎了，他以残疾的身体冒着寒风大雪去遛马，直到马"噗吃吃拉出一泡稀粪"，马没有危险了，可他却几乎被冻僵了。他对危害合作社的人和事也以他特有的方式进行斗争。后来他在宋连山等人关心撮合下和安寡妇结婚成家，过上了幸福生活。作品以简洁生动的细节，真实生动地刻画了这个孤苦、勤劳、纯朴而又对未来充满向往的先进农民的形象。

小说对张玉池的假小子性格的描写和对爱情追求以及在她身上所体现的积极上进的时代精神，也给人留下了难忘的印象。宋连山的妻子菊儿既有家庭妇女的勤劳、质朴、善良，也有合乎情理的狭隘、自私的一面，她与宋连山思想觉悟上的差距及由此带来的感情上的隔膜与矛盾符合生活真实，也使这一形象真实可信。副社长细珠的形象也较为饱满。其他如赵辛生、葛启、石洛节、张万福等，也给人留下了较深的印象。

小说在艺术形式上，采用了中国传统小说的描写手法，小说结构紧凑完整，注重写人物的语言和行动，故事性强。作者通常采用在人物出场时介绍人物的身世背景，在故事发展中通过人物的语言行动展示人物的性格，最后交代人物的结局。尤其在语言方面，小说吸收了传统小说的优点和冀中农民的口头语汇，形成了通俗易懂、简洁生动而又有个性的语言特点。如对张玉池出场时的描写："宋连山正（和张玉成）要再说什么，从外面旋风似的卷进个人来，打断了他们的谈话。进来的不是别人，正是张玉成的妹妹，名叫玉池。这姑娘，身材挺秀，脸蛋滚圆，腮帮红馥馥，像涂了层红彩，眼珠黑得像乌金，她穿一件紧身的海昌蓝上衣，紫色裤子，头发剪得特别短，要戴个帽子，你一定会啧啧：哟！多壮实漂亮的小伙子！"这正是传统小说描写人物常用的手法。

小说也存在着一些不足，最明显的是，作家虽然围绕合作社艰难曲折的发展过程而涉及了当时社会生活的方方面面，但缺少对生活的深度把握和精细提炼，没有通过对不同人物性格的深入挖掘与表现使它们融合成有机的整体。这就使作品中虽然有许多人物写活了，也有许多精彩的场景和感人的故事，但缺少一以贯之的内在脉络和畅达的气势，损害了作品的整体性，让人有零金碎玉之感，使作品的艺术魅力被削弱。应指出的是，作者很用心地写了与张贵堂斗争，且这一线索写得伏延曲折，悬念迭出，高潮与结局甚至是惊心动魄，本应成为全书主线，但却因太多的人为痕迹而承当不起统领全书的骨架意脉之任。

1960年到1961年，正是我国经济困难时期，李满天先后到新乐、晋县参加了农村整社工作，他在与农村基层干部共同生活和工作中，一方面感受到了在当时"左"的社会思潮下，"浮夸风"、"共产风"、强迫命令给人民群众带来的危害，一方面又眼见目睹了许多勤恳工作、深切理解广大农民群众的愿望要求、脚踏实地的基层干部，是他们保证了社会主义新农村建设的健康进行。他对此很受感动和教育，两年内连续写了《力原》、《"穆桂英"当干部》、《"不务正业的人"》、《杨老恒根深叶茂》等9个以农村基层干部为题材的短篇小说（1963年由天津百花文艺出版社以《力原》为名结集出版）。《力原》中的吕玉清、《"穆桂英"当干部》中外号"穆桂英"的女生产队长、《"不务正业的人"》中的钱立雄、《杨老恒根深叶茂》中的杨老恒、《正副会计》中的许风英等，都是在浮夸风盛行的时代里，或出于共产党人的党性觉悟，或出于庄稼人朴素的正义和良心，能够从实际出发，脚踏实地，密切联系群众，用自己的艰苦劳动和实际效果，成为恢复和发展农村经济的组织者和带头人。如《力原》中东庄支部书记吕玉清，"自小务农，是个正南巴北的庄稼人"，抗日战争中参加过民兵游击组，在一次战斗中左胳膊受过伤，留下了残疾。新中国成立后"在互助组里，在以后合作社里都没有什么出色的事迹引起人们的注意……直到1958年才被选进支部委员会，担任组织委员，前年冬季整风时候，被选成了支部书记"。他上任后与前任支部书记的工作作风形成了鲜明对比："前任支部书记张世昌，不管大会做报告，小会发言，很有两下子，一九五八年大跃进，有个下乡的大学教授替他在大队办公室里装置了个土麦克风，每逢布置生产什么的，他就把嘴凑在麦克风前，一桩桩、一件件地送到社员耳朵里。"吕清玉与张世昌正好相反，尽管他干了那么多受人称赞的事，但在人面前他却说不出口，在大会上做报告什么的对他来说更是难于上天。不用说，自从他当上了支部书记，人们一次也没有听到他从土麦克风里传出声音来。社员们只是在田野里看到他大而轻快的脚步，在地头上见到他紫红色的面孔。东庄的人就编了这样两句话来概括二人的作风："张世昌的嘴，吕清玉的腿。"小说的观点虽然"隐蔽"，但还是通过吕玉清深入实际、调查研究、关心群众、反对形式主义的事例，批判了当时搞浮夸、弄虚作假的歪风，赞颂了脚踏实地、勤恳务实的工作作风。再如"穆桂英"作为生产小组长，因为"生产队长听说上边有人要来参观他们的饲养业，主张把户里的猪集中起来"，她坚决反对，对队长的"瞎派拔，摆架子，不听意见，不讲实际"也予以抑制，在群众拥护下，替代了原来的队长，当上了干部。小说虽然对她当干部后的情况没有描写，但她因抵制浮夸、实事求是而当选队长，就预示了她今后的工作方式和是非取向。这也是作者在当时历史条件下难得的是非判断和价值取向。

"文化大革命"以后，在新的历史时期，李满天的创作热情又一次迸发，在担任河北省文联副主席职务的同时，经常下乡，并到正定县挂职，相继在《人民文学》、《长城》等刊物上发表了《美气的日子》、《会短离长》、《逊位》等十几个短篇小说。1982年10月，花山文艺出版社从作家40余年所写的短篇小说中选取了22篇，出版了《李满天短篇小说选》。

通观李满天的小说创作，他"在人物的塑造，故事的编演，结构的铺陈，情节的安排，语言的推敲，气韵的吟味"等方面，保持了民族化、通俗化、简洁明快的艺术特色，忠实而努力实践了他要使"识字的人能看懂，不识字的人能听懂"[①]的艺术追求。这一追求虽然有着不可避免的缺憾，但他在这一艺术追求下的努力和取得的成就是很可宝贵的。

三、张庆田

张庆田（1923～　），河北省无极县大陈村人，1939年参加本县人民自卫队任政治工作员。1940年负伤，伤愈后在冀中后方医院干部休养所任文书。1943年转地方工作，先后在易县、无极县任教师、校长。1946年参加共产党，同年开始发表小说。1948年出版剧本《劳动光

---

① 李满天：《创作三题》，见《作家谈创作》编辑组编：《作家谈创作》（上），花城出版社，1985年，第462页。

荣》，同年调冀中十一地委宣传部任文艺干事。1951年调任中共河北省委宣传部文艺干事。1952年到晋县周家庄深入生活，与农民共同生活了8年，经历了合作化运动的全过程。1959年后调河北省文联从事专业创作，先后负责《蜜蜂》、《文艺哨兵》、《河北文学》的编辑工作。"文化大革命"期间一度受到冲击，1972年后任《河北文艺》副主编，1978年任河北省文艺创作部副主任。曾担任中国作协河北分会副主席，河北省文联副主席。

张庆田的创作始于1946年，冀中区党委发起八年抗战创作运动，为了完成任务，他以1940年在冀中后方医院养伤的见闻经历写了《病院两年间》，后又写了记叙一个革命孩子的《唐小澍》，发表在杂志《平原》第4期上。1947年，冀中开展了轰轰烈烈的土改运动，为宣传土改政策，他编写了《拥护土地法大纲》、《摊煎饼看闺女》、《老两口子抬杠》、《一块石头落了地》、《弄巧成拙》、《小组讨论分浮财》6个剧本。这一时期"我还不懂文艺作品可以虚构"，写的都是"真人真事"，"当时只是比着葫芦画瓢。什么叫主题、题材、体裁，根本不懂，当然也更谈不上什么'一号人物'，'二号人物'，要'突出'谁了。说起来好笑，《劳动光荣》原名叫《全家忙和全家乐》……当时只是我的学生一家的行动感动了我，我就把它反映了出来"①。1951年调任中共河北省委宣传部文艺干事后，参加了河北省文训班学习，较系统地学习了文艺理论。1952年文艺整风后，主动要求到晋县周家庄深入生活，经历了合作化运动的全过程。这段生活对他的创作有重要影响："由于生活的推动，我写了不少文艺通讯，诗，还有小说。出版了散文集《拖拉机带来了春天》、《平原花朵》，诗集《春天的诗》，长篇小说《沧石路畔》。"②此后还陆续创作了20多个短篇小说，收入《秋山红叶》、《葵花儿》两

---

① 张庆田：《我是怎样学习创作的》，见《代表·后记》，河北人民出版社，1978年。
② 李满天：《创作三题》，见《作家谈创作》编辑组编：《作家谈创作》（上），花城出版社，1985年，第462页。

个集子中。"文化大革命"结束后，与他人合著有长篇小说《苍茫大地》，出版了短篇小说集《代表》、《老坚决集》等。统观张庆田的创作，他对多种体裁都有所尝试，但以小说创作的成就最具代表性。

《沧石路畔》是张庆田唯一的长篇小说，1956 年 8 月由上海新文艺出版社出版。小说描写了位于河北平原沧石路畔的一个农村，在农业合作化初期的困难挫折和复杂斗争。小说虽然有来源于现实生活中的细节真实和对人物生活化的描写，但小说带有明显的缺陷，作者试图以上级在这个村子建拖拉机站的波折作为全书的故事线索，但农业机械化仅是农业合作的间接推动力，与农业合作化并无直接关系，因而这一线索并不能承担起统领、串联农业合作运动中人事的作用，导致小说结构上虽首尾呼应，但与小说主体内容脱节，主要人物的思想性格也因为有太多时代政治印记而显得概念化。反映出张庆田在处理长篇小说的结构与局部肌质关系上的能力不足。或许是作者从这部长篇的创作实践中认识到了自己的不足，此后他一直致力于短篇小说创作，并取得了较高的成就。

张庆田短篇小说所塑造的众多人物形象中，以两类人物给人的印象最为深刻：一是以《葵花儿》集中以葵花儿为代表的农村知识青年形象。《葵花儿》中的葵花儿、王玉洁、萧红林，《映春白雪》中的春雪、瑞雪，《庄稼人》中的满囤、秀花等，这些农村青年们中学毕业后以全部的热情投身于建设社会主义新农村的生产劳动中，他们开朗乐观，对未来有着美好的憧憬，且因为拥有科学文化知识、青春朝气和时代觉悟而成为不同于老一代农民的一代农村新人。二是以《"老坚决"外传》中的"老坚决"为代表的农村基层干部形象。在这类作品中，《山路》、《好老秦》都是写得较好的篇目。《山路》通过对王县长"老土地"和县委书记大老杨的对比描写，赞颂了王县长深入群众、踏实工作的作风，批评了县委书记大老杨喜欢表面轰轰烈烈而不切实际的工作作风。《好老秦》塑造了一切从实际出发的农村支部书记形象。而对时代生活开掘最深入、人物性格塑造最为成功、影响最大的是《"老坚决"外传》。《"老坚决"外传》发表于 1962 年《河北文学》第 7 期，后收入上海文艺出版社 1980 年 1 月出版的《建国以来短篇小说》。小说先写"老坚决"的来历。"老坚决"名叫甄仁。1941 年，日本鬼子包围了村子，威逼大家交出八路军的区长来。眼见百姓惨遭屠杀，他冒充了区长。后来他虎口余生，逃出魔掌，组织起"抗日救国保家复仇队"威震太行，在边区召开的群英会上，边区政府首长夸奖他"真坚决"；鬼子投降了，他却得了半身不遂，医生怎么也治不好他的病，他一怒之下自己试验了各种药方，居然治好了，人们称赞他"真坚决"；新中国成立以后，他带头搞互助组、初级社、高级社，一直升成人民公社，是走社会主义道路的"老坚决"。但近几年这个称号却与"老保守"连在了一起。"大跃进"时，别的村都是白天黑夜鏖战，闹得轰轰烈烈，他却仍不紧不慢，不按上面意图办。他看不惯"大跃进"浮夸的狂热，坚决反对那种不务实、光图热闹好看的做法，反对搞什么小麦田"篱笆化"、只锄"丰产路"边草的花样；坚决反对比赛打场、种麦、拔棉花秸时只图快、不要质量的瞎指挥。公社王书记（外号王大炮）气坏了，评比时给了他一面大黑旗。上级指示一般情况下，生产队要划小一点，王书记又不顾实际而要求"老坚决"照办，但他为了社员利益，坚持实事求是，硬是给顶了回去。他这种"老坚决"的求实精神后来得到了省委书记的赞扬。小说通过一系列轶事，将甄仁的坚决实事求是、不媚上、不怕挂"黑旗"、不怕丢官、不怕撤职、对人民群众负责的性格刻画得鲜明深刻。由于小说对 1958 年"大跃进"以来浮夸风的批判、反思以及人民群众对"老坚决"式干部的心理期待，本篇小说发表后在全国引起了较大反响。但 1964 年后，《"老坚决"外传》及《对手》被作为"中间人物论"的"黑标本"而受到批判，作家本人也因此受到迫害，"文化大革命"期间甚至成了"黑帮"、"反党的老坚决"。直到 1979 年，张庆田才重新活跃在河北文坛上，以"老坚决"的精神继续从事小说创作。

张庆田的小说在艺术上以民族化、大众化、通俗化为基调，结构严谨，语言朴实。同时在表现方法上，"根据题材而定，从来不拘一格"①。他的小说有"评话体"，如《山村三杰记》、《"吴哑巴"记》，有"传记体"，如《"老坚决"外传》等，当然更多是用"我"为叙述视角的现代小说形式，一直在以对艺术的真诚和追求不断超越着自我。

第二节　谷峪　张峻　申跃中

一、谷峪

谷峪（1928～1990年），原名谷五昌、谷武昌，河北武邑县大谷口村人。他从小喜爱文学，在"抗日高小"读书时，就有意识试用多种文学形式进行抗日宣传。1946年，谷峪考入冀南艺术学校，不久参加了冀南文工团，并从事创作活动，先后写出了《立公约》、《群众就是天》、《咱们吃顿团圆饭》等作品，发表在《工农兵》杂志上。1948年，谷峪被调到冀南文委创作组，在深入生活的基础上，创作了《渡江》、《新兵连》、《袁兆林》、《争取更大光荣》等反映部队和解放区人民的斗争生活的剧本，产生了积极的反响。1949年6月到河北省文联创作部工作并开始尝试写小说。《拖拉机》是他创作的第一篇小说，初步显示了谷峪善于组织故事、渲染气氛、表现人物性格、描写场面的才能。1950年初，受赵树理《小二黑结婚》的影响，创作了以农村青年爱情婚姻为题材的小说《新事新办》，后陆续创作发表了《强扭的瓜不甜》、《王小素和新八疃》、《三十张工票》等，这些小说多以农村家庭和婚姻为题材，贴近生活，拥抱时代，语言清新质朴，泥土气息浓厚，深受人们喜爱。代表作《新事新办》受到茅盾、周扬、丁玲等的热情赞扬，并获河北省第一次文艺评奖甲等奖，是新中国成立之初当代短篇小说的重要收获

---

① 张庆田：《我是怎样学习创作的》，见《代表·后记》，河北人民出版社，1978年。

之一。

《新事新办》发表在 1950 年 3 月 12 日《人民日报》上，后收入上海文艺出版社 1980 年 1 月出版的《建国以来短篇小说》。小说写解放区的王贵德与凤兰两个农村青年节俭办婚事的故事。凤兰要出嫁了，爹盘算着出粜多少粮食，给闺女买什么嫁妆。女儿说服爹节约粮食发展生产，不让粜粮。爹又提出卖掉小牛犊，也被女儿阻止了。爹说不过女儿，但又怕人笑话，急得没办法。王贵德这边，当娘听说对方没给置办嫁妆，非常恼火，儿子却说娶个能干的媳妇比那些做摆设的嫁妆强得多。结婚典礼开始了。当人们为找不到女方嫁妆而使王贵德尴尬时，女方村长却将凤兰家的小牛犊牵来了，说是凤兰爹考虑亲家没牲口，把小牛犊作了陪嫁。贵德娘乐得合不拢嘴，人们也都啧啧赞叹。由于作者"幼年是在滏阳河边长大的"，熟悉这一带农民的婚嫁习俗和心理，小说对老一辈农民思想情状及旧风俗的转变描写得生动具体，人物性格鲜明；小说构思巧妙，剪裁得当，语言清新。茅盾在《读〈新事新办〉等三篇小说》一文中，给予《新事新办》等小说高度的赞扬："十分高兴而且仔细地读过了《新事新办》《三十张工票》和《亲家婆》……三篇小说有它们共同的优点，在内容方面，是从平凡的日常生活中表现了老解放区农民的思想变化，表现了土改后的农村生活的兴旺和愉快，在形式方面，都能做到结构紧凑，形象生动，文字洗练。然而这三篇小说中间，无论从内容或从形式看，又不能不首推《新事新办》为最佳。……《新事新办》的主题是生产节约，是通过嫁女娶媳得有陪送这一个旧习惯来表现了这主题的；作者从农村日常生活中选取了这一典型性的题材，足见他的感觉敏锐，能从人家不大注意的地方着眼，也就因为这一点，我们读这作品时有清新之感。……《新事新办》在技巧上可以说从头至尾无懈可击。这是一篇技术水准很高的短篇小说。现在有些短篇小说严格说来实在是缩紧了的中篇，是一篇生活的流水账的节略而不是生活的横断面。《新事新办》却是处理得很完美的一幅生活横断面，从这幅生活横断面中，清楚地给我们看到'旧的正在消逝，新的正在成长。'"①如果说本小说也有不足，则是主题表达不够含蓄，有较为明显的宣传色彩。

《强扭的瓜不甜》被作者称为《新事新办》的"副产品"。一是说作者在构思《新事新办》时想起了一些人物、情节，但没有在本篇派上用场；二是主题与《新事新办》同为宣传婚姻法。小说写聪明漂亮的坠儿姑娘由父母包办嫁给比她小十来岁的小丈夫，在新生活的感召和村干部帮助下，坠儿的婆婆转变了观念，愉快地解除了婚约。小说的主题是："坠儿这样一个好姑娘，嫁给一个十来岁的小丈夫，在旧社会是悲剧，在新社会能够以喜剧而结束。"②这篇小说同样是在风俗描写中渗透进时代内容，具有清新、质朴、亲切的韵味。

1953年，谷峪到中央文学讲习所学习，得到了任讲习所所长的著名作家丁玲的辅导，在此期间，他"读了中国古典、中国现代，俄国、苏联文学和世界古典、现代文学之后，爱上了曹雪芹和鲁迅，爱上了托尔斯泰和高尔基，爱上了巴尔扎克和莫泊桑"。这次进修学习使他开阔了视野，提高了创作技巧，对他后来的创作有很大的帮助，他说："古人说，'读书破万卷，下笔如有神'，我的这段经历恰如其分地说明了这一问题。"③他在学习期间，创作了《草料帐》、《爱情篇》、《傻子》三篇小说，发表在《河北文艺》、《北京文艺》上，这三篇小说以《爱情篇》最能体现谷峪艺术上的进步。《爱情篇》以合作社妇女生产队长秦淑芳与丈夫回娘家探亲的一次经历，表现了她爱护集体、作风干练、敢于奉献的精神风貌，同时写出了她爱丈夫、疼孩子、体贴父母的似水柔情。小说通过"回娘家"风俗画的描绘来展示时代内容，展示人物的精神风貌，尤其是对秦淑芳的爱情心理、女性心理写得惟妙惟肖且含蓄动人，

---

① 茅盾：《读〈新事新办〉等三篇小说》，见谷峪：《新事新办》，人民文学出版社，1983年，第409页。

② 谷峪：《作者的自述》，见《新事新办》，人民文学出版社，1983年，第416页。

③ 谷峪：《作者的自述》，见《新事新办》，人民文学出版社，1983年，第417页。

这在当时的小说创作中是少见的。由于当时社会"左"的思潮在慢慢上升，要求文艺作品直接为政治服务，作品发表后受到一些论者的批评，并在《河北文艺》上展开讨论，有人认为作品有"自然主义倾向"，甚至有人责难他说："不上文学讲习所，倒写出了一点好东西，上了文学讲习所，反倒写不出好东西来了。"但作者并没有受这些言论太多的影响，讲习所毕业后，谷峪到萝北深入生活，1956～1957年，迎来了他创作的旺盛期，创作了《一个森林警察的笔记》等短篇小说，创作了长篇小说《石爱妮的命运》，出版了散文特写集《萝北半月》。《石爱妮的命运》代表了这一时期谷峪创作的最高成就。石爱妮是一个石匠的女儿，后来嫁给一个长工，不仅过着吃不饱穿不暖的困苦生活，精神上也愚昧不明。抗战开始后，她在时代生活的感召下，在党的教育下成为妇救会主任并加入共产党，在生产支前、保护公粮、妇女工作、互助生产等方面成为唐家疃的核心组织者，与危难的民族一起经受了一次次的考验，终于迎来了抗日战争的胜利。小说还写了当年因没有照看好弟弟怕责罚而出走的儿子唐新生在抗日队伍中的成长，成为小说的一条副线，使小说反映的时代生活更广阔。石爱妮的命运与国家民族的命运难解难分地纠结在一起，说明抗日战争也使我们的人民觉悟起来，国民精神也在战争的烈火中得到了锻炼和改造。围绕石爱妮，还塑造了其丈夫唐满囤、村长刘三活、八路军妇女工作者国芸等人的形象。小说创作的年代虽然正是"左"的思潮上升时期，但作品并没有明显的公式化概念化的弊端，小说围绕石爱妮的命运，以生活画面和细节描写来表现主题，作者把爱憎分明的思想感情与强烈的政治倾向，深蕴在对现实生活客观冷静的描写之中，是当时中国文坛少有的佳作之一。

1959年谷峪被错划为"右派"，长期蒙受不白之冤。1978年平反后任《长城》编辑部组长、中国作协河北分会副主席。1983年结集出版小说集《新事新办》，1984年出版散文特写集《春雁归》。1985年后因病停笔，1990年去世。

二、张峻

张峻（1933～　），河北省隆化县人，读完高小后参加工作，后又业余补习文化，从 1949 年到 1965 年，曾任区委副书记、县委副书记，曾在承德《群众报》社工作 8 年。1966 年被调省文联从事专业创作。他的第一篇短篇小说是发表于 1953 年 2 月的《宋万义老头》，从此在 40 多年的创作生涯中，已经出版短篇小说集 4 部，长篇小说 1 部，中篇小说集 1 部，另有散见各种报刊的散文、随笔、评论近百篇。他的短篇小说《牛倌爷爷》获河北儿童文学奖；中篇小说《睡屋》获得河北省作协"金牛"文学奖。1979 年加入中国作家协会，曾任河北省文联创作室主任、中国作协河北分会副主席。

张峻是河北省当代描写农村生活的著名作家之一。在成为专业作家之前，他有长期基层生活工作的经历。1949 年春，他以小学四年级并两年私塾的学历，到八达营区委任文书兼宣传干事，经常给报纸投稿，由于工作出色，1951 年调任县委通讯干事。县委宣传部的藏书使他大开眼界，他如饥似渴地读了巴金、丁玲、老舍、赵树理、孔厥等作家的作品及有关创作的文章，为他从事小说创作打下了基础。1953 年 1 月调任县委秘书，采访新闻通讯的机会少了，他便依据生活积累和观察试着创作小说，陆续发表了《宋万义老头》、《春耕的时候》、《牛倌爷爷》、《夜过黄土岭》等，这些小说后收入他的第一个短篇小说集《夜过黄土岭》（北京通俗文艺出版社，1956 年）中。这些小说通过描写作者熟悉的生活和人物，表现了"翻身农民在党和政府的指引下，逐渐摆脱封建压在他们身上的精神枷锁，向新生活过渡中产生的新精神、新风貌"①。在这些小说中，以《夜过黄土岭》和《牛倌爷爷》较有影响。

《夜过黄土岭》通过两个社员到县城给农业社运肥料夜过黄土岭遇险的情节，塑造了积极向上、热爱集体、临危不惧、勇于自我牺牲的青

---

① 张庆田：《〈大山歌〉序》，见张峻：《大山歌》，河北人民出版社，1979 年。

年王黑四的形象。在对比中，赵旺的懦弱、琐碎、有点自私而心肠也并不坏的性格也给人以较深印象。《牛倌爷爷》写一个名叫高喜的牛倌，从"小牛倌"到"大牛倌"，再到"老牛倌"，几乎没有人叫过他的名字，新社会人们才尊称他"高喜大爷"。小说以质朴幽默的语言，通过对热爱集体、乐观开朗的山区老牧羊人形象的塑造，写了山区农民在旧社会的屈辱和在新社会当家做主人的由衷喜悦。

受 1957 年"反右"运动的影响，他的创作热情减退，一度沉寂。1962 年他参加了省文联在保定召开的短篇小说座谈会，受到启发鼓舞，接连创作发表了《山庄一农家》、《尾台戏》、《古庙夜记》、《赶集》等一系列短篇小说，大部分收入 1964 年 1 月由天津百花文艺出版社出版的《搭桥集》中。这一时期的小说，"除在立意上、构思上、人物刻画上、艺术描写上、语言运用上，都较前一阶段有明显的进步外，可贵的是作者仍然保持和发扬了他从前作品中那些健康的东西：饱满的政治激情，分明的爱憎及对现实生活的敏感"①。

《山庄一家人》，写"我"——一个从专区下乡的干部，在一个风雪的傍晚眼看赶不到目的地，便硬着头皮敲开了一家人的门。屋里一个老人弹着弦子在逗孙子玩耍，一个老太婆在摇着纺车纺麻绳。听说我是下乡干部便热情地让"我"留下来。接着孙孙的妈妈回来了，可又被人叫去给人接生。转而，一个健壮的小伙子，孙孙的爸爸——三猫也回到家里，向老人们讲述着他帮队里"倒腾梨"的情况，一家人吃晚饭时的和乐是小说的高潮：

> 吃晚饭的时候，三猫他媳妇回来了。我们六个人，团团地围了一桌，有了她，屋子里就显得格外热闹。她不管别人愿不愿意听，扯着高嗓门，叙述着王家媳妇生小孩的过程；又埋怨他爱人，不该给我做面汤，说"粟子饽是稀罕物"。在让我吃

---

① 刘哲：《茂树新花——读张峻的短篇小说》，《河北文学》，1963 年，第 7 期。

菜时，也总让两位老人，并一再往老人碗里夹肥肉。老太婆眼力不太好，媳妇就尽心地把肉堆到她跟前的菜碗里，还告诉她挑硬的夹，结果一夹一块肉。她就说："今晚的菜，全是肉啊？"说得媳妇忍不住笑。老爷爷逗她说："菜里的肉倒不多，是肉抢着往你跟前跑。"逗得三猫和我也笑了。

突然，一只小花猫，"嗖"地跳上炕来，被娃娃一下子将它抱住，说："爷，给小猫块肉吃，它还给我捉雀呢！"

老爷爷故意逗他说："爷也给你捉麻雀呀，怎么不想着给爷夹肉哩！"

小家伙没话可答，小脸一冷，去摇他妈的胳膊："快给爷夹肉！快！"逗得大伙又齐声笑了起来。

这真是幸福的一家人。晚饭后，三猫媳妇收拾碗筷并与"我"聊天，三猫很有耐性地跟老爷爷学弹弦子，"我"向三猫媳妇说了句："三猫的性格真像他爹。"

一句话，说得三猫媳妇捂着肚子大笑起来。

"笑啥？"我不知其然地问她。

"老人家不是俺爹妈，是俺邻居叔婶。"她身子一仰一合地继续笑道。

"怎的？"我怀疑她是在开玩笑。

"真的，"她的细眉一竖，郑重地指着老人说："他们姓魏，原来就住在沟里西山根那家，光他们两位老人。我们想，他们俩都七十多岁了，没有人侍奉，日子也难过。我们家也正缺少哄孩子望门的，就把他们接回来了，这一来两家并一家，同志你瞧，是个多么圆满的家呀！"她说着，又笑了。

小说不仅构思巧妙，结尾出人意料，表现了时代新风和那个年代特有的人与人之间的亲密真情，而且在这风俗画的描绘中，人物的对话、情态、气氛、心理都写得出神入化，显示了作者的灵气和才华。

《古庙夜记》同样是结构巧妙、含蓄隽永的作品。生产队的办公室由关帝庙改成，每晚睡着两个年轻人，一个是小会计杨洪秀，一个是家里住的地方紧巴的蔫大头李茂深。这晚公社老书记因为"有件临时紧急任务"下乡来生产队办公室借宿，正赶上一个外号叫"骂破天"的妇女"闹夜市"。原因是她损公利己被队长公开批评，不仅去公社告了状，现在又骂队长。两个年轻人向老书记讲述了"骂破天"与队长矛盾的来龙去脉，因同情队长前去劝架，但很快就回来了，对老书记说："嘿！我俩刚走到她家墙外，听她骂得正来劲，杨队长却担着两桶水进了她家的院子。他一进院就喊：'四婶子，您骂得口渴了吧？我四叔没在家，我给你挑水来了。'嘿！他这一喊也算灵验，'骂破天'立时不吭声了。"两个小伙子饶有兴味地讲起队长的历史、性格和为人，言语间多有赞赏与钦佩。不久骂声又起，两个小伙子又去劝架，但很快又叫呱呱地跑回来。原来这回骂人的是队长老婆，通过两个小伙子对杨队长夫妻关系述说，可知队长老婆明着骂丈夫"熊包"，实是疼爱丈夫。小说结尾交代：杨队长本是全公社的模范党员，前些天又被选为县党代会的代表，不料，临去县里报到时，"骂破天"去公社告了他的状，使得讲究实事求是的老书记不得不夜走杨庄来调查，这就是老书记的"临时紧急任务"。小说的巧妙在于，骂人的人没有出场，被骂的杨队长也没有出场，但通过两次骂和小伙子们不经意间的讲述，在虚实间把一个秉公无私、屈伸有度、讲究方法的模范党员优秀生产队长杨春富的形象勾画了出来，老书记的和蔼可亲、实事求是的作风及其两个小伙子的个性与精神面貌也得到了表现，"骂破天"的性格也鲜明如见，可谓一石三鸟。

最能代表张峻本时期短篇小说成就的是《尾台戏》，小说的主题是表现干群关系。小说写专区级的戏班子到离八仙沟十里路的九里营唱大戏，这对山沟里的戏迷来说，可算得上一件大事。八仙沟的生产队长刘二毛、三羊倌和羊倌妻子何秀妹，都是庄里有名的"戏迷"，但作为一队之长的刘二毛和担着队里半个家业的三羊倌夫妻，为了照顾生产，把一切撒不了手的活计包了下来，让其他社员去饱眼福，而他们天天听别的社员回来讲戏，听那一个个让人眼馋心痒的戏剧故事。今天是演出的最后一天，三人都安排了替手儿，决心要看这尾台戏。当三个人起大早忙活停当，要动身看戏时情况却起了变化，头天委托的放羊替手儿家里有人半夜得了急症，把替人放羊的事忘在了脑后，几十只羊还在河滩上无人照料。突如其来的变故自然让三羊倌夫妻两个戏迷扫兴，无可奈何中，羊倌夫妇不无遗憾地准备放羊去，但队长却抢先一步，一声不响放弃了去看尾台戏的机会早就把羊赶走了，这再次使三羊倌夫妇受到感动。"集体经济总是离不开这种克己奉公的人去支撑，干群关系的凝聚力全在于干部的以身作则、吃苦在前。那个年代，我们的基层干部幸好不缺乏这样的凝聚力。生产队长刘二毛恰恰是这样的基层干部，他与三羊倌都是将身心熔铸在集体经济中的两根台柱子。"[1]作品从三个人都安排好替手儿准备看戏写起，巧妙地设置矛盾，通过铺垫交代，把故事集中到一个早晨，犹如一出小小的独幕喜剧。通过一个生活片段，不仅写了先进社员，更写了优秀干部，收到了很好的艺术效果。小说的语言，更体现了张峻对山区农民情感世界的艺术化把握及富有地方特色的风趣幽默。如刘二毛一大清早来到羊倌家时与何秀妹的几句对话：

> 二毛一进院……转头向上屋瞅了一眼，大喊一声："三娘们，起窝没？"
>
> 他喊的"三娘们"，指的是羊倌的老婆何秀妹。……
>
> 羊倌老婆听出是二毛的语音，便在屋内大声回话："干啥？有屁你就放！"
>
> "我要进屋！"
>
> "进屋谁还怕你抢奶吃！"

---

① 陈映实：《张峻小说论》，见龚富忠主编：《河北小说论》（上册），花山文艺出版社，1989年，第362页。

　　寥寥几句对话，不仅活现出两个人的性格，而且生动地表现了极为亲昵的干群关系和承德一带山区的风土人情。这样带有一点粗野的对话，"一听就不是冀中平原的，也不是冀西太行的，而是关外的"①。语言的鲜明地方特色，为他的小说增色不少。这一时期创作的《赶集》、《老柳成荫》、《农闲时节》等也都是当代文坛有影响的上乘之作。

　　陈映实在《张峻小说论》开头就说："重读张峻七十年代以前的作品，欣喜赞赏之余不免又有些惋惜。凭作家的才气和灵敏的艺术感觉，在他创作力量最旺盛时期，如果能有当今的艺术观念，本可以写出更加独特的人生体验，更具思想深度和艺术特色的作品。然而，他竟是在那样一个讲求一律和共性，压抑自由和个性的年代，虔诚而艰难地走上文学创作道路的。于是，在他的笔下，便出现了许多当代中青年作家都曾不可避免的那种主体意识必须服从客观需求的复杂情况。"②这的确说出了张峻及同时代作家在创作上取得的成就之不易和复杂的情况。在这方面，他的长篇小说《擒龙图》（河北人民出版社，1974年）很有典型性。小说以深远的历史追溯和广阔的生活画面写了历代受海河之害的方芦生一家，围绕是根治海河还是反对根治海河的曲折复杂的矛盾斗争塑造了方芦生的英雄形象。但小说从主题到人物形象还是给人公式化、概念化的印象，方芦生的英雄形象也有"高大全"的影子。今天，我们面对这种作品出自很有文学天赋的作家之手的事实，的确常常有酸涩的感觉。

　　进入新的历史时期，张峻的创作"最旺盛时期"虽然已经过去，但也同其他作家一样，在竭力突破历史局限中进行着艰难的探索。新时期的作品以《苦瓜》、《外乡人》、《睡屋》、《星星石》为代表。尤其是1986年发表的中篇小说《睡屋》，表现出作者在思想深度和艺术上新的

――――――――――
　　① 张庆田：《大山歌·序》，见张峻：《大山歌》，河北人民出版社，1979年。
　　② 陈映实：《张峻小说论》，见龚富忠主编：《河北小说论》（上），花山文艺出版社，1989年，第360页。

进展。《睡屋》的主人公黄叔在新中国成立前是一个小店员，是一个靠经营酱菜为生的小商人。新中国成立后在频繁的政治运动中，他出于自我保护的生物本能，在生活命运的导师和主宰——街道主任王大脚的暗示下，安于做一个清道夫。蛰居于狭小的筒子屋里，虽生活得无滋无味，但每经过一场政治运动，眼见一批批他所钦佩的正直的人物莫名其妙地栽倒，他便庆幸自己在"睡屋"里的悠然自得的生活。进入新时期以来，随着社会思潮的变化和经济大潮的涌动，随着周围人事的变化，他的人性开始复苏，于是他走出"睡屋"，为发挥他的特长而重操旧业。通过这个人物，折射出严酷的政治高压下人性尊严与自主意识的丧失，曲折地反映了国人逆来顺受的奴性人格及其在新的历史条件下人性的觉醒。

在张峻的创作史上，"《睡屋》的突破意义在于，对人的发现和把握进入到深的层次，取得了全面的进展。他由过去更多地关注社会，关注政治需求，虽也善于刻画人物，但只能将人物作为注释社会的某种符号，而发展到关注人自身，立足于人的自身发展上去观察剖析社会，较好地实现了对人的本体的审美把握。应该说，这才回到文学的根本属性上来"①。从艺术上看，本小说也显示出一种新的姿态："由强化情节到弱化情节，由戏剧性的情节线到近乎原生态的'生活块'，由封闭式的结构转而追求开放式的结构。主题的单一性让位给主题的多义性，这就是作家'由传统小说走向现代小说'的全部内容。"②张峻的创作道路，在那些从五六十年代走来的作家中有一定的典型性。张峻在新时期的小说大都收入河北教育出版社 1999 年 6 月出版的《张峻近作选·小说卷》。

三、申跃中

申跃中（1937～　　），保定清苑县人。1952 年入县立中学，后因家

---

① 陈映实：《张峻小说论》，见龚富忠主编：《河北小说论》，花山文艺出版社，1989 年，第 367 页。
② 刘润为：《〈睡屋〉——张峻一篇引人注目的中篇近作》，《文艺报》，1987 年 6 月 13 日。

庭困难退学回乡参加农业劳动，阅读了鲁迅等中外文学作品并坚持业余学习写作。1956年发表短篇小说处女作《大年初二》。1958年连续发表短篇小说，其中《社长的头发》、《一盏抗旱灯下》等曾受到茅盾、侯金镜、康濯等的好评。1959年由省文联推荐到河北艺专学习。1962年加入中国作家协会，同年4月出版短篇小说集《社长的头发》（百花文艺出版社）。1971年调至保定地区文化局创作组，曾深入白洋淀与人合写《雁翎队的故事》。1980年转至地区文联工作，创作完成了他的长篇小说《挂红灯》，1982年1月由人民文学出版社出版。此后，申跃中不断在《十月》、《长城》、《河北文艺》等刊物发表中、短篇小说，其中《生死恋》获1983年"河北省四化建设新人新貌文艺奖"、中篇小说《宴席上下》获1989年"河北省第三届文艺振兴奖"、长篇小说《蓝火头》获1997年"河北省第七届文艺振兴奖"。

　　生活是作家创作的基础。申跃中一生与农村乡土有着密切的联系，有深厚的感情，他从小生活在农村，熟悉农村生活与风土人情，并从生活的观察体验中提取创作的素材。他早期的小说从一个侧面反映了"大跃进"到"文化大革命"前冀中农村的生活风貌和变迁。短篇小说集《社长的头发》所选取的小说11篇小说就很有代表性。《社长的头发》围绕社长的头发和理头发生的一些"可喜可爱的纠葛"，塑造了为集体忙碌的农村基层干部形象；《一盏抗旱灯下》通过青年人在夜里抗旱灯下晃水车的情境，写出了人们战胜旱灾的信心和力量；《清晨》通过早晨拾粪为集体做好事，表现了少年儿童的天真乐观；《夜话龙王庙》通过将龙王庙改造成房灌溉机器透视了人们不信神、不靠天而靠自己双手夺取丰收的精神风貌；《电机井上》通过黑萍姑娘学习机电理论和技术，反映了农业技术革新和农村新人的进取精神。这些作品虽然说不上主题深刻、人物形象饱满，但以纯朴的感情、巧妙的构思、风趣的语言、明快的笔调写出了时代的面影。

　　1982年由人民文学出版社出版的《挂红灯》，可视为申跃中长篇小说的代表作，小说以"文化大革命"期间受林彪、"四人帮"干扰破坏的重灾区保定农村为背景，通过对1976年2月到10月间，沙河沿上的大张庄干部群众在党支部书记张老硬带领下，与"四人帮"势力进行了针锋相对、机智勇敢的斗争的描述，再现了那个动荡混乱、是非颠倒的年代里正义与邪恶的较量，歌颂了广大人民群众不屈不挠反抗恶势力的大无畏的英雄主义和乐观主义精神。

小说成功塑造了几个具有鲜明个性的人物形象。张老硬是作者花费笔墨最多、倾注感情最多而塑造的老一代农民英雄形象。张老硬在旧社会要过饭，扛过活，抗日战争打过游击战、"挑帘战"，也是土改、合作化的带头人，在他身上，有长期艰苦生活中磨炼出来的斗争经验和一身"硬气"，他凭着对党和社会主义的坚定信念，以实干精神、奉献精神，成为农村基层干部的优秀代表。在他的带领下，大张庄正在改变着原来"有女不嫁大张庄，涝收蛤蟆旱吃糠"的贫穷落后面貌。他在群众中有崇高的威望，但在"文化大革命"是非颠倒的年代，他与善良正直的群众一起遭受着磨难，尤其1976年的春节前后，本村朱家的小闺女，现在的县文工团演员朱丽花，与县里的"四人帮"势力炙手可热的人物武县委（武世昌）结婚，实现了恶势力的上下联手，把祸水直接引到了本村。武县委和朱丽花回门时为显示权势并笼络人心而大摆宴席，由于张老硬大闹宴席而拉开了斗争的序幕。面对邪恶势力对他步步升级的打击，甚至是把他抓进监狱，进行拷打，他总是从群众利益、党的利益实际情况出发，大义凛然，勇敢斗争，绝不退让，成为大张庄抵抗邪恶势力的"老硬"。小说又通过他作为大队党支部书记，关心群众，与群众同甘共苦；通过他对患难与共的老一辈，如县委老书记王建、张老同等人的敬重；通过他对青年人的关心教育，对孙惠来仁至义尽的挽救以及在张天凤要被县武卫人员抓走时的挺身而出；通过他从监狱放出来回家的路上，看到荒芜的田园和被盗砍的林木，不禁失声痛哭等情节细节，表现了他慈爱、可亲可敬和精神世界丰富的一面。虽然作者在这个人物身上所花的力气与取得的艺术效果不成正比，让人感觉有"高大全"的影子，但这个人物塑造得还是较为成功的，在这个人物身上，有作家在经历了"文化大革命"动乱之后，发自内心对正义、良心和理想人性的呼唤，这种呼唤也具有历史的穿透性。

小说中塑造得最为成功的人物形象是孙惠来。孙惠来是大张庄的党支部副书记，人长得"眼是圆的，头是圆的，肩膀是圆的。如果他团在一起，就像个大圆球。随便滚到个什么地方，遇上个什么沟沟坎坎，都能轱辘过去"。人的思想性格本来与相貌没有必然关系，但在孙惠来身上却有着一致性。他的人生信条是只要有利于自己，"八面的风都可以借"。平时他小心谨慎，善于伪装自己，当上支部副书记之后，不论大小事情，不管办得了办不了，准会让你高兴，从不得罪人，也因此被人称为"孙会来"（会来事儿）。但一有时机，他又会"给你带上捂眼，让你围着磨道转三遭，还不知是拿你当驴赶"。"文化大革命"中他一方面对那些靠投机钻营升上高位的造反派武世昌、高升之流垂涎三尺，一面又怕"闹出圈，出了辙"对自己不利。当社会两股势力势均力敌的时候，他感到对张老硬反不了，对武世昌们也不敢反时，便创造出了一个所谓"革命的折中主义"、"红色中间路线"理论："你张老硬正确俺随着，你朱家硬俺也跟着沾光。两条道来回跑，三条道走中间"，明着向张老硬作检讨，暗中紧跟武世昌们。但他从"梁效"的文章中嗅出武世昌们的后台很硬，确认造反派要取胜，感到自己不拿出一点"晋见礼"捞个一官半职不容易时，就不惜告阴状、设计谋、直至带领县武斗队到张老硬家里非法抓捕张老硬。孙惠来是中国不同历史时期两面派人物在"文化大革命"时期的一个缩影。

小说还塑造了尤大兴、武世昌、张天凤、见喜、高升等人物形象，也以性格的鲜明性给读者留下了较深刻的印象。

小说在结构上颇具匠心。小说以两次挂红灯作为小说的首尾，因为"从正月十二朱家聘闺女，门口挂了一对大红灯笼之后，就更加散了、乱了、糟了、烂了；到了那年十月里'四人帮'垮了台，大张庄人为了欢庆胜利，又在大队部门口飘红抖绿地高高挂起了红灯，这个村子才又安定了，团结了，生产上去了，一切都逐步好转了"。小说描写的正是在这一时段里，以支部书记张老硬为代表的干部群众与武县委势力的斗争，这直接关联的两种势力的矛盾斗争，通过朱家女儿的婚姻以及公社书记高升、孙惠来之流对这一关系的利用，把两组矛盾成功地纠结在了一起，使小说的矛盾广泛涉及了村、乡、县三级的各色人物，在更大的范围内展示了时代内容和主题，使小说具有一种"宏大叙事"的品格。同时，作者在矛盾发展的阶段性和节奏的把握控制上，在人物配置、力量对比、叙述的详略等方面，都显示了对生活高超的概括能力，小说具有严谨而又自然洒脱、深沉隽永的风韵。在语言方面除继续保持了幽默风趣、质朴明快的地方特色与生活气息外，还增加了通达含蓄与机锋警策的哲理意味。

第三节　潮清　赵新　单学鹏

一、潮清

潮清（1928～　），原名林潮清，浙江宁波人。15岁前曾在上海当学徒，同时在职业补习学校读书。由于对国民党政府的黑暗统治不满，1948年夏天投奔冀东解放区参加革命，曾在冀东区党委文工团工作。1950年在唐山《劳动日报》任副刊编辑、记者，并从事业余文学创作。1953年调任《河北日报》副刊编辑、记者。1972年到承德文化局任创作组长，1978年调回河北省文联，曾在《长城》编辑部工作。1983年起从事专业创作，1989年离休。

潮清的创作可以粗略分为三个阶段。

第一，创作萌发阶段（1949～1954年）。潮清投奔冀东解放区的第二年就开始发表作品。但这一时期，他的创作还没有明确的方向，只是在新旧社会的对比和自身的体会观察中，在任报刊编辑记者同时，利用业余时间尝试用多种文艺形式进行创作。发表的作品有诗歌、散文、剧本、小说等，如诗歌《北石坑》、《小杏花》，散文《小珠》、《姐妹》，小说《固定标准》、《解疙瘩》、《万宝全书》，小歌剧《妯娌俩》等。其中叙事诗《北石坑》曾受到诗人艾青的好评并获得河北省首届文学创作优秀奖。虽然他出自对新中国的一片赤诚，创作态度非常认真，有一个不错的开头，但他的作品还说不上是思想深刻和技巧成熟，创作目的也不甚明了。这一时期只能算是他创作的萌发阶段。

第二，创作发展阶段（1959～1965年）。由于"左"的社会思潮及"反右"扩大化，一批作家受到错误的批判，这极大地挫伤了作家们创作的积极性。潮清的创作也处于停滞状态。但由于他从事编辑、记者工作，与社会生活还是有着得天独厚的联系，积累了不少的创作素材。在1959年新中国成立十周年的欢庆氛围里，他以饱满的政治热情，在一个多月的时间里，连续在《河北日报》上发表了13篇反映河北社会主义建设成就和工农兵群众精神面貌、具有浓厚文学色彩的特写。1960年结集为《锦绣河山》由河北人民出版社出版。此后，他把业余创作的重点又转向了短篇小说，在四五年的时间里，先后在《新港》、《河北文学》、《人民文学》、《河北日报》等报刊上发表了《岭根小店》、《秋外秋》、《水文站长》等20余篇小说。这些小说大多收入1982年由花山文艺出版社出版的短篇小说集《合婚台》中。作者说创作这些小说的目的是："我的个人打算，主要是通过创作实践，提高编辑水平。"这是因为"要像作家一样按照艺术规律，进行艺术构思，塑造人物形象。经过这样的实践，就有可能进一步理解创作的甘苦，提高文学的素养。而熟知创作的甘苦和文学的素养，对一个文学编辑来说是何等重要"[①]。他的这些小说正是在这样一种心情下创作出来的。不过作者这带有自谦的说法，并不意味着他降低了小说创作的要求，相反，他凭着编辑、记者职

---

① 潮清：《合婚台·后记》，花山文艺出版社，1982年。

业的方便，经常深入生活第一现场，又凭着他的敏锐观察与深入思考，注意"对生活中某些现象的独到见解，以及所摄取和提炼的与众不同的题材"，加上他对河北农村民情风俗的熟悉，因而在这些小说中写出了许多既有时代感又有个性特色和生活气息的人物，如《岭根小店》中美丽热情、有着高尚人情美的路边饭店店员韩三凤；《水文站长》中注重实际、调查研究、反对蛮干瞎指挥的转业到山区水文站当站长的军人罗明远；《合婚台》中写的合婚台村，传说是杨宗保和穆桂英合婚成亲的地方，小说中的主人公小奎和紫英在传授果树技术、教授文化知识的同时也收获了自己的爱情；《驯马记》中的李正柱、《老外交》中的张德魁、《一幅画》中的方家伯伯等，都给人留下了深刻的印象。虽然囿于时代，作者过多描写了这些人物的外在品质而忽视了对其内心世界的深入开掘，但作者善于用细节情节来刻画人物，表现主题方面，与第一阶段的作品比较有了很大的进步。此后是他创作上较长的沉寂期，加上"文化大革命"，虽然有散文、报告文学、特写等作品发表，但他差不多有15年的时间没有发表小说。

第三，创作的开拓与丰收阶段（1979～　）。1978年潮清回到河北省文联工作，他的创作也开始了一个新的阶段。发表在1979年《长城》创刊号上的《大院琐闻》，标志着他创作观念的转变和艺术的提升。小说通过对某文艺单位的宿舍大院居住在一起的三个家庭20多年的风雨人生的描写，表现了"反右"扩大化和"文化大革命"给人们带来的劫难和这三个家庭中的成员在这场劫难中所经受的考验，较为深入地表达了作者对时代和人生、人性的思考。歌唱演员王珏与音乐工作者肖平是一对在事业上相得益彰、爱情上幸福美满的夫妻。"反右"开始后，肖平所作的一首抒情曲，因被领导认定"与社会主义背道而驰"、是"资产阶级情调"而被打成"右派"，肖平为了王珏深爱的歌唱事业不得不违心地要求她与自己"划清界线"，随后被下放劳动改造近20年，历经磨难后终于迎来平反团聚的一天。通过这个家庭，重在表现荒诞年代里人性的美好。而李芳鸾和剧团编剧余沙本也应是一个幸福家庭，但李芳鸾由于家庭影响和虚荣心的不断膨胀，先是把能挣稿费的丈夫当成"绝好的奶牛"，并与剧团整风"反右"办公室领导王永鸣有染，当余沙被打成"右派"下放劳改后，李芳鸾便投入了王永鸣的怀抱，"文化大革命"期间还成了造反派的头目，余沙等人都成了她向上爬的资本。通过这个家庭的变故，重在鞭挞荒诞年代里个别人人性的扭曲和丑陋。而通过韩大凤与老常这个家庭，表现了从革命战争年代里走过来的一代人在这个时代的理想信念和抗争。这篇 26 000 字的小说，从表现生活内容的丰富性、时间跨度、故事构架和矛盾的复杂性上，对人物心理表现的深度上，已经显示了与前两个阶段很大的不同，预示着他的创作将有新的突破和超越。

此后，潮清先后在《当代》、《十月》、《中国作家》、《小说选刊》、《河北文学》、《长城》等刊物上，先后发表了《赝品》、《单家桥的闲言碎语》、《风景路上》、《窨花岭》、《凤呑渔民的老婆》等近 20 部中篇小说，另有 2 部中篇报告文学及一些短篇小说、散文、杂文。其中最引人注目的作品是《赝品》、《风景路上》和"单家桥"系列中篇（包括《单家桥的闲言碎语》、《单家桥的真情实话》、《单家桥的奇风异俗》、《花引茶香》、《窨花岭》）。其中《赝品》获得 1983 年《当代》文学奖；《单家桥的闲言碎语》获"河北省首届文艺振兴奖"，并被上海电视台改编成电视剧；《风景路上》分别获得"浙江省优秀小说奖"和"河北省第二届文艺振兴奖"。

《赝品》标志着潮清的小说创作的新突破和超越。小说写南方某市文物局长方中仁根据香港文物走私商提供的线索，用不正当手段从清朝官宦后代家里"逼"出宋代山水画大师范宽的一幅被誉为"宋画无上神品"的《雪景寒林图》。此事不仅轰动了本市的文物界，也引起市有关领导注意。方中仁利用权力和工作之便，试图通过技艺高超的裱画师把名画的夹层宣纸揭开为二，一幅用于鉴定发布会掩人耳目，另一幅售给香港文物商以谋取不义之财。方中仁自以为做得天衣无缝，实则多有破绽，当他与香港文物商在宾馆交易时，被布控的公安人员抓获。但这幅画经学识渊博的画论权威李子肸考证，已经知道这不过是具有一定文物价值的"赝品"。小说围绕这幅"赝品"，广泛涉及了文物界、文化界和政府部门乃至于香港文物贩子等众多人物。画是"赝品"，但通过这"赝品"却检验了所涉及的那些人的觉悟、道德、操守和人性。小说成功塑造了博学多识而正直的画论权威鉴赏家李子肸、大搞政治投机终于走向堕落犯罪的方中仁、坚持原则而又任劳任怨的文物处长居大祥、技艺高超而心存善良的装裱世家传人阿才等人的形象。从《赝品》开始，他的创作呈一发不可收之势，连续创作了近20部中篇小说，在反映生活的深度和广度上都出现了新的境界。这些作品"不仅在对生活的认识上表现了卓见，从过去的反映生活的表层现象进到了艺术地把握生活深层的东西、本质的东西，而且在艺术的探寻方面，也为文学界提供了自己的东西"①。其中以"单家桥"中篇系列最为突出。

《单家桥的闲言碎语》是"单家桥"系列中篇的第一部，也是本时期创作中具有代表性的一部。单家桥是皖南山区一个小镇，进入新的历史时期，党的农村经济新政策使这个"冷冷落落，凄凄清清"的山区小镇，不几年就彻底改变了模样。先是大桥两块出现了熙熙攘攘的集市，接着又有了汽车站，街市上建了饭店、旅馆，近半年"更有了飞跃发展"，早市买卖兴隆，夜市华灯齐明，各色人等川流不息，已经成为了远近闻名的"小上海"。但在这沧桑巨变和勃勃生机背后也有新的问题和矛盾，也有不和谐的音符，如有人想使"小上海"变成"小上海滩"——投机者的王国、冒险家的乐园。虽然这不过是滚滚洪流夹带起的泥沙，但也值得警惕。作者以老练之笔描写了改革开放初期单家桥天翻地覆的变化，刻画了"小上海"的众生相，从公社书记、财贸秘书、服务人员到"摘帽地主"、茶叶客人、茶水摊上的"有闲人士"，可谓三

---

① 刘锡成：《潮清的艺术世界》，《长城》，1986年，第3期。

教九流无所不有，小说通过对这些身份不同、性格各异的人物形象的塑造和他们复杂人际关系的描写，为我们呈现了多姿多彩、栩栩如生的改革大潮背景下的乡镇世界，散发着迷人的艺术魅力。

在《单家桥的闲言碎语》的众多人物中，许补残是一个非常独特的形象，他已经年逾古稀，是清朝尚书的后裔，从小好逸恶劳，没有学到任何本事，年轻时在苏杭和上海滩闲逛中度过了自己醉生梦死的年华，却也长了不少见识，对旧上海滩的腐朽肮脏内幕多有了解。新中国成立后他在长期自食其力的劳动过程中，从内心认识到社会主义制度的好处，晚年成了一个自食其力的劳动者。独特的生活经历和较高的文化修养，使他成了单家桥茶水摊品评茶叶"一口灵"和"参议员"中的"议论权威"。他敏锐地觉察到公社财贸秘书刘永利试图用旧上海滩的一套手法，通过掌控车站、旅店、信贷操纵单家桥的经济命脉的图谋，也看到他纵容流氓阿飞欺行霸市、坑蒙拐骗以获取利益的行为，从中嗅出了"在单家桥繁荣景象背后散发出来的旧上海滩的臭味"，通过"茶水摊的议论"监督并行动，使刘永利及其奸商们被清除出"小上海"，为单家桥经济和社会健康发展发挥了特殊的作用。对这一人物，"作家打破了过去简单化的'阶级分析法'，从独特的角度塑造了许补残这样的人物，正是他对改革时期矛盾的错综复杂和人际关系所发生的新变化，用现代意识进行整体观照的结果"[①]。其他人物如被称为"一杆旗"的公社书记李年顺、财贸秘书刘永利、被誉为单家桥"三朵花"的三位年轻姑娘都被作者塑造得个性鲜明、栩栩如生，给人留下了难忘的印象。

潮清这一时期的小说创作基本实现了他通过人物性格的展示和生活画面的描写来呈现生活本质和历史趋向的艺术追求。以人物为中心来结构小说是他小说艺术的最重要特色，他一般都是在人物出场时介绍人物的思想、经历、特点，在情节发展中由一个人物引出另一个人物，由一个矛盾牵扯出另一个矛盾，全部人物出场后则让人物在人际关系和矛盾

---

① 缪俊杰：《时代大潮推动着艺术觉醒》，《芙蓉》，1987年，第1期。

构成的情节演进中充分表演，最后交代结局和人物下落。这虽然是传统的叙事方式，但由于作者总能牢牢控制情节发展的节奏，巧妙利用悬念和人物心理情绪的变化，使得作品在故事情节跌宕起伏中既展示了人物性格，又散发出诱人的艺术魅力。如《赝品》就以人物名作为节的标题，正体现了以人物为中心的结构方式，此后的"单家桥"系列中篇，都体现了以人物来结构小说，通过人物性格和生活画面来呈现生活本质的特点。

从潮清创作初始阶段到本时期的小说创作，运用真善美与假丑恶对照的手法来塑造人物，形成了他小说艺术的第二个特点，这一特点在这一时期也显得更加娴熟、完美。如《赝品》中的方中仁与居大祥，《单家桥的奇风异俗》中的常三宝与俞德芳、任立仁与俞厚生，《窨花岭》中的陈文治与陈文轩等，不一而足。就是在同一类型人物的塑造中，他也能在同中取异，构成对比。如被誉为单家桥"三朵花"三位年轻漂亮的姑娘，作者不仅以岗位不同使她们有所区别，更以她们的性格各异给人以深刻印象。

注重小说的历史纵深感和追求文化品位，是本时期潮清小说的第三个显著特色。对作品文化意蕴的追求从《大院琐闻》已见端倪，主要表现在对肖平和王珏两个音乐人的形象塑造上。此后《赝品》、《移花接墨》、《最佳水彩画》等小说，把我国传统文化中的绘画艺术中的名画名家、裱画技艺、画材笔墨、画史画论、鉴定收藏等知识，巧妙地融入故事情节和人物的职业背景及语言中，尤其是一些人物经历本身就具有历史沧桑感和文化"活化石"的意味，如世代以裱画为业的裱画世家传人阿才以及年轻时曾跟随齐白石等名家习画，终生致力于画论、画史、画经、画谱研究年近九秩的鉴赏家李子胯等。这就使得作品所展示的当代生活图景中透露出深厚的文化韵味和历史纵深感。而在"单家桥"系列作品中，作者又把中国的源远流长的茶文化写得精致传神，不仅通过许补残、痴翁老伯等人的品茶写出了茶文化的精深微妙，还在《花引茶香》、《窨花岭》中把茶的生产经营写得淋漓尽致。《单家桥的奇风异俗》开头便说："中华民族的传统文化，真是源远流长，丰富多彩，只说乡规村约，民风习俗，经过几千年来的广积蕴发，便是包罗万象、浩瀚如海了……就拿我们单家桥来说里山溪源来说，多少年来受到天地日月精华生吞熏染，经过山川钟灵毓秀陶冶，加上商贾贩夫的传播，官绅学子的教习，尽管沧桑变迁，文化更新，也还保留着些很有独具异彩的风俗习惯。"作者巧妙地把"粽子抛梁"、"攀亲家"等习俗编织进小说的情节中，通过年轻女个体企业家常三宝的事业、婚事，连锁般地牵起一串人和事，以此来结构故事、塑造人物、表现主题。将时代生活与多彩的风俗民情融合，不仅使人物血肉丰满，深化了主题，还使作品具有文学的审美价值和民俗学价值。

二、赵 新

赵新（1939～　），河北阜平县人。1959年徐水师范毕业后在阜平县任中学教师，业余参加了河北北京师范学院中文系函授班学习。1964年2月在《天津新港》上发表第一篇小说《分家记》。1965年调阜平文化馆工作。1971年后在保定地区文化局任创作员。1979年任保定地区文联副主席。1994年后任保定市文联副主席。为中国作家协会会员，中国作协河北分会主席团成员、常务理事，《荷花淀》主编。迄今出版有短篇小说集《庄稼观点》（选收1981年以前的小说）、《被开除的村庄》（选收1982～1988年的小说）、《河东河西》（选收1988～1993年的小说）和长篇小说《张王李赵》、《婚姻小事》等。其中短篇小说《一日三餐》，获1979年《山西文学》优秀小说奖；短篇小说《水到渠成》，获1980年《河北文学》优秀小说奖。《被开除的村庄》被上海电视台改编为电视剧。

通观赵新的小说创作，可以"文化大革命"前后分为两个阶段。"文化大革命"前是赵新的探索阶段。可以说从他的第一篇小说《分家记》开始，家乡故土就成了他描写的对象，他善于从冀西山区农村的新人、新事、新风尚中寻找素材，结构故事，表现主题。"山药蛋派"小说的特点，如结构上的故事性，生动鲜明的语言及乡土气息，主题上的呼应当前政策和现实中的某些"问题"，在他的小说中都有所体现。但总体上说这一时期的小说还不够成熟，如故事单一，人物配置简单，创作目的多是试图通过故事和人物来说明一个道理，人物形象不够饱满。"文化大革命"以后赵新的小说创作也进入了成熟期。尤其是1979年以后，他的创作数量迅速提升，连续出版了短篇小说集《庄稼观点》、《被开除的村庄》、《河东河西》和长篇小说《张王李赵》、《婚姻小事》等，而且思想和艺术在前一阶段基础上也有了突破性的提高和发展，成为河北乃至全国农村题材创作方面一个有影响的作家。

从主题内容上说，1979年以后他对生活的思考是较为深刻的、全面的。这首先表现在他对"文化大革命"那段历史的深刻反思上。《庄稼观点》和长篇小说《张王李赵》具有代表性。《庄稼观点》通过一家农民骨肉相残的不正常生活，揭露了"文化大革命"时期非正常的社会政治生活给人们心灵造成的扭曲和伤害。小说以一个普通庄稼人的"观点"来分析、思考造成这场灾难的社会和历史根源。《张王李赵》以河西店村开展学习小靳庄赛诗运动酿成的悲剧为中心线索，描写了"吃家"张老茂、"聊家"王老顺、"骂家"李三姐、"干家"赵来贵四个家庭之间的关系及家庭成员间的矛盾纠葛，真切生动地表现了"文化大革命"后期农村的生活面貌，表现了"四人帮"倒行逆施给农村生活带来的是非颠倒、荒谬错乱的局面。小说中无论正面人物，如周武、大亮等，还是反面人物，如刘长河、于业玉、李三姐、张老茂等，都没有脸谱化，而是通过荒谬年代背景下一系列富有生活情趣的细节来展示其内心世界，对一些反面人物，作者也不拒绝使用幽默、夸张的笔法造成滑稽可笑的效果，从而使其形象被塑造得更加活灵活现。这方面的作品还有《相面》、《墙里墙外》、《郑老头"守寡记"》、《上访》等，这些作品从不同角度和层面反思了那段荒谬的历史。

随着全国"反思文学"潮的退落，赵新的创作主题也转向了对农村现实生活和"问题"的多方面表现和思考，收入《被开除的村庄》中的小说，几乎涉及了农村生活的方方面面。如《偏方》以儿子的孝顺与父亲心事的矛盾，表现了乡村孤寡老人对婚恋的渴望及与乡村风俗的矛盾；《北瓜嫂》以饥荒年代里靠北瓜活命并成为种植北瓜能手的"北瓜嫂"在新时期与儿子儿媳在责任田的种植品种上的矛盾，来表现时代的进步和人们观念的更新；《夫人》写一个当姑娘、当媳妇、当妈妈、当劳动模范的农村妇女王淑英，因为丈夫一连出版了几本小说而成了全国知名作家的夫人，但她并不因为身份的变化而迷失了自我，还成了身份地位变化了的丈夫的思想和人生道路的坐标；《梦》以富裕后住上了二层楼的范二生对不在世的勤劳、节俭、艰辛的父亲的怀念，表现了富裕后的农民对新生活的热爱和憧憬；《树尖上的枣闪着红光》、《今后的日子》在肯定与否定中，表现了作者对邻里之间、干部及干部家属与群众邻里之间关系的思考；《他是第八个》以对有七个儿子的张富贵与他老伴儿凄凉晚景的描写，批评了农村中逃避赡养责任的不孝子孙；《教育委员》写的是河西店村委会分管本村小学校的委员赵大书，"在世界上也许是绝无仅有的事情"，因为他一不识多少字，二是年龄大，仪表极不端庄，但他能吃苦，能跑路，心肠热，有组织才能，更有农民的智慧和狡黠。小说以他解决本村著名"骂家"何春美与教师的矛盾、学校选拔任用教师、向县教育局副局长汇报办校经验等事件，塑造了一个可亲、可敬、可爱又充满智慧甚至狡黠的农民形象。可以说，赵新这一时期的作品共同构成了令人迷醉的农村生活的五彩斑斓的图画。作者对家乡的热爱之情充溢在作品的字里行间。《被开除的村庄》更因为主题的现实性和深刻性而具有全国影响。小说写一个地处三县交界，只有三户人家的偏远山村，抗日战争时期，这个仅有三户人家的小村就牺牲了四个人，曾因捉住过五个日本鬼子而成为远近闻名的英雄村，当时三个县争着要这个小村子。经历了合作化、人民公社、"文化大革命"，这个村子渐渐被人们忘记了，哪个县都不愿意要了，各项优抚政策都与它无关。到了 20 世纪 80 年代中期，三户人家仍然抱着对党和政府的信任和坚定的信念，苦苦挣扎于极度贫困之中。他们所属的乡为了不使这个村拉政绩的后腿，干脆否认它属自己乡，又怕万一被上级发现，还送来只能给来检查的人看但不能取钱用的假存折。县委书记何进在下乡检查工作时因躲避暴风雨而发现了三户村，十分沉痛："明天在县委常委紧急会议上研究，一定要把被开除的村庄，被开除的人民，拉到会议桌上，拉到县委常委们的心里。"小说以县委书记的眼里所见和三户村群众之口，提出了党风和农村政治生活中一些引人深思的问题。

在后来的小说集《河东河西》中，赵新虽然一如既往地热切关注着家乡这块热土上发生的一切，但他对生活思考的深刻性明显加深。这些作品常常能透过表象对现实生活进行道德的、文化的甚至哲学意味的思考与审视。从道德文化层面描写生活、塑造人物、表现作家的审美理想，是这个集子一个突出的方面。如《三人行》中的黄石岭党支部书记，65 岁的刘老成，觉得"这一辈子也算对得住党，对得住黄石岭的父老乡亲了"。但还有一桩心愿未了，这就是在有生之年为乡民修一条通往山外的致富路。修路资金除乡民集资外，另一半经多方筹集未果。随着地委书记要来黄石岭洗温泉澡资金有了希望，但乡长和县长只是怕替他反映这一问题影响职务升迁而拒绝在地委书记面前替他说句话。在不得已的情况下，他便以农民式的机智和狡黠直接与地委书记"叙谈"才得以解决。在与只为"当官"、"保官"的乡长、县委书记的对比中，思考了人应当为什么而活着，人有没有超越了一己私利的人生。再如《典型档案》中的刘树林，新中国成立前就是武委会主任，新中国成立后带领群众绿化荒山，有 10 年的时间他干在山上，吃在山上，住在山上，甚至 5 岁的儿子死了都顾不上下山。几十年过去了，10 万亩荒山终于被绿化，他成了远近闻名的劳动模范。现在，历史进入了一个新的时期，他虽然不再是典型和模范，但依然自觉自愿地默默从事着这造福社会和子孙的事业。为了这个事业，他宁可穷得吃不上一顿白面饭食，也不眼气搞个人发家而富了的人，更不肯砍一棵树换钱。与刘树林形成对比的是由林业局长升迁为县长的王喜山。在绿化荒山的过程中，当时还是林业局长的王喜山，对刘树林在政策上支持鼓励，常陪县长来看他，还帮助他总结植树经验等。但王喜山是把绿化荒山当成了政绩工程和仕途敲门砖，一旦实现了他当县长的目的，便马上要求刘树林砍伐林木卖钱，当成财源的一项。遭刘树林拒绝后便心生厌恶，不仅上任 5 年从没有来看过刘树林和他绿化荒山的事业，还把他原来的劳模资格和人大代表资格也取消了。在省长问起绿化荒山的刘树林并表示有机会来看望的背景下，王喜山才送来了表示慰问的假杏花村汾酒和变霉的阿诗玛香烟。小说在对比中，追问着人性的真善美与假恶丑。类似于刘老成和刘树林的形象还有《私访》中的赵江老汉、《真诚》中的贵诚老汉、《同志》中的赵志老汉等。这绝不是说作者要把各级基层干部置于党性和道德的审判席上，因为这个集子中也塑造了不少优秀基层干部的形象，如《私访》中工作深入，甚至像战争年代一样钻农民被窝的县委书记老李；《三个秘书的三个故事》中常年为百姓操劳的县委书记老曹；《难题》中虚心向农民学习的下乡干部小马等。作者是要通过正反两个方面的形象，说明在新的历史条件下，党的基层干部在弘扬我国传统美德、坚持党性立场中表率作用的重要性。

而在《理发》、《亲爹干爹不是爹》、《寻人启事》等作品中，表现了对普通乡民在商品大潮冲击下拜金主义盛行的忧虑。《理发》写大顺两岁时父亲过世，由于重情讲义的石头叔处处接济和照顾，娘才没有另嫁，他也才能够长大成人。后来在石头叔帮助下他娶了媳妇成了家，日子红火起来，还开了一个理发店。可以说石头叔对他恩重如山。故事从石头老汉在城里工作的女儿找下了对象，现在要带着对象回来，老汉找大顺理发而展开。大顺对叔叔来理发并没有怠慢，而是要"理出新时代一位庄稼老汉的精神风貌来，让大家看一看!"理完后果然效果非凡，老伴夸年轻，女儿说好看，女儿的对象还错把老汉当成了下乡干部，令全村人羡慕。大顺的生意也因此兴隆。可这是大顺第一次，也是最后一次给叔叔理发。老汉再来理发时不是人忙没有空儿，就是推子出毛病或者是停电。原来大顺给老汉那一次理发是为了给自己手艺做广告，如果再理，不收费太吃亏，收费又怕乡邻们骂他忘恩负义。老汉知道了内情，被这种见利忘义的行为气成重病，不治身亡。《亲爹干爹不是爹》中的赵猛经营着一个小百货店。为了赚钱，他竟然把生病的爹（赵金）放在医院不管，是病友赵银（后来被亲爹强迫认了干爹）代他伺候了一个来月；也是为了赚钱，对家住在不远的另一个村的干爹替他照顾父亲一个月的事儿没空儿去道一声谢；仍是为了钱，对带了重礼前来看望父亲时求取几盒火柴的干爹，要按二角钱一盒收费。干爹被气得心脏病突发死去，亲爹也被气得栽倒在地上。在这类作品中，作家对这种唯利是图、见利忘义、极端个人主义、拜金主义行为和观念进行了严厉的批判和嘲讽。从道德角度来反映农村生活，应该说抓住了当前社会转型时期农村生活的一个突出方面。因为在社会经济迅速发展，人们的生活变得越来越富裕的同时，农村（也不仅是农村）社会生活中的道德观念趋向淡薄。在义与利面前，人们越来越趋向于利，这是历史的进步，对打破我国传统文化中占主导地位的重义轻利观念有好处，但走向了极端就会带来灾难性后果。经济生活中出现了许多不正常的现象，甚至有人将市场经济看成骗子经济，将坑蒙拐骗看成市场经济的交易谋略，并将这一"谋略"用于处理人与人之间的关系，于是便有失信、欺骗、见利忘义甚至犯罪现象，道德的滑坡已经严重影响了社会的进步。作家在这个集子中，以大量的来源于现实生活的"事实"，试图唤起人们对这一问题的重视，这无疑具有十分重要的现实意义。在《河东河西》中，作家无论是歌颂真善美还是指斥假丑恶，都显示了作者在现实主义创作方法之下对农村生活严肃认真的思考。

　　赵新是"河北山药蛋派"的代表作家。他的小说以集中表现冀西山区农村生活的浓郁地方色彩而闻名全国。他说："创作初期，我的确受到了山西作家赵树理先生的影响。他的《小二黑结婚》是我最早接触的文学作品之一。后来，马烽的《我们村里的年轻人》等对我影响也很大。最早提出我是河北'山药蛋派'的就是山西著名作家马烽先生。对此，我承认，我是农民的儿子，我为农民而写作。"①"我为农民而写作"这样的话语在他谈及自己创作经验时被多次重复，如在《河东河西·后记》中他说："我是农民的儿子，我确确实实不敢忘记自己的劳苦功高的父亲，不敢忘记生我养我的故土，不敢忘记那片故土上的山川河流、庄稼篱笆，以及已经发生和正在发生着的巨大的灿烂的辉煌！"又如他在《被开除的村庄·后记》中说："我常年生活在冀西山区的人民群众的火热的生活之中。我写的是农民。我喜欢农民。我热爱农民。我觉得中国农民的胸怀像坦荡无垠的土地一样宽阔，情感像火一样热烈。他们真诚，善良，勤恳，耿直，坦率。他们只讲奉献不求索取，他们吃的是草挤的则是奶汁。巍巍青山是为他们树立的丰碑，滔滔江河是为他们吟诵的赞歌。我热恋那金黄的麦浪火红的高粱，热恋那汗息浓郁的场院地头，热恋那青砖红瓦抑或糊满泥巴的村舍，热恋那炊烟袅袅鸡鸣狗吠的村街小巷；甚至嘴馋，热恋人家的小米饭和杂面汤。""热恋生活才有情感，尊敬农民我才找到了自己的灵魂。说句良心话，这便是我的创作才华之所在，也可视为我的创作之巧门。这本集子里的24篇作品，与其说是小说，不如说是现代农村生活里的真人真事。从生活之中采撷，在生活之中编织，这就是我的全部本领。"②这不仅是一种创作态度，也是一种审美追求。赵新的小说在为农民写作的追求中，也如赵树理一样地尊重农民的审美习惯，在小说结构形式上继承了中国小说重人物、重情节、重悬念的长处，情节发展起伏跌宕，故事推进丝丝入扣，

---

　　① 赵新：《我是农民的儿子　我为农民而写作》，《保定日报》，2007年8月29日。
　　② 赵新：《被开除的村庄·后记》，花山文艺出版社，1991年。

寓情感和人物性格的塑造于故事情节之中。在语言上，具有农民的机智和幽默，富于民间文学的明快和地方色彩。读他的小说，总为作家那种热爱乡土、热爱乡亲、与乡民神游的情感所感染，为他对带有原生态意义上的情节、细节、语言和出神入化的描写所感染。

当然，赵新小说也有不足和缺陷，在主题内容方面，虽然对农村生活细节与风俗民情描写生动逼真、出神入化，但哲理意义上的深邃与升华还显得不够；在艺术方面表现为创作手法上守成多于吸收和借鉴，人物塑造手法还显单一，尤其是体现了作者审美理想的老一代农民形象有些类型化，农村新人形象也还显单薄。

三、单学鹏

单学鹏（1936～2004年），河北玉田人。1950年参加工作，曾在地方党政机关做服务员、交通员、打字员等。1958年发表第一篇习作《年三十的早晨》。1959年考入河北文化学院中文系学习，毕业后曾从事戏剧创作和农村工作。曾任唐山市作家协会主席、作协河北分会常务理事等职。

单学鹏是一位创作勤奋、成果丰硕的作家，但创作道路却也多有曲折。他20世纪60年代初便不断有作品发表，创作于70年代的长篇小说《渤海渔歌》（1975年）、《燕岭风云》（1977年）可为其代表性作品。但这些作品不仅手法过于传统，而且时代印痕都很明显，失之于概念化的说教。进入新的历史时期，他说自己曾经一度苦闷、彷徨。在经过一个时期的炼狱般的"认真思考，解决阻力，从意冷心灰中解脱出来"之后，开始用新的观念、新的艺术视野来审视和表现新的时代生活。创作于80年代初的长篇小说《凤落梧桐》（1983年），写青年人巧哥儿带领乡亲共同致富的故事，意在表现农村改革的必要性和必然性，表现联产承包责任制给农村带来的巨大变化。这既是一部较为迅速地反映农村改革的长篇，也是单学鹏写农村改革生活的尝试和收获。

单学鹏有长期农村生活的经验，"出生在农村，参加整风、整社、参加'社教'工作队、参加'一打三反'、参加蹲大寨点"。长期以来他的创作一直以农村生活为题材，以《风落梧桐》为标志，继续显示出在新的历史时期他仍然在这方面有创作优势的时候，其创作题材却发生了很大的转变，他说："我渴望开辟一个新的领域、新的天地，因此在组织帮助下来到港口。"在两年多的时间里，"我有意地折腾了一番自己，为自己出了一个又一个的难题，逼着自己去熟悉、去学习、去奔跑、去查阅资料，去经受大海的风浪……查阅了数百万字的各种材料，从海里鱼虾的分类、海上气候变化，从世界和中国港口的历史变迁到旧中国港口城市的历史资料，无一不花费了精力和时间。从渤海的内圈到黄海的边沿都送去了脚印，包括大海中的群岛，甚至连这些地方的妓院和监狱旧址都去光顾了。晕船嘛，我要乘船走水路，几个小时从秦皇岛港到达威海港，速度之快可以想见。采访的人以百计。我为熟悉港口和大海，是流了汗水掉了肉的"①。经过这样充分的准备之后，他虽没有完全放弃农村生活题材小说的创作，但表现相关港口的改革建设和生活成了他后期创作的最重要的题材领域。他后期创作的主要小说有长篇《奔腾的大海》、《千岛之恋》、《来自异国的随船女郎》、《劫难》等，出版的中篇小说集有《这里通向世界》、《警士与美人鱼号》等，另有短篇小说《二憨老汉》、报告文学《在笑骂声中崛起》等。其中，《这里通向世界》获得人民文学出版社《当代》文学奖；《奔腾的大海》、《劫难》获河北作协"金牛奖"；《在笑骂声中崛起》获得河北改革题材报告文学奖。

《这里通向世界》和《奔腾的大海》是单学鹏正面描写港口改革的力作。作者以直面现实的勇气，写出了改革开放初期我国企事业内部，在管理体制、党政职责、利益分配、人事关系、人才培养与使用等方面所存在的严重积弊，写出了改革的必要性、紧迫性和改革的艰巨性、复杂性，以此唤起人们正确认识企业改革的伟大意义和艰巨性，表现出作

---

① 单学鹏：《生活·思考·创作》，见《这里通向世界》，花山文艺出版社，1984 年。

者对时代生活深刻的思考和超越意识。

从艺术上说，两部小说都表现出作者善于将人物置身于重重矛盾中，在矛盾交织纠结中来塑造人物性格，展示人物的思想境界和改革的艰辛。《这里通向世界》中的老局长冯占雄结束劳改回芸蓬港上任，来迎接他的党委代理书记兼副局长陈凡和副调度长于雅岚两个人，便代表着"阴谋与爱情"的陷阱：陈凡是冯占雄一手提拔起来的干部。现在为迎接老局长回港口上任，陈凡把"南山小黄楼"里全部工人住户赶走，花巨款装修，让他住了进去。这样做的目的一是拉拢腐蚀，二是把他置于工人的对立面；副调度长于雅岚怀有个人目的也送上了女性的温柔，试图把他当成个人利益的保护伞；肖秘书把他送进医院，实际是想把他隔离起来。所有这一切，目的则是相同的，就是让冯占雄对港口压船、压货、压车的现实以及效率低下、权钱交易、管理混乱等积弊不能有所作为，以维护陈凡为代表的小团体利益。所以工人们愤慨地说他"一上任就钻进了人家的网"。在起用干部和疏港工程中，造谣、诬陷、暗害、制造事故等伎俩应有尽有。被精简的干部不仅大闹办公室，而且还扬言要进京告状等；权力被削弱又被迫取消出国计划的陈凡，暗中操控，伺机反扑；追求遭拒绝的于雅岚也怀恨在心等。在这些阻力的包围中，冯占雄显示了"冯三刀"的魄力，果断为作风正派、懂业务的耿赢平反并提拔到副局长兼总调度长的位置上，实施疏港挖潜等一系列改革。在这一系列矛盾冲突中塑造了冯占雄和耿赢两个改革者的形象。

《奔腾的大海》中的核心人物楚文辉，同样从一开始就面对重重矛盾。他是一个有海外关系的知识分子，虽然位居港务局副局长的位置，但却难以施展才干，甚至因此向上级寄上请辞报告。党委书记梁焰自请免职，职位由局长孙少卿代理，还向上级建议任命楚文辉接任局长进行改革。楚文辉上任后，在老书记梁焰的支持下，开始了大刀阔斧的改革，清除"后门"人员，收缴私用公物，精简行政管理人员，起用懂业务的人员规范港口调度，拒绝关系货船"海神"号等靠泊卸货，改造行政办公楼为大龄工人的新婚公寓，改革工资制度打破大锅饭，下马填海造地的无底洞工程等。楚文辉这一系列的改革触动了港口内部和外部盘根错节的关系网，引起了以代理党委书记孙少卿为代表的反改革势力的阻挠和反扑。先是恐吓的匕首插在他的办公桌上、家门上，不久他的家被歹徒砸了，并因为孙少卿暗中操控制造的人为责任事故受到刑事处罚，考上大学后还未入学的儿子被害。但他在梁焰和工人们的支持下，有效抵抗着妄图阻挠和破坏改革的敌手，最后积劳成疾，在生命垂危之际，还念念不忘港口的改革事业。楚文辉这个悲剧性的人物身上体现了中国知识分子高度的爱国精神和忍辱负重、先天下之忧而忧、后天下之乐而乐、自强不息的精神品格。

作者在塑造人物上，注意了人物性格多侧面描写。对楚文辉这个以超人的毅力和高度责任感为性格特征的改革者形象，作者也写出了他在大刀阔斧改革过程中的不成熟、不稳健的一面，如他面对世故圆滑、手腕老到的代理书记孙少卿，常常缺少鉴别能力和应对策略；在各种阻力和困难面前也有过彷徨，在家庭遭受不幸打击下甚至想自杀等。对冯占雄、梁焰等老一辈改革者，在写出他们高度政治觉悟、政治经验和责任感的同时，也写了他们因年龄和健康原因而引起的力不从心和管理现代化港口知识上的缺乏。尽管如此，这些改革者的形象给人的印象不够丰满，作者注意了改革与工人群众切身利益关系的描写，而回避了对这些改革先锋们现实利益的考量，只把政治觉悟、爱国情怀与人格道德当做改革的推动力，显得缺少人性的深度；倒是陈凡、孙少卿、刘同洲等否定性的人物形象显得真实生动，这是因为，作者充分写出了这一类人阻挠破坏改革的历史缘由、现实利益的驱策。作者对相关港口知识的熟知，如船舶调度、货物装卸、货物报关验收、与公铁运输关系、海洋气象对港口的影响等，为他相关港口生活小说作品增色不少。

两部小说在矛盾的层叠交织中塑造人物方面取得了不错的效果，但作者过多借重了这一方式。雷达在谈到《这里通向世界》时说："我计算了一下，小说中的'事故'就有三起之多。这些事故的突发虽然可以收到激化矛盾的奇效，但同时也会削弱作品的真实性。我们会很自然地想到'样板作品'中左一个散包事件，右一个'塌方事故'，那完全是为了'抓阶级斗争'的需要，故作惊人之笔。单学鹏小说的情节自然完全是两回事。但有没有受到这种'矛盾集中法'、'风口浪尖法'的某种潜在的影响呢?"① 这是应当注意的经验教训。

---

① 雷达:《从苦闷到惊醒》,《河北文学》, 1982 年, 第 8 期。

第二编

河北当代小说（下）

第一章 河北新时期小说概述

1976 年 10 月 "四人帮" 被粉碎，标志着历史掀开了新的一页。1978 年党的十一届三中全会召开，中国社会生活步入了历史新时期。从此，中国文学也迎来了自己的春天，作为中国新时期文学一部分的河北新时期小说，也出现了新的风貌。

综观新时期的河北小说，我们首先要提到的当然是铁凝。铁凝是河北新时期文学的一面旗帜。她的创作贯穿新时期文学始终，我们无法把她归入任何梯队，她的创作具有全国影响。她 1979 年开始发表作品，1982 年发表成名作《哦，香雪》，之后佳作不断，直到长篇小说《玫瑰门》、《大浴女》、《笨花》的出版，铁凝作为中国当代文学最优秀的实力派作家之一是当之无愧的。迄今为止，铁凝的创作大致经历了 "香雪" 时期、"玫瑰门" 时期、"大浴女" 时期和 "笨花" 时期。"香雪时期" 的代表性作品有《哦，香雪》、《没有纽扣的红衬衫》等。这是一个单纯、乐观的时期，铁凝以 "香雪般善良的眼睛"（王蒙语）在细微处寻找真善美，在日常生活中讴歌理想。善良、美好、温馨构成铁凝早期创作的基本基调，细腻、恬静、雅致构成铁凝这一时期创作的基本风格。"玫瑰门" 时期的代表作有《麦秸垛》、《棉花垛》、《青草垛》、《玫瑰门》、《对面》等。这一时期铁凝一改那种单纯地在生活中寻找真善美的冲动，深入生活的深处，深入人物的复杂的内心，试图全方位地、复杂地表现生活的全色，特别是注重了对人性丑恶的探秘，加强了对生活混沌的展示。特别是她在《玫瑰门》中塑造的司猗纹等女性形象，成为中国当代文学画廊中不可多得的形象之一。2000 年铁凝出版了她的第三部长篇小说《大浴女》，这标志着铁凝进入了她的 "大浴女" 时期，真正实现了她所追求的 "复杂的单纯" 的艺术境界。作家以舒缓平淡的叙述，为我们营造了一座"内心深处的花园"。2006年铁凝出版了她的第四部长篇小说《笨花》。《笨花》是铁凝走向艺术综合阶段的集大成之作。如果说《大浴女》是铁凝走向"复杂后的单纯"，那么，《笨花》则是在这种复杂单纯后的一种更大的综合。对民族精神、对民族文化的坚守，是《笨花》的基本主题之一。

除了铁凝之外，新时期河北小说创作队伍主要由三个梯队构成。

第一个梯队是出生于20世纪30年代至40年代末的一些作家，他们与共和国一同成长，经历了五六十年代以及"文化大革命"的各种运动，因此，当历史进入新时期时，他们成为坚定的反"左"战士，站在了文学复兴的前哨，主要有贾大山、陈冲、汤吉夫、张峻、潮清、申跃中、赵新、奚青、关汝松、韩冬、薛勇等。他们主要活跃在70年代末到80年代初期。他们也和全国文学界一样，作品主要针对的是极"左"路线对国家、人民造成的伤痕以及对这种现象的反思。如贾大山在1977年创作的短篇小说《取经》获首届全国优秀短篇小说奖，还有潮清的《大院琐闻》、申跃中的《挂红灯》、张峻的《睡屋》等。随着时间的推移，他们中的一些作家也写出了对改革开放形势下新生活思考与表现的小说。在这方面突出的是潮清、张峻、单学鹏以及被称为河北的"山药蛋派"作家的赵新。潮清的代表性作品是"单家桥"系列中篇（包括《单家桥的闲言碎语》、《单家桥的真情实话》、《单家桥的奇风异俗》、《花引茶香》、《窨花岭》等）。张峻的《星星石》、《惊蛰》、《睡屋》等，也以深沉的思考和对社会文化变迁的表现，使作品具有一定的文化哲学意味。单学鹏的小说《这里通向大海》、《奔腾的大海》在描写企业改革中的复杂矛盾及革除弊害的艰难方面显示出直面生活的特色。赵新的小说集《庄稼观点》、《被开除的村庄》、《河东河西》及长篇《张王李赵》等，作者以满腔热爱和痛惜之情，对新时期冀西山区农村生活进行了多方面的展示与出色的描绘，在思想上、艺术上不断实现着自我超越。

稍后，这些作家对社会、人生、文化进行了更纵深的探寻。贾大山以《梦庄记事》为总题的一组小说，以"我"下乡梦庄的知青生活为题材，以亲历者的身份来讲述经过时间沉淀的梦庄人的一个个往事，其中蕴含了作者对人生、人性的深层思考，作品不乏清醇温馨，不乏美好的诗意，但却难掩其背后的苦涩与悲伤，作品的主题风格与前一阶段明显不同。以《林掌柜》、《钱掌柜》、《王掌柜》《"容膝"》等为代表的一组小说，更加注重向历史深处开掘，作品更具文化意蕴。陈冲的小说一直把城市工业企业的改革作为自己题材的重点，并自觉跟随着改革进程的深化，以直面现实的精神在正面讴歌、反映改革生活的同时，又不回避现实生活中的矛盾，常常从一个侧面来反映时代前进的步伐，又敏锐地写出了改革过程中各种人物的精神世界及其嬗变，并由此形成了他小说艺术的特色。陈冲的小说大都有曲折动人的故事情节，长于矛盾冲突中展示人物性格，并具有深刻的思考。代表性作品有《无反馈快速跟踪》、《厂长今年二十六》、《小厂来了个大学生》等。汤吉夫在新时期的小说创作可以 20 世纪 80 年代中期为界，粗略地分为两个时期。在前一时期，他的小说大多是取材于小县城里的人和事，以描摹人情世态见长，如《老涩外传》、《在古师傅的小店里》、《隔代人》、《房》、《遗嘱》、《蒙面女》等。后一个时期有《故里见闻录》、《遥远的祖父》这样不断向历史文化深层开掘的佳作，也有表现校园里的知识分子，尤其是大学知识分子的作品，小说主题也随时代进程不断深化变迁。进入 90 年代以后，随着社会文化环境变化和大学扩大招生及院校合并所引发的新问题与矛盾，原有矛盾更加复杂、更加内在。汤吉夫的小说主题也由 80 年代中后期反映知识分子的物质匮乏到表现其精神匮乏，并由为其呐喊、不平而转变到以批判意识揭露和解剖知识分子性格中的弱点，进而对校园文化开始了深刻反省与批判。奚青 1960 年毕业于长春地质学院地球物理勘探专业。此后一直工作在地矿部门，写有大量描述地质勘探者生活的作品，如长篇小说《朱蕾》（1978 年）、《望婚崖》（1980 年）、《天涯孤旅》（1984 年）等。奚青的小说在描述地质勘探生活时，注重对人情美和人性的挖掘，并不是简单地为"行业题材"而作，在歌颂奋斗不息的地质勘探工作者的献身精神与崇高品格时，注意人物的个性化塑造。在艺术上，注意"悬念"、"巧合"等技巧的运用，使情节曲折多变，具有较强的故事性。关汝松著有短篇小说集《农家少妇》、《草民》，中短篇小说集《穿越爱河》，系列小说《城市寓言》，长篇小说《古城》等。关汝松的早期小说创作多为农村题材，往往采用白描的写实手法，表现"普通农民在改革开放浪潮的冲击下心灵深处所发生的微妙变化"①。进入90年代之后，关汝松的小说在取材上开始转为城市生活，发表《穿越爱河》、《城市寓言》、《危险城市》等小说。这些小说，在艺术上"充分调动了作家的主观想象，并运用夸张、变形、荒诞等现代派手法，把现实与未来、艺术的假定性与客观现实、真实与荒诞有机地统一起来"②，从而表现市场经济条件下的人类生存困境。韩冬著有长篇小说《打遍东南西北》、《江湖小道士》、《鬼蜮江湖》，短篇小说《杨柳巷的故事》、《不速之客》等。韩冬的小说主要表现改革开放初期寻常百姓的普通生活，小说本真质朴，富有地缘文化气息。薛勇的中篇小说《四楼上的媳妇们》、《故土》在表现特殊历史时期的平民心态上，达到了直指心灵的效果，而他的中国"印象系列"小说，坚持现实主义的批判精神，针对改革开放初期在改革大潮中发迹，并被炒得大红大紫的所谓个体户、企业家的种种"恶行"，提出了一些令人警醒的社会问题。

　　河北新时期文坛的第二个梯队作家是出生于20世纪50年代到60年代初的一批作家，主要有何申、谈歌、关仁山、何玉茹、阿宁、老城、宋聚丰、贾兴安、于卓、康志刚、丁庆中、水土、赵云江、何玉湖、王正昌、阎明国等。这些作家的创作大部分开始于80年代，主要影响是在90年代。

---

　　① 封秋昌：《论关汝松的小说创作》，见《存在与想象——品位小说》，河北教育出版社，2006年，第88页。
　　② 封秋昌：《论关汝松的小说创作》，见《存在与想象——品位小说》，河北教育出版社，2006年，第93页。

　　被称为"三驾马车"的何申、谈歌、关仁山成名于90年代中后期，他们的小说直面现实，关注国有企业与乡镇的困境，表现出改革进程中出现的种种矛盾，在当代文坛掀起了一场"现实主义的冲击波"。代表性的作品有谈歌的《大厂》、何申的《穷县》、关仁山的《九月还乡》等。关仁山早期以雪莲湾小说系列而引起文坛注目，主要反映出从传统到现代社会转换过程中正义伦理的混乱。20世纪90年代后期，关仁山的聚焦点从海湾风情转向平原，又创作了许多中短篇小说，其中《九月还乡》影响较大。这篇小说承续了作者一贯的对底层的关注，鲜明地表达了救赎的主题。此后，关仁山渐渐把主要精力转向长篇小说创作，先后创作出版了长篇小说《福镇》、《风暴潮》、《天高地厚》、《白纸门》等，其中以《天高地厚》影响最大。这部作品以华北平原上蝙蝠村为生活舞台，在我国近30年农村大变动的广阔背景上，展开了鲍、荣、梁三个家族三代人命运沉浮的生活变迁史，寄寓了作者对历史发展与人性善恶的深入思考。同是写农村，何申与关仁山有所不同。如果说关仁山更多一些理想色彩，那么何申相对更贴近生活。不过，在何申温和的叙述中，其实包含着他对人性、道德伦理的认真深入的思考。他的长篇小说《多彩的乡村》曾博得广泛好评。很明显，这是一部呈现社会主义新农村建设的主旋律作品，但却避免了很多主旋律小说概念化的弊病，以浓郁的生活气息和强烈的现实感，为读者编织了一幅90年代中国北方乡村绚丽多彩的生活画卷，塑造了一群个性鲜明的乡村人物形象，生动地展示了转型期乡村遭遇的矛盾与取得的发展。谈歌的一系列小说，通过对转型期工厂生活的具体记述，如实地反映了90年代中国经济转型过程中正义原则失效、正义意识淡薄、正义实践不良的伦理现实，表达了一位作家关注现实、关怀民生的道德热情，在同类题材的作品中，堪称翘楚。谈歌长篇小说创作数量不少，其中，《家园笔记》形式新颖，风格剽悍。作者选用笔记体来构织长篇，在继承前人短篇笔记小说创作经验的基础上做了创新探索。

何玉茹的小说往往喜欢从小事入手，善于写人物的内心活动，在普通人的日常生活叙事中表现出一种对人的存在状态的关注，如《四孩儿与大琴》、《楼下楼上》，长篇小说《生产队里的爱情》、《冬季与迷醉》等都是如此。《楼下楼上》是发表于1998年的一篇作品，这篇作品巧妙地把"楼下楼上"的关系连接起来，表现了孤独与沟通、良心与忏悔、历史与现实种种纠结缠绕的复杂错综的情绪。长篇小说《冬季与迷醉》是何玉茹最重要的小说。在这部小说中，我们庶几可以看出何玉茹更加内敛、更加追求艺术化的人生境界的心灵轨迹。娴静的何玉茹、小事的何玉茹，内心汹涌着传统文化的波涛，从老麦杀猪到李三定的幸福世界，何玉茹在小事中营构出一个充满深度与广博度的艺术世界。阿宁的校园小说也很有特色，但他的校园小说不是纯粹的校园生活记录，而是善于把校园的知识分子生活与社会生活连接起来，从而扩大了校园小说的含量。这类小说有《校园里有一对情人》、《坚硬的柔软》、《生命之轻与瓦罐之重》、《遥望校园》、《自费生》等。之后，阿宁的小说又开始转向官场，表现官场中诸色人等的生存状态，如《无根令》、《爱情病》等。总之，阿宁的小说总是倾注着对现实人生的强烈关注，从校园小说到官场改革小说，再到城市社会生态小说，无不贯穿着这种关怀。不过阿宁小说对社会现实的关注不是问题式的，而是始终关注生存着的人们的心灵情感、人性困惑以及权力、金钱、欲望对人生命运的扭曲与重塑等细微的关节点。同时，阿宁的小说是充满趣味的，既好读又有意味。老城的长篇小说主要以家族历史为题材内容，表现出对家族历史的新的理解，如《人祖》、《谷神》等。他的《家园考》深入思考了农民与土地、传统性与现代性诸多问题，具有悠远的形而上意味。老城的小说一般都追求精神的深度和文化的厚度，同时在艺术上追求立体化的效果，试图强化传统与现代、历史与现实、社会与自然、家族与民族等的交织勾连，在写实中有写意，在传统中有现代，并善于营造具有象征意义的意象，来提升小说的思想含蕴与诗意氛围。

宋聚丰于20世纪80年代初期开始创作，他的作品主要瞄准的是农村改革中出现的各种问题，他善于刻画改革中的青年形象，作品极富地域色彩，如《白云升起的地方》、《远山》、《苦土》等。90年代以后，宋聚丰转入影视剧的改编和创作，他改编的电视连续剧《黑脸》影响深远。贾兴安于90年代创作开始，他的作品善于讲述曲折的故事，具有浓郁的传奇性，在传奇中揭示人性的美好与丑恶，代表性的作品有《欲火》、《麦殇》、《狗皮膏药》等。于卓的小说主要取材于石油工业战线的生活，全方位地展现了官场百态，代表性作品有《七千万》、《八千万》、《九千万》和长篇小说《挂职干部》等。康志刚主要以短篇小说见长，他的《醉酒》、《敬酒》、《香椿树》等，往往善于从生活的一个片段或侧面切入，进而揭示出具有深刻意义的事件本质。丁庆中主要以长篇小说见长。他的小说形式新颖，结构独特，特别讲究语言的诗意和行文的韵致，其作品着重发掘某类人的原始欲望的挣扎，以及灵魂升华的可能性，代表性作品是《蓝镇》、《老鱼河》。水土以短篇小说《村里有台拖拉机》闻名，小说把拖拉机这一具有异质色彩的物件放置在闭塞落后的乡村，牵动了全村人的神经。他新世纪创作的长篇小说《疼痛难忍》对小煤窑的官煤勾结的现实有着真切的揭露。小说与诗歌兼治的赵云江，其小说富于诗性。如短篇小说《绿水》、《黑大门·红对联》、中篇小说《上学去》等，以诗意怀旧的笔调，追忆自己童年的生活，表现出对真诚纯真年代的缅怀。而其另一类"荒野"解索的作品，则带有魔幻现实主义味道。何玉湖著有长篇小说《燃烧的家园》、《瑰丽的视界》、《隐形拳手》，中篇小说《生命原则》《骚动的节奏》、《T城怪杰》、《震荡后的震荡》、《我的另一部分生活》等。2008年出版长篇小说《是什么使我们幸存》（上、下）。故事通过主人公南洋混血儿林孔的不断寻求，一层层揭示自己父系的华人家族的精神生活、隐秘经历。小说气势恢宏，具有史诗性。阎明国自1980年开始发表作品，主要文学创作集中在1980年至1989年，1990年后逐渐远离文学直至辍笔，2001年后复又重拾笔墨，出版长篇小说《风潮不到岸》、《鳄吻上的炊烟》，发表中篇小说《海难》、《魂归大海》、《风暴潮》、《面无表情》、《哭墙》、《重洋营救》、《装卸工》、《遥远的快乐岛》、《蓝色陷阱》、《堡垒沉没》、《无梦之海》等。其长篇小说《鳄吻边上的炊烟》逼真地、近距离地展示了改革开放初期中国商界的故事。作品通过现实与回忆两条线索展示了亿万富翁周天东的发迹史，展示了他的生活、爱情和事业的演变轨迹。作品的描写对象上至省长书记，下至船员百姓，表现了贫富的巨大悬殊以及由此带来的心理的极大不平衡，以致贿赂、仇恨、绑架、凶杀等罪恶滋生蔓延，商界人黑道白道八面玲珑。小说显示了宏大的气势和广阔的生活场景。

　　河北新时期小说创作的第三梯队是一批出生于20世纪60年代后期70年代初期的年轻作家，主要有刘建东、李浩、张楚、胡学文、刘燕燕、曹明霞、王秀云、讴阳北方、宋子平等。

　　刘建东的写作起步于先锋小说潮流逐渐式微之后，但他的小说明显吸收了先锋小说在文体形式上的优长之处，在小说语言叙述等方面都"洋味"十足，这使他的小说在河北这块历来追求本土朴实的现实主义风格的土壤中显得卓尔不群。刘建东的小说叙述大于描写，他总是善于讲述故事而不是单纯地显示故事，因而他的叙述语言往往充满诗意。从题材上看刘建东的小说基本上是对现代都市青年情感生活的描述，而往往对重大政治历史事件不感兴趣，故而他的小说基本上也可以算作"个人化写作"一族。小说观念新潮，手法先锋，视野开阔，具有一定的艺术水准。代表性作品有《减速》、《我的头发》、《全家福》等。《全家福》在形式上把写实与写意、常态与荒诞、具象与抽象都有机地统一起来，达到了"状难写之物如在目前，含不尽之意见于言外"的效果。李浩的小说以中短篇见长，作品往往具有先锋小说的流风余韵，在对历史的形而上关注中又有对现实的反省。代表性作品有《那只长枪》、《闪亮的瓦片》、《刺客列传》、《将军的部队》等，其中《将军的部队》曾获得第四届鲁迅文学奖。这篇小说把过去的那种阴冷的叙述转向了暖色。和平年代的将军显然也是"多余人"，他在晚年对自己"部队"的怀念，不是对战争的追忆，而是对已故战友的友情的温馨眷顾。将军昔日的赫赫战功，都被李浩有意识地嵌入时间的幕后，而在时间的帷幕上留下的只是将军晚年的普通人心境——一个和蔼的、孤独的老人对往事的回忆。张楚的小说也是以当代城市青年生活为素材，表现出一种现代人的困惑与迷茫的情绪，小说氤氲着一种挥之不去的忧郁诗情。他的小说是向内的，他关注的是人的灵魂、人的存在，是昆德拉所谓的"可能性"。这就使张楚的小说既区别于外在写实性的所谓现实主义小说，又区别于时下身体写作式的商业主义小说。张楚是个异数，他在走一条艰难的写作之路。其代表性作品有《曲别针》、《草莓冰山》、《U型公路》、《长发》、《刹那记》、《大象》等。

胡学文的小说往往取材于坝上草原底层农牧民的生活，表现他们苦难的生存状态，充满着底层生活的粗粝和毛茸茸的质感。浓郁的底层生活气息、强烈的爱憎情感、传奇的故事情节和自觉的艺术追求，都使他的小说达到较好的艺术水准。同时，他的小说在对权力欲望的揭示、对城市化进程中乡村的不可避免的衰落等都有较深入的思考。他的小说在艺术结构的设置上往往不囿于一时一地，而是喜欢大开大阖，总是让人物"在路上"去追寻什么，从而使故事传奇色彩浓郁，具有较强的可读性。其代表性作品有《秋风绝唱》、《飞翔的女人》、《婚姻穴位》、《麦子的盖头》、《命案高悬》等。

刘燕燕、曹明霞、王秀云、讴阳北方、宋子平的小说主要都是从女性自身的感性体验角度，透视男权文化对女性的压抑和控制。这是她们的小说的大前提。刘燕燕的小说主要表现现代女性生存的困境，手法新颖，语言和结构都充满张力，具有较强的文体意识。代表性作品有《阴柔之花》、《不过如此》、《飞鸟和鱼》等。曹明霞的小说主要通过两性关系的支配和被支配，男人对女性身体的欲望层面，透视女性生存处境的艰难和困顿，小说流露出对理想之爱的渴望以及对理想之爱寻觅无望的痛楚。代表性作品有《这个女人不寻常》、《我们的爱情》、《谁的女人》、《呼兰女儿》等。王秀云的小说主要描摹了官场中的女性的尴尬处境，以及女性的身份在官场这一男性文化主导的境域中如何洁身自好与仕途升迁的矛盾，真正的爱情与逢场作戏的矛盾等。代表作品有《玻璃时代》、《界外情感》、《水晶时代》等。讴阳北方的小说被称为是彻底的女性主义小说。她的中篇小说《风中芦苇》和长篇小说《无人处落下泪雨》的确具有这样的特点。她的小说对女性命运的悲叹令人震惊。

当然，河北新时期小说创作的未来应属于出生于 20 世纪 80 年代的一代新人，他们应该是第四梯队。虽然我们目下还难以肯定地说出他们中谁的作品将产生更大的影响，但我们也看到了他们中有的已经开始崭露头角，有的已进入河北作家协会文学院并成为签约作家。"士不可以不弘毅，任重而道远。"

第二章 铁 凝

第一节 生平与创作概况

铁凝（1957～ ），原姓屈，生于北京，祖籍河北赵县。其父铁扬为油画及水彩画家，毕业于中央戏剧学院；母亲是声乐教授，毕业于天津音乐学院。铁凝为长女。据铁凝自述，她的"曾祖年轻时曾离冀中老家弃农从军，从清末袁世凯小站练兵的一名下级军官，直到成为孙传芳的重要幕僚之一"，"后来军阀时代结束，他终于以一名陆军中将衔的吴淞口炮台司令、浙江代省长而告老还乡，再后来因他拒邀与阎锡山为伍和为日寇供职，即长期避居西安"①。铁凝的祖父曾是故乡有名的医生，也是当地第一代共产党员和第一代国民党员。祖父的两位兄弟也都是共产党的领导干部。这些家族的故事显然是铁凝后来创作长篇小说《笨花》的重要原型。

童年时期的铁凝生活坎坷。4 岁前一直住在北京的一位保姆家，保姆奶奶为人和善，十分疼爱铁凝。当铁凝不高兴时，保姆奶奶经常从一个齐腰深的大缸里拿点心给她吃。从保姆奶奶身上，铁凝领悟了爱的最初的含义。1962 年，铁凝随父母到当时的河北省省会保定定居。1964年，铁凝以优异的成绩考入河北小学，这是河北省唯一的一所全封闭寄宿小学。1966 年"文化大革命"开始，学校停课，铁凝的父母也双双被送入"五七"干校，铁凝与妹妹不得不再次回到北京，寄居在外婆家。正是在这个北京胡同里的四合院里，少年铁凝开始了终生难忘的生活，她过早地懂得了"人情冷暖"和"世态炎凉"，文学的种子也许就

---

① 铁凝：《我们与保定》，见《铁凝文集》，第 5 卷，江苏文艺出版社，1996 年，第 439 页。

是在这里播下的，正像铁凝所说的："我最初的、也是最重要的文学启蒙便是少年时在外婆四合院里的那段生活。那院子本是一部微缩的人生景观，该看与不该看的趁我不备都摊在了我的眼前。"①短篇小说《死刑》与长篇小说《玫瑰门》显然都与这个小院有关。1969年，铁凝的父母从"五七"干校回来，铁凝才与妹妹回到保定父母身边上学。

画家父亲对铁凝的艺术熏陶以及对铁凝的文学启蒙显然是重要的。在父亲的指导下，铁凝阅读了大量的中外文学名著以及历史类等有关书籍。这为铁凝日后的文学创作打下了坚实的基础。1973年的一天，铁扬带着16岁的铁凝去拜访当时还是"右派"的作家徐光耀，让徐光耀"鉴定"铁凝的作文《会飞的镰刀》的"文学价值"，徐光耀的肯定与热情推荐，使这篇习作在一年后被收入北京出版社的一部小说集中，从此坚定了铁凝要当作家的信心。1975年高中毕业后的铁凝，主动放弃留城、参军的机会，自愿赴河北博野县张岳村插队，开始了她4年的农村知青生活。在这里，她对农村生活和农民有了真切的体验和了解，开辟了她创作的一个全新的领域，此间写出《夜路》、《丧事》、《蕊子的队伍》等短篇小说，发表于《上海文艺》、《河北文艺》等文学期刊上。1979年铁凝调入保定地区文联《花山》编辑部做小说编辑，真正开始了她的文学生涯。

1980年参加河北省文学讲习班。同年，其短篇小说《灶火的故事》在孙犁主办的《天津日报》"文艺增刊"发表，《小说月报》转载，并引起争鸣。第一本小说集《夜路》也由百花文艺出版社出版。1982年夏，她参加《青年文学》编辑部在青岛举办的笔会，会间写出短篇小说《哦，香雪》，并在当年第9期的《青年文学》发表。小说得到了孙犁先生的热情赞扬。1983年《哦，香雪》获全国优秀短篇小说奖，铁凝一举成名。1983年，铁凝发表了中篇小说《没有纽扣的红衬衫》，1985年，这篇小说连同1984年发表的短篇小说《六月的话题》分别获第三

---

① 铁凝：《我的小传》，见《铁凝文集》，第5卷，江苏文艺出版社，1996年，第463页。

届全国优秀中、短篇小说奖。根据《没有纽扣的红衬衫》改编的电影《红衣少女》获本年度中国电影"金鸡奖"、"百花奖"最佳故事片奖。1985年初，在中国作家协会第四次会员代表大会上当选为中国作家协会理事，成为该协会有史以来最年轻的一位理事。而在1984年，铁凝已由保定地区文联调河北省文联从事专业创作，并于当年召开的河北省第四次文代会上当选为河北省文联副主席。

1988年她的第一部长篇小说《玫瑰门》在作家出版社大型刊物《文学四季》创刊号以头条位置发表，次年由作家出版社出版单行本。这期间铁凝又发表了重要的中篇小说《麦秸垛》（1986年）、《棉花垛》（1988年）。1990～1993年，她写出《孕妇和牛》、《马路动作》、《砸骨头》、《埋人》、《对面》等小说，其中《对面》获得1993年度中国作家协会颁发的"庄重文文学奖"。1994年，她的第二部长篇小说《无雨之城》由春风文艺出版社出版，连续4个月列为上海、深圳、北京畅销书排行榜第一名。2000年初，其第三部长篇小说《大浴女》由春风文艺出版社出版，反响热烈。2006年1月，其第四部长篇小说《笨花》由人民文学出版社隆重推出，首印20万册。这是作家潜心六年精心打造的一部家族性历史巨著，也是当代文学的重要收获。这期间，铁凝也创作了许多优秀的中短篇小说与散文作品，如《安德烈的晚上》、散文集《女人的白夜》（获中国首届"鲁迅文学奖"）、《永远有多远》（获第二届"鲁迅文学奖"）等。

铁凝不仅在文学上成绩卓然，而且她的行政工作也驾轻就熟。1996～2006年，铁凝一直担任河北省作家协会主席、中国作家协会副主席；2006年11月12日，她在中国作家协会第七届全委会第一次全体会议上当选中国作家协会第七届全委会主席，成为中国作协主席。此外，铁凝还是中共十六届、十七届中央候补委员。

综观铁凝的小说创作道路，我们很难把她同文坛上哪个鲜明的流派和潮流归拢在一起，她显然有着自己的一贯追求和审美旨归。正像评论家陈超所说的，铁凝"自始至终拒绝各种意义上的'集体写作'，她是坚持'个人写作'的典范之一"①。因此，我们对铁凝的创作只能根据她自己的演化轨迹，来一个大概的分期和归类。迄今为止，铁凝的创作大致经历了"香雪"时期、"玫瑰门"时期、"大浴女"时期和"笨花"时期。这样四个时期，正好可以概括为单纯—复杂—复杂的单纯—单纯的复杂这样几个阶段。

第二节　中短篇小说创作

　　铁凝的小说创作也是从中短篇开始的。《会飞的镰刀》一般被认为是铁凝的处女作，《夜路》是她的第一部小说集。1980 年铁凝短篇小说《灶火的故事》在孙犁主办的《天津日报》"文艺增刊"发表，《小说月报》转载，并引起争鸣。尽管铁凝本人也非常重视这篇小说②，但是真正为铁凝带来声誉的还是她的短篇小说《哦，香雪》的发表。这篇发表于 1982 年第 9 期《青年文学》上的作品，立即得到老作家孙犁的高度赞扬，并于次年获得全国短篇小说奖，铁凝因此似乎也被称为"荷花淀派"的最新传人。《哦，香雪》是充满诗意的，她的清新、温馨、恬静、雅致的风格的确与孙犁先生小说的许多神韵非常相像，这种风格使其具有诗化小说的诸多特质：小事情、小人物、美丽的女性形象、恬静细腻的描写、浪漫优美的文笔、节制而美好的情感……铁路修进封闭的大山台儿沟，火车只有短短一分钟的停歇，却"搅乱了台儿沟以往的宁静"，美丽的山里妮子香雪们，便再也不能安分了。姑娘们对城里来的人们戴

---

　　① 陈超：《写作者的魅力》，见《铁凝人生小品代序》，花山文艺出版社，1999 年，第 1 页。
　　② 铁凝在《铁凝文集》第 3 卷《写在卷首》中说："我对《灶火的故事》的感情应该追溯到那个写作它的年代——一九七九年。我以为《哦，香雪》固然清纯、秀丽，《六月的话题》固然机智、俏皮，但《灶火的故事》的写作才是我对人性和人的生存价值初次所作的坦白而又真挚的探究；才是我对以主人公灶火为代表的一大批处在时代边缘地带的活生生的人群，初次的满怀爱意的打量。"铁凝：《铁凝文集》，第 3 卷，江苏文艺出版社，1996 年。

在头上的金圈圈和手腕上的指甲盖大小的手表的艳羡、风娇对"北京话"的想象，都透露出封闭大山中的人们对外来新的生活的向往。美丽的香雪的向往是明确的，她要用40个鸡蛋换取带磁铁的泡沫塑料铅笔盒，她不计较这种交换的价值是否值得，因为在这个铅笔盒上寄托着香雪对城市、对未来的无限的遐想和期待。显然，香雪善良的眼睛和美好的心灵与情愫，无疑给80年代初期的文坛——在那个不断咀嚼苦难和揭示伤疤，不断呼唤硬汉致力于大刀阔斧改革的年代，吹来了一股清新的春风。

1983年，铁凝发表中篇小说《没有纽扣的红衬衫》，这篇小说在1985年获得全国中篇小说大奖，并改编为电影《红衣少女》在全国上映，获本年度中国电影"金鸡奖"、"百花奖"最佳故事片奖。这部小说的独特之处就在于小说以青春的单纯写出了那个年代大家都缺乏并渴望的真诚与个性。在一个没有颜色的年代，铁凝写出了颜色；在一个世故保守的年代，铁凝写出了开放与个性。穿"没有纽扣的红衬衫"的安然就是这样一个时代的代表。她单纯正直、真诚阳光、我行我素、不加掩饰，她聪明好学、善于思考，敢于当面对老师提意见，这都使她无缘评上"三好学生"。正是这样一个清新、可爱、个性、真诚、阳光的新人形象打动了全国大量读者的心扉，时代需要单纯，时代需要真善美，铁凝借助于时代的东风，把自己对人生的初次体验贡献出来。

因此，80年代初期登上文坛的铁凝，以自己特有的方式营造了自己的"香雪时期"，这是一个单纯、乐观的时期，铁凝以"香雪般善良的眼睛"在细微处寻找真善美，在日常生活中讴歌理想。善良、美好、温馨构成铁凝早期创作的基本基调，细腻、恬静、雅致构成铁凝这一时期创作的基本风格。

1986年5月铁凝的《麦秸垛》在《收获》发表。之后其又发表了《木樨地》，短篇小说《色变》、《死刑》等；1988年发表中篇小说《棉花垛》，并在这一年完成且发表了她的第一部长篇小说《玫瑰门》（1989

年出版单行本）。这一系列作品的发表与出版，标志着铁凝的创作进入了她的"玫瑰门"时期。铁凝一改那种单纯地在生活中寻找真善美的冲动，而是深入生活的深处，深入人物的复杂的内心，试图全方位地、复杂地表现生活的全色，特别是注重了对人性丑恶的探秘，加强了对生活混沌的展示。这是铁凝创作的"复杂"时期。这个时期，铁凝的代表性作品除了长篇小说《玫瑰门》（将另节专述）外，还有《麦秸垛》、《棉花垛》，《青草垛》（1995 年）①、《木樨地》、《色变》、《死刑》、《埋人》、《对面》、《他嫂》、《何咪儿寻爱记》、《孕妇和牛》、《笛声悠扬》、《砸骨头》、《马路动作》、《遭遇礼拜八》、《晚钟》、《三丑爷》等。

　　单从外在形式上看，《麦秸垛》与当时文化寻根小说有一定的相似性。然而，铁凝的《麦秸垛》却不是一篇寻根小说。作者没有刻意从传统文化中去寻找文化的根源，而是仍然把笔触深入人性的深处，探究人在历史与现实中的存在状态。作品通过杨青、沈小凤、陆野明、花子、大芝娘等现实中的人物徐徐展开了人们日常生活的戏剧；同时，作者又通过栓子大爹的那双日本翻毛皮鞋、大芝娘的那只"又长又满当的布枕头"把历史与现实交织起来、缠绕起来，使历史与现实的人性骚动贯通了人作为存在物的统一气脉。那原本相同的日子、相同的心灵与肉体的骚动和不安是阻隔不断的，隔断的只是无声的岁月与年轮。杨青、陆野明、沈小凤各自在灵肉包裹下的躁动的情欲，在那高耸的麦秸垛下跳跃着的金色的光波中，那燥热的太阳的气息，还有电影里"乳汁乳汁"的诱惑，使两个骚动的肉体结合了，但是，陆野明与沈小凤的结合只是"腻味她"，陆野明真正喜欢的是杨青；而沈小凤却对陆野明一往情深，她不把自己这样贡献给陆野明当做是

---

①《麦秸垛》、《棉花垛》、《青草垛》号称"三垛"。铁凝在谈到《青草垛》的写作时说："第三垛《青草垛》写于一九九五年十二月，与《麦秸垛》相隔九年。在一九八九年初，当我写完《棉花垛》之后，实际上就有了《青草垛》的构思。迟迟未能动笔，是因为我找不到一种最合适的表述方式，来讲那个名叫'一早'的主人公的故事，尽管自那时起，青草的甜气和苦气就终日在我的周身弥漫。"铁凝：《铁凝文集》，第 1 卷，《写在卷首》，江苏文艺出版社，1996 年。

一种耻辱，而是要先把他"占住"；杨青则在故作矜持中妒忌着，"她惧怕他们亲近，又期望他们亲近；她提心吊胆地害怕发生什么，又无时不在等待着发生什么"。报复心与妒忌心使杨青处在一种"幸灾乐祸"之中，当这种结合终于发生时，杨青毫不犹豫地出卖了他们，她想到了犹大，脸上发烧，"原来报复心理与忏悔心理往往同时并存"。在这里，铁凝以出色的细腻的心理洞察，把现实生活中男女的微妙心理状态展示出来。这也无声地揭示出历史中的大芝娘与抛弃她的干部、栓子大爹与老效媳妇、花子与四川男人以及小池等微妙的生存处境的历史连续性。大芝娘与无爱的男人要生个孩子，为的是要打发无聊的岁月，大芝的惨死，带走了这卑微的安慰，大芝娘只能在漫漫的长夜里不停地纺线，或者是去捂热那个命运给予她的大而饱满的枕头。现实中的知青沈小凤也在重复着大芝娘的生命轨迹，她也要与无爱的陆野明生个孩子，这难道只是一种偶然的巧合吗？正像杨青回城之后所想到的，"城市女人们那薄得不能再薄的衬衫里，包裹的分明是大芝娘那双肥奶。她还常把那些穿牛仔裤的年轻女孩，假定成年轻时的大芝娘。从后看，也有白皙的脖梗、亚麻色的发辫，那便是沈小凤——她生出几分恐惧，胸脯也忽然沉重起来"。"一个太阳下，三个女人都有。连她。她分明地挪动了，也许不过是从一个麦场挪到另一个麦场吧。"据此，许多女性主义论者便断定，铁凝在此是对男权文化的控诉与抗议。这实际上只是一种片面的误读。抗议男权文化，同情女性命运，这所有的一切都包含在小说里，但这只是大主题的一个侧面，铁凝曾说其"一直力求摆脱纯粹女性的目光。我渴望获得一种双向视角或者叫作'第三性'视角，这样的视角有助于我更准确地把握女性真实的生存境况"①。可见，《麦秸垛》的主题是要表现在这古老大地上的生命的骚动与亘古恒定的存在状态。大芝娘、沈小凤、杨青都不是"耶稣"，她们连同栓子大爹、陆野明等都是有着各种各样缺陷的

---

① 铁凝：《写在卷首》，见《铁凝文集》，第4卷，江苏文艺出版社，1996年。

普通人，善恶同体，愚鲁共在，他们就像这广袤的大地以及这大地上年复一年湿了又干、干了又湿的高耸挺拔的麦秸垛，他们的日子就这么混沌着，爱和恨、嫉妒与复仇，美妙、神奇、荒唐、狂热的梦便是从这里开始的。

发表于1988年的《棉花垛》是铁凝"三垛"的第二垛，这一垛被一些女性主义批评者认为是一篇最具女性意识的小说，从而完全把铁凝拉进了女性作家的行列。当然，作为女性作家，铁凝肯定具有女性意识，但铁凝从来都不是一个刻意的女性主义作家。《棉花垛》的确写了米子、乔、小臭子等女性形象及她们的命运，但这实际上是铁凝在思考女人作为人的历史性存在的处境。铁凝的小说虽然写了抗日战争，但铁凝没有把战争作为小说表现的重心，而是写出了战争中的人特别是女人本身的日常生活与命运。小臭子母亲米子年轻时钻窝棚，实际上正是一种女性的生存方式。乔、小臭子与老有的过家家是乔性意识萌动的表现，这些意识和满地的棉花一样，它们就是这样自自然然地生长着。战争把她们席卷，战争给了她们不同寻常的命运，乔的牺牲固然与小臭子的出卖有关，但小臭子也为抗日做过许多工作，小臭子的叛卖与人性的弱点有关，小臭子与通常意义上的汉奸绝对不是一样的。战争裹挟着人，小臭子实际上正是战争的牺牲品，甚至连乔、连国都不是那种通常意义上的革命者，国对小臭子的临终占有与处决，是欲望与正义之不正当和正当相互交织的矛盾产物。在这里，铁凝对乔的惨死一哭，同时也为小臭子的死一哭；她谴责国的不正当，也同时默许着国所代表的正义的正当性，铁凝就是这样书写着复杂与混沌。

《孕妇和牛》发表于1992年第2期的《中国作家》。这是铁凝在1990～1991年第二次到河北涞水山区，挂职县委副书记的产品。1981年，铁凝第一次来到涞水的苟各庄这个最贫穷的村庄，在这里她发现了"香雪"；这第二次来到这里，她发现了"孕妇和牛"。孕妇与香雪的确有着渊源关系，这分明是长大了的香雪，她嫁到了比较富裕的山前平原。孕妇赶着同样怀孕的牛"黑"一同走过王爷的牌楼。俊秀的孕妇的生活已经不是香雪时的样子了，她有着美满的家庭，"公婆和丈夫待她很好"，"红糖水把孕妇的嘴唇弄得湿漉漉的红，人就异常地新鲜。婆婆逢人便夸儿媳：'俊得少有！'"然而，这样衣食无忧的日子，孕妇却仍感到不满足，不识字的她对王爷坟茔石碑上海碗大的字产生了兴趣。她对自己日渐隆起的肚子充满希冀，这对孩子未来的希冀，化为她描画石碑上俊秀的文字的行为。于是在寂静的平原的原野上，不识字的孕妇使出她毕生的聪慧与力量，描画好了这 17 个海碗大的字："忠敬诚直勤慎廉明和硕怡贤亲王神道碑"。这寄托着中国文化精髓的文字，被孕妇郑重地揣进了祆兜，也揣进了自己的心灵。"孕妇与黑在平原上结伴而行，互相检阅着，又好比两位检阅着平原的将军……她检阅着平原、星空，她检阅着远处的山近处的树，树上黑帽子样的鸟窝，还有嘈杂的集市，怀孕的母牛，陌生而俊秀的大字，她未来的婴儿，那婴儿的未来……"于是"一股热乎乎的东西在孕妇的心里涌现，弥漫着她的心房"。这是感动，文学的感动。铁凝把这温馨的"感动"再一次呈现给了我们。何以铁凝在走进"复杂"的深沉时期仍然写出如此纯净温馨的文字？我们认为这正是铁凝试图走向"穿过复杂的单纯"的一种尝试，也是铁凝试图全色展示生活的一种继续。如果说香雪对"铅笔盒"的渴望，只是一种朦朦胧胧的对未来生活的希冀的话，那么，孕妇对文字——文化的向往，就是实实在在的一种渴望，这种渴望既具体又抽象，她的内涵显然比香雪的渴望要深广得多、悠远得多，那是一种精神价值的追求，这追求复杂而单纯，浑厚而明澈。如果说，香雪的追求是一条清澈的小溪，那么，孕妇的追求则就是一汪清冽的深潭。

发表于 1993 年的《对面》是铁凝深入探讨人与人的关系特别是男与女关系的一部中篇力作。小说借男性视角"我"的叙述，通过男性对女性的"窥视"，表明两性之间或者说是人与人之间的不可沟通性。小说由两层故事组成：一是描写了男性叙述人"我"与几个女性之间的故事；二是男性叙述人"窥视"中的女性"对面"——女游泳教练与几个男性偷情的故事。在第一层故事中，"我"与"大洋马"肖禾、表妹"一比四"、尹金凤、幼儿园阿姨林林、旅游途中的陌生女郎，虽然都可以发生性关系，但"我"却永远都不能理解她们；在第二层故事里，"我"对"对面"的"窥视"，看到的只是女性生活中的"自然"，即她的隐私领域，而对于"对面"的真正的内心，"我"却仍然不得而知。"我"对"对面"的偷窥实际上"不过是在那一高一矮两个男人后面，对她充满欲望的第三个男人罢了"。"我"的突然曝光，终于使"对面"惊恐而死。"原来人类之间是无法真正面对着面的"。由此可见，男女之间永远只是一种欲望的关系，而爱情"本是一种值得花费心血去郑重寻找的能力"。这是否可以说是，当20世纪90年代隐私被作为爱情或者是作为"个人化"写作的幻觉成为作家与读者争相窥视的对象时，铁凝给予我们的警世性深刻思考？

　　1996年铁凝在《人民文学》第1期发表小说《秀色》，1997年发表《安德烈的晚上》，1999年发表《永远有多远》。《秀色》这篇引起广泛争议的小说，主要写了秀色村的姑娘张品为使极度缺水的家乡能打出水井，而主动将自己"壮烈"献给打井队的李技术的故事。小说超越了传统道德伦理的狭隘层面，而是在看似丑陋的行为中寄寓着崇高的精神。《永远有多远》中的白大省，是一个独特的"好人"形象，她在七八岁时就被人指认为"仁义"之人，长大以后仍然保持着这种仁义的善良本性，她骨子里乐于助人，却屡屡被人利用，受到伤害。她的这种仁义善良其实并不是她所愿意的，她其实对西单小六的为人处世非常羡慕，但她永远成不了西单小六。铁凝正是通过白大省这一形象，提出了一个复杂的问题，即仁义善良在当下究竟具有多大的合理性以及改变的可能性。这些作品的发表预示着铁凝的思考走向新的深度。直到2000年出版长篇小说《大浴女》，标志铁凝的创作进入一新的时期——"大浴女"时期。铁凝走向了"复杂后的单纯"。

第三节 从《玫瑰门》到《大浴女》

1988年9月铁凝的第一部长篇小说《玫瑰门》在作家出版社的大型刊物《文学四季》创刊号发表，次年由作家出版社出版单行本。1996年铁凝在编选《铁凝文集·玫瑰门》这一卷时说："《玫瑰门》是迄今为止我最重要的一部小说。书中的主角都是女人，老女人或者小女人。因此，读者似乎有理由认定'玫瑰门'是女性之门，而书中的女人与女人、女人与男人之间一场接一场或隐匿或赤裸的较量即可称之为'玫瑰战争'了。"[①]是的，铁凝正是充分调动了自己早年在北京四合院里的经验和想象，为我们塑造出一系列如司猗纹、竹西、姑爸、苏眉、苏玮、罗大马等独特的女性形象，相当细腻而深刻地表现了"玫瑰门"里的残酷战争。为了表现这场"战争"，铁凝采取了"第三性"视角，对于这一视角，铁凝解释说，在中国，并非大多数女性都有解放自己的明确概念，真正奴役和压抑女性心灵的往往也不是男性，恰是女性自身。"当你落笔女性，只有跳出性别赋予的天然的自赏心态，女性的本相和光彩才会更加可靠。进而你也才有可能对人性、人的欲望和人的本质展开深层的挖掘。"[②]由此可见，铁凝在《玫瑰门》的写作中所要尝试的正是一种力图摆脱性别视角的偏见，从客观的、中立的立场对女性从身体到灵魂的审视与反观，从而也是对人性复杂性的一种全新估量。

司猗纹是一个独特的形象，铁凝通过这一形象的塑造，极大地丰富了文坛女性形象的宝库。我们认为，司猗纹形象完全可以与王熙凤、曹七巧、繁漪等女性形象媲美，甚至在丰富性上还超过这些女性形象。我们无法以道德上的好与坏来界定司猗纹，司猗纹就是司猗纹。在她身上，善与恶、美与丑、勇敢与怯懦、虐人与自虐、高贵与庸俗、诚恳与

---

①② 铁凝：《写在卷首》，见《铁凝文集》，第4卷，江苏文艺出版社，1996年。

虚伪、光明与阴暗、傲岸与猥亵等是如此奇妙地纠结、缠绕在一起，她就像那美丽而邪恶的罂粟花，绽放在"文化大革命"那个特殊年代的土地上，令人惊叹而又不忍释手。司猗纹实际上是一个悲剧形象。她少小丧母，中年丧夫，老年丧子，可谓苦命之人。司猗纹出身高贵，从小受过良好的传统文化教育，少女时期又接受了现代文明，特别是"五四"以来的新思想和革命潮流的熏染，她爱上了革命者华致远。18岁的那个雨夜，她把自己给了自己的初恋情人。这成为她一生的珍藏，她把自己的纯真定格在了这个不平常的雨夜。之后，她不得不按照那个时代所有女人所走过的道路，走进父母为她安排好的无爱婚姻，成为庄家大少奶奶。在新婚之夜，她甚至还为自己的不洁而深深地忏悔。然而，丈夫庄少俭的不爱与纨绔子弟般的生活，使得司猗纹成为实际上的"活寡妇"。那次充满希望的扬州之行，却成为司猗纹羞辱一生的尴尬之旅，她不仅遭到丈夫的羞辱，而且失去了自己的儿子。司猗纹正是在这种生活的重重击打面前变得日益坚强也变得愈来愈乖戾。她因遗产不惜出头露面与父亲的小妾刁姑娘打官司；庄家的败落，使她更加颐指气使；庄老太爷的不满与丈夫庄少俭传给她的"脏病"使她不顾廉耻公然强奸自己的公公用以报复。新中国成立以后，她试图更名改姓把自己变成一个自食其力的劳动者，然而，革命队伍里不容忍她，使她又不得不退回"庄家大奶奶"的身份中去。"文化大革命"开始，司猗纹本能地感到了危机。为了躲过危机，她主动献出家具和房屋，并自导自演了挖掘金如意的把戏；她编造自己的同父异母妹妹的继父在台湾的谎言，以骗取组织对自己的信任。她讨好罗大娘，时刻把语录放在床前以显示自己的积极与革命。她偷窥儿媳竹西与大旗的奸情，并不惜让自己年仅12岁不谙世事的外孙女去目睹她们的奸情，然后用大旗遗落在竹西床上的裤衩去要挟罗大妈。她的心理严重变态，一方面不断自虐着自己，另一方面又不断给别人施予虐待，她跟踪眉眉到"鬼见愁"，瘫到床上也要让宝妹和竹西不得安宁。她不断地给别人制造痛苦，以别人的痛苦来平衡自己的失败与痛苦。然而，司猗纹抚养了庄家的一双儿女，她也一如既往地服侍着自己的公公。她在困难时期也帮助自己的女儿抚养一双女儿，她也靠自己的劳作养活着自己的小姑子——姑爸。这的确是一个令人又爱又恨的人物，她是不可复制的"这一个"。

姑爸也是铁凝贡献给文坛的一个独特的形象。因为她的那个又长又阔的下巴，姑爸在新婚之夜"吓走"了新郎，从此，姑爸就叫"姑爸"了。她拒绝做女人，拒绝穿裙子。她剪掉辫子留起了男性的分头，旗袍、长裙换成了西装、马褂；穿起了平跟鞋，迈起了四方步，烟袋终日拿在手中。甚至最具女性特征的两个乳房也不见了。她逃避了女性身份，"半疯格魔"地做起了"男人"。司猗纹与姑爸斗，是因为姑爸似乎能看穿司猗纹的一举一动。姑爸敢于骂罗家，是因为罗家残忍地车裂了她的大黄猫。终于，姑爸被大旗、二旗的红卫兵们用象征着男性生殖器的铁通条戳进了下体，她的对女性身份的逃离宣告失败。她的不幸是社会的残忍与无道，也是女性自身的悲哀。

竹西是铁凝以眉眉的眼睛加以赞许的女性形象。竹西是一个鲜艳丰满且极富生命力的"棒女人"形象。这一"棒女人"形象，不是道德化女人，而是作为"女人"的女人。当眉眉给竹西洗澡的时候，她看到的是一个完美的身体。竹西与司猗纹形成了对照，她敢作敢当，从不做作，她活得真实豪爽、我行我素。她与软弱的庄坦在一起的日子，实际上是不幸的，竹西感到了身与心的双重流浪。庄坦的先天不足和与生俱来的打嗝，败坏着竹西的胃口。当庄坦生理上"不行了"的时候，竹西的残忍其实也不比司猗纹差。她深夜捉老鼠，甚至解剖怀孕的死老鼠，那"花生米"一样的小老鼠，终于刺激了庄坦，并把他送上了西天。她恨司猗纹，却用延缓瘫痪在床的司猗纹的生命的方式，让她受罪来惩罚她、报复她。但竹西与司猗纹的区别就在于，竹西具有勇敢行动的勇气，她爱大旗，主动追逐并多次偷情，当偷情被司猗纹发现时，她毫不在乎，居然公开与大旗结婚。当她爱上叶龙北时，她又立即与大旗离婚。她的果敢与行动的勇气连同她的个性使她成为独特的自己。

眉眉在作品中是一个聚焦者，也是一个被叙述被审视的对象。她从9岁的小女孩到成长为真正的女人，在这个小小四合院里，看到了该看的与不该看的，她在一次次的惊吓中长大成人了。她看到了自身内心的恶，她5岁时向母亲怀着妹妹的大肚子推了一把，实际上正是她那仿佛与生俱来的恶念在作怪；她看到了姑爸的惨死，这种人间的暴行，使她很早就感受到了人间的恶；她看到了外婆为她设计的阴暗恶毒的一幕：竹西与大旗的偷情。眉眉过早地成熟起来，复杂起来。眉眉既看到了前辈女人的恶与丑，同时也深深理解着她们的生存境况。甚至在潜意识中，她也正在承接着她们的生活，宿命般地延续着她们的一切，眉眉发现："她像婆婆，像极了。她不仅是婆婆的十八岁她连现在的婆婆都像。"于是，"她惧怕这酷似，这酷似又使她和司猗纹之间形成了一种被迫的亲近。"她渴望挣脱，然而，挣脱是徒劳的，就连苏眉生出的女儿狗狗在额角上也有一弯新月形的疤痕，与眉眉的外婆司猗纹额角上的疤痕一模一样，这似乎就是她们家族的徽记，这难道不正是一种宿命吗？

由此可见，《玫瑰门》写出了复杂与深沉的混沌，铁凝在历史与现实的反省中追问着女人乃至人类的本真。

1994 年铁凝出版了她的第二部长篇小说《无雨之城》，这是"布老虎"系列丛书之一种，连续四个月居上海、深圳、北京畅销书排行榜之首。

2000 年铁凝出版了她的第三部长篇小说《大浴女》，小说以首印 20 万册的印数，又一次成为畅销书。但毫无疑问，长篇小说《大浴女》也是一件真正的艺术品，是铁凝创作的又一里程碑。小说的出版标志着铁凝进入了她的"大浴女"时期，真正实现了她所追求的"复杂的单纯"的艺术境界。作家以舒缓平淡的叙述，以"极尽现实的普通"，为我们营造了一座"亲切的遥远"和"熟稔的陌生"的"内心深处的花园"。它那通贯全篇的忏悔意识与无处不在的对灵魂的拷问，使得这座"内心深处的花园"充满了喧哗与骚动，以及由这喧嚣而最终达到的丰富的痛苦和深沉的宁静。

书名取自塞尚的名画《大浴女》，显然是取其"洗浴"的象征意义，那是将灵魂和肉体完全敞开于大自然之中的通脱和酣畅，在全无遮拦的透明性存在中，达到灵与肉的统一，从而成就高贵灵魂皈依真善美的人性至境。

因此，整部小说就是尹小跳心灵的痛苦蜕变过程，而在这一过程中，忏悔意识一直就是尹小跳灵魂蜕变的内在动力。小美人尹小荃扬起两条胳膊，像要飞翔一样一头栽进污水井这件事，成为尹小跳灵魂中的一个终生难释的结扣，一个拷问灵魂的起点，一种"原罪"。尹小荃仿佛就是那个特定时代的人性恶的试剂，她的出生，连接了章妩和唐医生以及他们背后的荒唐时代，同时又令尹小跳、尹小帆和唐菲们的灵魂永不安宁。然而灵魂的不安与忏悔意识是两码事，虽然她们都参与了对尹小荃的"谋杀"，但三人的作为是各不相同的。尹小帆对待尹小荃的死，是将自己择出来，她宁愿也变成一个受害者，而将所有的罪过都一股脑儿地推给姐姐尹小跳，因此，在以后的美国岁月中，她的生活并不幸福，但她却不敢承认自己的不幸，她遮遮掩掩，暗中嫉妒姐姐的生活，并抢夺姐姐之所爱，成了姐姐的竞争对手。实质上，尹小帆的这种心理，正是不敢正视自己灵魂的虚弱表现，将阴暗的恶遮蔽在灵魂深处，靠外在的"施虐"而浪得一个"强大"的虚名，这显然是很可悲的。尹小帆的意义也许就在于，任何向外扩张的人，都是有着程度不同的心理障碍的人，一个不敢敞开灵魂的人，一个没有忏悔意识的人，她其实是很软弱的、无助的。她的灵魂不可能得救。这正是尹小帆给予我们的启示。

唐菲是《大浴女》中一个最具个性的形象，这个形象的复杂性在此前的文学作品中还不多见。我们很难用固有的道德眼光来评价这个独特的形象。也许在《永远有多远》中的西单小六身上我们看到了唐菲的影子，她也许是那种没有多少道德重负的另类女子。她放荡妖冶，又善良纯真，洒脱而又沉重。可以说她就是那个特定的荒唐年代的恶之花。她生来就"没有"父亲，母亲为了保护她而甘愿受辱，最终不得不含恨了却人生。与"舅舅"相依为命的唐菲，又看到了"舅舅"与章妩偷情的罪恶。她的心灵被严重扭曲了，为了自救，她唯一可资利用的资本就是自己美丽的容颜和身体。如果说与白鞋队长的关系，还过多地停留在少女的欲望的甦醒、好奇、奇怪的自尊、支配欲等生命层面的话，那么，以后与招工的戚师傅之间的关系，则纯属功利性的对身体的利用。为了换一个好点的工作，她甚至挑逗厂长俞大声，她还用身体从市长那里为尹小跳换来了出版社的工作。但是她最终"堕落"了，她的对男人乃至整个社会的偏执狂式的疯狂报复，没能为灵魂找到一个出路，她的灵与肉是分裂的，肉体的敞开不能代替灵魂的敞开。应该说，她对尹小荃的死，是应负主要责任的，如果说尹小跳和尹小帆，只是间接"谋杀"了尹小荃，那么唐菲就是"直接谋害"了尹小荃。但是我们没有看到她的忏悔，虽然她在临终弥留之际印在尹小跳脸上的那个无言的唇印，也许表白着某种灵魂的向善本质，不过，它已来得太晚，而且，向善的本能与通过大幅度的灵魂的忏悔所达到的心灵的深度是有着巨大区别的，因此，唐菲的最后结局，也预示着灵魂拷问的矢量与灵魂得救的比例关系。

尹小跳作为小说的主人公，她的勇于承担罪责，使她同尹小帆和唐菲有了区别。而实质上，尹小跳的起点并不比她们高，当她由对母亲章妩的厌恶而迁怒于无辜的尹小荃时，她一定在心理上占据了道德的绝对优势，她是在为她的家庭消灭"不光彩"，而尹小荃长得愈来愈像唐医生，则使这种"不光彩"日益显露，因而尹小荃的消失，明显地使除了章妩以外的所有人松了一口气。首先是尹亦寻，他的受害者地位，使得他的轻松显得理所当然。然后就是唐菲，唐菲的轻松加重了尹小跳的内心沉重，她的罪孽感从此滋生。于是，漫长的灵魂洗浴开始了，尹小跳独自背负起沉重的人生十字架，忏悔的种子在生命中生根发芽，并开花结果。方兢在情感上所给予她的爱恨交织，只是惩罚的第一步，方兢的无赖式的爱情逻辑无疑是对尹小跳纯真情感的捉弄。然后便是妹妹尹小帆的"施虐"，还有家庭不和所带来的种种烦恼，母亲章妩为改变自己所进行的艰苦卓绝的对自我形象的修改而造成的肉麻等都构成尹小跳生存的背景。由于有了尹小荃，尹小跳摆脱外在干扰而专注内在灵魂飞升和拯救的工作才有了沉甸甸的实质性生命内容。仿佛是人性固有的晦暗不明与恶的下旋力使人有一种不由自主的堕落欲望，因此，若要战胜自我、提升自我，没有触目惊心的忏悔意识和灵魂拷问，是不可想象的。尹小跳的可贵之处就在于，她在自觉地对自我生命晦暗的清理中，完成了人性提升的三级跳，即由恨到宽宥、由焦躁到平静，最终达到对所有人的理解与平和的爱。于是在对存在的去蔽过程中，方兢的情感捉弄已不再是伤害，而是恕罪的磨炼，尹小帆的"施虐"已不是"施虐"，而是值得同情的可以理解的行为。甚至对章妩的过激的自我形象修改，她也能敏感地感受到章妩内心忏悔与自尊尽失的深深不安。而当她找到自己的真爱陈在时，万美辰的内心痛苦又使她主动放弃自己的幸福追求，而主动让位。我们在尹小跳身上，感受到生命的澄澈与灵魂的博大，美和善就这样冉冉升起，内心深处的花园开满了缤纷的鲜花，那种对自身"猫照镜"式的遮挡式观照，换来了敞开的诗意栖居。是的，"在每个人的心中都有一座花园的，你必须拉着你的手往心灵深处走，你必须去发现、开垦、拔草、浇灌……当有一天我们头顶波斯菊的时候回望心灵，我们才会清醒那儿是全世界最宽阔的地方，我不曾让我至亲至爱的人们栖居在杂草之中"。这就是忏悔的力量，忏悔意识是对自我灵魂的拷问，归根结底是对生命的善待，也是对存在的独特领悟。头顶波斯菊正是我们这些有终结的存在者的现实处境，面对着生命的有限，还有什么不可释然？爱的普照与灵魂的宁静，正是尹小跳对生命和存在之真谛的彻悟。

如果说尹小跳的忏悔意识是对自我灵魂的一次主动洗浴，那么，以尹小跳为叙述聚焦的对其他人的审视，则是铁凝对人性的颇具深度的一次灵魂拷问。尹小帆、唐菲、方兢、章妩、唐医生、尹亦寻等，都在尹小跳的审视下一一显形。方兢作为名人，生活的苦难给他以魅力，但同时也给了他一颗残缺的心。当他连五分钱的车票也要拿去找"他们"报销的时候，当他喊出"我要操遍天下所有的女人"的时候，方兢的那颗疯狂的、丑陋的、畸形的灵魂便暴露无遗，"那是一个遭受过大苦大难的中年男人，当他从苦难中解脱出来之后，向全社会、全人类、全体男性和全体女性疯狂讨要的强烈本能"是那样迫切。这是一个不健全的灵魂，这样一个不健全的不思忏悔的灵魂是可怕的，这与鲁迅先生当年所写的阿Q革命在本质上是一致的。尹小跳之所以能从方兢弃她而去的情感阴影中解脱出来，同她在根本上认清其这一本质有关。

章妩、唐医生、尹亦寻，都属于那个多灾多难的时代，苇河农场山上的那间小屋，标志着那个时代的非人道特征。章妩与唐医生的关系充满了功利与欲望的相互满足和情感慰藉的复杂色彩。在这里，作为聚焦者的尹小跳由对章妩和唐医生的厌恶到最终的谅解和同情的动态化过程，表明"隐含作者"的态度不是纯粹道德的，而是生命意义上的。尤其是唐医生，他的出身带给他的不公和焦虑，在与章妩的偷情中暂时得到缓解，但他终于一丝不挂地暴死于众目睽睽之下，所拷问的恰恰是那些"捉奸者"的丑恶却自以为十分正常的灵魂。在少年尹小跳看来，章妩也许是所有这些罪恶的起点，她的慵懒萎靡、缺少责任心，她对丈夫的不忠，的确又使她看起来十分邪恶。然而，章妩的爱情难道不是合理的么？她与唐医生那样不顾一切地生下他们的女儿，又使她显得多么的大胆，但是没有人可以容忍她，甚至包括她的女儿。她的丈夫尹亦寻以受害者的身份对她的折磨其实更为残忍。章妩晚年疯狂似的整容，既显示出她对自己往昔的痛恨和否定，同时也是她对丈夫一生内疚的极端化形式。章妩的悲剧也许就在于她一生都找不到自己的真正定位，她的婚姻和爱情都是畸形的，她不满着什么，又想抓住点什么，但总是事与愿违，晚年的整容，掺杂着不满、内疚、无聊以及对自己的彻底失望等复杂情感就显得顺理成章。按理，尹亦寻是个受害者，但有时候受害者也可以变成迫害者，当尹亦寻察觉了章妩与唐医生的暧昧之事，他没有大发雷霆，而是沉默着，他坚持不问是为了掌握主动，永远坚持不问就永远掌握了主动，尹小荃的死，使他紧巴巴的心一下子放松了，但他那明显虚伪的表演，制造了章妩一生对他的内疚感，为了自己的自尊，他控制了自己不爱的章妩并君临着她。这是一种残忍的报复。相比之下，陈在的形象在小说中并不十分鲜明，也许他过分理想化了，他更像是尹小跳精神上的"教父"，或者说是尹小跳的一个"自恋"对象。正是这种完美无缺，反倒使他的形象模糊起来。这是很令人遗憾的。

在艺术上小说体现了铁凝的成熟和老到。那种澄明的平静如水的叙述，使得小说的质地显得单纯而澄澈。这种单纯和澄澈在技巧层面也许显得"简单"，但透过这"简单"却提供了许多存在的可能性，这正是铁凝的不简单之处。正像书中借尹小跳之思对当代法国具象大师巴尔蒂斯的画所作的评价那样："巴尔蒂斯运用传统的具象语言，选取的视象也极尽现实中的普通。他并不打算从现实以外选取题材，他'老实'、质朴而又非凡地利用了现实，他的现实似浅而深，似是而非，似此而彼，貌似庸常却处处暗藏机关。他大概早就明白艺术本不存在'今是昨非'，艺术家也永远不要妄想充当'发明家'。在艺术领域里'发明'其实是一个比较可疑的'痴人说梦'的词儿。……艺术不是发明，艺术其实是一种本分而又沉着的劳动。……"这些话用在铁凝的小说上也是很合适的。铁凝的小说选材从来都没有超出她所能体验到的现实，我们甚至可以从中看到自《没有纽扣的红衬衫》以来就不断出现的那个两姊妹的身影，铁凝始终把自己——自己的生命体验投放在小说里，她从不哗众取宠，从不故弄玄虚，而是老实本分地在小说的园地里辛勤劳作。她甚至不愿意为自己的小说找到一件时髦的衣装，她就那样本色着、自然着，但我们觉得，铁凝的小说就如同一位美丽的淑女，即便是不经意地披上一件本地罩衫，也遮挡不住她的骨子里的"洋气"和高贵。阅读《大浴女》，我们能感觉到铁凝作为一个真正艺术家的禀赋和毫无杂念的平和宁静的心态。因此，她的艺术也显得干净利索，不枝不蔓。铁凝的小说很难用个什么"主义"来概括，如果一定要用的话，那只有叫做"诗化现实主义"了。诗化现实主义不啻在于它的叙述上的盎然诗意，更重要的还在于它是向内的，它关注灵魂的丰富和博大，具有一种深刻的、细腻的、极富穿透力的生命活力。它是一种"亲切的遥远"和"熟稔的陌生"的灵魂的真实。总而言之，铁凝的《大浴女》是真正的生命（生活）艺术，它在艺术上所达到的高度，使它毫无愧色地成为近年来不可多得的最优秀的艺术品之一。

第四节　《笨花》的民族精神

2006年铁凝出版了她的第四部长篇小说《笨花》。它不仅是铁凝的一部转型之作，也是当代文坛上此类作品的转型之作。《笨花》显然与她在1988年发表的中篇小说《棉花垛》有着某种渊源关系，但《笨花》更像是铁凝长久酝酿在心中的家族故事的最终完成。铁凝就像一个宿命般的巫女，命运决定了她必须担当起讲述她的家族乃至民族的神秘故事的责任，她义不容辞。《笨花》是铁凝走向艺术综合阶段的集大成之作。如果说《大浴女》是铁凝走向"复杂后的单纯"，那么，《笨花》则就是在这种复杂单纯后的一种更大的综合。

《笨花》这个书名就很有意思。小说的题记里说："笨花、洋花都是棉花。笨花产自本土，洋花由域外传来。有个村子叫笨花。"这表明，铁凝赋予笨花重要的象征意味。笨花是相对于洋花而言的。有了洋花才有笨花。笨花/洋花这种二元对立是全球化语境中的传统性/现代性焦虑的产物。过去我们把来自西方的东西都称为"洋"：洋油、洋布、洋火、洋袜子、洋钉等。可见"洋"是一种硕大的"他者"，"笨"是本土的意思。当"洋花"在咸丰十年（1860年）从美国传到中国来的时候，正值鸦片战争时期，西方列强对古老的中国的入侵与掠夺开始了，中国面临着一种全新的与西方"他者"相伴而生、与狼共舞的存在境况，于是笨花人种"洋花"，但不忘种"笨花"，"放弃笨花，就像忘了祖宗"。可见，"笨"字还有一种坚守的意思。这是在外忧内患的语境中，对民族精神的坚守，对民族精神、对民族文化的坚守，是《笨花》的基本主题之一。

然而，对这样一种坚守，铁凝没有像其他作家，如贾平凹在《秦腔》、张炜在《柏慧》等作品中表现出的那样烦躁不安，而是以舒缓的语调、从容的姿态，置身在广袤的冀中南部平原上，展开日常生活的细腻、结实、温润的叙述。这样的叙述是从笨花村的黄昏开始的。那些"咣当"一声放倒自己在当街中痛快打滚儿的牲口，那些"鸡蛋换葱"、"油酥烧饼"的叫卖声，还有西贝小治媳妇在房顶上的叫骂声都犹如宁静乡村的黄昏的合奏，凡是有过乡村经历的人都不会不为之激动。铁凝是一个艺术感很强的作家，她的许多作品也许并不刻意去追求一种寓言化的思想承载，但却是很"艺术"的，那种饱满温润、结实准确的语言形式所传导出来的艺术质地往往令人在读完之后，心生愉悦，妙不可言。有时我们会觉得铁凝的小说是很难评论的，这可能是因为铁凝的小说在艺术肌质上的圆润饱满，没有为评论家留下下嘴的地方，我们只觉得"余香满口"，却不知从何说起。不知从何说起正是好的艺术品的标志之一。从文体的角度看，长篇小说与中、短篇小说是不一样的，中、短篇小说是"写"出来的，而长篇小说则是"遭遇"来的。"写"是作家"选择"、"挑拣"生活，而"遭遇"则是生活"选择"、"挑拣"作家，所以不是谁都可以写长篇。曹雪芹的《红楼梦》就是生活"挑拣"、"选择"了曹雪芹，因而《红楼梦》和曹雪芹都是独一无二的。而那些"兑水"的长篇，是"写"出来、"做"出来的，他们有自己的"配方"，他们按照配方"勾兑"，因此，怎么能有艺术的"弥漫感"？日常生活叙事是《笨花》对此前这类作品叙事模式的超越。

从所写题材来看，《笨花》属于乡土叙事；从故事内容来看，《笨花》写了20世纪初到1945年抗战胜利近半个世纪的历史，这样的叙事当属历史斗争一类。这样的作品在当代文学史上一般有着固有的叙事模式，如风云模式、传奇模式。"风云模式"主要以重大历史事件为描写对象，传奇模式主要以英雄人物的成长为线索表现其传奇经历。这些叙事模式也有它们的亚种，如《林海雪原》、《铁道游击队》、《野火春风斗古城》、《红旗谱》等就是风云加传奇模式。80年代以来，受西方文学的影响，小说叙事模式主要有魔幻模式、寓言模式、传奇模式以及它们的亚种等，前者如寻根小说的大部分作品，后者则体现为先锋小说的大部分作品。魔幻模式往往具有很强的"志异"色彩，寓言模式又带有过多的形而上意味。它们的亚种是指这几种模式的交叉，比如，莫言的《红高粱家族》、《檀香刑》等小说即是魔幻加传奇模式，韩少功的《爸爸爸》是魔幻加寓言模式等。90年代比较有影响的小说，如陈忠实的《白鹿原》实际上是传奇模式加魔幻模式加风云模式。"白嘉轩后来引以豪壮的是一生里娶过七房女人。"接下来的叙述就是七房女人的来龙去脉，其间杂于巫灵鬼魅之事，把传奇与魔幻结合起来，同时又写了时代风云。铁凝的《笨花》则有别于这些，题记里的"有一个村子叫笨花"，就使叙事回到原初，绽露本色。这是一种日常叙事模式，日常叙事从笨花的黄昏开始，从驴打滚儿、从小贩的叫卖声、从小治媳妇的叫骂开始，瞬间就打通了我们的日常记忆，无中介地连通了世俗生存的永恒状态。铁凝的这种叙事，在叙述视角上，基本为第三人称全知视角，但不是全能视角。全能视角除了叙述者什么都知道外，作者还控制着人物的行为和思想；而全知视角是说叙述人是站在一定的高度来展示人物的行动的，作者的价值评判不在作品中直接显现，因此，对每一个人物及其事件的叙述就显得比较客观。向喜有向喜的理由，向桂有向桂的理由，大花瓣、小袄子也有她们的生活轨迹。作家没有按照自己的意愿强行规定人物的行为。从叙述节奏看，《笨花》没有大开大阖、跌宕浮沉的曲折的情节，而主要以日常生活细节和风俗文化的细摹取胜。因此，笨花的黄昏、花地窝棚里的故事、西贝梅阁的受洗仪式、兆州县城阴历四月二十八的大庙会以及笨花村老人的喝号仪式都成为小说的中心情节。

由于采用日常叙事模式，铁凝在《笨花》中的着力点不是写人的斗争生活，而是写斗争中的人的生活，这一区别是重要的——写人的斗争生活，主要是把人纳入既定的意识形态模式中，写阶级的斗争、写时代的风云，像《红旗谱》、《艳阳天》等作品那样。写斗争中人的生活，它的侧重点则是人，人的生存，乃至人的存在状态。这种状态是日常的、民间的。的确，《笨花》的时间维度和空间跨度都很悠长和阔大，但铁凝始终以笨花村作为一个固定的、静态的时空源，而以向喜及其儿子文麒、文麟、孙子武备的活动作为动的开放的时空辐射线，动静时空的交叉，就使封闭的笨花村与外界历史风云有了联系。在我们看来，铁凝重点叙写的不是50年的历史变迁，而是历史变迁中的不变的东西、某种永恒的东西。这种不变的东西、永恒的东西就是人情美、民俗美，以及向善的心性及民族精神。这种精神沉淀在民间日常生活中，沉淀在历史的褶皱里。

日常叙事中对民族文化精神的坚守，表现在铁凝对人物形象塑造的重视上。铁凝塑造的向喜是一个独特的不多见的形象。把一位旧军队的将军作为正面形象来塑造，在我们的文学系列中是前所未有的。评价一部作品，重要的还是要把它放置在文学史的长廊里来比较，看它究竟给我们提供了什么新质，向喜这一形象就是铁凝提供给文学史的新质。向喜是一个接受过传统文化教育、以卖豆腐脑来维持生计的农民，"耕读传家"、"恭谨仁和"、"正心做人"是他的理想。由于他生于乱世，在一个偶然的机缘考入"新军"，凭着自己的智勇善战和淳朴义气，在一系列偶然和必然的机遇交错作用下，于军事等级制度中一步步高升。但是，官场的黑暗、军阀之间彼此的阴谋倾轧，背信弃义，撒谎欺骗，乃至疯狂的暗杀和大规模的屠戮，这与他精神底座中儒家文化的"兼济天下"、"忠恕之道"、"民本思想"、"己所不欲勿施于人"等这些扎了根的做人理念是格格不入的。

以他的眼光，当然还看不出军阀在政治和历史中的反动、落后，但他最后却完全明白了他们在道德上的彻底卑鄙。当初他走出家乡时为自己取名为"向中和"，后来的遭际却更像是对他的初衷的一次次毁击。对于一个服膺于"居处恭，执事敬，与人忠"的中国人来说，这是极为痛苦的遭际。我们注意到，铁凝着意地不断写到向喜内心的困惑和痛苦纠葛。这条线索刻画得十分有力，每件事增加一点，渐渐地，困惑、纠葛累积到极限，他就在本可以高升时，毅然地选择退守到良知本能的道德秩序，甚至溯回到自己卑微的"起源"，在与大粪打交道中独善其身。他最后在战祸外辱中为民族和做人的尊严而完成的壮烈之举，是意味深长而又真实可信的。这个形象不是对以往小说那种"出走—返乡"情节模式的重温，而是返回到真正的"人"的善根，其心理动机也完全入情入理。

与向喜相比，向文成是铁凝着力塑造的向家第二代的核心人物。这同样是铁凝贡献给中国新文学史的一个独特的新质。作为一个中国乡村知识分子，向文成天资聪慧，本性良善，他双目有疾，却一生向往光明，作为一方名医，他治病救人，德行四乡，既有文化，又有见识，能掐会算，聪颖过人。这样一个形象，是很容易神异化乃至妖魔化的。在中国文学史上，这样的形象的原型就是诸葛亮、刘伯温、吴用等智者形象。在现当代文学史上，这样的形象还不多见。陈忠实的《白鹿原》中的朱先生似更接近，但朱先生却是个传奇人物，他是举人出身，属关内大儒，上知天文，下知地理，能掐会算，兼治阴阳，行为诡秘，几近神仙。作品中说朱先生在骄阳似火的大晴天脚穿泥屐，为人诟笑，不想须奥大雨如注，朱先生叫青年"追牛"等情节描写，都是沿用古代小说对此类人物形象的塑造方法，这是一种传奇加魔幻的叙事模式。铁凝由于执著于对日常叙事模式的美学追求，在塑造向文成这一形象时没有采用这种方式，而是运用一种非常正常的方式，把向文成塑造成一位平而不凡的乡村医生和乡土知识分子形象。他身有残疾，其貌不扬，且心生自卑，怯父惧场，是一个和我们差不多的人。他的聪慧开明，除了天资禀赋，主要还是他早年随父母南北移营转战，见多识广的缘故。瞎话不敢对向文成说瞎话，是因为在智力上逊着一筹；向喜要在笨花盖房，画图造册捎回家，向文成不看图，已准确说出图册的内容，这不是因为向文成有神仙一般的本事，而是他凭着对父亲的理解和丰富的生活经验所致；向文成算得又快又准，也是因为他有科学根据。就是这个向文成，他向往和赞成"五四"新文化，这与他精神根柢中受"经世致用"的儒家传统文化的影响有关；他支持山牧仁传教，赞同梅阁受洗，主要是因为基督教讲文明、施爱心的悲悯情怀与儒家传统中的"仁者爱人"有相通之处。对向文成参加抗日革命工作的描写，铁凝也没有拔高，写得也很谨慎。向文成之所以同情革命，却不愿意"在组织"，说明他不是革命觉悟有多高，而主要还是出于朴素的民族尊严与做人的基本操守以及受儒家文化的潜移默化。

《笨花》一共写了90多个人物，其中许多人物均塑造得丰满圆润、栩栩如生，且独特、实在、真实自然。比如，西贝梅阁、山牧仁夫妇这类宗教人物，在过去的革命文学中一定是被批判的对象，而在《笨花》中却客观平和，润泽着作家深深的理解。病弱的西贝梅阁对主的虔诚，那"耶稣基督我救主……够我用，够我用……"的歌声凄楚而勇敢，空灵而坚定。另外，作品中小袄子这个人物也写得很有特点。小袄子爱虚荣，贪图享受，但并不是一个绝对的坏人，她也有基本的善恶之心。她时而帮助八路军，时而又帮助金贵（日本人），她的摇摆不定，都符合这个人物的性格、教养、逻辑。西贝时令对她的处决，显得很草率。小袄子实际上是个悲剧人物，战争的惨烈给她的压力太大了，让一个姑娘去承担如此大的压力，实在太难了。这是一个令人既同情又可恨的复杂形象。另外，瞎话也是铁凝提供给文学史的一个独特形象，瞎话的瞎话是一种乡村的幽默，他做对付日本人的支应局长，是再合适不过的了，他最终对侵略者的瞎话和"好快刀"圆满了他的一生，他的民族自尊与中国人的的英雄气概乃至燕赵人慷慨赴死的文化精神都使我们震撼不已。西贝二片，着墨不多，但他壮烈的行为足以慰藉这片广袤的土地。

"取灯"在冀南家乡话中就是火柴的意思，也是笨花人对火柴的叫法。取灯作为一个接受西式教育的洋学生，由于战争而来到老家笨花，实际上就是文明的火种，但最终她还是被日本鬼子残忍地杀害了。取灯的死、西贝梅阁的死，甚至小袄子的死，都昭示出日本侵略者的反文明、反人类的实质。战争毁灭了美，这也是主题之一。

这就是铁凝为文坛提供的货真价实的"中国形象"。这就是"去蔽"和"脱魅"以后的"中国人"，他们贯通着古老的中华文化的地气，守候着素朴的永恒的"日子"，年复一年、日复一日地艰难而乐观地生存着。铁凝写出了这样一批"中国人"的形象，也写出了他们的生存状态。另外，《笨花》的成功也给我们以启示，即好的长篇小说还是应该认真地塑造形象的。没有立得住的人物形象，这个长篇就是难以立足的。同时，这些形象还应该是真正的"中国形象"，我们不排斥"洋花"，但更喜欢"笨花"。

第三章　承上启下的河北作家

第一节　贾大山

　　贾大山（1942～1997年），出生在河北正定城内，因为家与戏园子毗邻而居，他从小喜欢戏剧，上中学时对文学产生兴趣，喜欢鲁迅、孙犁、赵树理的作品，并尝试着在《河北日报》、《建设日报》上发表小说，但高中未毕业便因病辍学。1964～1971年，贾大山作为知识青年到本县东权城公社西慈亭村插队，7年时间里，他与社员们共同生活、共同劳动，并在文化艺术活动中表现出色，说快板、编节目、出板报、写文章样样拿手，受到当地社员和干部的赞扬。在与农民朝夕相处的日子里，他能够近距离地观察生活，亲身经历和体验社会人生，为他以后的小说创作积累了丰富的素材。1971年，贾大山到县文化馆工作。自1973年他的小说《金色的种子》在《河北文艺》试刊号上发表后，每年都有新作品问世。但真正引起文坛注目的是1977年发表在《河北文艺》第4期上的短篇小说《取经》，该小说获得全国首届优秀短篇小说奖，其后的《劳姐》、《花市》、《村戏》、《梦庄纪事》系列作品，在全国都有好的反响。1983年后贾大山担任县文化局长、县政协副主席、河北省作协副主席之职，1997年病逝。1998年3月，花山文艺出版社出版了《贾大山小说集》，他的重要小说基本收录在内。

　　贾大山的小说创作依主题内容和叙事风格可分为三个阶段：一是"文化大革命"结束后以《取经》为代表的30多个短篇小说的创作和发表；二是以1987年后以"梦庄记事"为总题的系列小说的创作发表；三是"梦庄记事"后《林掌柜》、《钱掌柜》、《王掌柜》等具有浓郁历史人文意蕴作品的发表。

　　贾大山是在"文化大革命"结束后正式登上文坛的。贾大山在"文化大革命"期间下乡插队时，对极"左"政治的严重危害有深刻的体会。登上文坛之初，他一方面密切关注现实，在"反思文学"潮中，期待我们的国家应当尽快摆脱"文化大革命"的荒诞，另一方面他以满腔热情拥抱现实，探求真理，思考未来。1977 年后，他连续发表了《取经》、《正气歌》、《三识宋默林》、《菊香嫂》、《弯路》、《劳姐》、《赵三勤》、《春暖花开的时候》等小说，侧重于对极"左"政治危害的反思与批判。在"文化大革命"期间，人们从切身的体验中就已经认识了极"左"政治的谬误："在垄沟上点豆子，是资本主义；生产队在沙滩上种二亩扫帚苗，是资本主义；社员们喂鸡、喂羊、喂兔子，更是资本主义。一句话，凡是对老百姓有好处的事都是资本主义；凡是让老百姓挨饿受穷的事才是社会主义。"（《三识宋默林》）也便有了即便是被戴上"反党反社会主义"帽子并被开除党籍也不肯"随俗"说假话的宋默林；有了勇敢抵制赛诗会等所谓意识形态领域里革命的祁老真（《正气歌》）；有了对官场人格进行理直气壮的嘲弄与斗争的劳姐（《劳姐》）；有了不怕被戴上"唯生产力论"帽子，坚持实事求是，科学治沙并取得了成功的村支书李黑牛（《取经》）；而在《春暖花开的时候》中，虽然梁大雨带领群众大干实干，治理七千亩河滩地，但却因为"干劲不小，路线不对"被"充实"到公社石灰窑上，但他坚信真理在自己手中，最终会有"春暖花开的时候"。这些作品是作者在新时代刚开启的年代里对中国社会刚刚过去或正在发生的社会事件和生活的观察、体验与严肃思考。此后的一些作品如《小果》、《花市》等，则着眼于展示新时代里农村男女青年身上新的价值观念和精神风貌，表现他们热爱生活、思考生活、创造生活的热情和朝气。

　　在第二个阶段，贾大山以《梦庄记事》为总题，以"我"下乡梦庄的知青生活为题材，以亲历者的身份来讲述经过时间沉淀的梦庄人的一个个往事，其中蕴含了作者对人生、人性的深层思考，作品不乏清醇温馨，不乏美好的诗意，但却难掩其背后的苦涩与悲伤，作品的主题风格与前一阶段明显不同。在首篇《花生》中，在"我"作为知青下乡来到全县有名的"花生之乡"——梦庄时，正是花生收获时节。队长疼爱女儿，不论做什么事都把五六岁的女儿放在肩项上。对知青们的到来，队长忍痛用"国家的油料"——炒花生招待了我们，队长的女儿也"坐在我们当中，眼睛盯着簸箕，两只小手很像脱粒机"。正当大家谈得高兴时，她突然"哇"的一声哭了起来，怎么哄也哄不下。"'你怎么了?'我问。她撇着小嘴，眼巴巴地望着簸箕说：'我吃饱了，簸箕里还有……'"这一场景令人感伤。虽然"那年，花生丰收了，队里的房上、场子里，堆满了花生"，可队长娇爱的闺女死在了第二年春天点播花生的时候，原因是"队长收工回去，看见闺女正在灶火前面烧花生吃。一问原来是他媳妇收工时，偷偷带回了一把。队长认为娘俩的行为，败坏了他的名誉，一巴掌打在闺女的脸上。闺女'哇'的一声，哭了半截，就不哭了，一粒花生卡在她的气管里。"亲情的温暖与残酷、时代的谬误与刻薄令人深思。《老路》写生产队里的"那头黄牛不行了，别说干活，就是路也走不动了"，但生产队的一把手老路因对这头老牛充满深情而不忍心杀死它，后来还是决定以人道的方式——用电结束牛的生命。然而他还是对自告奋勇执行这一任务的社员大骂："它，给咱干了二十多年的活啦，你他妈的有一点人心没有？"牛死了以后，放了三天后才埋了。老路对这头有功于人的牛爱怜和深厚感情令人动容。然而，老路作为一把手，同时负责抓阶级斗争，他在整人时却表现得近乎兽性。他审问"四类分子"常用的四个项目是："请罪，——向毛主席请罪；驮坯，——身上压三块坯，站两个小时；互相帮助，——八个四类分子互相打耳光子；罚跪，——不是跪在地上，而是跪在墙头上。"作者把人性中的善与恶不加言说地拼接在一起，以静观展示的方式给读者以震撼。《干姐》写梦庄媳妇们的一个共同特点是：嘴臊。这是因为她们的精神生活实在太枯燥、太贫瘠了，她们只好把男女之事当成枯燥日子里的消遣和娱乐。其实她们不仅冰清玉洁，品行端正，而且对精神生活有着强烈的渴求，她们在雨中忘情地听"我"拉二胡，对文化人"我"有着特别的敬重。也因此，梦庄那个引人注目的，"很年轻，很俊俏，也很文静，尤其是走路的时候，下巴微微仰起，眼睛望着天，给人一种高不可攀的感觉"的媳妇于淑兰，主动地要"我"认她做干姐。"从此，在梦庄，我有了一个亲人。她不是我的干姐，是亲姐。"在干姐纯洁的爱和鼓励帮助下，"那年冬天，在全县文艺会演中，我的二胡独奏得到了领导的赏识，让我到文化馆当'合同工'去。"在送"我"离开梦庄时，"她噙着泪花儿笑了说：'走吧，你到底拉出来了……'"。是的，我是"拉出来了"，可干姐及其这里的人们还得在那样的物质与精神环境中生存下去。《离婚》写的是离婚，虽然"自从盘古开天地，梦庄没有这个例！"然而现在却发生了，并且是才刚结婚三个月的媳妇乔姐提出的。丈夫不明白她为什么要离婚："爱不爱，你问她。结婚不到两个月，我叫她吃了多少豆腐？"外人也不理解她为什么要离婚。她找到村支书，村支书问她："老白叫你吃得嘎古？""不嘎古。""老白叫你穿得嘎古？""不嘎古。"支书说："这不得啦。吃得穿得不嘎古，离什么婚呀？"她找到公社，公社秘书问得竟然也是这几句话。小说在"寻男人为嘛？""娶媳妇为嘛？"的反复咏叹中，表现了农民质朴中的愚昧与觉醒者的悲哀。《丑大嫂》写祁大嫂由于眼睛有缺陷，穿着朴素，受到村人的普遍尊敬和赞扬，村干部常常称她为妇女的楷模，在外做事的丈夫也非常"放心"。然而，当祁大嫂因为戴上一幅淡茶色眼镜把缺陷遮住，突然变得漂亮时，她立刻遭到了村人的种种诽谤，她的一切行动也开始受到监视。她只能在家里偷偷戴上眼镜，穿漂亮衣服。作品在将美毁灭给人看的过程中，挖掘了拥有诸多传统美德的中国人心灵深处的冷酷与虚伪，深刻表现了中国人生存的悲凉。在《坏分子》中，四清工作队的老吴审讯"花案"对细节特殊地"认真"、详细，使我们感到坏分子既不是"小蝴蝶"，甚至也不是心理变态的老吴，而是中国传统文化与极

"左"政治对性的贬抑给人心灵造成的深度扭曲。这组作品中作者以见证人的身份，在不露声色中，将看似平淡的人和事展示给读者，寓深刻于浅显中，产生了以滴水映现世界的效果。

第三个阶段，以《林掌柜》、《钱掌柜》、《王掌柜》、《"容膝"》等为代表，作者的创作更加注重向历史深处开掘，作品更具文化意蕴。对历史文化的热爱与表现，体现在贾大山小说创作的整个过程中，如早期的《村戏》、《中秋节》、《拜年》，后来的《写对子》等，都是在民俗民情的描写中融进时代内涵的佳作。只不过到了这一阶段，作者这种意识更加自觉，题材也更加集中，作品中对文化传统的表现占了非常突出的分量。如《林掌柜》，作品开头就说："府前街是个丁字街。丁字街那一横是条繁华的东西大街，丁字街那一竖是条僻静的南北小街。丁字街口朝北一点儿，面南蹲着一对石头狮子，面北蹲着一对石头狮子，四只狮子龇牙咧嘴，同心协力地驮着一座古旧的木牌坊，上书四个大字：'古常山郡'。木牌坊南边是我家的杂货铺子，木牌坊的北边就是林掌柜的'义和鞋庄'了。"接着写林掌柜为人和气，重情讲义，恪守诚信之商家道德，"门口的柜台上，放着算盘、笔砚、账簿，还放着一把特制的铡刀。那把铡刀小巧玲珑，好像一个古董，又像一个玩具。据说只要顾客问一声：'掌柜的，鞋底里面，垫的是纸是布呀？'林掌柜便微微一笑，一手接过鞋，一手抬起小铡刀，咔嚓一声，把鞋铡作两截，送到顾客眼皮下看——林掌柜又叫'铡刀林'"。他的店面虽然不大，却一直支撑到了"人们都说城外的庄稼人已经到了社会主义社会，城里的买卖人也准备向那里迈进了"的时候。小说在浓厚的历史文化和民俗性氛围中完成了对林老板形象的塑造。再如《王掌柜》的主人公是个种菜的："王掌柜住在南仓，紧挨着城角楼。古时候，正定府是个兵马重镇，南仓是聚草屯粮的地方。南仓居民半农半商，以农为主，种粮又种菜。这里出产的大白菜很有名望，到了清代，地以物传，干脆就叫'南仓大白菜'了。……王掌柜种的就是这种大白菜。"不仅有此名品，"花花正定府，锦绣洛阳城"，"正定府的好吃东西确实不少。尤其是才解放那几年，一个十字街上就蹲了七八个饭庄，布篷小摊，肩担小贩，比比皆是。'正定府三大宝，扒糕、粉浆、豆腐脑'，那是为了念着顺口，其实，比'三大宝'更精美的食品有的是：糖麻花，蜜麻花，豆花糕、煎素卷，做法南北罕见；鸡丁、崩肝、肥胁、肘花儿，味道天下少有。单说炸麻糖，就有多少样：对拼、白片、盘算、有饧、荷包、二水……""正定卤鸡自古有名，马家卤鸡尤其地道：生鸡洗净，一只翅膀向后背，一只翅膀叼在口中，脖颈回弯，爪入膛内，形状宛如小琵琶；卤煮要用老汤做底，佐料不下二十种：丁香、桂皮、沙仁、大料、葱、姜、色酱等——按比例下料、看鸡龄定火候。鸡煮好了，黄里透红、颜色鲜亮，不破皮不脱骨，不塞牙不腻口。据说，光绪二十七年十二月，西太后从西安回京驻跸正定，吃了马家卤鸡，都说鲜、香、嫩！老马掌柜卖卤鸡时，王掌柜是老主顾了。""文化大革命"后，王掌柜虽然老了，但凭着记忆却成了正定城里最"识货"的美食家，并准备重新振兴南仓大白菜。这些作品一路写来几乎就是"古常山郡"的风物、民俗、民情展览，作品中的人物也便在这"环境"中活了起来。这些小说已经说不清作者是借人述史抒情，还是以史传人明志，有些小说如《"容膝"》、《莲池老人》、《腊会》、《临济寺见闻》等，是小说还是散文，体裁上也有些模糊。读这些小说，就像在历史文化长廊中徜徉观游，它们既给人以幽远的历史回味，又给人以现实的启迪。

　　贾大山凭着对生活的热爱和对国家民族命运的关心，以自己的聪明、幽默、睿智，为我们留下了一批寓意深刻，幽默风趣，清新隽秀，脍炙人口的小说。通观他的小说创作，其艺术风格大体经历了三次变化。第一阶段，主题内容多为与现实政治、政策密切相关的"问题小说"，题材较为单一，风格上显得峻急匆忙；在第二个阶段，他的"梦庄记事"系列作品，主题蕴含更加丰富深刻，但艺术风格变得舒缓严整，基本上都是以见证人"我"的口吻，娓娓道来，语调舒缓和平而有智性；第三个阶段，他的小说主题有意向历史文化深处开掘，风格更加舒缓从容，圆熟简练，有智性之美。从技术层面看，他的小说一般篇幅不长，故事情节单一，但几乎每篇都有"点"，形成了凝练、紧凑、精巧的结构，尤其结尾常常别具匠心，给人悠长的回味。他长于运用白描手法，往往几笔就能把人物刻画得惟妙惟肖，生动感人，从中可见鲁迅、契诃夫笔法和孙犁的影子。他的小说在语言上简洁质朴、准确生动又幽默风趣，越到后来他小说幽默的特色越加成熟，他不仅追求语言上幽默风趣，更多是还表现在情节结构上，在这方面以他后期的小说《西街三怪》等最为出色，幽默中显通达之美、人生况味也便跃然纸上了。

第二节　陈　冲

陈冲（1937～　　），原籍辽宁海城，出生于天津，1951 年初中毕业后参军，在部队干校学习部队财务一年，毕业后任见习会计。1954 年复员后在列车电站工作，任会计、总务。1956 年开始发表作品，1958年被错划为"右派"，辍笔多年，1979 年平反后重新执笔。1983 年调河北省文联从事专业创作，曾任河北省作协副主席。1979 年以来，陈冲出版有《无反馈快速跟踪》、《陈冲短篇小说集》、《会计今年四十七》3个小说集以及长篇小说《粉红色的车间》、《铁马冰河入梦来》、《腥风血雨》、《风往哪边吹》、《车到山前》等。其中，中篇小说《厂长今年二十六》获 1982 年《当代》文学奖，《小厂来了个大学生》获 1984 年全国优秀短篇小说奖。

陈冲的成名作是中篇小说《无反馈快速跟踪》（1980 年）。小说写中年知识分子方亮，历尽艰难求证"无反馈快速跟踪"这一假设是否可能的故事。方亮是 20 世纪 50 年代培养出来的知识分子，上大学时为了证明建立不依靠反馈系统而跟踪的可能性，拒绝指导老师为他确定的毕业论文题目。毕业时因为没有能够对这一假设提出严格的、令人信服的论证而论文只能得 2 分，这意味着他不能够按时毕业。本校一位有声望的教授却认为："打不及格，就是认为这个学生所说的那种可能性不存在。这也需要证明的。请你们拿证明给我看！"后经院教务会议充分讨论，从鼓励学生大胆探索创新的角度给他的论文打了 4 分。他毕业后十几年里，把业余时间和全部精力都用在了论证这一命题上。因为这是他"自己的事"，单位不支持，妻子也不理解，他的妻子因此带着孩子离他而去。他为能够利用计算机进行计算而四处求助，但均遭拒绝。后来他在老同学姚莉等人的帮助下，靠私人关系才得以用大型计算机进行计算。但因为没有经费，计算过程简化，其结果却是失败的，方亮因此大病一场。此后，他在极其困难的情况下，以非凡的毅力，完全靠手工，用了两年半的时间经过复杂的运算，终于取得了成功，他与姚莉的爱情也瓜熟蒂落。小说借一个科学论题的求证过程，反映了广泛的时代社会内容，表现了中年知识分子追求真理、勇于奉献的忘我精神，也向社会提出了如何对待知识分子、如何爱护人才的问题。

《厂长今年二十六》是陈冲继《无反馈快速跟踪》之后又一个获得普遍好评的中篇小说。小说以春光服装厂的改革为背景，塑造了青年改革者许英杰的形象，展示了年轻一代改革者勇于探索、勇于开拓的精神风貌。

许英杰在 26 岁时以一个普通检修工的身份毛遂自荐担任了有 500 名员工的春光服装厂的厂长。面对企业管理混乱、人心涣散和亏损的局面，他首先从劳动纪律抓起，动真的、干实的，说到做到，月底发工资时扣除了有缺勤、迟到、早退班组的班组长的奖金；组织了六人"智囊团"，使这六个人成为服装厂管理、设计、生产、营销等核心环节的中坚；通过兼并挺进五金加工厂来扩大经营规模、改善工人的生产和生活条件。小说不仅突出表现了他的果敢坚强、勇于拼搏、敢作敢为，也表现了他精明干练、有勇有谋的一面。比如，他扣除了班组的奖金，却又将缺勤人员名单公布，使班组长们经济上并不吃亏；上任之初，他迫切需要"智囊团"成员的全力支持，但并不强迫，而是以足够的耐心和真诚使他们自愿地与他同心协力；他在兼并挺进五金厂时，分批次地把原来的工人分到入春光厂各岗位，并给他们足够时间实现技能和心理转变，让他们从认真严肃的工作中获得实际利益和人格尊严；他懂得科学经营、重视市场变化，当获得长毛绒紧缺的信息后，立即采取措施提早储备，一举扭亏为盈；他有前瞻性眼光，派出厂里的核心成员拓展新的市场，第二年广交会上，春光的新款服装也有了外商的订单。他有开阔的胸怀和远大的理想，当春光服装厂改革初见成效时，他又主动提出辞去厂长职务，让更有管理才能的人来担任，自己则集中学习专业知识和现代企业经营技能，不但要进一步改革春光服装厂，还要"搞个全市性的服装公司"。小说通过这个形象，写出了企业改革的必要性和时代对改革者的呼唤。

《小厂来了个大学生》，发表于《人民文学》1984年第4期，在全国产生很大反响。与前面的小说相比较，作者更加关注改革过程中的深层矛盾和问题。小说讲述了一个满怀改革热忱、具有现代管理知识的大学生在小厂处处碰壁、一筹莫展的故事，揭示了先进的科学管理方法与工厂陈旧僵化的小生产、宗法制管理机制之间难以调和的矛盾。

杜萌是企业管理专业毕业的大学生，从局里分到了永红服装厂。厂长路明艳虽然是市劳模，却不懂现代管理。她要来杜萌，只想把他当成工厂的一个装饰。所以杜萌被闲置着，想干一番事业却无从着手，只好在烦恼、寂寞中打发时光。好不容易有了机会，路厂长让他下去搞调查。经过了解，他从企业表面繁荣中看到了家长式的小生产管理方式的脆弱落后并认真写了份调查报告，说明了管理中的问题和自己的建议。可厂长根本就不当回事。终于，厂子出了事故，那种靠关系而不求质量、单靠苦干而不讲效率的做法受到了惩罚。提出反面意见的杜萌不仅没有得到重用，反而被厂长抛弃了，他又重新回到了局里。小说通过一个大学生在小厂的遭遇，暴露了我们社会中存在的轻视知识、轻视人才的严重问题以及企业中严重存在的落后管理方式。厂长路明艳，不懂现代管理知识，却一心扑在工作上，凭着责任心、刻苦精神、社会经验将小厂治理得颇有成效。她有几分世俗、油滑和专横，也善于经营自己的权力和关系网，她挤走了大学生，显示了她力量的强大和现代知识力量的暂时脆弱。在这个朴素又有心计、刻苦又有手腕的女厂长身上，寄寓了作家对改革年代里怎样提高企业负责人素质的深刻思考。

《铁马冰河入梦来》由人民文学出版社 1986 年 11 月出版。这是一部以在新的经济形势下列车发电厂是解散还是保留为矛盾线索来展示"列电"的历史变迁，表现"列电人"思想性格的长篇小说。"什么是列车发电厂？请想象这样一列特殊的列车：第一节车厢安装着发电机、汽轮机，第二、三、四节车厢上安装着锅炉，另外几节车厢上则是水处理、检修设备、冷却塔、材料车等。整个电厂装上了火车厢，来个车头，却能拉着它沿着铁路线流动。哪里需要就拉到哪里去发电。"机电局共有 60 多个这样的列车发电厂，流动迁移在全国四面八方。30 年来"列电人"服从命令、不怕牺牲、转战八方，为国家建设作出了巨大贡献，但在新形势下也面临着诸多困难，甚至是解散的局面。作品在塑造"列电人"这一特殊群体的艺术形象时，集中刻画了第五列电厂厂长朱凯和机电局局长郭振山两个思想性格截然不同的人物形象。

朱凯是作者花费笔墨最多的人物。他是第五"列电"厂厂长，15岁就投身于"列电"事业，他为"列电"事业付出了巨大心血，对"列电"有特殊的感情。他有两位亲人为"列电"事业献出了生命。他的妻子孟晓英死在唐山大地震中。后来，他和同样在地震中失去爱人的本厂技术干部尹缇结成了伴侣。但更为不幸的是，在北大荒，一次因排除软化水车厢故障，尹缇没有能和白班工友一起下班，回驻地时遇到荒原上特有的大风"白毛糊糊"并遭遇了狼群，朱凯又一次失去了至爱的亲人。但上级一声令下，他便强忍悲痛，离开埋葬着亲人的荒原，率领部下开赴新的战场。他对"列电人"的精神品格有着深刻的理解和珍视，就是在机电局做出解散列电的决定以后，他也没有放弃让"列电"起死回生的梦想。他被借调到局机关以后，当得知正在兴建的大型煤矿急需"列电"支援时，便主动要求带领列电五厂赴内蒙伊敏河地区，希望以他的努力重新振兴"列电"事业。小说在各种矛盾错杂的逆境中，塑造了朱凯勇往直前的"行动型"、"挑战型"个性特征。小说最后说："如果说他毕竟有与常人不同之处，那就是他敢于随时充当一个挑战者，向命运挑战，向世俗因袭的风气挑战，向舒适安逸的诱惑挑战，向艰难与困苦挑战。"他身上体现了一代"列电人"的英雄品格和精神风貌。

郭振山是小说中另一个有特色的人物形象。作为一个从基层走到今天机电局长领导岗位的老"列电人"，解散"列电"并不是他主观上的意愿，但他又的确是"列电"解散的主要谋划者。面对目前"列电"面临的严峻局面，他深感回天无术，经营下去后果将使他更难堪，解散"列电"对他来说是最好的结局，而且他还可以去就任他非常看好的机械局副局长之职。"郭振山的独特性及其形象的典型价值，主要是他那官僚加政客的性格特征。作者以入木三分的笔锋，将其业务平庸而做官有术，貌似从容而内心危机的政客嘴脸，将其娴于权术而又内心骚动的一丝悲苦的复杂心灵，惟妙惟肖而又淋漓尽致地揭露出来了。"①通过这一形象，揭示了"列电"的兴衰历史和目前困境的体制上的原因。

《风往哪边吹》由上海文艺出版社于2001年出版。这是一部探索思考企业改革、政府职能转换及社会生活深刻变化的"现在进行时"性的长篇小说。正在进行的经济体制改革，推动着社会方方面面的深刻变化，同时也改变着不同人群、不同个人的心灵世界和生存状态。小说写一心想"为官一任、造福一方"的市委书记沈起元，对现实有清醒、深刻的认识，也很懂得实现这些认识的方法，然而在一步一步的现实过程中，却无可逃避地发生着自己精神的矮化和内心世界的落寞与空虚。他

---

① 张韧：《陈冲小说论》，见龚富忠主编：《河北小说论》（上册），花山文艺出版社，1989年，第319页。

被提拔为省人大副主任时，"懂得官场运作的人也都明白，沈某人的仕途这就算走到尽头了"。小说以这个人物牵涉的是改革过程中政府职能转变中的深层矛盾及作者的思考。小说中的另一人物是玉门开关厂厂长史康达。他有过曾经使4个企业扭亏为盈的业绩和经历，是全市有名的"扭亏能手"。他也有自我牺牲精神和人道主义情怀、高度的责任感和使命感。他为了救活这个厂，把与妻子共同发明的全自动空气断路器专利产品，无偿贡献给他的厂子；市里调他任劳动局副局长却被他拒绝："我想我还是先得对我那三百多人负责。……我不能就这样离开那个厂。"但是，面对激烈的市场竞争，企业既要有好的领导和管理层，也要有能够针对市场进行研发的技术人才，还要有高素质的员工队伍及雄厚的资金。但是，他无法在短期提高那些只热心别人家的飞短流长而"已经丧失了学习的能力，甚至没有了学习的愿望"的员工的素质；无法阻止那些因拿不到工资或者罢工，或者将新开发的专利产品零件、图纸说明贱卖给竞争对手的行为；无法应对工厂拖欠的外债……他几经挣扎，也只能在最大限度地维护职工利益的情势下，将玉门开关厂出让。"一个人救活一个厂"已经成了过时的神话，他的家庭几乎与工厂同时解体。作者通过这个人物，思考了企业改革的深层矛盾和部分企业必然倒闭的历史必然性。工厂倒闭所造成的下岗、失业，必然使一部分工人陷入困境。而对另一部分人来说，只是把本属于他们的权利还给了他们，使他们重新发现了自己，走上了新的人生之路。女工巩娇凤的人生际遇、觉醒过程以及自强不息的人生追求，代表了这类工人。她独特的人生经历和身份，延展深化并丰富了小说的主题，这说明，随着改革的不断深化，普通工人的心灵和人生也在经历着历史性蜕变。

陈冲的小说创作无疑属于"改革文学"。一般来说，"改革文学"是当代文坛以描写改革开放年代里从体制改革到普通人生活与感情、思想与心理变革图景为内容的文学。改革开放的时代为它的兴起提供了现实基础，作家感应时代、呼唤改革的使命感和责任感则直接催生了"改革文学"，为当代城市文学和工厂企业文学创作开拓出新的局面。新时期以来，陈冲就一直把城市工业企业的改革作为自己题材的重点，并自觉跟随着改革进程的深化，以直面现实的精神在正面讴歌、反映改革生活的同时，又不回避现实生活中的矛盾，而常常从一个侧面来反映时代前进的步伐，又敏锐地写出了改革过程中各种人物的精神世界及其嬗变，并由此形成了他的小说艺术的特色。

陈冲的小说大都有曲折动人的故事情节，长于矛盾冲突中展示人物性格。如《风往哪边吹》，小说一开始就以一个香港客人坚持要求庆远市报社代为寻找一个拾金不昧的女子拉开了序幕，随着女记者于馨寻找的深入，引出了拾金不昧的巩姣凤及家庭矛盾，由此引出了厂长史康达及玉门开关厂所面临的困难局面，又由于史康达是全市"扭亏能手"，他的企业改革为市领导所重视，由他关联了市委市政府的领导，这又使小说反映的生活远远超出了一个企业而有了更广阔的社会背景。史康达与报社女记者于馨的特殊感情、与妻子的矛盾和婚姻变故、与巩姣凤的感情发展及其在小说末尾的婚姻指向，作为小说副线存在，既引人入胜，增强了作品可读性，又为人物思想性格的展示提供了充分的空间。《厂长今年二十六》，讲的是许英杰毛遂自荐当了厂长后，上任伊始便首先要整顿劳动纪律。但是，"十多年里春光服装厂换过十一任革委会主任、军代表、厂长，无一例外，都是一上任先抓劳动纪律。结果又如何？白搭！"那么许英杰能行吗？作者把这一悬念留给了读者。读者希望看到他大刀阔斧的改革之举，可作者却写他与女友的感情纠葛及上任21天后才因扣发有缺勤班组的班组长的奖金而与班组长们发生的冲突，这就更使读者要一看究竟。但就是这样的厂长，终于使春光厂起死回生。但他与女友的感情却到了崩溃边缘。由于改革的成功，他继任厂长顺理成章，但小说结尾又生波澜——许英杰要辞去厂长之职。他辞职的真相大白之时，也是他与女友重归于好之日。这些引人入胜的故事情节和出人意表的结局，增强了作品的艺术感染力。

陈冲在继承了中国古典小说优点的同时，又吸收了现代小说的艺术手法，实现了人物内心世界的表现方式的多样化：一是直接展示人物的内心世界。如《无反馈快速跟踪》方亮在求证的最后阶段，连续工作了七个日夜，体力与心智都到了极限。作者以主人公的意识流样的独白式语言，精准地表现了主人公精力、体力严重耗损下的感受和超人的毅力。《铁马冰河入梦来》中朱凯带领电厂职工即将离开北大荒，向其爱妻尹缇的墓告别时的那一段对话，写得相当精彩，从生者与死者对话中我们听到了朱凯的心灵自白。二是作者善于通过场面描写表现群体的或个人的心理感受及心理气候，如《铁马冰河入梦来》中，在招待所里各列电厂厂长们的相见的热烈和解散决定宣布后的压抑，再如朱凯代表机电局去列电三十九厂与接收三十九厂轧钢厂惠厂长谈判时的心理交锋及挫败感；《风向哪边吹》中巩娇凤因拾金不昧被香港客人探视并接受电视台采访后，在工人生活区里不同人家的心理反应形成的诡异氛围；沈起元作为市委书记，到省城参加一个高级沙龙时被冷遇、被质询时的心理感受与状态等。三是他的小说一般都有一条以主人公婚姻爱情变化形成的副线（但个别作品有斧凿之痕）。如果说主线以社会生活为主，那么副线更容易以婚姻爱情来透视人物的精神世界。当然作家更经常用的手段，则是在人物的行动和语言描写中，随时以三言两语对人物的内心世界加以动态描写，这样的例子在小说中俯拾皆是。

陈冲小说的语言简洁明快，朴素典雅，有力配合了主题表现和人物塑造，具有艺术美感和表现力。

第三节　汤吉夫

汤吉夫（1937～　　），山东青岛人。1958 年毕业于上海第一师范学院中文系，同年分配到河北省香河县中学任教。1975 年调河北省廊坊师专（今廊坊师范学院）中文系任教，曾任中文系主任、师专校长。

1982 年加入中国作家协会，曾任河北省文联委员、河北省作家协会副主席等职。现任天津师范大学文学院教授、研究生导师。汤吉夫从 1961 年开始发表作品，"文化大革命"中受迫害被迫辍笔。1980 年后陆续发表《老涩外传》、《"女光棍"轶事》、《希望》等，引起文坛关注，此后不断有在文坛上有影响的作品问世。至今已经出版《汤吉夫短篇小说集》、《汤吉夫中篇小说选》、《汤吉夫小说选》、《遥远的祖父》等小说集，出版有长篇小说《朝云暮雨》、《大学纪事》。

汤吉夫在新时期的小说创作可以 20 世纪 80 年代中期为界，粗略地分为两个时期。在前一时期，他的小说大多是取材于小县城里的人和事，以描摹人情世态见长。如《老涩外传》中的单国瑞，从部队转业到本县任商业局长，因脾气犟而在"文化大革命"中挨批斗，可恢复工作后更加不懂"世故"，人送外号"老涩"。县委办主任想让他把商业系统的 50 个招工指标用来安置县直干部亲属，他不仅不肯"通融"，还把送他的沙发放在县委大院，写了失物招领，让人家取走。因此他得罪了不少人，受到了明里暗里的报复，然而他依然我行我素，离任时推荐了比他还"涩"的接任者。在"老涩"与当时社会环境的对立中，表现了一个共产党人出污泥而不染的高风亮节。《在古师傅的小店里》的古师傅则别有风采。古师傅是一位德高望重的理发师，他不苟言笑，深沉自重，技术精熟，可谓是 H 城没有技术职称的高级理发师。当然小店也就成了本地风土人情景观的"缩微"。小店因美国商人要来小店请古师傅理发推拿而起波澜。小说通过对崔科长的贪财、椤大个的粗鄙、退休陆县长的冷静、小王师傅的慌乱以及山里人的朴实等行为心理的勾勒，着重写了古师傅接待美国客人的从容不迫，受到称赞时不自矜、不趋奉、自尊自重。他不过是小城里一个普通的理发师，但他正直善良热情的性格蕴含了深厚的历史文化内容。《房》中的老工人老孙头，孩子到了结婚的年龄，住房成了问题，老伴为了能分得房子，特意给主管领导买了两瓶酒让老孙头送去。老孙头顺水推舟，一面把酒藏了起来，一面把老伴咋呼一顿："都是你这老丧门星出的馊主意，人家不但没有给解决住房，还把酒送到党委会去了，你说现眼不现眼？"老伴被唬住了。然后自己动手改造伙房，解决儿子结婚住房问题，把应分的房子让给了更困难的人。其他如《隔代人》、《房》、《遗嘱》、《蒙面女》等，在这些作品里，作家着力于这些小人物的世俗琐碎的生活细节，着眼于他们的真诚和善良，从不同侧面写出了他们灵魂的美好和不屈的精神。

虽然对普通人关注与描写的作品在 1985 年以后便很少了，但他还是写出了如《故里见闻录》（1988 年）、《遥远的祖父》（1998 年）这样不断向历史文化深层开掘的佳作。《故里见闻录》以自己回故乡过年的见闻为主要线索，以乡邻故里几个普通人的沧桑经历表达了作者对中国文化在新的历史语境下传承与革新的思考，极具文化反思意味。《遥远的祖父》在纪实与虚构间，以"崇敬宽宏的视角，叙写了祖父原生态生命形态和心路历程，展示了理想和现实、历史和时代的巨大反差和固有矛盾。正是本着这种对中国农民的体惜和理解，作家发出了对几千年农民命运'从来如此'的叩问，即对造成祖父们悲剧的中国历史秩序的怀疑和批判，当然更对这些挑战既定秩序的弱势群体投以深沉的赞美……淋漓尽致地彰显了这些底层人物的伟岸、高大、睿智和不凡"①。小说也思考了中国文化即便在食不果腹的困境里依然具有生存发展内在动力的原因。此小说发表后迅速被《新华文摘》转载。

从 1958 年到新时期重新执笔创作，汤吉夫已经有在学校教书 20 年的经历，学校生活是他最为熟悉的题材领域。创作于这一时期的《同志》、《路遇》、《"女光棍"轶事》、《副教授买煤记》、《希望》、《转折》、《晚恋》、《惜别》等小说，塑造了一批从"文化大革命"逆境中起来，又在粉碎"四人帮"后的重新焕发青春的教师形象。《"女光棍"轶事》中的齐亚娣，25 年前作为上海知青因为穿一条花布裙子而搅动了 H 城，也因此丢了党籍，成了"右派"并在"文化大革命"中吃尽苦头。粉碎

---

① 王科：《论〈遥远的祖父〉和汤吉夫的晚近小说》，《海南师范学院学报》，2004 年，第 6 期。

"四人帮"后才被平反并出任实验学校的校长，她以泼辣、爽快、无所顾忌的工作作风表现出新改革家的风姿。《希望》中的欧阳庄，来到远离省城混乱有名的L师范学院任党委书记、院长。面对L学院的人事纠葛和成堆困难，他以凌厉的工作作风、牺牲精神和具体深入的思想工作，使一个"人人思迁"、前途渺茫的L学院重新焕发了生机。《转折》续写欧阳庄为把刚刚复苏的L学院工作推向新阶段而进行调整改革的过程中，与以副院长周晓莓为代表的"利益链"和"关系网"进行的一场严肃较量和斗争。虽然矛盾的解决显得简单匆忙，但欧阳庄的形象在改革文学潮中也具有代表性。《晚恋》写老姑娘苏惠在图书馆的日常工作中邂逅了河南来京查资料的张伯宜，共同的精神品格和人生经历，共同的善良、真诚和对工作的认真负责，使他们走在了一起。作者在正面表现他们身上美德的同时，一些作品也写出了他们思想性格复杂的一面。如《"老伦敦"其人》中的"老伦敦"，因为新中国成立前曾在教会中学做杂务而懂得几句洋泾浜英语，粉碎"四人帮"后学校因极缺英语教师而让他到学校教英语。这是一位勤恳、朴实、热心的教师，但他的英语实在蹩脚，教学成绩也很差。但他却笃信自己从神甫那里趸来的英语是"正宗"，对于一切新的（如电视、广播英语教学），他还瞧不上眼。小说在风趣幽默中嘲讽了"老伦敦"落后于时代的保守和落寞。《小城旧梦》和《遗言》不仅展示了"文化大革命"对教师肉体的摧残，而且展示了人物内部精神世界的崩塌，精神上的被虐与自虐，初步显示了作者的批判意识。

对于一个经历了"反右"、"文化大革命"并受到严重迫害的作家，汤吉夫虽无意于在"伤痕"与控诉的意义上纠缠于历史旧账，但显然他又抑制不住要以作品为这段历史留下一个"印痕"的冲动。他的长篇处女作《朝云暮雨》（百花文艺出版社1997年出版）显然就是在这样的心态下融入了个人生活"元素"的作品。小说讲述了一个20世纪50年代末毕业的大学生陈晖在"反右"余波和"文化大革命"中的坎坷经历与感悟。小说以陈晖在校长任上的经历、矛盾、冲突为经，以其与王莉萍、聪这两个女性的爱情纠葛为纬，编织进县城里的各色人等而组成了有血有肉的生活故事，加上作家以纪实性笔致有意要恢复那段历史的原生态，使得这部小说不是一般的伤痕小说，也不是一般的问题小说，而是"以它对历史描绘如资料般的真实厚重，让那段社会人生成为一个不应忘却的忆念。所以这是一部可供史证的文化小说"①。

　　20世纪80年代中期以后，汤吉夫的小说创作在题材上基本上转向了校园里的知识分子，尤其对大学知识分子的描写，小说主题也随时代进程不断深化变迁。80年代中期以来，随着我国改革开放和社会生活的急剧变化，高校知识者的生存遇到了一个又一个的挑战：一是经济改革带来的各阶层收入的不平衡，加上物价上涨，使高校教师物质生存狼狈，知识者的高雅与优越感及学术的神圣性也便在经济压力面前显得尴尬。如《上海阿江》写一位53岁"位至讲师"、"还算个诗人"的阿江，因为单身按学校政策不能分到房，他也才明白"老婆的价值"。当他决定以最快的速度结婚时却处处碰壁，在征婚广告中姗姗来迟却能够唤起他体内冬眠已久的爱情冲动的姑娘黄小曼，却声称她要嫁的人，职位不能低于副教授，在无法说明讲师加诗人与副教授是否等值的情况下，他只能决定晋升职称。晋升职称必须要有学术著作，当他怀揣书稿找到出版社时，9000元的印刷费使他一筹莫展。为了得到出版赞助，不得不求助于曾经被他鄙薄为了钱而放弃诗歌、现在成了老板的旧日诗友华子，在蒙受了华子的胯下之辱，承认自己"是臭虫，是虱子"之后他得到了钱。当他把印刷费送到出版社，华子却用金钱的势力夺走了黄小曼。阿江失去的不仅是黄小曼，同时还有自己的良知和尊严。《本系无牢骚》、《沼泽地》、《苏联鲟鱼》等均为以揭示知识者物质生存的狼狈而引起精神变形的作品。二是20世纪80年代以后开始实行的职称评定、

　　① 张春生：《"笔冷心热"的教授作家——汤吉夫论》，见王之望主编：《天津作家论》，天津社会科学院出版社，2002年。

职位晋升，在高校也意味着利益和权力的差等，这不可避免地在教师与教师、教师与领导之间、下级与上级之间产生尖锐的矛盾冲突。同时，职称评定、职务升迁过程中的严重弄虚作假与钩心斗角，则严重败坏了高校学术环境和知识分子的心灵。《本系无牢骚》、《新闻年年有》、《朋友》等都是描写在商品大潮冲击下，大学里知识分子的生存本相。

进入20世纪90年代以后，随着社会文化环境的变化和大学扩招及院校合并所引发的新问题与矛盾，原有矛盾更加复杂、更加内在。汤吉夫的小说主题也由80年代中后期反映知识分子的物质匮乏到表现其精神匮乏并为其呐喊、不平，而转变到以批判意识揭露和解剖知识分子性格中的弱点，进而对校园文化开始了深刻反省与批判。创作于这一时期的《酷热在夏天》、《旋涡》、《龚公之死》、《阿古先生》等，都带有强烈的反思与批判意识。如《酷热在夏天》以某大学的办公楼里的中下层干部为描写对象，围绕即将退休的苏书记，展开了波诡云谲的权力争夺，细腻展示这里每个人的"心理症候"：从拉拢人心、谋取高级职称、明争暗斗、安插亲信，到职位升迁、职权平衡、第三者插足，令人信服地揭示出商品经济大潮背景下，大学行政机构里每一个人的躁动不安。有的为自己将来打算谋势而动，有的则看不到将来而只图眼前痛快，有的为了保住既得利益而老谋深算。当各方都觉得自己稳操胜券时，老书记却利用他们之间的矛盾而成功留任，而深得师生人心的宋部长却被调走。小说从精神分析的层面给每个人物的行为以合理解释，但这"衙门"样的"合理行为"恰与世界公认的大学管理理念背道而驰。《宝贝儿》可以说是一篇具有反讽结构的小说。宝贝儿身为大学教师、文学博士，却因为在生活中太痴情于女人而被同事们叫做"宝贝儿"，并因为嫖娼被抓，小说就是围绕"博士嫖娼"被治安部门抓获以至于被学校开除这一案件来展开的。表面上看宝贝儿绝对是属于高校教师中的败类，但读完作品，读者却不能不对他在大学里的生存处境与生命的疲累产生同情。他本来身居高校这神圣的学术殿堂，但他的才华和价值，其实不过是别人达到目的工具，"他先后为六位官员和学者撰写过书籍和文章，其中就有他的顶头上司亚主任。他为此对神圣的教授和副教授们统统失掉了兴趣，那些人虽然个个人模狗样，但说穿了还不是一堆狗屎、一批行尸走肉吗？而他自然也就成了专门制造狗屎和行尸走肉的枪手"。这尚未泯灭的良知导致他精神上的巨大痛苦，于是，他以玩世不恭和自卑贬损的方式来嘲弄自己的荒谬存在。他试图从与小姐冬的放浪形骸的性关系中寻找自我生存的价值。虽然他内心充满了虚无和绝望，但从他与小姐冬的关系中我们不难看出他的单纯与可爱。他敢于对食堂服务员小姐冬直截了当地表达自己的爱慕之心，并不顾职称评不上的危险，与她一起出去旅行同居，他并不在乎她过去是不是妓女；在小姐冬她被关起来之后，他仍取出准备赔偿她"损失"的两万元钱，并在后来，连利息一并交给了她。如此一个痴人、傻人、真人，就是小姐冬也真的爱上了他。相比之下，曾经让他代写论文，现在却来训斥他并开除了他的上司和领导们，不是显得更加可笑和虚伪吗？这是一个在是非颠倒的荒谬的文化环境里迷失了自我的精神病患者，宝贝儿的悲剧，也是大学的、社会的悲剧。作者忧心忡忡又愤愤不平地对大学教育进行着反思与批判，他的新作《大学纪事》，揭露、鞭挞大学里的种种腐败，着力表现大学弊政和知识分子的犬儒主义。他的责任感、批判意识在这部长篇小说中得到了充分的释放。

《大学纪事》于2007年出版，其背景是90年代中期以来我国教育界兴起的"院校合并"潮。院校合并也许自有合理之处，但却助长了高校的"求大"、"求全"的浮夸之风。H大学就是以一个师范院校为主体合并的大学。原师院的政治系主任何季洲被任命为校长，不久又被任命为书记兼校长。他在"不墨守成规，敢于创新"思想的指导下大展宏图，要"五年内进入国内一流，十年进入世界一流"大学的行列。但是，一个以师范院校为主体合并的大学，要实现这样的目标谈何容易。但何校长不仅仅是一个空想家，在他看来一切都事在人为。他指示下属说："我们师资力量不足，博士嘛可以引进一点，专家嘛也可以调过来，条件可以商量；不能调过来的，我们可以花钱买他的署名权，他的科研成果发表时，署上 H 大的名字就行，我们出钱就是了。"他还抱怨说："最要命的是我们的人不懂公关，今天是什么时代？你又穷又横，谱摆得跟大爷似的，哪个肯买你的账？评委是要经常联络的，要经常到人家家里看看，重要的评委，我们校领导可以亲自去。要让人家感动。"在何校长的领导下，H 大面貌焕然一新，不仅引进了德国地球物理专家海伦娜，引进了国内知名作家麦子，而且拿到了教授审批权，教授从原来的 50 多名一下子猛增到 300 多名，以何校长为带头人的政治学专业也拿下了博士点。他要在 5 年之内创建 20 个博士点，100 个硕士点，同时还要办好校办企业，推动教育产业的发展，5 年以内，H 大教工平均收入要达到年薪 8 万元，要建造五星级的学生公寓，建造有 500 个停车位的教学大楼，用 1000 万买下两辆列车的命名权……但是，在何校长一步一步地实现或接近既定的目标时，这激动人心的繁华与美妙前景背后，也潜伏着致命的危机：申请博士点破坏了教学秩序，海伦娜因实验室的无望愤然离去，阿古教授涉嫌剽窃，作家麦子只对漂亮女生感兴趣，学校基础设施因年久失修酿成大祸……但在宴请学校中层干部的宴会上，何校长满面春风地向他的下属宣布着 H 大的无数喜讯，当然也是他的丰功伟绩。H 大在这样的谎言和虚假繁荣中过着美好的日子，而且这样的好日子还将继续下去。

在何季洲这个人物身上，既有中国家族文化、官本位文化对他的人格精神的塑造，也有现行体制的鲜明印痕。从个人角度讲，他不愧是院校合并潮中教育大跃进中的英雄。他有心计，有智谋，有魄力，而且目标明确，意志坚定。独特的家庭教育和人生经历造就了他非凡的个性，他渴望一个实现人生理想的舞台，而时代也恰好给他提供了一个扮演主角的舞台。在这个舞台上，他一手高举"事业"，一手玩弄权术，而且挥洒自如，游刃有余，在人们一阵又一阵的惊呼中，不断从胜利走向新的胜利。但问题正在这里，H大的发展，其实是何季洲个人的发展。H大的跨越式发展的辉煌成就，已经成为了何季洲登上更高权力宝座的资本。他在稳扎稳打地推进他制定的H大的各项计划的同时，频频飞往北京，为个人升迁跑关系。不难看出，驱动H大前进的动力，不是人类整体的人文精神和科学信念，而是个人的权力欲。我们遭遇的是一个公权私用的时代。虽然何季洲开口"事业"、闭口"发展"，其实他并不懂，或者说也不愿意按人类社会已经公认的大学理念来办大学。这从他对待一丝不苟、严谨求实、恪守科学准则的外籍教授海伦娜的态度就可以看出来。他宁愿拿出1000万去火车上做广告给学校扬名，也不愿意拿出500万支持海伦娜的地球物理实验室。这表明他对办一所真正的大学没有兴趣。他以极端功利主义的态度处置公共资源，大做表面文章，制造虚假繁荣，把探讨真知和真理、培养思想者和科学家的大学，变成了一个名利场，H大的"辉煌"也不过是何季洲的政绩工程，是他个人权力攀升的垫脚石。

如果H大与何季洲都只是个案倒也罢了，但不幸的是，高校合并、求大求全是20世纪90年代以来的一种风气，何季洲不过是野心更大一点，能力更强一点，弄出的声响更大一点而已。小说写到在海南召开的高校发展战略研讨会上，"天南地北的大学校长都是一种思路，并且都用同一种腔调说话"，"个个都要建'国际一流'，那手段，比如不惜重金从外单位挖人啊，从国外引进人才啊，比如，申博或争一级学科啊，比如三年积累、一年跨越、八年赶超国内一流，十年进入世界一百强啊，怎么听怎么像……何季洲"。因此，H大的悲哀，也实在是时代的悲哀。

小说中除了何季洲，陈冬至、盛霖、卢放飞、阿古、海伦娜、麦子、阿满等校园人物形象也具有很强的典型意义。陈冬至在院校合并过程中在H大校长竞争中失败而屈居负责基建的副校长之位。尽管他勤勤恳恳、任劳任怨，在何校长"宏图大业"牵动的各种矛盾中苦苦支撑，但人们还是怀疑他的动机。直到他退回卢放飞借给他的巨款和被逮捕法办前卢放飞对他的家访，读者才看清了这是一个多么廉洁奉公、坦荡无私的实干家。他的被陷害入狱表现了何季洲的心狠手辣、睚眦必报。副校长盛林和卢放飞两个人物身上表现出当今中国高校知识分子身上普遍的犬儒主义精神。他们对 H 大的"大跃进"有着清醒的认识和见解，他们一个是有独立见解、办学思想与何季洲明显相左的副校长，一个是不乏责任感与正义感的校办主任，是与何季洲纠缠最深且有制约其权力欲望可能的两个人。但盛林"明知都是假的，却一往无前，义无反顾，人人都跟吃了兴奋剂一样争先恐后"，"但是他能改变这种现状吗？"卢放飞也暗下告诫自己对何校长所作所为，"不能表示公开质疑，全国到处都在刮'大'风，谁能抗拒得了呢？"他们对现实有着诸多不满，但都转化为"一种不拒绝的理解，一种不反抗的清醒和一种不认同的接受"，实质是独立人格的萎缩与批判精神的放弃。阿古院长本来是个能力平常但老实本分的人，虽然科研做得不好，但对自己的教学工作还是胜任的。可一旦有机会升任院长，权力的欲望立刻膨胀起来，就像他在妻子面前炫耀的，自己坐飞机就像打的，充满了成功人士的得意。因为迷恋权力，希望在院长位置上坐得更稳，他竟然剽窃小林和老林的成果。同样耐人寻味的是，原本想打官司的小林和老林，也被金钱和权力收买与驯服。阿满因教学认真而与校方和学生形成了紧张关系，我们由此可以知道 H 大已经不可能再有认真教学的老师与踏实求学的学生了。海伦娜这个来自德国的为科学献身精神的科学家，像一个具有世界意义的标尺，显示了我国当代高校（又岂止是高校）知识分子理想精神的堕落和人格操守的丧失。《大学纪事》所描写的种种荒诞画图，不仅能引起我们对当今中国高校教育现状的思考，引起我们对当代中国知识分子精神与道德人格的思考，而且能引起我们对当代中国社会政治与文化的深思。这是一部有着独到见解并可明见作家良心与忧患意识的力作。

　　汤吉夫以教师兼作家的身份，几十年来勤苦耕耘在学术与创作园地，他以强烈责任意识、使命意识，以学者的深刻睿智和作家的敏感真诚，创作了许多思想深刻、意蕴丰厚而艺术上乘的作品。作家的创作还在"进行时"，今后还会有什么样的佳作问世，仍可期待。

第四章 河北"三驾马车"

第一节 何 申

何申（1951～　），原名何兴身，生于天津市。1969年到承德地区插队，1976年毕业于河北大学中文系。历任教员、承德市文化局长、承德地委宣传部常务副部长、承德日报社长等，现任河北作家协会副主席。他于20世纪80年代初开始文学创作，出版有长篇小说《多彩的乡村》、《梨花湾的女人》等5部，发表中短篇小说百余篇，代表作品有《年前年后》、《乡镇干部》、《信访办主任》、《村民组长》等，电视剧作品有《一村之长》、《一乡之长》、《青松岭后传》、《大人物李德林》等多部。曾获首届鲁迅文学奖、庄重文文学奖及《人民文学》、《当代》、《小说选刊》等多个文学奖项。

何申出生于现代都市天津，但自1969年到承德农村插队后就再没有离开河北的乡村。数十年的乡村生活经历，使何申十分熟悉乡村，也十分关心农民。他的数百万字的小说写的都是乡村生活和乡村百姓的命运，寄寓了作者对乡村现实与农民精神的思考。同是写农村，何申与关仁山有所不同。如果说关仁山更多一些理想色彩，那么何申相对更贴近生活。不过，在何申温和的叙述中，其实包含着他对人性、道德伦理认真深入的思考。在《村民组长》中，何申写的都是乡间一些琐碎小事，但内里思考的却是正义的问题。黄禄是村民组长，他们小组的公用电线被盗。黄禄为了理顺小组内部人际关系，树立自己的干部威信，决心要查个水落石出。黄禄费尽心机明察暗访，却长时间苦于没有线索，但无意中发现偷盗者竟是自己的哥哥黄福。在亲情的干扰下，黄禄没有让黄福去派出所自首，而是让他夜里偷偷把电线挂回去，以逃避法律的制裁。但正如古语所说，要想人不知，除非己莫为，黄福所做的一切被驴老五两口看得清清楚楚。直到有一次，"驴老五的老婆叹了口气，终于说：'黄禄，实话告诉你，我们早知道电线是你哥剪去又挂回去的！'"黄禄才知道自己护哥哥短的事早被驴老五两口发现，也才明白驴老五的老婆之所以敢偷了自己家的苹果树苗栽到她家的地里去，是因为他们抓着自己这个把柄。当黄禄带着富贵去锁柱的小店里抓赌时，锁柱交过罚金却在半路上截住黄禄说："我不是找后账……我说一碗水要端平，我知道哪个编双檐篓子……"黄禄顿时哑口无言，因为他知道锁柱说的那个编双檐篓子坑害国家和村民小组群体的人还是自己的哥哥黄福。黄禄当的这个村民组长根本算不上什么官阶，管辖的人口也不多，但却接连不断地遇到人际间是非矛盾，处理起来总是被村民大窝脖。问题的关键在哪里呢？何申的叙述很明确地把矛盾的症结归到正义的缺失上：正是因为正义的原则得不到贯彻落实，才使得村民间冲突不断，整个村民小组的日常生活陷入无序状态："这些日子村里犯邪，啥玩意都丢，瓜果梨桃这些地里东西不说，鸡狗羊驴这些活物也没。"以小见大，何申在自己的小说中将乡村中正义的缺失及其严重后果明白无误地表现出来。

中篇小说《年前年后》从一个乡镇干部的视角切入乡村生活，多方面折射出乡村出现的问题。乡长李德林属于对工作比较负责的乡镇干部，在县招待所开了几天会，离家只有二里地，他竟然一次也没回家住过。忙到腊月二十三，他把其他干部都放回家了，自己还在忙，"他惦着夏天让洪水冲了的那些受灾户，他又叫上秘书老陈坐车到各村转了一圈，看看临时借住的房子严实不严实，发下去的衣服被子到没到人家手，过年包饺子的肉和面都备下了没有"。忙完一切回家过年，又听说县里正研究小流域治理方案，李德林马上又到各局去说明情况并争取项目资金。李德林忙的都是平凡的小事，但是每件事都关系到乡里百姓的利益。但是，李德林的后院出了问题，他的妻子于小梅嫌他没能耐，做了老板刘大肚子的情人。于小梅的背叛，并不是出于生活的困窘，而是由于金钱的诱惑。乡长夫人的名誉显得非常无力，不如实实在在的金钱来得实惠。所以，于小梅甘愿冒一败涂地的危险，也要争取让刘大肚子拜倒在自己的石榴裙下。和于小梅做着同一美梦的是她的姐姐于小丽。姐妹二人共同争宠于刘大肚子，让人真切感受到金钱的巨大魔力，感受到金钱魔力作用下人心的波动与人情的紊乱。作者不动声色，讲述了这出人间喜剧，表达了自己的隐忧与思索。其实放开一步看，于小梅即使不背叛李德林，她对李德林也难说有多少真感情，她当初之所以要嫁给他，只不过是出于对他乡长身份的喜欢。所以，金钱战胜权力只是表面现象，深层的问题是人性的异化，人牢牢束缚于金钱或者权力，而失去自我。这确实值得人们深思。

中篇小说《信访办主任》触及了信访这个非常具有时代色彩的领域。信访制度早在中华人民共和国成立之初就确立了，"文化大革命"时期一度中断，"文化大革命"结束后逐渐恢复。而信访制度引起人们普遍关注则是 20 世纪 90 年代。在这一时期，随着社会改革的深入推进，各种社会矛盾也日益显现出来，群众上访现象非常多。《信访办主任》则集中反映了这一社会现象。信访分两种，一类是要求解决历史遗留问题，如沙老太；一类是要求解决现实问题，如揣德强。沙老太是一个心灵饱受伤害的女性。她幼年曾遭老毛子兵强奸，成年后又受工厂厂长的性骚扰。为了保全自己，她仓促找了个对象，却遭到厂长坚决阻挠。沙老太无奈，偷偷和对象私奔。结果在外地被扣压遣返。厂长实施打击报复，双双开除公职，判男的流氓罪劳教 3 年，以沙老太未经允许私自从工厂取走自己的 30 元存款为由，判沙老太偷盗罪劳教 1 年。沙老太一生为自己的冤情上访，可是到死也没有得以昭雪。揣德强反映的是大杨树沟村村主任杨光复以权谋私问题。因为牵涉到村里的宗族矛盾，又牵涉到县委书记收受贿赂，问题十分复杂，信访调查受到百般阻挠。市信访办组成的调查小组几次前往调查情况，都狼狈而返。这次市委秘书长亲自带队，仍然摸不到一点头绪，信访办主任孙明正甚至在制止宗族斗殴时被打伤。小说结束时，大杨树沟问题也没有得以解决。小说继续保持何申一贯的温和叙述风格，但是温和里包蕴着忧愤，微笑里闪烁着泪光。沙老太的悲惨遭遇令人同情，蒙冤多年得不到洗清，令人悲愤；大杨树沟问题本来事实很清楚，可是调查组却根本无法正常开展工作，之所以如此，主要是部分执政者行政腐败造成的，从中反映出的问题发人深省。作者的可贵之处在于，他艺术地反映了历史与现实问题，体现了一个作家的艺术良知。同时，作者在小说结尾对问题的解决作了一定的暗示，给人以希望。

何申的长篇创作也很优秀，其中《多彩的乡村》曾博得广泛好评。很明显，这是一部呈现社会主义新农村建设的主旋律作品，作者塑造了赵国强这样一位乡村英雄，他不畏权势，不计个人得失，勇于冲破重重阻力，冲破各种传统观念的束缚，带领全村百姓走共同富裕之路。最值得肯定的是，这部小说避免了很多主旋律小说概念化的弊病，以浓郁的生活气息和强烈的现实感，为读者编织了一幅90年代中国北方乡村绚丽多彩的生活画卷，塑造了一群个性鲜明的乡村人物形象，生动地展示了转型期乡村遭遇的矛盾与取得的发展。作者很善于组织长篇结构，巧妙地选取赵、钱、孙、李四个家族来呈现乡村生活不同的景观，赵家以耕种为本，信奉的是勤劳本分，善良里不免有些保守；钱家是乡村里的小业主，他们从事家庭作坊式的工业生产，富有进取心，而如何协作发展则是他们遭遇的严重问题；孙家是乡村的破落户，游手好闲，胡搅蛮缠；李家则是过去的乡村生活组织者，如今由于各种原因，已经被历史甩在后边，只是想利用手中的权力为自己捞点好处。同时，作者又以婚姻、情感把四个家族紧紧联系在一起，使叙述结构环环相扣，密不可分，赵家有三个女儿，一个嫁到孙家，两个嫁到钱家，而李家儿子是个白痴，儿媳备受折磨，愤而离婚，与赵家老二结为夫妻。《多彩乡村》成功的另一方面，是作品诙谐幽默的语言。作者是语言的高手，他对北方乡村方言有着广泛的了解与深入的体会，运用起来得心应手，这使得这部长篇语言形式与生活内容达到充分的融合，形成了自己特殊的风格。

第二节　谈　歌

谈歌（1954～　　），原名谭同占，祖籍河北顺平县，生于龙烟煤矿，河北师范大学中文系毕业。1970年参加工作，做过工人、机关干部、报社记者、某市副市长等，现为河北省作家协会副主席。1977年开始文学创作，迄今已发表中篇小说《天下荒年》、《大厂》、《天绝》等70余部，短篇小说《绝唱》等百余部，长篇小说《家园笔记》、《城市守望》、《黑天白日》、《认识你真好》等9部，其中代表作有《大厂》、《年底》、《绝唱》等，曾获得《小说选刊》中篇小说奖、《人民文学》特等奖等。

谈歌曾长期生活于工人中间，对工人的生活状况非常熟悉，他的创作以工厂生活为基础，其代表作《大厂》，重要作品《年底》、《车间》等写的都是工厂。《年底》讲述的是一个国有工厂遭遇的严重困境。眼看到了年底，工厂里没有一丝喜庆气息。虽然工厂实行了承包，可是并没有取得什么好的效果。厂里欠别人的钱，不给；别人欠厂里的钱，也不还。工人已经有好几个月没拿到工资了，他们没心思干活，有的打架，有的偷东西。工厂党委周书记非常焦急，他努力做一些维持、安抚工作。他发现工人田涛一个月报了两千多医药费，非常生气，一定要查清楚。得知劳模韩志平的妻子得了胃癌，他十分挂心，亲自到家里去看望，让财务科想办法借钱给韩志平的妻子治病，并掏出自己的钱帮助他。周书记等厂领导忙忙乎乎，但是大的问题一点也没有解决。工厂的困境确实让人揪心。《大厂》好似《年底》的姊妹篇。新年刚过，整个工厂死气沉沉，工人已经两个月发不出工资了。面对这种困境，新任厂长吕建国使尽浑身解数仍然是无能为力。他甚至默许属下用公款请外地业务员嫖娼，以期能够争取到订单，结果嫖娼被抓，鸡飞蛋打。拿不到工资的工人铤而走险，偷偷把工厂设备运出去换钱。科技骨干不愿忍受这种困顿生活，要辞职下海。老工人卧病在床却无钱医治。面对千疮百孔的工厂，厂长吕建国身心疲惫。《车间》，正如题目所示，它讲述的是工厂一个车间里发生的故事，从一个局部更细致地呈现了国有工厂所遭遇的麻烦。工厂的不景气，影响到工人的家庭生活。大胡是车间的一名工人，夫妻关系本来还可以维持。这一段时间因为老拿不到工资，夫妻感情更加恶化，老婆刘玉芳整天和情人生活在一起，闹着要和大胡离婚。有一天大胡喝了几杯酒在街上制止打架事件被小痞子打成重伤，医药费没有着落，更是雪上加霜。车间主任乔亮等热心帮忙，通过找厂领导说明情况，托朋友帮忙利用报社、电视台宣传报道，争得社会关注，最后解决了大胡的医药费难题。虽然小说中的故事掺入一定的戏剧性，解决手段也带有戏剧性，但是却相当真实地反映了底层小人物身上的善良。

　　在这几部小说中，通过对转型期工厂生活的具体记述，谈歌如实地反映了90年代中国经济转型过程中正义原则失效、正义意识淡薄、正义实践不良的伦理现实，表达了一位作家关注现实、关怀民生的道德热情。在谈歌所叙述的工厂生活中，非正义现象令人触目惊心。按劳分配是社会主义经济的基本原则，可是工人们努力生产，却长期得不到工资，"厂里越来越不景气，日子长长短短地瞎过着，已经两个月没开支了"（《大厂》）；省管劳模章荣是对工厂做出过杰出贡献的劳动者，工厂理应让他获得一份幸福的晚年生活，但是厂里可以花钱请客户嫖娼，却拿不出钱为章荣治病，"厂办公室主任老郭陪着河南大客户郑主任嫖妓……吕建国叮嘱老郭，姓郑的要干什么，你就陪着他干什么，只要哄得王八蛋高兴，订了合同就行"，"章荣师傅病了，他儿子刚刚找来了，跟我吵了一通，说厂里卸磨杀驴，他爸爸干不动了，也没人管了。……去年老汉有两千多块钱的药条子没报销"（《大厂》）；工厂之间业务往来应该信守合同公买公卖，但是吕建国的厂子要不回钱来，"冯科长摇头叹气：也就是回来仨瓜俩枣，现在谁还钱啊？节前撒出去十几个人，要回万把块钱来，还不够差旅费呢"，吕建国自然也不给别的厂子钱，致使其他厂子前来催账的"住在厂招待所里不走，嚷着要在沙家浜扎下去了。这帮人吃饱了喝足了睡醒了打够了麻将，就到厂里乱喊乱叫各办公室乱窜着找吕建国要钱"。金钱是现代工业的血液，失血严重的工厂就濒临瘫痪。谈歌小说中的工厂就处于这种境地。工厂萎靡不振，拿不出资金给工人发放工资。失去生活来源的工人无心生产。"工人们都没心思干活，这些日子厂里打架的、偷东西的出了好几起了。保卫科长老朱眼睛熬的像个猴屁股。"（《年底》）当他们的孩子身患绝症无法住院医治时，更是对工厂充满怨愤，冲动之下甚至把厂财务科给砸了，"财务科真是乱套了。几个工人把冯科长推搡到墙角，冯科长挨了几下子，头碰到桌子角上，血都冒出来。工人开始乱砸，冯科长头上淌着血，嚷着：别乱来，别乱来啊。没人听他的，一会儿工夫，财务科已经一片狼藉"。谈歌通过对工厂生活的如实叙述，将90年代中期工业领域正义原则失效、伦理实践十分混乱，严重影响工业生产正常运行的高危现实揭破在世人面前，为这个表面浮华的时代拉响了正义的警钟。

谈歌在他的中篇小说集《大厂》的后记中写道："市场经济代替计划经济不是像听通俗歌曲那样让人心旷神怡。它所带来的震荡，有时是惊世骇俗的。工人农民不比我们，他们现在干得很累。我们应该把小说的聚焦对向他们。"这句话说得非常生活化，但它却清楚地显示出作者高度的正义敏感性。进入80年代以来，中国经历了计划经济向市场经济的转型。经济的转型确实解放了生产力，极大地促进了中国现代化建设，但是，由于客观条件的限制和历史经验的不足，在转型的过程中，个体利益分配的原有排序无形中遭到捐弃，而新的合理排序没能及时建立起来，致使个体利益分配处于严重的无序状态。而个体利益分配的失控在使少数人一夜暴富的同时，也使大多数人利益受损，特别是处于最底层的工人、农民的利益甚至出现绝对下降，有些人连吃饭都成了问题。经济体制的不完善造成制度伦理的不公正。正如谈歌所说，这种严重偏离正义规范的不良制度伦理状况确实是惊世骇俗的。而且，制度伦理的不良运转引发人们善观念的混乱、责任意识的淡薄和正义感的迷失，导致伦理实践的一系列劣态反应，如掌权者肆意挥霍公款、侵吞公产，无权者则消极怠工、不事生产；人际关系冷漠，乘人之危、见死不救的事屡屡发生。伦理原则的种种疏漏和伦理关系的种种滞障滋生出一股巨大的社会破坏力，严重危及社会环境的安定和人民生活的安宁。正视社会危机和人民的困苦是作家的天职。谈歌出身并长期生活于底层的阅历和朴素的正义感使他较早地聆听到社会肌体内部所发出的危险信号，在先锋作家仍沉浸于形式的玄想而不见其他时，他将社会的病象忠实地记录下来。

正义是一种十分古老的价值。古希腊哲学家亚里士多德就曾经论述过它的本质："正义就是在非自愿交往中的所得与损失的中庸，交往以前和交往以后所得相等。""正义就是比例，非正义就是违反了比例，出现了多或少。"① 正义也是一种十分重要的价值。约翰·罗尔斯说过："正义是社会制度的首要价值，正像真理是思想体系的首要价值一样。……某些法律和制度，不管它们如何有效率和有条理，只要它们不正义，就必须加以改造或废除。"② 一个社会制度背离正义的价值，是可疑的，更是危险的。当今正义缺失的问题确实应该引起人们充分关注。谈歌在他的小说叙事中对正义缺失的强烈关注，体现了他可贵的道德良知和思想远见。同时，从他对正义秩序沦丧的现实的执著叙述中，可以看出他对重建正义秩序的期盼。这在谈歌几部小说的结局设计中表现得最为明显。《大厂》的最后一段是："吕建国站在厂门口，突然发现厂门

---

① 〔古希腊〕亚里士多德：《亚里士多德全集》，第八卷，中国人民大学出版社，1997 年，第 103、101 页。

② 〔美〕约翰·罗尔斯：《正义论》，何怀宏等译，中国社会科学出版社，1988 年，第 3 页。

口的树一夜之间，已经绿绿的了，恼人的春寒大概就要过去了。"《大厂续篇》的最后一段是："吕建国抬头望天。天已经放晴了，一轮鲜红的太阳挤出了浓重的云层，高高地悬在空中。浓云开始消散了，天际处，一角新新的湛蓝越扯越大。吕建国看得很清楚，明天是个好天气。"《车间》的最后一段是："众人抬着大杨走出医院，只见阳光烈烈地泄下来，如雨似泼。"这三部小说都运用象征的手法表达了对正义失序的混乱终将过去、正义重建的和谐与光明必将到来的美好期望。

谈歌长篇小说创作数量不少，其中，《家园笔记》形式新颖，风格剽悍。作者选用笔记体来构织长篇，在继承前人短篇笔记小说创作经验的基础上做了创新探索。在近百年的历史跨度上，作者通过讲述野民岭一带古、李、韩三大家族的变迁历史，多侧面反映了北方山村百姓的生活状态与精神肌理。他们为争夺狗头金明争暗斗、互相残杀，暴露出贪婪的一面。当侵略者践踏国土，民族面临生死存亡关头，他们英勇不屈，奋力抗争，显示出遇难弥坚的硬骨头品格。20世纪50年代以后，面对种种困难，他们艰苦奋斗，表现出不畏艰险、敢于担当的侠义精神。在充分彰显野民岭人剽悍侠义、敢于担当的英雄品格的同时，作者客观地呈现了野民岭人某些时候个人私欲的膨胀、公共正义的颓毁、人际关系的冷漠等负面精神因子。从整部小说来看，作者是通过写作来回望历史，打量乡村精神肌体的构成，分析其优长与缺陷，表现出强烈的反思色彩。特别是，作者对乡村精神中的血性因子进行了深入剖析。血性，特别是在北方，长期被作为我们民族最值得发扬的美好情愫。在小说中，作者也怀着深情，礼赞了慷慨悲歌，路见不平、拔刀相助的侠义精神。但是，作者也冷静地写出这种侠义精神中非理性、野蛮的一面。特别是当他们遇到巨大的金钱诱惑时，那种无法无天、恐怖狰狞的面目，是必须引以为戒的。如何保持其抗强助弱的侠肝义胆，而又告别其放纵欲望、缺乏理性训练的野蛮习气，确实是一个重大的课题。《家园笔记》采用夹叙夹议的形式，将故事叙述与个人感悟紧密结合。在精彩的故事部分，作者富有骨感的语言与富有传奇色彩的乡间人物刻画融为一体，形成峻急、剽悍的艺术风格。在抒写个人感触部分，表达自己对世风的议论和对人物的臧否，也可看出作者急公好义、心忧天下的胸怀。

第三节　关仁山

关仁山（1963～　），满族，生于河北唐山市丰南县，现为河北作家协会主席。1984 年开始文学创作，主要作品有长篇小说《风暴潮》、《天高地厚》、《白纸门》等，中短篇小说集《大雪无乡》、《关仁山小说选》等，中短篇小说《大雪无乡》、《九月还乡》、《蓝脉》、《红旱船》、《落魄天》、《平原上的舞蹈》、《红月亮照常升起》、《苦雪》等，500 余万字。其中小说集《关仁山小说选》获第五届全国少数民族文学奖，短篇小说《苦雪》、《醉鼓》获《人民文学》优秀小说奖，中篇小说《九月还乡》获第六届《十月》文学奖、《北京文学》优秀小说一等奖，短篇小说《船祭》获香港《亚洲周刊》第二届世界华文小说比赛冠军奖。部分作品被翻译成英、法、日等文字。

关仁山早期以雪莲湾小说系列而引起文坛注目，其中有《苦雪》、《船祭》等。在小说《苦雪》中，关仁山塑造了一个海上猎手老扁的形象，他可以说是代际正义的化身。老扁的枪法极准，"老扁'嗖'地站起来，劈手夺过火枪，急眼一扫迷迷蒙蒙的天空，见一飞鸥，抬手'砰'一枪，鸥鸟扑楞楞坠地"，但他绝不用枪打海狗，因为他要恪守正义规则，"好猎手历来讲个公道。不下诱饵，不挖暗洞，不用火枪，就靠自个儿身上那把子力气和脑瓜的机灵劲儿"。老扁所恪守的古代正义规则表面上似乎是在捍卫猎手与猎物之间的公道，其深层却是在坚守人类的代际正义，"打晚清就有了火枪，可打海狗从不用枪，祖上传的规矩。先人力主细水长流过日月，不准人干那种断子绝孙的蠢事儿"。火枪无疑可以大大提高人们的猎取海狗的能力，大大改善人们的生活水平，但是祖上的先人却弃之不用，其目的就是不过多占用自然资源有限的份额而使后代的子孙失去他们应得的利益。关仁山通过塑造老扁这个海上猎手的形象，张扬了代际正义的宝贵价值。同时，海子的形象则寓示了代际正义正受到无情践踏的恶劣现实。海子是年轻的猎手，他公然背弃老扁所尊崇的代际正义原则，购买火枪，恣意放纵自己捕杀的欲望，他还唆使其他年轻人和他一起用火枪围猎海狗，"不多时，一排排惊惊乍乍的枪响，无所依附地在冰面上炸开了，传出远远的……老扁打了个寒噤，四肢冰冷"，海子在欲望的唆使下，放肆地穷捕滥杀，大大超支自己应得的代际利益份额，严重背离了代际的正义原则。违背代际正义原则的恶果也许在当今不会明显地被看出来，但或许正因为这样，人们可能会忽视代际正义缺失的危害，并因而造成更严重的恶果。关仁山把这个问题郑重地揭示出来，具有十分重大的现实意义和长远意义。

《船祭》承载了作者从传统与现代关系的角度对正义的思考。小说中，黄老爷子出身造船世家，他恪守的是从父亲黄大船师那里继承来的做人做事的原则。黄大船师做事认真，他造的船质量上乘，无可挑剔；他做人正直不阿，对于恶势力敢于以硬碰硬绝不屈服。当年雪莲湾的恶霸孟天贡强抢黄家的船，用来祭祖，黄大船师以死相抗，奋身跳上熊熊燃烧的大船，用生命捍卫了自己做人的尊严。黄老爷子一直以父亲为自己人生的坐标，努力做一个自己心目中的好船师。可是，到了老年，儿子黄大宝却让他十分窝心。黄大宝看不起造船这门祖传手艺，他一心想挣大钱。当年强抢黄家大船的孟天贡后来跑到香港去了。他在香港死后，他的儿子孟金元要把父亲的遗骨运回故乡安葬，并且想买黄家的船来祭奠。孟金元与黄大宝一拍即合，孟金元出高价，由黄大宝骗父亲造船。船造好后，黄老爷子才知道自己上了儿子黄大宝的当。他想起父亲的惨死，提着板斧冲到孟家坟地，"闷雷似的吼一声：'姓孟的，俺与你们势不两立，这船俺劈了当柴烧也不卖你！'吼着，老人抡圆了板斧砍在船舷上"。但是，他的举动没有得到周围群众的赞扬，反而受到嘲笑。黄老爷子悲气交加，呕出一口血痰昏死过去。船最终作为祭品烧掉了，黄老爷子半夜走出家门。第二天，当黄大宝在海滩找到他时，他已死去多时了。黄老爷子的死，从某种意义上标志着传统文化的终结。小说中表露出来的作者对于传统文化终结的态度值得玩味。如果说，黄大宝对于黄老爷子欺瞒、群众对于他嘲弄，可以理解成人们见利忘义；可是，当黄老爷子半夜跑到父亲壮烈而死的海滩追随父亲而去时，"他的死并没有像父母那样甩下一道海脉"，这说明，抛弃黄老爷子的，不仅仅是世俗的群众，还有超世的规则。这才是最严重的。也就是说，世俗群众在道德上的迷失，并不简单地是一个个体态度上的软弱，而是反映出从传统到现代社会转换过程中正义伦理的混乱。作者虽然没有能够在小说中就正义伦理的转换提供太多的想象空间，但是他对读者的警醒，也是颇有意义的。

　　20世纪90年代后期，关仁山的聚焦点从海湾风情转向平原，他又创作了许多中短篇小说，其中《九月还乡》影响较大。这篇小说承续了作者一贯的对底层的关注，"如实地反映了当今农村青年摆脱贫穷的迫切愿望，同时不无忧虑地写出了他们素质上的欠缺在他们致富路上造成的曲折、带来的失误"[①]。所不同的是，作者在这篇小说中，还鲜明地表达了救赎的主题。乡村女孩九月，无法忍受贫穷的日子，进城做了妓女。通过这种不名誉的方式，九月快速脱贫，成为村里的首富。在扫黄行动中，九月被抓进派出所，村主任前去保释，在他面前，九月流下悔恨的眼泪，并表示痛改前非。后来，九月回到家乡，并且拿出自己的存款，帮助村里治理土地。《九月还乡》更像是一部寓言，它讲述了人们在抛却精神追求脱贫致富后，发现精神的沦丧并通过致力公益事业而寻求精神救赎的故事。正是从这个意义上，这篇小说引起了人们比较广泛

---

　　① 牛玉秋：《中篇小说创作概述》，见中国文学年鉴编委会编：《中国文学研究年鉴》（1997～1998卷），作家出版社，2002年。

的关注。从这篇小说中，可以看出作者对个人存在的宽容和对精神追求的执著。从个人存在角度看，关仁山并没有以卫道士的面孔来苛责九月的堕落，相反，他怀着某种温情来看待九月对于财富的渴望。与其说他是在批判，不如说是在惋惜，惋惜九月无法用一种合法的方式来获取财富、改变命运。从精神追求角度看，关仁山则表现出对美好事物的执著。在他看来，危害精神追求的财富获取毕竟是一种缺憾。所以，他希望九月能够放弃卖淫这类不名誉的方式，能够寻找另外的途径来改变命运、追求幸福。

此后，关仁山渐渐把主要精力转向长篇小说创作，先后创作出版了长篇小说《福镇》、《风暴潮》、《天高地厚》、《白纸门》等。其中以《天高地厚》影响最大。这部作品以华北平原上蝙蝠村为生活舞台，在我国近30年农村大变动的广阔背景上，展开了鲍、荣、梁三个家族三代人命运沉浮的生活变迁史，寄寓了作者对历史发展与人性善恶的深入思考。近30年恰逢中国社会转型时期，先前的革命逻辑由世俗逻辑代替，人们追求物质丰富、世俗幸福的欲望获得合法性，乡村能人荣汉俊作为新式英雄代替以往的劳模荣爷占据社会生活的前台位置。对于社会转型这种发展趋势作者给予基本肯定，但是，对于社会转型期间生活的丑陋与人性的扭曲则表达了严重关注与批判。在作者笔下，新英雄荣汉俊的发迹史伴随着诸多丑恶。他借回乡农民索地压力挤兑种粮大户梁罗锅，利用稻田污染事件打击种粮大户鲍三爷，雇凶毒打不顺从的包工头，利用行贿手段控制乡党委书记，等等。对于荣汉俊的置疑，表达了作者对于农村经济新势力的批判，表达了对社会和谐、公平正义的文学诉求。同时，作者怀着热情塑造年轻一代优秀农民梁双牙、鲍真等。从某种意义上说，他们是作者对农村新农民的理想想象，他们思想解放，思维活跃，敢说敢干，富有开拓能力，而又热心公益，努力和全村百姓一起走共同富裕的道路。相对于惯用心计、不择手段的荣汉俊，年轻的梁双牙、鲍真形象带给人们一股热力和希望。

曾镇南认为，《天高地厚》"及时而新颖地为我们带来了关于农村发展、农业振兴、农民命运的新消息，引发了我们对正在我们眼前展开的一场更深刻的农村社会的大变革的积极思考和热情期待"①。这种评价，也适合关仁山其他乡土题材的小说。

第四节　"三驾马车"的价值、局限及其争鸣

以上三人由于题材、风格接近，曾被评论界称为"三驾马车"。总体来看，"三驾马车"之所以在 20 世纪 90 年代引人注目，在于他们的叙述凸显了正义的声音。具体来看，关仁山、谈歌、何申三人关于正义的叙事并不仅仅是一种道德热情的简单抒发，而表现出一定的理性反思深度。在表达重建正义秩序的期盼的时候，尽管三驾马车的小说叙事除了明确的精神向度之外并没有多少建设性的规划，但是在对过去正义规则的批判中却表现出他们反思的努力和成果。正义是历史的产物，在"三驾马车"小说叙事中，倒塌的正义大厦是 20 世纪 50 年代后建立起来的，它带有明显的机械平均主义色彩。在小说《年底》中，工厂的几位领导对工作都敷衍塞责，"周书记心里挺别扭。这几个副手都跟老刘闹球不来，拧成一股劲跟老刘叫阵，老刘也不跟他们谈谈。老刘是想干两年就走的，可这样下去也不是回事啊"。他们这样混天度日，并不能简单地归因为道德品质低下，更深层的原因在于这个工厂的权益结构有明显的平均主义倾向。工厂的工人与干部虽然分工有所不同，但从根本权益上说没有多大区别，都是一颗颗的螺丝钉，这种平均主义的权益结构很自然使人们放弃对工厂的责任感，滋生敷衍塞责的情绪。如果不从根本上改变这种权益结构，而只进行一些小修小补是无济于事的，"厂里今年的日子实在是不好过，各车间都重新承包过了，可也没见承

---

① 曾镇南：《沉重的厚土，奋争的精灵——评关仁山的长篇小说〈天高地厚〉》，《光明日报》，2003 年 5 月 7 日。

包出个模样来"（谈歌《年底》）。大概正是基于这样的认识，他们的小
说叙事中并没有出现可以对工厂生产困顿、工人生活困苦负责的个人。
这种不纠缠于具体人事的问题叙述策略将人们的思路引向对企业深层结
构所存在的弊端的反思，其获得的理性深度应该是相当可观的。20 世
纪 50 年代建立起来的正义还残存着不少因袭于传统的与现代性不相适
应的律条。在小说叙事中对此进行有力反思、批判的是关仁山，其短篇
小说《船祭》集中展示了这一点。尽管《船祭》因为加入黄孟两家三代
恩仇的铺陈而显得十分情绪化，但实际上它所关涉的却是一个十分理性
的主题，即传统正义原则的沦丧。这个主题通过黄大宝与黄老爷子之间
的父子矛盾冲突表现出来。黄老爷子是造船的高手，但他不肯将自己造
的船卖给出大价钱的孟金元，原因就是孟金元要烧船祭祖。黄老爷子坚
守的是传统的重德轻财的非功利主义的正义原则，因为看不惯孟金元烧
船祭祖的做派而不肯和他有买卖的往来，即使孟金元出的条件再优厚他
也不妥协。黄老爷子的这种正义观念是从父亲黄大船师那里继承来的，
黄大船师为了捍卫自己的正义信念献出了自己的生命。但是在黄大船师
的年代，非功利主义是村民的共同信念，因此黄大船师的献身行为受到
村民的尊敬。但是到了 90 年代，随着经济转型的深入推进，非功利主
义受到普遍怀疑，功利主义成为大众的共同信念，人们大胆地追求实际
利益。在这种形势下，坚守非功利主义正义的黄老爷子成了少数异类，
为了自己的正义信念，他受尽大众的讥嘲、冷慢，"黄老爷子发现散在
四方，远远近近向他射来的那些轻视鄙夷的目光。他怎么能容得村人像
盯怪物一样盯他呢？他是一代大船师啊！他在村人的嘲笑声里天旋地转
了"。黄老爷子因为无法忍受自己信守的正义大厦的坍塌而死去，但是
"他的死并没有像父母那样甩下一道海脉，也没有赚走村人多少泪水，
唯一留下来的是一声沉沉的无可奈何的叹息"。英雄的落寞印证着英雄
的事业的衰微，非功利主义确乎已不再为当下的人们所赏识。关仁山尽
管十分痛惜英雄临去时的悲苦，但他却非常清醒地意识到黄老爷子所奉

行的非功利的传统正义原则，并不适合当今的现代性生活。现代化是大
势所趋，追求正当的幸福生活是现代人天经地义的权利，与之尖锐对立
的带有禁欲色彩的重利轻义的正义传统，如果要避免被抛弃的命运，首
先应该对自身进行改造。"三驾马车"在小说叙事中所表现出的对正义
多角度的反思批判，使他们的创作避免了情绪化书写的浅薄，而具有一
定的理性深度。

　　"三驾马车"创作中所张扬的正义热情曾经震动了80年代高擎文学
性大旗的一些文学批评家。周介人就在自己主编的《上海文学》刊发、
推荐了不少"三驾马车"的作品，并发表文章称赞其作品"给读者留下
强烈印象……它留给我们的是分享一份艰难的气度和力量"[1]。陈思和
也认为"三驾马车"的创作表现出"一种对于人类发展前景的真诚关
怀，一种作为知识分子对自身所能承担的社会责任与专业岗位如何结合
的整体思考"[2]。一向以后现代文学批评家面目出现在人们面前的张颐武
也有保留地肯定了"三驾马车"创作的价值，他将"三驾马车"的作品
称为"社群文学"，认为他们"显示了全体人民分享艰难，试图在公平
的'和而不同'的环境之中共同奋斗的愿望"[3]。可以说"三驾马车"获
得了文学界内外广泛的不同程度的关注和肯定。它一方面显示了正义在
人们心中的重要性，另一方面也说明了文学关注现实中正义问题的必要
性，"社会转型期，必然带来各式各样问题，过去'左'的路线下，文
学走偏了，文学承担的东西过多，可文学一点责任不担，做春天里的
'闲云野鹤'，也是不行的"[4]。

　　在获得不同程度的广泛肯定的同时，"三驾马车"也受到不少置疑，

---

　　① 周介人：《现实主义：再掀冲击波》，见《现实主义冲击波小说——〈破产〉代跋》，华艺出版社，
1998年。
　　② 愚士编：《就95人文精神论争致日本学者》，见《以笔为旗——世纪末文化批判》，湖南文艺出版
社，1997年。
　　③ 张颐武：《"社群意识"与新的"公共性"的创生》，《上海文学》，1997年，第2期。
　　④ 关仁山：《现实人生与文学品格》，《小说家》，1998年，第6期。

如丁帆、王彬彬等都对"三驾马车"的创作提出一定的批评，比较有代表性的是童庆炳、陶东风的观点，他们认为："这些小说的严重不足之处是对现实生活中丑陋现象采取认同的态度，缺少向善向美之心，人文关怀在他们的心中没有地位。他们虽然熟悉现实生活的某些现象，但他们对现实缺少清醒的认识，尚不足支撑起真正的理性，所以其对于转型时期的社会评价也大有问题，这就导致他们的作品出现人文关怀与历史理性的双重缺失。"如果不计较他们的用词，应该说他们的批评在某种程度上也指出了"三驾马车"创作存在的一些不足。无可否认，由于"他们在思想、艺术、学识诸方面的准备不足"（肖复兴语），从更高的层次讲，"三驾马车"对工厂生产停滞、工人生活困窘、农村秩序混乱、农民生活贫苦这些转型过程中恶劣历史现象的深层历史原因揭示得还不够深刻、不够准确，使人觉得他们的小说"基本停留在表象层，停留在形而下的展示，超越的部分薄弱，对人的境况和人的发展也缺乏形而上的深思"[1]。但是如果说他们缺少人文关怀，甚至"缺乏最起码的道德义愤"，则显然不合乎实际。我们认为，"三驾马车"创作的最根本的价值，就在于他们明确表达了自己对正义的真诚热情，对弱势群体的生活苦难的深切悲悯。挽救正义是他们自觉的文学追求。谈歌就说过："工人农民不比我们，他们现在干得很累。我们应该把小说的聚焦对向他们。写这些劳动者的生存状况，调动我多年的生活积累，我觉得这应该是我的使命。"[2]

---

① 雷达：《现实主义冲击波及其局限》，《文学报》，1996 年 6 月 27 日。
② 关仁山：《现实人生与文学品格》，《小说家》，1998 年，第 6 期。

第五章　何玉茹　阿宁　老城

第一节　何玉茹

何玉茹（1952～　），出生于石家庄市郊区农村，1971年高中毕业后回村做了两年的农民，然后，带着几分憧憬、几分新奇，还有几分莫名的惶恐，她踏上了城市的土地。在此后将近10年的时间里，她尝试了各种各样的工作，先后做过建筑队的瓦工、油漆工，清洁队食堂的大师傅，收发室的门卫，乡政府的蔬菜统计，小学代课老师以及郊区文化馆小报的临时编辑。1986年毕业于廊坊师范专科学校中文系，1986年7月开始，先后任《河北文学》、《长城》的小说编辑、副主编，1997年调入省作协创研室专业创作。1976年开始发表作品，已发表小说近400万字，短篇百余篇，中篇40余部。已出版长篇小说《爱看电影的女孩》、《小镇孤女》、《生产队里的爱情》、《冬季与迷醉》4部，出版两本小说集《楼下楼上》、《她们的记忆》，一本散文集《梦想与成长》。现任河北作家协会副主席。

何玉茹是以中短篇开始她的小说创作的。她从20世纪70年代末开始创作，但真正具有自己的特色的创作是从80年代中后期开始的，90年代以后进入创作的喷涌期。她的许多有影响的作品是在这个时候出现的。

何玉茹曾被称为"小事的神灵"（李敬泽语），这一说法当是准确的。的确，何玉茹的小说从来不写那些重大的惊心动魄的事件，她关注的只是身边的"日常生活"，她的人物也是那些芸芸众生中的一员，不显山不露水，既没有惊天动地的大举，也没有出色的才能，他（她）们在"日常生活"中各自过着自己的日子。《四孩儿和大琴》中的大琴，是何玉茹贡献给文坛的一个颇具个性的人物形象。她生长在一个粗粝贫穷的农村家庭，养成了粗粝泼辣、缺乏教养而又无拘无束的性格，这与四孩儿的腼腆有教养而又孤独的性格形成鲜明的对照。大琴厌恶自己的家庭，她渴望着四孩儿的有教养的生活，她的顽强和心机，终于赢得四孩儿父母的认可，而且野心勃勃的大琴又很快攀上了城市青年吴小克的"高枝"。在这里，大琴的卑躬屈膝、不择手段、野心勃勃向上爬的个性简直有点"女于连"的味道。

《楼下楼上》是发表于1998年的一篇作品，这篇作品巧妙地把"楼下楼上"的关系连接起来，表现了孤独与沟通、良心与忏悔、历史与现实种种纠结缠绕的复杂错综的情绪。历史上的老夏母亲由于上级的错误与草率误杀了年轻人老年子，从此一生忏悔自责，直到默默死去；同样，董文丽姐姐认为由于自己拒绝年轻人的爱，致使他车祸而死，从此一生不嫁；李明由于职称问题与上级吵架，随后此人中风瘫痪在床，李明也陷入了自责与忏悔之中。这样三个故事，通过李明与楼下的赵奇、董文丽勾连起来，并以李明的思考与情感的波动为引线，自然而又巧妙地完成了故事的主题营造。这样的故事写作于90年代末，正是市场经济下道德滑坡、人心不古，无人看重道德、良心、责任、义务的时代，由此可见，李明的"怕"是"怕"得有理的。

发表于1999年的《最后时刻》（又名《房租问题》）由于一种源自心灵的沉重使其显得成熟而意味深长。"最后时刻"不仅构成小说的叙事时空，而且也规定了小说的哲思深度，从而把一个简单的故事提升到较高的艺术境界。故事是这样展开的：一片有着自由市场的老房区拆迁在即，拆迁的"最后时刻"日益逼近，然而谁也不知道这"最后时刻"究竟是何时。于是，自由市场的管理也显得松弛了许多，正是在这样的背景下，中学教师李伯君与女房客胡月亮之间的生活纠葛渐次展开。李伯君偶尔发现女房客——开理发店的胡月亮租房卖淫，内心便"不可抑制地鼓动着一种要拯救什么的力量"，于是他与胡月亮展开了一场规劝与反规劝、拯救与反拯救的较量。最终在不可更改的现实面前，李伯君无计可施，甚至还为胡月亮的巨大"魅力"所同化。最初的拯救者变成了一个无力改变现状甚至于无力把握现状的困惑者、失败者。从这个意义上说，小说寓言化地浓缩了转型期的诸多现象，特别对转型期知识分子的启蒙、救世冲动与困境予以形象化的展示。作为转型期的知识分子，李伯君并不是一个自觉的启蒙者，他缺少真正的救世精神。与"五四"一代知识分子相比，他实在只能算强弩之末。他的救世意识来源于残存的潜意识深处，除此之外，他更像一个地道的小市民，如他的琐碎，他对自由市场和逛街的喜爱，他的只说不做和本质上的懦弱等。他清晰地洞悉了自己在人们心目中的身份定位，在一个欲望无限膨胀的年代，人们青睐的是金钱而不是知识。正是这份清醒，使他缺少启蒙者必要的优越感和自信心。他之所以制止胡月亮的行为，一开始并非出自责任感，而是基于一种道德本能，而且在某种程度上还有着害怕被牵连的私心。只是在后来的进一步接触中，他的那份救世精神才逐渐苏醒，他想改变胡月亮及其生活方式的冲动愈来愈强烈。然而，想法是一回事，现实又是一回事。在胡月亮的坚不可摧的"力量"面前，李伯君只有尴尬与汗颜。小说中有关房租的较量，使李伯君的拯救显得如此虚弱、如此不堪一击。胡月亮要求全免房租的嘲讽，使他不禁涨红了脸，他没有足够的底气来直面这嘲讽，只好顾左右而言他了。偏偏胡月亮不依不饶，步步紧逼，李伯君所固守的那点道德也显得尴尬而无以藏身了。"你要知道，世上不是一切事都由钱决定的"，李伯君的不甘心的劝诫虚弱而无力，而胡月亮针锋相对的回答却反倒振振有词："你也要知道，不是一切事都由内心能决定的。"既然世上的事不由金钱不由内心决定，那又由什么来决定呢？这空前的难题，连李伯君也找不到答案，只有困惑与茫然了。实质上，李伯君的困惑、尴尬与茫然，也是文化转型期共有的困惑、尴尬与茫然。旧价值逐渐失灵、消亡，而新价值并未生成，"仿佛一个人行走在黑夜里，原来是一直朝了一个有亮光的地方走的，忽然间那亮光没有了只剩下了无尽的黑暗"。在这里，何玉茹敏感地领悟了时代的普遍情绪，对迷茫的生存予以深切的关注，从而深重地揭示了存在的不能承受之轻，即人生缺乏实质，没有意义，欲望的舞蹈遮蔽了清洁精神的莅临，轻飘的生命又如何承受得了呢？

小说在叙述上采用内外聚焦的方式。作为外聚焦，李伯君是聚焦对象；作为内聚焦，李伯君又是聚焦者。外聚焦便于深入地揭示李伯君的心理震颤与矛盾涡流，内聚焦又使胡月亮的行状与身世始终处在一种神秘状态，从而造成巨大的叙事"空白"，这"空白"成了胡月亮的广阔的背景，也是李伯君困惑的直接根源。一个不可把握的个体，一个并不讨厌的女人，二者有机地统一于一身。胡月亮既是一个写实对象，同时也是一种象征。作为生活中的女人，胡月亮不能算是一个荡妇，她的生活方式也许有各种各样的理由；作为一种象征，她分明又是"最后时刻"的饥不择食的掠取者。正像李伯君迷恋的自由市场一样，在繁荣的背后，隐匿着根本价值的缺失。这样，小说便由写实到写意，由具象上升到抽象，从而获得超越性意义，诗与思得到完美融合。

2000年之后，何玉茹的中短篇小说写得愈加成熟。《太阳为谁升出来》、《素素》、《红沙发》、《父亲》、《过年》、《吃饭去》、《扛锄头的女人》、《我们走在大路上》、《母亲与死亡》等纷纷刊登于《人民文学》、《上海文学》、《北京文学》、《中国作家》等重要刊物。小说一如既往地写小事，但又特别注重人物的内心与潜意识的开拓，正像作者自己所说的，她"看重的是人的内心真实，却不忽略对世俗细节的描写，并探觅人的潜层世界，力求表现世界混沌的、不确定的本来面目，以达到与有心的读者精神层面的沟通。我喜欢表达那种生活中可感而不可说的感觉，在表达中力求整体的和谐、自然、明净，相信直觉又不放松理性的把握，以求感性与理性的完美统一。我相信在对细微的心灵世界的把握中更能见出生活的本真来"。

出版于1997年的《爱看电影的女孩》，是她的第一部长篇小说。小说描写了农村女孩黄玲玲只身来到城市，在与同学白丽萍、百货商店的青年华子、电影公司的叶北岸、书店的童珍等城市青年的相遇相识与相处中，相当真实地表现了农村女孩对城市的向往与陌生、孤独与彷徨的心态和意绪。不过，小说在结构和场面上还显得有些稚嫩。

出版于2000年的《生产队里的爱情》，是一部描写"人民公社"时代农村青年爱情与生活的长篇小说。小说在人物塑造与叙事结构诸方面均显得成熟起来。回乡知青石小易、个性独特的老姑娘陈西云、饱受婚姻煎熬的汉子陈西雨等人物栩栩如生，他们的命运浮沉令人牵念。

2007年出版的长篇小说《冬季与迷醉》是何玉茹最为重要的代表作之一。读这样的小说，我们再一次感受到了何玉茹的"小"，那是真正的小人物、小事件、小场景、小细节，何玉茹迷醉在她的"小"里，迷醉在她的"生产队"里。在何玉茹的小说中，我们看不到金戈铁马、也听不到鼓角连营，"史诗性"似乎与她无关，"传奇性"大概也与她沾不上边，她就那样"小"着、普通着、不显山不露水地存在着。然而，如果我们就此认为何玉茹的作品是"小作品"，那也显然是错误的，何玉茹的作品小则小矣，但"称名也小，取类也大"，何玉茹在"小"的背后蕴蓄着大波澜、大气势、大境界，小中见大这个词说起来也很俗，然而说来说去也只有这个词可以比较准确地来概括何玉茹。尤其是《冬季与迷醉》，小到了极致，也大到了好处，在那样一个特定的年代，少年李三定的成长折射出人类共通的状况。

1969年冬天，像李三定这样的中学生，全国有300万人离开中学来到了农村，从此开始了他们的艰难人生。不过，何玉茹没有像一些作品那样，把苦难的生存完全归之于不正常的政治氛围，而是始终把握着民间日常生活的脉搏，在日常生活中显示人生的困境与尴尬。李三定离开学校回到农村，实际上中断了常规的生活轨道，他在经历着人生的第一场危机。由中学生到农民、由少年到成人的身份转换，使李三定不知所措、迷失了方向，他处在重重的心理围困中不能自拔。看老麦杀猪是李三定解决这一危机的第一步。老麦杀猪被何玉茹描摹得惟妙惟肖，那不仅是一种世俗的生存，而且更是一种超越了世俗的艺术化生存。何玉茹在此充分发挥了她细节描写的功夫，把老麦杀猪写得引人入胜、魅力无穷。对于少年李三定来说，老麦杀猪的地道、郑重，成为他初涉人生的楷模。然而，李三定仍然无事可做，无事可做成为人生的最大尴尬，他面临着父母及姐姐的指责和追问而无言以对。游手好闲、好吃懒做成为他们对李三定的基本判断。实际上，李三定所处的环境正是我们大家日常所处的环境，这种环境成为人的基本环境，俗气的母亲和两个姐姐，琐碎的、婆婆妈妈的父亲，还有同样俗气的朋友金大良和米小刚与动不动就上房骂大街的邻居傻祥娘。这是一个令人窒息的环境，在这样一个环境中，生存的艰难与尴尬可想而知。面对如此艰难的生存，李三定需要足够的勇气，生存的勇气是所有勇气中的基本勇气，李三定的突围，从看老麦杀猪开始，到真的被老麦拉去杀猪而呕吐不止，这种"看"与"真的去做"之间的差别，是生存艰难的标志。生存是一种体验，体验需要勇气，没有勇气的人是不可能体验到真正生活的。少年李三定以极大的生存勇气，继续寻找着突围的路径。洗肉做肉是他真正做事的开始，何玉茹把它描写成了一场战斗："这一切都没有让李三定退缩，不是他不想退缩，是不能退缩，虽说是在家里，却如战场一般地严峻，完全不是他想象的样子，生活从头来是从头来了，但一开始就像是给了他个下马威，毫不客气地把他从看杀猪的云雾里摔了下来。""他却不知道，更严峻的生活还在后头呢。"的确是如此，当李三定沉浸在自己的制造物里喜不自禁的时候，日常俗世及其特殊时代政治的干扰便接踵而至，尽管他也曾迷醉在蒋寡妇的怀抱里，但还是一个尴尬接着一个尴尬。李三定只有逃离。逃离是何玉茹为李三定设置的一个超越方式。

逃离到豆腐村也许是何玉茹为李三定设置的一个一厢情愿的世外桃源。在那样的一个时代，豆腐村人却是悠闲自在、自得其乐。在那里，没有争斗、没有钩心斗角，姑姑与姑父的爱情以及由爱而生发的各种情感纠葛都是这个世外桃源的艺术化生存标本。李三定逃离到豆腐村，实质上就是一次心灵的升华过程。当他凭着天生的灵气从姑父那里学会了做木工活时，李三定才真正地从尴尬的世俗生活中超越出来，他找到了自己的幸福，拥有了自己的世界。他迷醉在自己的深度里。

《冬季与迷醉》是何玉茹为我们精心打造的一件艺术品。它是写实的，却又是写意的；它是平淡的，却又是余味无穷的；它是清澈的，却又是浑朦繁复的。何玉茹虽然始终把人物框定在吃喝拉撒的层面，但是它的意义却又不仅仅局限于这一层面，而是做到了"状难写之景如在目前，含不尽之意见于言外"，从而使它不仅成为少年李三定的心灵的成长史，也是人的生存历程的象征。冬季是人生困窘的象征，与蒋寡妇的迷醉是人生沉迷于肉欲的象征，李三定在豆腐村学会了木工，他沉迷于自己的世界里，那正是由世俗向艺术化的人生超越的象征。艺术化的人生也就是审美化的生存，这是人生的最高境界。从此，李三定"已经不是春天时候的李三定了，他瘦瘦的身体，像是长了许多的力气，他小小的脑袋，像是多了不少的主意，这使得他走在人前，显得不急不躁，不亢不卑，从容得多了"。即便是米屯固把上大学的指标给了儿子米小刚，李三定仍然不理不睬，"只笑一笑，又到他自个儿的世界里去了"。

由此可见，《冬季与迷醉》是何玉茹悟道的产物，也是何玉茹皈依传统道家文化的结果。在这部小说中，我们庶几可以看出何玉茹更加内敛、更加追求艺术化的人生境界的心灵轨迹。娴静的何玉茹，小事的何玉茹，内心汹涌着传统文化的波涛，从老麦杀猪到李三定的幸福世界，何玉茹在小事中营构出一个充满深度与广博度的艺术世界。

第二节 阿 宁

阿宁（1959～ ），原名崔靖，河北故城县人。河北大学中文系汉语言文学专业毕业。曾任银行职员、文化馆干部等，现为河北省作家协会专业作家、中国作家协会会员、河北省作家协会理事。出版有中短篇小说集《校园里有一对情人》、《坚硬的柔软》、《米粒儿的城市》，长篇小说《天平谣》、《爱情病》、《城市季节》。此外，还在《人民文学》、《当代》、《十月》、《中国作家》、《收获》、《北京文学》、《上海文学》等刊物发表中篇和短篇小说《阳光下的独步》、《月色下的飞翔》、《麦子自己能回家》、《杨三的故事》、《生命之轻与瓦罐之重》等多种，共计约400余万字，作品多次被《新华文摘》、《小说选刊》、《小说月报》、《中华文学选刊》、《中篇小说选刊》等选载，并多次获得各种奖励。

阿宁的小说创作开始于20世纪80年代初，刚刚出道的阿宁适逢文学的大好时节，各种流派乱花迷眼，阿宁的创作不免也带有了那个时期共有的一些特点。如发表于1988年的《谎言》在叙述上很有一些先锋的意味。作者公开声称自己的小说是编造的谎言，这使我们不禁要想到马原的《虚构》。实际上，阿宁最早引起人们注意的是他的一批被称为校园小说的作品。其中代表性的作品有《生命之轻与瓦罐之重》、《遥望校园》、《自费生》、《校园里有一对情人》、《坚硬的柔软》等。这些作品不同于传统意义上的校园生活小说，传统意义上的校园小说，主要是以校园青年单纯的恋爱、学习等生活为内容的作品，而阿宁的校园小说实际上是把校园生活同这个时代的社会生活联系起来，在一个更加广阔的生活舞台上，展示生活的复杂性与曲折性，表现人性的丰富性与多样性，进而对人的内心与灵魂进行毫不留情的拷问。《自费生》描写农村青年张小虫靠着家庭的优越条件来上大学，最终因无聊抑郁而跳楼自杀，振聋发聩地提出了人生意义问题。作品同样生动地塑造了农村女孩张秀娟，城市女孩姚既各自的生活道路与心灵轨迹，形象地探讨了诸如贫穷与富裕、自卑与自尊、孤独与放浪、生存与死亡等当代青年亟须解决的诸多问题。《生命之轻与瓦罐之重》则更像是一个深奥的哲学命题。出身优越、自身条件又极优秀的大学生刘伟，内心却极为空虚、寂寞、孤独、无聊，他找不到生活的意义，苦闷忧郁之际只能以爱情来排解来宣泄，甚至爱情也救不了他，他把爱情也视为游戏，他公然调戏食堂里的一位女工友，只是为了得到她的一记耳光。作品深刻地表现了转型期青年大学生们内心极度的苦闷与终极价值缺失带来的存在之不能承受之轻。

《校园里有一对情人》与《坚硬的柔软》是两篇表现大学教师生活的作品。前一篇描写大学职称评定导致一对情人反目成仇的故事，不仅相当真实和尖锐地揭示了职称评定等工作中的弊端，而且更重要的是通过这样一个司空见惯的事件，深入地剖析了人性中的丑恶与龌龊。孙成文与朱丽娟本是一对情人，相同的生活境遇，共同的情感尴尬，使他们走到了一起，然而，在攸关个人切身利益的职称评定问题上，他们却不择手段，各自使出浑身解数，意欲致对方于死地。再加上心术不正的系主任的从中搅和，两个情人你死我活，最终有真才实学的孙成文不得不撕破面皮，采取极端的手段：在大夏天身穿棉袄手提灯笼满校园寻找光亮和温暖，甚至以绝食和跳楼来要挟领导才得到副教授的职称。

《坚硬的柔软》则是以某大学中文系班子换届为线索，上演了一场更加激烈的权力之争。学术尖子孙瑞群要提拔为系副主任，顿时，告状的匿名信铺天盖地地到了学校。孙瑞群是个不善于处理人际关系的知识分子，平时为人直率，争强好胜，锋芒毕露；与他形成对照的是团总支书记许宾。许宾业务上很差，课讲不了，文章不会写，实际上是个庸才，但他为人谨慎，性情柔软，善于守拙，却往往无往而不胜。在这场权力斗争中，他貌似退守，却以退为进，以拙胜巧；在爱情危机中，他的窝囊柔软却在关键时候赢得了爱情。因此，这篇小说不仅是在写一种现实，一种性格，而且也是在写一种风气，一种文化。人事权力的纷争实际上也是文化的积淀与传统的痼疾。它成为改革时代社会进步的掣肘因素，它已经深深地植入民族性格乃至人性血液中，要想改变这一切，没有痛彻灵魂的彻底换血显然是无济于事的。

之后，阿宁没有拘泥于校园小说的狭窄领域，而是深入到社会生活的各个领域，特别是官场，把腐败与反腐败、善与恶、体制与人性、改革的复杂性与恒久性等，都纳入自己的笔端加以细致的展现。《月色下的飞翔》没有正面描写反腐败的斗争，而是把重点放在报社副主编吴用与漂亮女记者许韵的情爱纠葛的描写上，在展示人性的困厄与渴望飞翔的旋律中折射出反腐败的主题。

《乡徙》是阿宁对20世纪90年代末企业改革现实的一次拥抱。作品通过下岗女工黄秀芳的打工经历，尝试了一次艺术营地的迁徙。当人们过多地将目光投注于对国有企业困难重重、下岗职工窘迫无奈的现象的描摹时，阿宁却让下岗女工黄秀芳踏上了"乡徙"的崎岖征途。在这一由国有大厂到私营的乡镇小厂落差强烈的逆向流程中，作家不仅反思了社会现实的种种矛盾，而且重点揭示了下岗女工黄秀芳的心灵"震惊"以及在这不断"震惊"之下的心灵"冶炼"历程。作为国有大厂——容易市棉纺二厂的技术尖子，黄秀芳曾经充满了优越感，大厂为她提供了安全感，她从未想到大厂还有败落的一天，即使自己已经下岗，即使厂子已荒草漫漫，她也不愿承认这已然的现实。然而，残酷的现实就是这样来临的，在"对焦虑缺乏任何准备"的情况下，心灵的"震惊"尤其来得突兀和强烈。在这里，阿宁敏感而又深刻地揭示了国有企业职工普遍的深层心理，即旧体制长期庇护下形成的强烈的依赖人格。不过，作者笔下的黄秀芳没有退缩，她将这一次次的震惊都化作了心灵淬火的燃料。"震惊"的体验在她来到常阳县大王庄纺织厂打工时达到极致。她万万没有想到这个名声在外的乡镇企业竟是如此破烂、简陋，这使她有一种皇帝女儿嫁穷汉的感慨。管理上的小生产裙带制、技术质量上的得过且过以及不正当的竞争等，都随着她对其了解的加深而加剧了这种"震惊"体验的层次深度。她的大厂自尊开始复苏，她的出众的技术带给刘厂长的也是"震惊"，它差点儿唤醒刘厂长骨子里的淳朴本色。于是，借助刘厂长的支持，黄秀芳当上了车间副主任，并开始了有声有色的技术质量改革。改革的阻力是可想而知的，它首先来自车间主任——刘厂长的小姨子的阻挠。这一阻挠不仅仅是由于情感上的争风吃醋，而且还来自人性深处的嫉妒和权力欲。其次，阻力还来自乡镇企业普遍存在的家族裙带式组织结构。刘厂长是这一结构的代表，因此，黄秀芳的最终失败是必然的。阿宁的独特之处就在于，他没有把反思乡镇企业的种种不足作为重心，甚至并不哀悼主人公的失败，反倒让这种失败成为主人公性格成长、心理成熟的必要条件。正是这一失败的打工经历，使黄秀芳的主体人格魅力得到充分的展示。在万人大厂里的黄秀芳只不过是个好工人，而今，在小厂的她，却成了一个有着现代管理意识并发挥出极大创造能力的优秀管理人才，甚至依照自己的体验开始反思国有企业的病根。最终她对自己充满信心，在市场经济这一大熔炉里她冶炼成一个新人。这是阿宁对当下文学创作的一个贡献。

同样发表于 1999 年的中篇小说《无根令》，是阿宁第一篇正面描写官场的小说。小说中的县委书记李智，是一个年轻有为、有事业心的领导干部，但也是一个"无根"——无靠山的干部。作品描写乡镇领导班子调整，乡镇私营老板贡天华欲让儿子贡存义当本乡的党委书记，面对上级说情，大户干政，是为了自己的前程顺杆就爬，寻找靠山，还是坚持原则，立党为公，执政为民？李智的心灵经受了严峻的考验。小说在朴实的叙述中，令人信服地塑造出李智这一富有正义感的党的基层领导干部，艰难而又智慧地应对各种关系网络，自觉反腐拒腐，把"根"深深扎在原则、正义与民心之中的感人形象。

1999 年，阿宁出版了他的第一部长篇小说《天平谣》，这是他在检察系统深入生活的结果。这显然是一部主旋律作品，小说以天平市检察院反腐败斗争生活为主要线索，生动展示了庄严国徽下普通人的心灵律动，谱写了一曲雄浑壮丽的正气之歌。小说着力塑造了以检察长刘玉彬为代表的检察官群像，不拔高，不虚美，而是从实实在在的生活出发，揭示他们复杂的内心世界，从而真正体现出主旋律的"个体化"原则。身为检察长的刘玉彬，不显山不露水，寡言谨慎，有时还要看领导的眼色行事，以至于池明惠觉得他有点"窝囊"。在同腐败分子林木森、李洪等的较量中，面对着"内有奸细，外有压力"的严重局面，他自然想到了自己的是非荣辱，想到了与老上级李洪的关系，但是，韩金国案件教育了他，使他掂量出了作为一个人民检察长的分量。如果说他过去"看领导眼色行事"和"窝囊"是因为他没有摆正自己的位置，错误地把自己看成是某个赏识自己提拔了自己的领导的人，而自己也应该为这个领导负责的话，那么，韩金国的案件之后，他才真正明白了检察长不是某个书记的，而是百姓的。他要负责的，不仅仅是某个领导，而是广大人民群众和党的根本利益。于是，"人民检察院应该给人民一个交代"成为他的最基本的做人准则。正是这一原则立场，使他的优柔寡断和顾虑变得真实而可以容忍。"人民"、"百姓"成为他心之天平上的巨大砝码，才能使他面对自己的老上级李洪的种种刁难和重重阻碍而其志不改，才能使他面对林木森的嚣张气焰而无所畏惧，才能使他面对自己的儿子遭威胁、妻子惊恐发疯的残酷现实而泰然处之。副检察长池明惠是作品中最具光彩的形象。他性情耿直，疾恶如仇，敢说敢当，一身豪气。然而，即使如此，作者也未把他"克里斯玛"化，而是从生活出发，赋予他充足的个人化特质。池明惠来自农村，其父几十年的告状经历，给予他的是屈辱与执拗、报复与权力的复杂体验。人性中固有的权力欲和虚荣心，又使他常常因自己的不得提拔而愤愤不平。甚至当刘玉彬将被停职的危难关头，他居然冒出要取而代之的念头。池明惠的形象之所以真实可信，恰恰在于他身上的这些瑕疵。金无足赤，人无完人，池明惠身上的这些瑕疵是他性格的重要组成部分。"人都有私心，超过了界限就是卑鄙，要做高尚的人，内心的确还要走很长的路。"检察干部与腐败分子的重要分野不仅仅在于政治觉悟的高低，而且最重要的仍是心灵修养的内功深浅程度。有的人拒腐蚀永不沾，而有的人却在顷刻之间成了金钱的俘虏、欲望的奴隶，最终的原因都与内心有关。检察官老魏在检察战线上勤勤恳恳兢兢业业地干了一辈子，最终在逮捕腐败分子郭宝池的哨位上倒下了。然而，他却无怨无悔，并渴望来世还做检察官。清贫的检察工作，连妻子都瞧不起他并为此给他闹了一辈子的工作，为什么对他具有这么大的吸引力？连老魏自己也说不清楚。他的回答简单而朴实："干惯了。什么工作干得一长，就有感情。也不在乎钱多钱少。"这正是一种心灵的踏实。老魏很普通、很平凡，但却很伟大、很崇高。他是千千万万检察官的代表。正是有了这千千万万个老魏式的检察官，我们党的肌体才能永葆健康，我们的事业才能永葆兴旺。当然，检察战线也绝不是铁板一块，也有像副检察长孙警、检察干部小常那样的败类。阿宁以充分现实主义的笔法，秉笔直书，从而同那些提纯了的所谓"主旋律"作品划清了界限。

《天平谣》在塑造腐败分子形象上也独具特色。小说摒弃了反腐败题材惯用的"侦破"写法，而是以无限制叙述视角，白描式地展示了腐败分子的生活与内心世界，进而揭示了腐败分子由人到鬼的演化轨迹的深层人性根源。天平市化肥厂厂长林木森，曾经是个朴实的工人。对于这样一个腐败分子，作家没有简单化地处理，而是写出了他人性中复杂的一面，为我们塑造了一个独特真实的腐败分子典型。可以说，林木森是当前反腐败作品中刻画得最为成功的反面人物形象之一。另一些反面形象如李洪、苏小红、郭宝池等，也都写得很有分寸，甚至几个风尘小姐，亦栩栩如生，颇多"情义"，体现出阿宁驾驭人物、刻画形象的比较深厚的艺术功力。

在艺术上，《天平谣》采用极为朴实的叙述方式，以全知全能的无限制叙述视角，通过人物自身的表演，来推动情节，展开故事，显露灵魂。与此相连的是冷调情感问题。这也是阿宁《天平谣》不同于同类题材作品的地方。一般的反腐败作品，最易煽情，作家的义愤与议论充斥作品的字里行间，有时甚至到了不可遏制的地步，如张平的《抉择》就是如此。这样的作品虽然可以激发读者的情感，但在一定程度上也损害了作品的客观性，同时也削弱了作品的艺术魅力，使小说等同于纪实报告。《天平谣》的冷调情感，是说作家一般不作煽情化的处理，似乎冷眼旁观，不置褒贬，一切都是生活的本然状态，从而将价值评判的权力交给了读者。比如，在老魏吐血病倒，刘玉彬妻子下岗，小吕无暇去看病危的父亲等最易出彩的地方，作家都加以低调处理，未把情感抻得过满过强，反倒收到了"此时无声胜有声"的艺术效果。当然，冷调情感并不是没有情感，而是说作家将自己的情感隐藏起来，尽可能加以零度处理罢了。实际上，作品中仍然有一个隐含作者的声音。这个声音，引领着作品的价值取向，从根本上感染着读者。当然《天平谣》也存在着一定的不足，那就是统摄作品的理性深度还嫌欠缺。作家对腐败分子的深层隐秘意识挖掘不够。特别是太实太直的生活流叙写，阻隔了作品必要的超越性升华和回旋余地，从而冲淡了作品应有的艺术韵味。我们认为，对于阿宁这样一个具有一定艺术实力，曾创作出许多优秀作品的作家来说，这一倾向不应该不引起足够的重视。

出版于2002年4月的《爱情病》是阿宁的第二部长篇小说。这部小说也是一部正面描写官场生活的作品。小说描写了平坝县县委书记赵亚雄在即将作为副市长候选人被上级考察时，突遇年轻漂亮的女下属徐竹心的爱情袭击，年过五十，从未品尝过真正爱情滋味的他经不住诱惑，终于堕入爱河，不能自拔；同时他也动摇了人生信念，开始收受贿赂；在政治上，他给自己的竞争"对手"县长徐成槐设置种种障碍，以阻止他与自己竞争副市长的位子。但最终他深陷"爱情"的麻烦中，且在政治上由于造纸厂东窗事发被纪委双规。而被他视为竞争对手的徐成槐县长却一心扑在工作上，终于积劳成疾，病逝在工作岗位上。小说并不是一个一般的反腐败作品，作品中也没有一般意义上的反面人物，赵亚雄从县委书记成为腐败分子，是在不知不觉中变成的。他对徐竹心的爱是真诚的，徐竹心对他的爱也是非功利的，小说写出了这种非正常爱情的复杂情况，有享乐的成分，也有权力的虚荣和对浪漫情调的渴望，我们从作品中看到的是既是官员又是普通人的赵亚雄和徐竹心。小说既把这种畸形的爱情作为警示的对象，同时又对他们在爱情上的各自不幸给以同情，甚至对他们的真心相爱也倾注了一定的理解。

出版于2002年11月的《城市季节》是阿宁的第三部长篇小说。这部小说是由一个家庭不同成员的自叙来构成的。老大丛林，老二丛森，妹妹丛红，加上作者与三兄妹的母亲，都从不同角度讲述生活经历和心灵感悟，把改革开放20多年来的城市发展与各个不同阶层的人们的身份演变和心态脱蜕贯穿起来，从而比较全面地展示了城市的生长。老大丛林为人谨慎、坚持原则，终于子承父业，成为一个国营纺织大厂的厂长，走上了一条正确的人生之路；老二丛森性情莽率、胆大敢干，几起几落，终于在经历了坎坷的磨难之后，经商成功，成为富甲一方的大老板大资本家，他上交官员，下连黑道，手眼通天，无所不能，善恶同体，功过两抵，这也是一个独特的"这一个"；妹妹丛红大学毕业，却甘愿傍大款，结交权钱，并如鱼得水，游刃有余；甚至连知识分子的作家也加入这场追傍款权的行列，成为资本家的"乏走狗"。小说以平实的语言，以客观冷峻的姿态，讲述了我们这个向都市化奋勇迈进的特殊"季节"的故事。

近些年，阿宁又连续创作了一批颇有影响的中短篇小说，如《另一种禽兽》、《单位》、《米粒儿的城市》、《寻找失去的舌头》、《泪为谁流》、《树的眼泪》、《假牙》、《白对联》、《米粒儿的理想》等。这些作品是阿宁对急遽变化的城市社会现实生态的关注的产物。

综上所述，我们可以看到，首先，阿宁的小说总是倾注着对现实人生的强烈关注，从校园小说到官场改革小说，再到城市社会生态小说，无不贯穿着这种关怀。其次，阿宁小说对社会现实的关注不是问题式的，而是始终关注着生存着的人们的心灵情感、人性困惑以及权力、金钱、欲望对人生命运的扭曲与重塑等细微的关节点。再次，阿宁的小说是充满趣味的，既好读又有意味。不过，阿宁的小说也有一些不足，特别是长篇小说，在理性深度上还嫌不够。

第三节　老　城

老城（1951～　），原名王文计，河北遵化人。1986 年毕业于河北大学中文系汉语言文学专业。1981 年开始发表作品。1993 年加入中国作家协会。历任《文论报》、《诗神》杂志理论编辑，河北文学院院长。出版长篇小说《悠悠五十载》、《魔界》、《人祖》、《家园考》、《谷神》、《百年野狐》等 6 部，中篇小说代表作品有《长城的子民们》、《红鬃马》、《死亡谷》、《盘山道》、《槐祖》，短篇小说代表作品有《老人与鸟》、《如匪浣衣》、《复仇》、《游戏》以及随笔、文艺理论等约 300 万字。

综观老城的创作，其主要成就体现于他的长篇小说的创作上。1990 年花山文艺出版社出版了老城的长篇小说《悠悠五十载》。这部小说实际上是由五个具有连贯性的中篇小说组成的。小说表现了藏山庄赵氏家族 50 多年的生活历史，同时也是一部我们中华民族精神性格的变迁史。小说不仅展现了京东山村的独特的风土人情，同时也塑造了老太君、赵望秋、河西吼等各具特色的人物形象。小说初步展现了老城小说浓厚的历史文化韵味，也预示着此后老城历史文化小说创作的基本路脉。

1992 年《当代作家》第 7 期发表老城的第二部长篇小说《魔界》，这是老城历史文化小说中对战争进行独特审视的一部作品。小说通过共产党的军事文化工作者桑林的眼睛，写了土匪黑龙与日本人的英勇较量。小说既写出了黑龙坚强不屈的民族性格，同时也写出了战争所导致的人性的残忍与恐惧，从而从形而上的高度对战争本身进行了深刻的观照与反省。这是难能可贵的。长期以来，我国的军事文学数量繁多，但却没有出现杰出的作品，究其原因，就是我们在对待战争问题上缺乏深刻的哲思，我们总是从正义与非正义的角度看问题，把我们自己归入正义一方，而把敌人归入非正义一方。由于正义在握，因而我们往往强调的都是对敌人的恨，悲壮的英雄主义、慷慨的牺牲精神、乐观的必胜信心成为战争文学的基本色调。而敌人，由于属于非正义，因而理所当然地就是禽兽、畜生。所以，我们的战争文学，基本都充斥着仇恨复仇的情绪，作品所要展现的就是正义战胜邪恶的战争过程。当敌人被最终消灭时，人民被胜利的喜悦所包裹，雷动的欢呼声淹没了对战争的思考。这就使得我们的战争文学总充满着一种浅薄的意味。《魔界》显然超越了这种对战争过程的简单摹写，而是把目光投向战争本身，正是由于战争本身这一恶魔才导致了人性的残忍与可怖。屠家三少爷屠龙本是一个温文尔雅的少爷，是战争把他变成土匪黑龙，日本人的疯狂屠杀，使他充满仇恨的心灵变得残酷兽性，他要以牙还牙，来惩罚同样兽性的山口鳌足——用山口的小女儿的死来祭奠被山口惨杀的自己的小女儿。老城正是用战争的残酷来阐明"战争能改变人，使善良的人变成魔鬼，使普通的人变成刽子手"的道理。这部小说获得了第五届河北文艺振兴奖看来是当之无愧的。

　　1994年长江文艺出版社出版老城的第三部长篇小说《人祖》，标志着老城家族历史文化小说创作继续向深处开拓。小说成功塑造了梓潼——赵祖太奶奶的形象，描写了她艰难坎坷的一生。梓潼12岁来到赵家给赵祖武做小老婆，最终成为赵氏家族的最高权力者的赵祖太奶奶——多年的媳妇熬成婆。父母双亡、孤身一人，小小年纪就与人做小，在藏山庄赵氏家族这个陌生环境中，梓潼遭遇的是一个前途未卜的困境。上有赵祖武与他的乖戾的大老婆史云莲和娇宠的二老婆伍凤仙，中有三个娇惯成性的小姐，下有管家丫环一干人等；内有家忧，外有匪患，在清末这个风雨飘摇的时代，梓潼这个小媳妇要熬成婆，她"熬得"艰难，"熬得"不易，当然，"熬"不完全是心机，而是与梓潼的天资和过人的胆识有关。小说通过"救火"，"帮助梨花说情"，"开脸入洞房"，"剁下豆腐坊伙计手指头"，"上二龙山解救绑架为人质的赵祖武与伍凤仙"，"最终成为赵祖太奶奶"等情节，把梓潼的胆识、才干，野心、狠毒等性格特征刻画出来，表现了梓潼摆脱困境、走向权力顶峰的艰难奋斗过程。

1998年4月中国文联出版公司出版了老城的第四部长篇小说《家园考》，这部小说可以看做是老城的代表作，也是当代文学中难得的好作品之一。整个小说诗意盎然，充满着一种既古典又现代的浪漫气息。主人公管介轩管老汉一生向往着要当地主，他近乎偏执的对土地的眷恋，使他不自量力地要用自己的双手填平古隆岗的二百亩大坑。作为老一代农民，管老汉的土地情结，凝结着他的父亲、祖父乃至管家祖祖辈辈的一个庄严的梦想。因为作为农耕民族，土地不仅是我们生命的根本，而且也成为我们民族存在民族文化的基本出发点，因而对土地的眷恋与寻找，也就是对家园的眷恋与寻找。由此可见，对永恒的家园的寻找成为小说的基本主题。为了表现这一主题，老城巧妙地设置了三条明暗交织的纵轴线与显隐互现的三条横轴线。现实生活中的管老汉开垦土地成为这纵横两轴的中心。管氏祖先寻找良田沃野的大规模行动与原初先民灏带领其部落十万之众寻找金土地的故事，打通了神话、历史与现实的时间流脉，成为小说结构中的纵轴；管氏家族的下一代以及古仁等人的现实活动，小说结尾出现的火车，狐狸香三家族构成小说结构中的横轴，交接了城市与乡村，传统与现代，人类与自然的空间位移。这纵横交织的时空结构使得这部小说既繁复又纯粹，既厚重又空灵，真正做到了写实与写意的有机统一，形而下与形而上巧妙榫接，从而使得小说具有饱满的文化品位，洋溢着诗与思的激情和深度。

1998年6月由百花文艺出版社出版的第五部长篇小说《谷神》，可以看做是《人祖》的某种延续与扩展。小说中的情节设置与人物塑造都与《人祖》有某种相似性，如石城堡、太极镇与藏山庄、太平镇，环儿、吴照准等人物与梓潼、赵祖武等。这种重复多少影响了这部小说的分量。不过，这部小说与《人祖》相比，更加突出了家族文化与历史进程的互动关系，谷神的传说，更加突出了小说神秘阴鸷的气氛，突出了历史之不确定性与偶然性诸因素。这部小说显然更加成熟和老道。

2003 年 7 月，由百花文艺出版社出版的《百年野狐》，是老城的第六部长篇小说。这部小说，一改老城书写家族历史文化的套路，而是把笔触深入到当下的社会现实生活涡流中，生动展示出知识分子在世俗化大潮荡涤下的尴尬与无奈、痛苦与失落、可笑与可悲的现实处境。作品主人公边少炎是作品塑造得最为成功的艺术形象，也是老城贡献给当代文坛的一个颇具典型意义的人物形象。边少炎本是一位学有所长、术有专攻的著名学者，大型学术刊物《21 世纪》的主编。他整日徜徉在书海与学术的天地里，坚守着"铁肩担道义，妙手著文章"的知识分子人文情怀，自足自乐。然而，世俗大潮的猛烈袭击，使他的生活迅速边缘化了。升为副厅的夫人何云华对他的鄙视与公然背叛，把他卷进了一场无休无止的世俗之争中。边少炎被世俗欲望的大海卷进海底又被抛上潮尖，他几乎身心俱疲。面对一次次的伤害，他一筹莫展，他不食人间烟火，又优柔寡断，为了报复，他甚至到歌厅去找小姐，然而，连小姐都看他不起，希望堕落却堕落不了，渴望变坏却连坏人也当不成，边少炎这备受煎熬的百天，极度浓缩了转型期社会现实生活中众多知识分子的尴尬境遇。

总的来看，老城的小说一般都追求精神的深度和文化的厚度，同时在艺术上追求立体化的效果，试图强化传统与现代、历史与现实、社会与自然、家族与民族等的交织勾连，在写实中有写意，在传统中有现代，并善于营造具有象征意义的意象，来提升小说的思想含蕴与诗意氛围，如《人祖》中的铁人祖，《家园考》中的红火车、白狐，《谷神》中的白鹭女等。不过，老城的小说由于追求形而上意味，情节的发展比较缓慢，有时候显得有些沉闷。

第六章　贾兴安　宋聚丰　水土

第一节　贾兴安

贾兴安（1960～　），原籍河南人，现居邢台市。1976年高中毕业后赴内蒙古集宁阴山一带参军，1981年复原，在邢台市工人文化宫从事文秘工作，尝试进行文学创作。自1993年起正式开始文学创作。河北师范大学中文系毕业，中国作家协会会员，河北作家协会理事，河北文学院合同制专业作家，邢台市作家协会主席，《散文百家》主编，邢台市文联副主席。主要作品有长篇小说《陌乡苍黄》、《欲草》、《一号围捕令》、《黄土青天》、《红妹蓝妹》、《浴火》等，散文随笔集《都不容易》、短篇小说集《白云苍狗》、中短篇小说集《欲望的舞蹈》等。

收进短篇小说集《白云苍狗》中的小说是贾兴安的早期小说，这些作品往往表现一种对人性的关怀，具有较强的抒情性。《叛徒》中的李良顺大义灭亲，赢得了武工队的信任，成了一名武工队队员。他作战勇敢，是一名英勇的共产党员，然而，一次执行任务失败被俘，其他人被杀，他却被敌人莫名其妙地释放了。这自然引起组织上的怀疑，组织认定他是叛徒，派他的战友老王与小刘去处决他。老王知道李良顺不是叛徒，不忍心处决他，但组织上的决定不能违抗，只能照章行事。小说正是通过这样一个特殊时代的特殊事件，表现了党性与人性的矛盾冲突，从而彰显了李良顺的人性美好。《男人，女人》中男主人公是个军人，在即将赴云南前线的时刻，他与自己深爱的情人王素芸情感出轨，然后即奔赴前线，不幸牺牲。王素芸生下英雄的儿子，来找他的妻子，两个女人决定为英雄共守秘密。小说在近乎老套的情节模式中，表现了人性的复杂，表现了爱情与责任、情感与道德、普通与崇高等对立范畴的交织缠绕，从而使英雄的人性底色显得更加丰满与多样。另外像《哑妹之死》、《菊花之灵》等作品也都是通过主人公悲剧的人生，表达作者强烈的人道主义情怀，读来令人怦然心动。不过，这些作品从艺术上看，还显得有些稚嫩，一些情节还有人工斧凿的痕迹。

1996年，贾兴安在《北方文学》第10期发表短篇小说《麦殇》，在《长城》第6期发表中篇小说《狗皮膏药》，标志着他的创作逐渐走向成熟（《麦殇》被《小说月报》1997年第1期转载，《狗皮膏药》被《中篇小说选刊》1997年第2期转载，天山电影制片厂1998年4月摄制同名电影，并获河北省第七届文艺振兴奖）。短篇小说《麦殇》在7000余字的篇幅里塑造了一个倔犟、好强、自负、爱面子的中原农民形象。为了卖麦子时能让验质员验证为一等，他拍假电报让在城里机关工作的儿子回家"走后门"，但父亲程怀忠不是以次充好，而是希望要一个实实在在的公道。程怀忠的小麦饱满干净且晒了又晒，弄个一等主要也不是为了钱，而是为了庄稼人的面子。程怀忠把种庄稼当做一门艺术，他的小麦正是他的作品，他在得意中不慎从高高的扛麦子架上摔下来，完成了他人生的绝唱。小说以饱蘸深情的笔墨，为家乡的父老乡亲献上了一曲悲壮的哀歌。《狗皮膏药》讲述了姚长义姚长仁兄弟在制作狗皮膏药行医过程中的义利之争。这篇小说后来成为他的长篇小说《欲草》和《欲火》的基本素材。

1997年发表的短篇小说《将军墓》，把传说、历史与现实衔接起来，通过吴家为将军世代守墓，遍植树木，祖祖辈辈看林护林的故事，弘扬了一种坚守的精神品质。在这里，将军墓和绿茵茵的林木被赋予了超越现实的象征意味，忠诚、勤劳、坚守是一脉相承的传统民族精神，但在"奔小康"、各种各样的"形象工程"、投资办厂等现代化进程中显得岌岌可危。随着吴长贵这位吴氏家族最后一位传人的死去，作者无可奈何地为传统精神的必然丧失，唱出一首忧郁的挽歌。短篇小说《景物与一些人》，仍然表现的是这样的主题。大泉庄因大泉而美丽，优美的自然风光，淳朴的乡野村民，小东与鱼儿的纯真爱情就在这自然朴拙的风景中瓜熟蒂落。然而，随着时代的发展变化，大泉庄变成了大泉公园，小东进了城，鱼儿成为吃商品粮的城里人，两人的爱情也出现了危机；几年后，"大泉公园"又变成"大泉娱乐城"，富裕了的大泉庄人们却日益沉迷在灯红酒绿、纸醉金迷的糜烂生活中，昔日淳朴的乡村、纯真的情感一去不返，有了钱的小东与鱼儿却越来越怀想过去的日子。如此，作者便把转型期中国城市化进程中传统乡土的消逝以及由此带来的种种不适形象地表现出来，大泉庄成为时代演化的缩影，因而使作品具有较大的艺术价值。

1998年《长城》第一期发表了他的长篇小说《陋乡苍黄》，后来作者又在此基础上加以扩充修改，于2002年由百花文艺出版社出版了长篇《黄土青天》。这部小说是贾兴安重要的作品之一。小说通过"传奇式"干部王天生到号称"百破乡"的白坡乡任乡党委书记兼乡长的一段经历，塑造了一位一身正气、一腔豪气、大智大勇、执政为民的优秀的党的基层干部形象。白坡乡问题成堆、告状成风、村霸横行、贫穷落后且关系错综复杂，几任书记都惨败而回。面对这样一个烂摊子，县委决定派年近五十的王天生前去上任。王天生下车伊始，便大刀阔斧"治乱治瘫"，"治贫致富"，立志要当一个"好官"。他顶着巨大的压力，把大洼寨的蔡小芹冤案翻过来，又孤身深入焦家庄，调查处理了老支书村霸焦中信。来到白坡乡短短的时间内，就撤了9个村干部，打掉3个流氓团伙，处理民事案件70多起。同时，招商引资给村民引来吹塑项目，使人民逐渐富裕起来。然而，现实错综复杂的关系，使王天生陷入困顿的局面，甚至连支持他的县委黄书记也无可奈何。最终，王天生不得不辞职退位。小说场面宏大，细节精彩，情节曲折，引人入胜，是主旋律作品中的上乘之作。

1999年，贾兴安出版长篇小说《欲草》，2005年又出版了在此作基础上修改的长篇《欲火》。这是一部最能代表贾兴安风格和艺术特色的长篇小说。其中的故事曾在许多小说中出现过，如《狗皮膏药》、《仇家秘史》等。可见这部小说是贾兴安倾心创作的一部作品。小说通过中医世家"济世堂"百年盛衰的曲折描写，表现了岳家两兄弟大草与二草截然不同的人生道路与处事品格。大草憨厚朴拙，二草俊秀伶俐，贫家女儿麦娥看上了二草，却嫁给了大草，从此演绎出了戏剧化人生故事。外貌丑陋的大草因病废弃了医术，但却深爱着俊俏的麦娥；外貌清俊的二草却垂涎麦娥的美色，在麦娥的主动进攻面前，二草不惜承担乱伦的恶名，终于叔嫂通奸，然后悄然私奔，远走高飞。还是因为麦娥，土匪孬四寻人不果，放火烧掉岳家楼，气死了大草父亲岳先生，大草也被烧得面目全非。大草像是涅槃的凤凰一样，医术全部恢复，他走上了艰难的寻亲的征路。小说通过大草土匪窝里救出妻子麦娥，照顾她生产，最后找到弟弟，在一起行医等曲折的情节，表现出兄弟俩迥然不同的人生境界。

《欲火》情节曲折，悬念丛生，具有很强的可读性。小说在艺术上运用对比手法，使大草的外貌丑陋而内心善良仁义，和二草外表英俊与内心的自私龌龊、不仁不义形成鲜明对比，就像雨果笔下的敲钟人卡西莫多与弗罗洛一样，具有明显的浪漫特色。另外，小说中的小金龟、神秘文化、大草火烧之后的突然恢复医术的描写，也使作品充满空灵的艺术气息。不过，小说巧合过多，一些情节还有牵强之嫌。可见，故事性强有时候也会淹没了思想的深度。

2007年，贾兴安出版小说集《欲望的舞蹈》，主要体现了作者对当下市场经济形势下红尘滚滚欲望泛滥的现实的批判与反思，具有一定的警示意义。

第二节　宋聚丰　水土

一、宋聚丰

宋聚丰（1953～　　），男，河北邢台县羊范村人。1975年8月参加工作。1972 年 4 月至 1975 年 8 月在河北师范学院中文系汉语言文学专业学习。曾先后任邢台县委宣传部干事，邢台地区群艺馆工作创作员，邢台区地区文化局副科长，邢台地区文联副主席、党组成员，邢台市文联主席、党组副书记，邢台市文联主席、党组书记。2007 年 12 月当选为河北省作家协会副主席。著有长篇小说《远山》、《苦土》，中篇小说《白云升起的地方》、《宝石》、《汤泉风情》等。近年来主要从事影视剧编剧和创作。

宋聚丰于 1982 年开始文学创作，本年发表的中篇小说《白云升起的地方》，获河北省优秀作品奖，引起文坛注意。这篇小说描写了县山建主任的女儿、林学院毕业生吴小凤进山工作，结识了山区青年鲁江，并巧遇隐居深山多年的怪人老雷头，从而揭开并展现了一家两代人的历史恩怨和爱情纠葛。小说以充满诗情画意的太行风情描写加上新时代青年的理想追求为经，以两代人的历史情仇为纬，纵横交错地表现了富有时代感和历史感的各色人物及其命运。小说极富传奇性和戏剧性，同时也注意人物性格的刻画，吴小凤的正直进取，鲁江的憨直诚实，吴仁魁的自私阴险，郝志伟的势利卑琐，都刻画得栩栩如生。不过，这篇小说也具有当时伤痕小说的一些共有的不足，就是对反面人物刻画上还有漫画性特征，一些情节斧凿痕迹明显。中篇小说《汤泉风情》仍然以太行深山为背景，以浓郁的民间风俗为底色，表现了改革开放初期，山镇青年的事业、爱情等生活情境。林泉秀快人快语，尚明瑾书生恭谨，公社女副书记魏梅菊外表庄重而内心复杂种种都在小说中得到了生动的表现。《黑峡谷》描写了少妇阎子琴与霍大山、霍二山兄弟俩之间的恩怨情仇。阎子琴因父亲的地主出身被迫嫁给峡口村的霍大山为妻，但子琴却在婚前即爱上了大山的兄弟霍二山，终于在一次酒后，子琴把握不住自己，向二山吐露了爱慕之情，此事被大山抓住了把柄。几年后，"文化大革命"结束，子琴的父亲阎德才落实政策回了省城，子琴也有了出去工作的机会，但是却引起了大山的猜忌与嫉妒。他样样找碴，处处为难，甚至强迫与妻子性交，以此来掩饰自己的强烈的自卑感。当听说妻子偷偷做了绝育手术后，竟跑到子琴的单位，污蔑子琴有作风问题。这种卑劣的行为终于激怒了子琴，子琴提出离婚。最终，阎子琴冲破种种阻碍，与二山结为伉俪。这篇小说，通过这样一个曲折的故事，表现了传统生活方式与现代生活方式的尖锐冲突，提出了对人尊重与否的重大时代命题。小说情节曲折，把人的命运与优美的太行风景巧妙结合起来，使作品充满了盎然的诗情画意。

　　出版于 1986 年的《远山》，是作者的第一部长篇小说。小说以冀南山村八仙庄在 20 世纪 80 年代初期改革浪潮为背景，塑造了新型农民杨新堂、青年寡妇邢春苏、老支书姚连景、现任支书姚新泉以及青年温春苏、农民老可怜等新时期初期农村众生相，栩栩如生地描绘了改革开放初期，农村农民的风俗面貌。主人公杨新堂本是摘帽地主子弟，极"左"政治猖獗时期，他受人歧视，心灵留下了极大的创伤，形成了阴沉多疑、敏感自卑的性格特征。党的十一届三中全会以来，党的改革开放政策的春风，化解了他心中的阴霾，他生逢其时，决心大干一场。他以 5 5000 元的价格承包了大队的砖窑，成为八仙庄年轻人心目中的"及时雨"。然而，他过继外祖父的"外乡人"身份，加上现任支书姚新泉暗施诡计，使他的改革事业不断遭遇挫折，特别是他与年轻的寡妇邢春苏的爱情更是一波三折。他的多疑、敏感、几近变态的自卑与自尊几乎断送了他们的爱情前程。作者的可贵之处就在于塑造了一个不断成长的农村新人形象。杨新堂在斗争中终于成熟起来，他的事业与爱情最终取得了胜利，表明作者乐观的现实主义精神的胜利。邢春苏是作者着力刻画的另一形象。在这个人物身上，凝聚了传统农村妇女的诸多美德：善良、温柔、贤惠、忍忍，同时又有诸多的因袭的重负：奴性、愚昧、自卑、胆小。她在水库工地爱上了地主子弟杨新堂，然而，在父母双亡独自承担三个弟弟生活的残酷现实面前，她不得不违心地嫁给老支书的养子"二百五"。在守寡之后，她重新燃起对杨新堂的爱情之火，但却盲目依靠别人的支持，最终被姚新泉逼疯跳崖。老支书姚连景是一个有血有肉的典型形象。他抗美援朝献出一条腿，却不肯住在疗养院，主动回村担任了支书，带领村民办合作化，建设新农村。然而，改革开放时期，他却跟不上趟了，极"左"的流毒深深侵蚀了他的灵魂，他对承包制、包产制不理解，思想上想不通，以致躲进疗养院不问"政事"，不过，姚连景是一个真正的老党员，他对集体、对党有着深厚的感情。他实际上不可能不问"政事"，他关心着村里的发展，关心着青年的事业和儿媳妇的爱情，但他却处处成为"绊脚石"。作品真实地表现了改革开放之初这一类老党员、老干部的形象，具有一定的现实意义与历史认识价值。小说场面宏大，情节曲折，人物性格鲜明。但在一些情节设置上仍有过分巧合的嫌疑，如杨新堂与姚连景的亲子关系等。

1996年出版的长篇小说《苦土》，是宋聚丰又一部重要的作品，也是他的小说代表作。作品以运河两岸平原上的青阳县农村乡镇企业发展为背景，通过对几个农村青年创业、爱情、婚恋以及冀东南农村风俗风情的描写，生动地展示了改革开放时期，我国农村转型中的沉重负荷，从而弹唱出一曲痛苦悲怆之土地的生命哀歌。农村青年康伟光与同学段保兴、段保贵、邱恩结拜为盟兄弟，几经曲折在家乡盐碱地上创办起康壮绒毛厂，最终成为远近闻名的乡镇企业家。然而，传统农民的狭隘思想，以及小农经济在文化上的桎梏，康伟光独断专行、猜忌多疑，逼走段保兴、段保贵与邱恩，使得段保兴不得不进行二次创业。而他的公司却走到破产的边缘。小说的深刻之处在于，没有简单化地去表现乡镇企业如何成功，而是深入到人物内心甚至是文化骨血之中，挖掘出人物骨子里的肮脏龌龊的自以为是的痼疾。康伟光身上的确有着农民英雄气概，他重义气，肯担当，有胆有识，果断坚强。但过分的自信与自尊，导致了他不尊重人与不理解人，以致独断专行、唯我独尊。他深爱着林素格，却把她当做自己的私有财产；他与素格结婚却表现出强烈的报复欲，最终又气跑了素格；他不懂装懂，进口了报废的梳绒机，损失了几千万的资金；他设置种种障碍，试图阻拦段保兴绒毛厂的生产；他明知港商是骗子还企图利用他的身份搞假合资；他无理拦棺报复段保兴，重用邱赖狗，甚至贪污挪用公司的资金盖豪宅。相比之下，段保兴则与康伟光形成鲜明对照。他为人和善，富有头脑，二次创业，创办办事处，声东击西拿下原料，大胆注册自己的"兴盛"商标，自费出国考察，曲线救厂，发展绒毛深加工企业等，都显得极富现代大企业家的风范，特别是在对待高若兰与妻子康大荣的关系上，表现出极为理性化的责任意识，还有对康伟光公司的无私帮助上，显示出以德报怨的高尚情操。另外，小说塑造的女青年林素格、高若兰，以及十里香、林翠花、邱赖狗等人物形象都栩栩如生。小说气势宏阔，内涵丰厚，极有启发性。

二、水土

水土（1960～　），本名郭永跃，男，河北邯郸人。河北省文学院签约作家，《中国安全生产报》、《中国煤炭报》驻邯邢记者，冀中能源集团宣传部副部长。1977年参加工作，1983年至1991年在基层煤矿宣传部工作，任副部长，并先后入复旦大学新闻系和河北党校学习。1992年任邯郸矿务局新闻科科长，1997年任《中国煤炭报》驻邯郸记者站站长，2007年任冀中能源宣传部副部长。在此期间，坚持业余文学创作，先后发表或出版短篇、中篇、长篇小说和纪实文学100多万字。短篇小说《村里有台拖拉机》获2000～2001德国歌德学院特别奖和河北省第九届文艺振兴奖。2007年出版长篇小说《疼痛难忍》。

水土也是从短篇小说开始创作的。2000年4月发表在《当代人》上的《村里有台拖拉机》是他的最有影响的短篇小说。一切都源于那台来到村里的拖拉机，由于这台拖拉机，原本平静的山村顿时骚动起来。人们观看议论的中心是拖拉机，人们恋恋不舍、纷纷前去要亲自坐坐的也是拖拉机。更为令人不可思议的是，这台拖拉机还生生拆散了一对似乎理所当然、青梅竹马的恋人。拖拉机和开拖拉机的老安，强烈地吸引了农村女青年小青。她不仅不愿意理睬"我"，而且公然旷课去跟老安学开拖拉机。最终，还是拖拉机征服了或曰强暴了小青，小青未婚先孕，嫁给了老安。在这里，拖拉机作为异质的现代文明的象征，对封闭平静的小小山村的传统文化的挑战和诱惑是明显的。在其中寄托着小青的全部希望、困惑、不安以及诱惑之后的无奈和重归平静。

短篇小说《日子》，是以小见大、别有韵味的作品。小说写了一对夫妇在千篇一律的日子中的无聊与无奈。经历了一次意外的停电和闷热天气的煎熬，以及电工的刁难的体验，来电后的空调的清凉，突然激发了他们久违的激情。然而，很短暂，日子又重新归于无聊之中。作者通过这样一个短篇，较为深刻地揭示了人们日常的存在状态。

短篇小说《喝酒》，则是一幅社会生活的讽刺小品。建材经销商老胡要请建筑公司梁经理喝酒，而冶金局刘科长却要梁经理安排请客，梁经理不敢怠慢，老胡则让有求于他的农村砖厂的村长请客，于是一种连环的权力链的交锋便在酒场上上演了。在贵妃间里，刘科长颐指气使，梁经理曲意逢迎；在西施间里，梁经理颐指气使，老胡曲意逢迎；老胡则对村长们指手画脚，村长们则低三下四，小心侍奉；刘科长偶然来到西施间，巧遇二黑舅，所有人又一百八十度大转弯，原因并不是二黑舅，而是村长二黑舅的儿子在省里公干。小说巧妙地利用酒桌上的不同人的不同态度，敏锐地凸显了权力至高无上的"尊严"和威力。

2007年水土出版长篇小说《疼痛难忍》，该作获河北省第十一届文艺振兴奖。小说以敏感的小煤窑的生生灭灭和矿工生活为题材，通过李大矿、李广太、李虎牛三个童年好友与煤矿的关系史，极为本色自然地展示了小煤窑发展过程中权力寻租、权钱交易、草菅人命等种种不合理、不正常的怪现象。小说共分三部：第一部"有水快流"，写出了改革开放初期，个人开办小煤窑，与国有大矿疯狂抢资源，对国家资源施行掠夺性开采的现实；第二部"窑里窑外"，则把笔触深入到社会生活的方方面面，深刻揭露了官煤勾结、损公肥私的各色人等的丑恶嘴脸；

第三部"救人要紧"，则把笔触伸展到底层矿工的悲惨生活，黑心窑主只管挣钱不管矿工死活，出了事故则瞒天过海，欺诈百姓。小说触目惊心地展现了现实中的种种弊端，具有重要的批判认识价值。小说塑造了李大矿、李广太、李虎牛、李来福、秦志民等众多人物形象，语言本色幽默，具有很强的可读性。

第七章　河北新潮作家

第一节　刘建东

　　刘建东（1967～　），生于河北邯郸市，祖籍河北邢台。1989年毕业于兰州大学中文系，曾在石家庄炼油厂工作多年。现就职于河北省作家协会，任《长城》杂志副主编。1995年发表短篇处女作《制造》引起文坛关注，近年来先后在《收获》、《花城》、《人民文学》、《钟山》、《山花》等重要杂志发表中短篇小说数十部。2003年由作家出版社出版中短篇小说集《情感的刀锋》，同年由云南人民出版社出版长篇小说《全家福》，2005年又发表长篇小说《十八拍》，同年由山东文艺出版社出版第二部中短篇小说集《午夜狂奔》，2006年由贵州人民出版社出版长篇小说《女人嗅》。

　　刘建东的小说从文体形式上看大致分为三类：一是写实的，如《制造》、《情感的刀锋》、《大于或小于快乐》、《自行车》、《十八拍》等；另一类是荒诞的作品，如《减速》、《我的头发》、《三十三朵牵牛花》等；还有一类是介于二者之间的，从总体上看是写实的，但又有荒诞的情节穿插其中，从而把写实与写意统一起来，如《全家福》、《女人嗅》。刘建东的写作起步于先锋小说潮流逐渐式微之后，但他的小说明显吸收了先锋小说在文体形式上的优长之处，在小说语言叙述等方面都"洋味"十足，这使他的小说在河北这块历来追求本土朴实的现实主义风格的土壤中显得卓尔不群。刘建东的小说叙述大于描写，他总是善于讲述故事而不是单纯地显示故事，因而他的叙述语言往往充满诗意。从题材上看刘建东的小说基本上是对现代都市青年情感生活的描述，而往往对重大政治历史事件不感兴趣，故而他的小说基本上也可以算作"个人化写作"一族。

《情感的刀锋》描写了都市青年的情感生活，主人公罗立与女青年任青青、严雨的恋爱及婚姻纠葛，显得复杂而迷离。任青青的矜持、严雨的放浪、罗立的叛逆而随意都栩栩如生地展示在读者面前。他们的一些做法不一定合乎道德，但却是生活中的饮食男女，作者既不拔高也不降低，而是把着重点放在对他们情感心理的细腻刻画上，写出现代都市青年的喜怒哀乐，写出他们生活中的无奈和人性挣扎。在作品中，刘建东一般不轻易地做价值判断，而是展示生活原生态，因此，往往使作品的主题显得多义而朦胧。

《我的头发》和《减速》是刘建东两篇有代表性的荒诞小说。在这些小说中，刘建东对人生、对社会，甚至是对存在的哲思都淋漓尽致地表现出来。在《我的头发》中，几乎所有的人物都是"病人"，机关科室里的周欣有灰指甲，"一表人才"的"我"却是一个秃头，石素芬是老处女，科长与周欣行为暧昧，邢晋到处搞情人；作品情节荒诞，人物行为夸张，有人在图书馆里抢劫，有人在动物园里杀虎食肉，都象征着我们这个时代人欲物欲高度膨胀、人与自然公然为敌的混乱处境。"我"名为"方向"，实际上却无方向，整天替邢晋应付那些玩腻了的情人，"我"与邢晋的情人芳芳的"游戏"，就集中表现了我们时代已经彻底欲望化的本质："我惊奇地看到她身上的衣服开始燃烧，火光像是从水中喷薄而出，湿淋淋的，红红的火光映着她的肌肤饱满欲滴，她一边脱那些燃烧的衣服一边把手伸向我，过来，抱住我，给我降降温。我没有靠近她。那些衣服一离开她的手就熄灭了火焰，她把最后一件衣服脱掉后，她的头发也燃烧起来，她快步投入我的怀抱里，她头发上的火立即消失了，她的头发又恢复了秀美和润泽。她说，抱紧我，抱紧我。我抱住她，我闻到那股情欲的烧糊的味道那么浓烈和呛人。我不禁眼泪横流。"显然，芳芳象征了时代欲望的图景，在这欲望冲天的灼烧中，时代的车轮沓沓"行进（邢晋）"，无人阻挡。但"我"的头发却帮了忙，我的秃发，使我逃离情欲的纠缠，"丑"成为挡箭牌，然而，方向的丑正如《巴黎圣母院》里的卡西莫多一样，外表的丑与内心对美的向往在方向而言，始终没有泯灭。因此，作者在作品中设置了方向与图书管理员米丽的爱情的情节。米丽成为真善美的象征，"我"对米丽的爱恋，是"我"对真善美的深情呼唤。然而，在我们这个欲望化时代，真善美却成为真正的患不治之症的病人而只能住在医院里。为了让米丽开心，"我"带她去往海边，但是，当来到海边，大海那在想象中迷人的蔚蓝也早已面目全非，代之而来的是浑浊肮脏的污染的海，绝望的米丽最终化作海鸥腾空飞去，标志着对现实的彻底失望以及对美丽乌托邦的追寻。"我"的万念俱灰竟然成为催生头发生长的化肥，我的头发迅速生长起来，"我闻到了春天芬芳而温暖的花香"。这是作者心灵对真善美的觉醒。在这里，作者透露出的是对令人窒息的欲望化时代的强烈厌恶，以及对真善美的追求，这也许才是我们应坚持的"方向"。

《减速》是一篇更加荒诞的小说。在这篇小说中，刘建东对时代文化的思考进一步加深了。刘建东敏感到我们时代的高速发展的现实，"速度"成为我们时代的最基本特征。人们在机关里跑步，"我"在爱人、情人以及精神病人等各色人等之间的应酬，都表明我们时代的接近疯狂的病态现状。人们渴望着减速，但又不愿意呆在"慢车回收站"里，因为人们一旦减速，便会被时代无情地淘汰，要么就成为异类，要么就成为精神病人，否则只能在时代滚滚的欲望洪流中加速狂奔。减速实际上是刘建东面对时代所发出的一厢情愿的无奈的呻吟，刘建东无力改变，小说结尾那铺天盖地的红色——那是鲜血的颜色，也是欲望的色彩甚或说是生命的色彩——正强烈地压迫着我们，使我们喘不过气来，我们将永远生活在这种无尽的压力中不能自拔。《减速》在理念上堪称深刻，但它的过分荒诞的形式却让人颇费思量。但我们认为，荒诞的作品是整体上的荒诞，而在局部则应该是清晰的逻辑的。这就是整体荒诞与局部清晰之间的辩证法。《减速》恰恰在这一点上处理得不是太理想。

发表于 2001 年的《自行车》是刘建东进入 21 世纪以来，关注现实、关注小人物生存状态的作品，当然刘建东对现实的关注不是从主旋律的角度，正面地表现现实，而是通过一件很小的事件展示出来。妻子桑越不小心丢失了一辆自行车，因车祸而下岗在家的丈夫林松给妻子买回一辆旧自行车，但这辆自行车又丢失了，丈夫又给她推回一辆更破旧的自行车，懒惰的妻子为了不去上班，决定把这辆自行车再丢掉，可是她发现自行车原来是丈夫偷来的。这是一个心酸的故事，在这一故事中，寄托着刘建东深沉的人文关怀。

最能代表刘建东艺术成就的是他的长篇小说《全家福》。小说发表于 2002 年的《收获》杂志，2003 年出单行本。小说在形式上把写实与写意、常态与荒诞、具象与抽象都有机地统一起来，达到了"状难写之物如在目前，含不尽之意见于言外"的效果。小说通过一个小女孩徐静的视角来进行叙述，就巧妙地避开了政治背景的交代，从而把主要描写重心放在家庭琐事、人性质地以及生存状态等方面的刻画上。《全家福》从写实层面上看，基本描写了 20 世纪八九十年代都市生活里一个家庭中各色人等的生活及生存状况。小说中的每个人物都栩栩如生，个性鲜明，表现了刘建东在刻画人物、塑造典型上的功力。作品中的二姐徐琳是一个非常独特的形象。这一形象不同于文学史上的任何一类人物形象，作者没有从道德上给人物施加评判，而是从生活和生存的角度给人物以客观的展示。徐琳尽管放浪不拘，但却是一个真实自然、敢作敢当的人。她对体育老师高大奎的强壮肌肉的向往并大胆地付诸行动，她与表姐夫的弄假成真，都非常符合她的教养和个性，在这种意义上说，徐琳却也显得有些可爱可亲。大哥徐铁与金银花的塑造，也很成功，这两个人物，都是底层人物形象。大哥徐铁由一个小混混到一名解放军战士再到一个仗义的对爱情忠贞的丈夫的变化轨迹，都是符合人物自身个性逻辑的。金银花低俗虚荣，但她对爱情的执著与坚定，不能不令读者心生几分敬意。另外，大姐徐辉迥异于家庭的另类生活道路的选择以及她的怪异的爱情生活，母亲的痛苦与婚外恋情等都写得自然真实，入情入理。总而言之，刘建东在小说中没有塑造英雄人物，也不简单地做道德评判，而是对普通人、对真实生活着的芸芸众生的存在状态进行展示。当然，《全家福》不是纯粹写实的作品，它对象征、荒诞、反讽等艺术手法的成功运用提升了这部小说的艺术品味。小说中的父亲形象，既是生活中的父亲，又是一个颇具象征的重要形象。他的存在使小说增添了神秘荒诞的氛围，也使作品由具象的写实上升到了抽象的形而上层面，从而使小说丰满了气韵，深厚了蕴涵。父亲的失语和瘫痪始于母亲的皮鞋。皮鞋在此也成为一个具有象征意义的"事件"。父亲为母亲买来的皮鞋丢失了，而母亲却穿来了"别人"买来的皮鞋，这件事使40岁的父亲大为光火，最终导致他疾病缠身。从此父亲就成为一个废人、一个家庭的累赘、一个多余人。父亲失去了他的权威，家庭也失去了有权威的父亲，没有父亲的家庭变得混乱无序，各自为政。母亲寻找性伙伴，二姐频频更换男朋友，大姐徐辉的同性恋，象征着时代欲望泛化特征。特别是二姐对"药片"近乎变态的收藏，使我们看到我们时代的"疾病"实质上就是欲望的疯长。吴闵权用"药片"唤醒的正是徐琳的如火的欲望，"药片"成为欲望的象征。同时，大哥徐铁的性无能，母亲的情人杨怀昌、摔跤教练先后暴死，都暗示我们时代真正男人的缺失。男人的缺失，正是权威、秩序的缺失。然而，父亲又是无处不在的，瘫痪在床的父亲，却不断出现在儿女的活动视野中，徐铁听到的父亲那声沉重的叹息，徐琳在河边看到的父亲影像，以及传说中父亲光着脚板在大街上的狂奔，这些荒诞的情节，都使父亲超出写实层面的意义，而具有符号性质。这一符号的意蕴复杂而朦胧，父亲既是权威、秩序的象征，又可以说是对某种信仰的期盼。父亲作为缺席的在场，成为我们转型时代的标志。在没有父亲的日子里，家庭走向解体的边缘，"小说中所有的人都受着欲望细密而孤寂的噬咬"（陈超语），人人都感到没有方向、没有目标，有的只是欲望的放纵、肉体的狂欢，灵魂却在孤寂中走向荒芜。因此，父亲在这里是一个具有关键作用的意象，不过这一意象却具有相对性，在不同人物那里具有不同的意义。相对于母亲而言，父亲具有窥探、监视的意义，父亲那疯长的头发，那"穿越墙壁，穿越空气，穿越一切的阻碍，日夜不息地在妈妈的耳边回响"的"像是山崩海啸"般的头发旺盛生长的声音，是母亲焦躁之源，她无法躲开父亲；而相对于徐铁、徐琳而言，父亲则更多一些道德训诫意义；相当于徐辉、徐静来说，父亲则又与秩序、权威、尊严和信仰有关。小说的结尾，徐静与自己的灵魂合二为一，她推着坐在轮椅上的父亲"向着某一个地方飞奔……"这是作家精英立场的表白，是渴望飞升、渴望超越世俗和孤独的对灵魂救赎的呼唤。可见，刘建东在《全家福》中所要表达的不是生活现实的如实摹写，也不是单一价值的重构，而是对存在可能性的展示。当然小说也存在瑕疵，徐静作为人物似乎只是一个叙述视角，而缺少自己的生活展示。徐铁的转变也写得过于仓促，缺少必要的铺垫。

《十八拍》是刘建东继《全家福》之后的第二部长篇小说。在《全家福》这部小说中，我们已经领略了刘建东驾驭长篇小说的才能，同时也显现了刘建东善于在平淡的日常生活事件中发现不平常意义的能力，同样在新作《十八拍》中，刘建东把更加平淡的炼油厂的生活写得惊心动魄、引人入胜。和《全家福》一样，刘建东把时代政治生活以及工厂日常的劳动生产活动一律推至幕后，把笔力着重于对活动在这个舞台前面的人的爱情生活的描摹上，也就是说，作家没有着力写"人的工厂生活"，而是着力写了"工厂生活中的人"。这一区别是巨大的，这是刘建东小说与以前所谓"工业题材"、"农业题材"等小说的根本区别。"写工厂生活中的人"就是要充分展示人性的深度与复杂性，就是要直抵存在，领悟并揭示人的存在的可能性。《十八拍》正是朝着这个方向努力，通过这一努力，使这部小说成为一支在政治与欲望烤炙下的人性变奏曲。

《十八拍》主要写了几对男女青年职工之间的爱情悲欢离合的故事。

作为师傅的董家杰在心中暗恋着自己的女徒弟黄彩如，而这个有些羞涩且少言寡语的女徒弟同样也深爱着自己的师傅，两人之间只隔着一层薄薄的窗户纸；然而，常减压车间的青年技术员伍东风也深爱着黄彩如。为此董家杰与伍东风展开了数不清的冒险比赛，想以此赢得姑娘的芳心，不过每次都是董家杰赢。正当董家杰与黄彩如踌躇满志的时候，一场突如其来的灾难改变了所有人的命运。因爆炸而引起的火灾，严重烧伤了为关闭阀门而奋不顾身的伍东风，因此，成为英雄的伍东风的一切都成为具有政治意义的事件，包括他的爱情。于是黄彩如就成为组织送给英雄的一件礼物或者说是奖品，在这场个人与政治的力量悬殊的较量中，董家杰惨败给了伍东风。在这里，刘建东把这一灾难性事件安排在1976年这一特殊的年份，实际上是对政治专制年代的一个象征，在政治不正常的年代，人不是目的，而是工具，是政治生活中的一枚棋子，因此，人的个人的一切都要服从于政治中的集体的利益。这就是政治至上主义对人性的烤炙。"当爱情被赋予了太多的政治的、社会的责任，当责任像一座山一样压在他们身上，我感觉自己能听到他们生活中发出的挤压出来的声音，那声音像是从已经干透了的海绵里向外挤水。"叙述人的议论也许能说明这一点。于是我们看到，背负着巨大责任的黄彩如痛彻骨髓，她连死亡的权利都没有，可以说她是别无选择。她只有选择牺牲，牺牲自己的身体给英雄。这是一种崇高的献身，一种为了他人幸福而牺牲自己的精神。不过，这种精神不是源于她自身的意愿，而就像是在她的身后有一股强大的力量推着她走，使她无法停下来。然而，婚后的彩如与伍东风并不幸福。这种建立在政治光环里的爱情是虚无缥缈的，当两个活生生的男女面对面的时候，它自然要轰然坍塌。首先是伍东风对自己丑陋的容貌自惭形秽，这个在生死关头都想着彩如的英武男子汉，当黄彩如真正成为自己妻子的时候却不敢面对了，他因自己的丑而不忍毁坏黄彩如的美，他不与妻子同床，不敢履行自己做丈夫的职责，他强烈地抑制着自己的蠢蠢欲动的情欲，正是在这种禁欲的、精神高于一切的、没有个体空间的政治环境中，正常的人性被彻底扭曲了。为了躲避这种钟爱、懊悔与渴望多种情感纠缠在一起的痛苦，伍东风逃到了兰州，空留下美丽的黄彩如在长长的暗夜与孤灯厮守。

由于政治至上主义而深深受到伤害的还有董家杰。爱情的泯灭是致命的，董家杰浑浑噩噩的一生就从这里开始。随后他的另一个漂亮的女徒弟路红娟的歌声与长吻，虽然暂时抚慰了他内心的创伤，但路红娟人性本有的庸俗与轻浮，又把董家杰推向了更大的深渊，就连好心的胖姑娘王英侠纯真的爱也不能挽回。由此可见，政治至上主义对人性的烤炙是多么强劲。

历史进入新的时期在刘建东的笔下并没有特别地指点出来，他似乎只是在不经意间向我们透露出一点时间的信息："在1977年那个难忘的夏天……"或者就是在主人公往来的书信中显示时间，对于这一点，我们以为正是刘建东的一种叙述策略，它告诉我们，历史在本质上并没有断裂，断裂的只是我们的感觉。当生活一年一年逝去的时候，我们突然感受到了一种全新的世事摆在我们眼前，当我们刚刚摆脱政治至上主义桎梏的时候，我们又跌落在欲望至上主义的新的陷阱里。可以说我们与欲望主义的相遇，就像一个洁身自好的处女，在我们还没有任何防备的情况下就被它强奸了，我们失身于它，又不得不与狼共舞。可见，在欲望至上主义时代，人性也没有获得真正的解放，人仍然在不自由的状态中生存。甚至可以说，欲望至上主义在某种程度上不比政治至上主义好多少。它对人性的炙烤也许更可怕。书中另外两个人物路红娟和桑敬东刻画得也较为成功。路红娟作为董家杰的女徒弟，似乎是与黄彩如相比较而存在的。如果说黄彩如是一个传统的、道德的、有原则的、富有牺牲精神但却软弱柔性的美神的话，那么，路红娟则是一个外表漂亮但内里却无原则、追逐时髦、渴望物质享受和快乐的、个人主义的纵欲的化身。为了得到一辆女式坤车，她怂恿师傅董家杰去偷厂里的零件；而为了她才坐了监狱的董家杰，却被她无情地抛弃了。她频频更换男朋友、拼命追逐物质利益和肉欲的满足，成为我们这个欲望至上主义时代的标志。桑敬东同样是欲望至上主义者，他对羞涩美丽的黄彩如垂涎三尺，终于乘人之危强占了黄彩如。但是婚后的桑敬东却并不安分守己，他总是在外面拈花惹草，甚至在宾馆里开包房，养歌女。黄彩如的多次相劝与出面摆平都不能阻止和挽救欲壑难填的桑敬东，他居然无耻到把自己的妻子推给那个曾经英雄过的男人伍东风的怀抱。

欲望至上主义的时代是可怕的，这样一个时代，一切美好的东西都将面临毁灭的厄运。董家杰终由一个技术精湛的技工到酒鬼，最后又堕落为一个残忍的杀人犯。这样一个悲剧不仅仅是政治至上主义一手造成的，还应该有欲望至上主义的罪恶。还有我们早就熟悉的伍东风，那个一直坚持操守的男人，也终于随着权力的膨胀而晚节不保了（这一转变作家还没有充分展开，显得有些突兀）。他对黄彩如的最终占有，他从禁欲到纵欲的变化轨迹，都昭示出两个时代内在的非人性特质。黄彩如最终被路红娟的前夫方志刚误杀，标志着美被毁灭。这种毁灭由政治至上主义始，到欲望至上主义止，在政治至上主义与欲望至上主义的烤炙下，人性的复杂与变幻就这样合乎逻辑地演化着。它告谕我们，美就是这样被毁灭的。

由此可见，刘建东的小说虽然没有直接书写历史的时代背景，但却具有鲜明的历史与现实的批判精神。他以富有魅力的叙述，把我们引向一个更深的困惑之中，这就是："我在哪里？在那长达二十多年的时间里，我是不是他们当中的一员？我是谁？"叙述人对自己的拷问，难道不是对我们每一个人的拷问吗？这种反思意识也应该是我们每一个人的自觉意识。是的，小说中的人物的故事结束了，而我们还在生活中，我们存在着，我们是不是也该问一问：我们是谁？当然从总体上看，《十八拍》不如《全家福》，《十八拍》人工斧凿的痕迹稍为明显，这些还需要刘建东在今后的创作中加以注意。

2006年出版的长篇小说《女人嗅》，是刘建东的第三部长篇小说。

小说仍然沿用《全家福》的叙述风格，基本回避了历史进程中的重大历史事件的描述，而把重点放在对历史褶皱中人的隐秘欲望的叙写上。小说描写了王宝川这个贾宝玉式的男子，对女性气息的超乎寻常的迷恋，他忘情地享受着姐姐妹妹们的软玉温香，在王宝芸、梁依薇、梁依莉、林红玉等女性群中"迷醉"。原来叫彭维年的王宝川，本是被养父王锦昌作为人质劫持到王家的，然而，生父的入狱，使王锦昌的敲诈的欲望落空，王宝川成为并不宽裕的王家的负担，王锦昌多次想抛弃这个累赘"儿子"，但顽强的王宝川却几次都回到家里，他似乎离不开他那有着特异香气的姐姐王宝芸。王宝芸嫁给战斗英雄胡卫军与林红玉被迫接受建筑工人曾继承，也许还有梁依薇的婚姻以及梁依莉的对光亮的痴迷，或许正是那个时代的时尚象征。然而这种时尚却是以压抑人的正常欲望为代价的。胡卫军在朝鲜战场的战死，曾继承被砖垛砸死，还有梁依薇丈夫的死，都隐喻着禁锢的解除。王宝芸几近疯狂地"爱上"弟弟王宝川，使得父亲王锦昌不得不败退进"布袋"去安身。王宝川希望姐姐王宝芸高声叫喊的狂欢仪式，实际上正是对父亲威权的挑战。甚至梁依薇教唆王宝川去俘获妹妹梁依莉，最终使梁依莉逃离光亮的描写，也象征着对某种权威挑战的意味。然而，和《全家福》沉默的父亲不同的是，当王宝川被判刑以后，父亲王锦昌终于烧掉了自己的"布袋"，他终于抛弃了儿子王宝川，他的父亲的威权再一次回到自己身上。十年后的一天，身为洗衣工的王锦昌成为医院的革委会副主任，他的颐指气使，他的不可一世，预示着父亲威权的不可战胜，王宝川再一次的被抓，标志着这个异端的彻底失败。小说以象征甚或荒诞的手法，演绎着父与子、男与女、压抑与反叛、权力与异端的多重悖反与较量。不过，由于小说中重大历史事件的缺席或过于隐秘，加上叙事大都在主观的意念和感知中滑移，专注于文本的实验性和整体象征意蕴的营造，在某种程度上反而削弱了现实的深广度和命运的震撼力。

第二节　李　浩

李浩（1971～ ），生于河北沧州。1991年入伍，曾在沧州海兴县武装部工作，1996年开始小说创作。现任职于河北省作家协会《长城》编辑部。2003年由作家出版社出版中短篇小说集《谁生来是刺客》等。短篇小说《将军的部队》获第四届鲁迅文学奖。同时，李浩也是河北诗坛比较出色的先锋诗人。

李浩是从写诗转而开始小说创作的，他写小说的时间虽然并不太长，但令人欣喜的是他的小说创作的起点还是比较高的，从他的小说中，我们既可以感受到西方现代派文学诸如普鲁斯特、福克纳、博尔赫斯、卡夫卡、卡尔维诺等对他的强烈影响，同时亦可以感受到我国80年代以来先锋派文学（如余华、苏童等）对他的滋养。他的文本的先锋性和探索姿态，使他的创作汇入了90年代以来的所谓"个人化"写作大潮中而又不失个人特色。

首先是语言方面的诗化特征。俄国形式主义理论认为文学之所以是文学，就在于它的文学性，而文学性归根到底还是体现在语言上。李浩的小说语言是真正的现代书面语，它具有浓郁的诗化色彩，这也许同李浩的写诗出身有关，但更重要的还同他对语言的重视有关。对于李浩这一代人而言，生活并不一定是最重要的，小说并不是对生活简单的直接的反映，而更重要的是语言的组合，这涉及李浩的小说观念。

说李浩的语言是诗化的，不仅仅指他的语言在局部修辞上的诗化，而是从整体上说的。凡是读过李浩小说的人都会有这种感觉，如《闪亮的瓦片》，那制造了丑恶的瓦片是那样的美，一种司空见惯的瓦片，在李浩的笔下是那样的美，"从千里之外运来的瓦当然有其特别之处，这是一种能在阳光下闪烁白色光辉的瓦，半透明，有着淡红的丝线，敲击他会发出类似金属的脆响"。"那天阳光灿烂得让人晕眩，那天的太阳是一枚属于仲春的太阳，没有一丝的风。落叶在地上静静地匍匐着，那些已经破碎的瓦片在阳光下竞相折射着闪亮的白光。"这样的句子在李浩的作品中比比皆是，更可贵的是，李浩善于从整体上营造一种诗意氛围，这种氛围不是类似于杨朔的那种公共性诗意氛围，而是李浩个人的，一种类似于李贺式的阴鸷奇险，甚至是恐怖神秘的诗意氛围。这是一种残酷的诗意。在李浩现有的作品中，写到灾难死亡的占了相当部分，从他最早的小说《死亡村落》开始，到1998年的《命案追踪》、到2000年的《扑朔迷离》、《生存中的死亡》、《刺客列传》等，甚至是《闪亮的瓦片》、《那只长枪》，都是在营造这一诗的氛围。诗的氛围的营造从叙述上讲就是在制造迷宫。制造迷宫是现代派小说惯用的手法。大家熟悉的阿根廷作家博尔赫斯就是一位制造迷宫的高手。和博尔赫斯一样，李浩的迷宫也已不仅仅是一个为了讲述故事而制造悬念的简单的叙述技术问题，而是一种意识：迷宫意识。迷宫意识体现的是他对世界的基本看法，即世界是不可知的，偶然的，世界就是迷宫，它没有规律可循，在迷宫的中心往往隐藏着一个或数个迷。于是我们看到作家为我们设置了一个又一个的迷宫，无始无终，无穷无尽，没有目的，也没有出口。我们正置身于他为我们设置的迷宫中，作没有目的的旅行。这显然是我们这个神性缺席的时代，人们面对存在之轻而无所适从的迷惘意识的表现。《死亡村落》是李浩的第一篇小说，虽然不能看做是李浩最好的小说，但却是能体现李浩起点的作品。这篇作品奠定了李浩此后的诗性特征，在语言上营造了一种恐怖、阴鸷、神秘的诗化氛围，在叙述上则是一座死亡的迷宫。

李浩的小说在叙述语式上，基本上是讲述式的而非是展示式的。这也是大部分先锋小说的共同特点。讲述是一种凸现叙述人的叙述方式，而展示则是一种隐藏叙述人的叙述方式，用柏拉图的话说就是"假装不是诗人在讲话"。展示的叙述方式仿佛是生活自身的自然流露，往往呈现出电影式的即刻显现，这是一种制造真实幻觉的方式，它给人的感觉是生活是第一位的，语言不过是用来记录生活的工具，因而它造成的直接后果是文学不是语言的艺术而是生活的艺术。艺术是生活的反映，只要有了生活就可以成为作家或诗人，这就是连高玉宝、王老九这样的人都敢于拿起笔来创作，并得到大力赞扬的缘故。相反，讲述并不制造真实幻觉，它有意识地凸现叙述人，正是要通过讲述把文本与生活本身拉开距离，从而张扬小说的虚构本质。我们注意到，李浩近两年来的小说，其中都有一个第一人称的叙述人"我"，这个叙述人有的是小说中的人物如《闪亮的瓦片》、《那只长枪》、《拿出你的证明来》、《生存中的死亡》、《和瓦城相关的叙事》，有的不是如《刺客列传》、《恐怖的甲虫》，即使是第三人称的写作，也可以换成第一人称，如《死亡村落》中的狗娃、《扑朔迷离》中的萧强等，因为李浩的叙述视角都不是全知全能的，而是局限性的，通过这种有限制的叙述，就使生活保有了许多秘密，而文本的真实则成了"我"的真实，即心灵的真实。我们注意到李浩在一篇短文中所提到的自己的文学观，他说："在我的小说中很少处理'当下'的问题，我更喜欢一种不确切发生的故事，在虚构中，我可以充分体验写作所带给我的飞翔或眩晕的快感。我一直坚定地认为，所有外在，符合于规范、逻辑和时代的真实都是苍白的，它比虚构更接近于幻觉，更接近于'谎言'。""所谓真实的虚构，是一种作者心灵的真实，有了这种真实之后虚构也即有了真实。从这个意义上讲，每一篇小说、诗歌的书写其实都是对'我'的书写，没有'我'出现的文学不可能优秀，即使他把小说中的生活描写得更像生活。"①我们认为，李浩的这段话讲得很内行，它基本上接近了先锋文学的本质。文学不是简单地对生活的反映，而是一种话语，也即写作者对"我"的生命体验和心灵感悟的重新书写，也即虚构。它是不同于生活世界的另一个世界。它是自足的，语言的，是一些没有所指的不断自我指涉的能指。这里的

---

① 李浩：《关于〈一石三鸟〉》，《百花园》，2000年，第2期。

"我"的真实也即虚构的真实，是源于生命和良心的，而某些所谓的表现了历史真实或社会真实的作品，时常也会是主流意识或商业意识的回声，而非自我生命和良心的歌唱，所以不一定就是真实的。这样，李浩就把小说引到了语言领域。他的小说就成了一种语词历险的游戏。实际上这仍然是一种对语言的观念问题。语言并不是一种表达的工具，并不是先有一种意思放在一个什么地方然后找语言去表达。语言是世界的真正边界，没有语言就没有世界。海德格尔说"语言是存在的家园"就是这个意思。20 世纪的语言论转向把语言提升到哲学的高度，它是近代自笛卡儿的哲学认识论转向以来的又一次革命。因此，在此背景下的先锋文学对语言的重视，就不仅仅是对语言局部修辞的小打小闹，而是整体观念上的革命性转向，它解除了文学对生活的过分依赖，解放了作家的想象力和创造力，充分发挥文学的虚构功能。这就是我们在一些先锋作家的作品中看到的他们对未亲身经历生活的描写同样写得很好的缘故。李浩的作品正是这样。

李浩的小说在意蕴上还具有寓言性。正像李浩所说的那样，他很少处理"当下"问题，这就使他的小说从不涉及现实，从而也远离了主流话语，成为真正的边缘写作。如果说 80 年代后的先锋写作首先以边缘人的姿态，在经典现实主义的空白处开始了形式革命，从而与经典现实主义或主流意识形态产生了尖锐冲突，进而使其带有了叛逆的性质，那么，90 年代的意识形态终结使得主流话语难以组织起共同的想象关系。90 年代的后先锋写作便不再具有与主流话语直接对抗的性质，即使是像卫慧、棉棉那样的"另类"写作，也具有相当多的消费特征，他们的不受欢迎，更多的是一种传统道德与主流话语合作的结果。在这种情况下，仍然沿着先锋道路寂寞前行的李浩，就更显得边缘化，李浩如一个独自远行的刺客，他不断舞动自己的那把长剑，却没有现实的刺杀目标。实际上李浩从不相信文学的所谓教育功能，文学只是一种游戏，这就使得他的创作成为一种后知识分子的写作，后知识分子写作将写作变成了一种游戏或"知识"，它不写实，而只是一种寓言，现代寓言。他所关注的不是具象，而是抽象，是形而上。因此，我们在李浩的小说中看到的是诸如生存与死亡、偶然与必然、抗争与宿命、历史与叙述等高深玄妙的哲学命题。

《那只长枪》和《生存中的死亡》可以看做是姊妹篇，是迄今为止李浩写得比较好的一类小说。这两篇小说都涉及生存与死亡这一沉重的主题。生存的艰难和死亡的不易，构成小人物屈辱和无意义的一生。《那只长枪》中的父亲，是一位贫病交加却又毫无尊严的人，他的没完没了的自杀既是对艰难生存的厌恶，又是企图找回自我尊严的一种并不高明的手段，然而，他的一次又一次的自杀，非但没有找回他渴念已久的自尊，反倒招致了一次比一次更大的屈辱，甚至连自己的妻子儿女都对他不屑一顾，他只能默默无闻、无休无止地编着那些毫无用处的粪筐。队长刘珂在他游街时当众扒下他的裤子，让他那短小的阴茎暴露在光天化日之下，彻底碾碎了他那点残存的自尊，他被彻底打败了，但是，对生的留恋超过了自尊的要求，在好死与赖活之间，他难于取舍。对好死的本能拒斥以及对赖活的强烈向往，使他的自杀形同儿戏，已经彻底失去了对众人的吸引力，于是当大槐树下那绝望的求救的锣声响起的时候，人们早已不在意他，这次他真的死了，他的死仍然没能为自己洗刷耻辱，反倒又成了人们的笑料，同时还给人松了一口气的感觉。同样，在《生存中的死亡》这篇小说中的二叔，也是这样一个屈辱的渺小的多余人形象，如果说"长枪"中的父亲以自杀不断反抗着命运的捉弄，那么，"死亡"中的二叔则就是彻底地麻木了，他的生存就如同一具活尸，永远留存在大槐树下的那片恐惧的死亡阴影中。当然，二叔也曾经与命运进行过激烈的抗争，他的三年失踪和一条瘸腿也许可以证明，但抗争的结果是屈从麻木，二叔成了真正的多余人，生存的寂寞和艰难，使二叔具有阿Q的某些特质，他的渴望呈现诸如迷恋游街，耽于对别人夜生活的窥视，迷恋于传播道听途说的消息，也同阿Q的与王胡比赛捉虱子，欺负小尼姑大同小异，甚至连对女孩小翠的不成功的强奸也同阿Q对吴妈的调戏相差无几。与知识分子的自觉主动的抗争不同，二叔的抗争是出自本能的挣扎，那是一个为追求最基本的生存欲望也不得的屈辱的小人物，他的一生就如同一只青蛙，它不断地跳出水面，却不断地被一只无形的大手按了回去，最终被一闷棍打死，这正是二叔生存的隐喻。二叔的生存就如同死亡，这样的生存是没有意义的。这样的死亡也同样没有意义。李浩的特别之处就在于，他剔除了那个特定年代政治或阶级斗争对人的压抑，而是从生存的角度出发，从童年的特定视角，以追忆的叙述方式，重构了那个年代的普通人的普遍的生存窘况，而且由于知识分子叙述人的追忆，便又为那个年代着上审视的色彩，从而把一个一般的故事提升到形而上高度，使故事成为有关生存和死亡的寓言。

《闪亮的瓦片》、《扑朔迷离》着重探讨了偶然和必然的命题。一块闪亮的瓦片，就因为"我"哥哥李博那不经意中的偶然一抛，便改变了一切，改变了许多人的命运。原本十分漂亮温顺又善解人意的霄红由于这块偶然的瓦片而成了一个泼妇，原本平静的家庭也由于这飞来横祸而变得鸡犬不宁，仇恨、报复等所有的丑恶都滋生出来，那么必然是什么？是不是这其中有一条必然的锁链，作者自己也是颇感困惑的。《扑朔迷离》是一桩凶杀案和车祸的两相叠加，主人公萧强本是"一直认为事物与事物之间存在着某种潜在的连线，而他，又总是能把那种连线在纷乱、复杂的诸多表象中轻易地抽出来"的一个人，也就是说他本是一个对偶然与必然这一对哲学范畴有着习惯认识的人。我们知道，长期以来，我们在相同的知识背景中接受了相同的训诫，我们总是把事物放置在一个清晰判然的理性的烛照之下，认为事物中存在着一条内在的必然联系，那是有规律可循的万物法则，因此，在偶然与必然、现象与本质中，起决定作用的不是偶然和表象，而是必然和本质。然而，世界真是那么判然有序的么？李浩的回答似乎是否定的。在这篇小说中，萧强由于酒后驾车而撞倒了一个房子，从而惹上了一桩凶杀官司，在办案人员的头头是道的分析面前，连萧强自己也不得不承认自己是杀人犯，小说正是通过讲述这个荒诞的故事，颠覆了我们根深蒂固的习惯知识，从而把世界交给非理性的魔鬼，让偶然成为世界的主宰。

《刺客列传》、《和瓦城相关的叙事》则讲述了抗争与宿命、历史与叙述等命题。《刺客列传》是李浩写得最复杂的小说之一。这篇小说的基本主题就是对历史真实的残酷还原。当历史被描述为一个又一个的凯旋和胜利进军的时候，李浩告诉我们，历史就是一个又一个的"刺客列传"，那是来自宫廷的权利之争，充满了倾轧、阴谋和血腥，刺客不是天生的，而是变成的。无论是刺客A、还是刺客B、C、D，他们既是权力斗争的工具，又是无谓的牺牲品，没有年代的历史更说明了这一主题的形而上意义。从某种意义上说，这一主题正是延续了鲁迅历史"吃人"的主题，其实也是80年代以来新历史主义的思想。当然，作品中也有一些分主题，如刺客B对自己命运的拒绝，就像俄狄浦斯对"杀父娶母"那个命运的拒绝，他抗争着作为刺客的命运安排，但最终他留在历史上的仍是一个刺客。在这里，李浩进一步探讨了历史与叙述这一形而上命题。这也是新历史主义的一个基本命题。从理论上说，历史不是文本，历史应该是事实，然而，历史一旦成为历史，它只能以文本的形式存在，因此，历史本身与历史叙述是两码事。我们迄今所看到的历史都是历史叙述，而历史都是统治阶级的历史，所以统治阶级的历史必然打上统治阶级意识形态的深深烙印，这样一来，作为叙述的历史与历史事实真相之间便不好画等号。就像刺客B或刺客C，史书的记载与事实真相之间究竟哪个更真实呢？所以克罗齐说"任何历史都是当代史"，这就是说，历史与写史者和读史者都有关系，写史者是意识形态的，而读史者也是意识形态的，读史者对历史的理解都与当代的思想文化和现实情景有关。这就是解释学的效果历史的观点。但是历史是一个任人涂抹的小姑娘吗？在先锋作家和批评家看来，历史存在着一个真实，但我们永远不可能达到它，不过我们可以尽可能地无限地接近它。

《和瓦城相关的叙事》是一篇相当纯净的小说，它的纯净使它更像一篇地道的短篇小说。它表明李浩的叙述趋向成熟。这篇小说仍然继续着上面的主题，在《瓦城文艺》上的一篇没有结尾的小说，在不同的人的叙述中有着决然不同的结局，究竟哪个更接近真实？甚至连那个琴也同小说中的女孩是同一个名字，而那个医生也许就是小说中的医生，一切都是模棱两可的，一切都是迷宫，谜也许更接近事物的真相。历史正像小说的结尾所写的"不知名的鸟群"，它飞过了时间，留下的只是"踪迹"。

《拿出你的证明来》也是李浩一篇比较重要的小说。这篇比较写实的作品，同样也具有形而上的追求。它以童年视角，写了那个特定年代的故事，不仅写了童真人性的异化，而且写了权力意识的无孔不入。这使这篇小说成了一个后"伤痕"故事。私生子屁虫为应付伙伴的追问而指认队长刘珂为自己的父亲，当刘珂倒了霉不当队长时，屁虫又矢口否认，小说结尾，屁虫回城成了老板赵根保，校长豆子弄不来钱而丢了校长职务，说明了权力意识在不同时代的表现形式，以前是政治，现在是金钱。不管形式如何变化，实质是一致的。

获第四届鲁迅文学奖短篇小说奖的小说《将军的部队》，似乎是一个转折。李浩把过去的那种阴冷的叙述转向了暖色。和平年代的将军显然也是"多余人"，他在晚年对自己"部队"的怀念，不是对战争的追忆，而是对已故战友的友情的温馨眷顾。将军昔日的赫赫战功，都被李浩有意识地嵌入时间的幕后，而在时间的帷幕上留下的只是将军晚年的普通人心境——一个和蔼的、孤独的老人对往事的回忆。木牌上的每一个名字，都联系着昔日战火纷飞的年代，但将军记忆里只是普通战士的悠扬的笛声和某某的脚臭。这种生活的细节和深厚的战友之情也许正是小说带给我们的巨大的冲击力。小说实际上也不是简单的写实，而是人生友情与岁月流逝的感慨，是人生终了的生命真谛的诗性结晶。

毫无疑问，李浩是新锐的。在我们河北这个具有强烈写实主义传统的土地上，李浩显得很"另类"，当然像李浩这样的"另类"在河北还有，如刘建东、刘燕燕、张楚等，而且 21 世纪以来还有新人涌现出来，这是令人欣慰的。即使放在全国范围看，他们的创作也并不逊色。但是这并不是说他们的创作就是完美的，就李浩个人创作来看，他还存在着一些问题，李浩的创作基本上走得还是博尔赫斯和我国 80 年代先锋小说的老路，当然，他的创作时间还很短，还属于青春期写作。讲究技术与内容的形而上追求，使他的小说显得精致高深，但缺少了一种源于生活本身的粗粝和本色以及情感的饱满和博大，更重要的是一种当代精神的欠缺。这里所说的当代精神不是指对当下问题的直接处理，不是像张平《抉择》那样的反腐败作品，而是一种对当下的生命感悟和体验，然后凝结成的一种精神。它既是现实的具体的，又是形上的悠远的。当然这个问题随着李浩生活阅历的增加会自然得到解决。我们这里说的不一定适合李浩，李浩按照自己的路子可以走下去，把它做足做尽，但要警惕不要形成固定模式，要有从生活中汲取灵感的意识，而不仅仅是一种知识型的写作。从生活中汲取灵感，就是要注意当代精神，由当代精神而激发的生命体验。不过，正像诗人布罗茨基所说的："作为二流时代的公民，我骄傲地承认/我最好的见解也不过是二流产品/我把他们向未来的岁月奉献/作为与窒闷进行斗争的一些经验……"在这里，布罗茨基既是一种反讽，也是一种正面的申说，他告诉我们："诗人不应悬置具体的历史语境，以人为拔高的所谓'终极关怀'、本质主义、一元论，来回避或简化时代的重重矛盾。"①因此，作为生活在这样一个时代的真正的小说家，只注意知识和形而上同样也是远远不够的，我们需要真正关注当下历史的个人。

---

① 陈超：《当代外国诗歌佳作导读》，河北教育出版社，2002 年，第 649 页。

第三节　张楚　丁庆中

一、张楚

张楚（1974～　），河北省唐山市滦南县周夏庄村人。毕业于辽宁税务高等专科学校会计系。1997年毕业后在滦南县国税局工作至今。中国作家协会会员。河北省文学院合同制作家。从2001年起，已在《人民文学》、《收获》、《当代》、《大家》、《天涯》、《青年文学》、《上海文学》、《山花》、《中国作家》等杂志发表小说50余万字。其中《曲别针》、《长发》、《樱桃记》、《蜂房》、《穿睡衣跑步的女人》、《我们去看李红旗吧》、《人人都说我爱你》、《苹果的香味》等小说入选《小说选刊》、《中华文学选刊》、《21世纪中国文学大系》、《短篇小说年选》、《极限小说展》、《中国当代文学排行榜》等20余种选集。中短篇小说集《樱桃记》入选《21世纪文学之星2005年卷》。《曲别针》获2004年《人民文学》短篇小说奖。《樱桃记》获《中国作家》"大红鹰文学奖"。2005年当选为第二届河北省"十佳青年作家"。

作为税务官，张楚对身边的社会事件不会不熟悉，但他的小说中却没有一件有关外在现实的描写，可见他对所谓的外在现实不感兴趣，他的小说是向内的，他关注的是人的灵魂，人的存在，是昆德拉所谓的"可能性"。这样就使张楚的小说既区别于外在写实性的所谓现实主义小说，又区别于时下身体写作式的商业主义小说，张楚是个异数，他在走一条艰难的写作之路。当我们试图概括他的小说的时候，"忧郁之诗"四个字首先跳荡出来，它像一只感性的手，牵着我们上路，让我们跟随它走进张楚的生命体验写作之门。

从本质上说，张楚的小说是诗性的。诗性首先说明张楚无疑是讲究技术的，这从他的小说题目可以见出："曲别针"、"草莓冰山"、"蜂房"、"旅行"、"安葬蔷薇"、"关于雪的部分说法"、"长发"、"疼"、"U

型公路"、"献给安达的吻"、"人人都说我爱你"、"穿睡衣跑步的女人"、"声声慢"、"惘事记"、"樱桃记"以及近期发表的短篇"我们去看李红旗吧"，无不具有一种诗的品性。然而，这种诗性不是简单的生活之诗，而是生命之诗、存在之诗，是普泛的个体生命的了悟与洞彻复杂之后的单纯与旷达。阅读张楚使我们不时想起诗人海子，那个忧郁的、怆然的、撕裂的诗人海子，他在对生命、对存在的深刻的体验中连通了张楚。忧郁、难于排解的忧郁和哀伤同样构成张楚小说的基调和底色。这种基调与底色，成就了张楚的先锋品质，但张楚的先锋与早期先锋派小说不同，早期先锋派小说基本属于观念写作，而张楚是属于生命的体验写作。我们在他的小说里读到的是一种源于生命、生存本身的忧郁和哀伤，这是一种接通了地气的有活力的忧郁，一种源于血肉的文字舞蹈。

其实，张楚的小说并不缺少现场感，在他的小说中，卖淫嫖娼、同性恋、凶杀抢劫，底层人的生存艰难、种种人生事象都是在场的，但张楚的小说没有简单地停留在这些事象上面，而是在这些事象堆中向内，向深处钻探，始于形而下而止于形而上。我们看到在张楚的小说中，不断出现一些病态人、残疾人，特别是孩子，《曲别针》中的拉拉，《草莓冰山》中的小东西，她们都不同程度地患了抑郁症和自闭症，《旅行》中的草莓、《安葬蔷薇》中的夭折的女儿、《穿睡衣跑步的女人》中那个被计生委做掉的儿子，他们没有出生便结束了自己的生命，这不断出现的"未来之死"，隐喻着张楚对生命、对前途的迷茫与绝望的恐惧，这是一种痛彻骨髓的忧郁哀伤，孤独、不安、死亡成为张楚小说中永远挥之不去的色调。

《曲别针》中的李志国在生活中是多面的：诗人？商人？嫖客？杀人犯？……我们似乎很难用好人和坏人来评价他，但他对病女儿拉拉的刻骨的忧心是真实的。他为了那块女儿拉拉送给他的四块钱的水晶珠链，不惜杀人乃至自杀。《疼》中的杨玉英真心地爱着马可却又懵懵懂懂地死于自己之所爱，《U 型公路》中的麦琪一开始就死了，"麦琪是一个有关天堂的隐喻"，麦琪的死，隐喻着回归天堂之路的虚妄，人不可能得救，人注定要在 U 型公路上循环往复，一如西西弗的徒劳，荒谬的世界与荒谬的生存同在，"痛苦与欢乐同速抵达"，从来就没有什么"狗屁三面镜"，只有无尽的哀伤像弓一样，"它延伸到天穹的两端"。

《长发》与《草莓冰山》更像一个底层叙事。王小丽为了可怜的嫁妆不惜卖掉自己美丽的长发，然而，那个猥亵的南方人却借机强暴了她，500 块钱的嫁妆使王小丽忍受着屈辱："她没有喊叫，只是抠出嘴里的抹布，然后恍惚着摸摸胸脯。那 500 块钱还在硬扎扎地暖着心脏，她的心放下了。"《草莓冰山》可以说是打工者的故事，拐男人与小东西以及她在城里卖淫的母亲的遭遇，在"我"的不动声色的叙述中，透露出难于掩饰的哀婉与悲悯。同样是底层叙事，张楚的底层叙事不同于所谓的"新左派"文学的底层叙事，前者是向内的，它重点呈现的是底层人的存在状态，这是一种生命的形式，这种形式在根本上具有普遍性。正像李敬泽先生在《樱桃记》序中所说的："文学要向古人与今人、王子与乞丐提出同样的问题，尽管等来的是千差万别的答案。"而时下许多的底层叙事却是向外的，那是一种问题小说，本质上不具有深度。

阅读张楚小说，至少我们得到以下启示：首先，在一个普遍浮躁的时代，作为优秀的小说作者，坚持心灵的内求是必要的。心灵的内求就是内省，这种内省不是脱离时代的历史进程，而是呼啸着来自大地的飓风，裹挟着血肉的腥咸，以对生命的巨大"热情"（克尔凯郭尔语）和对存在的承担的勇气，仰望天空，叩问心灵，在诗与思的对话中寻求真理。其次，优秀的小说是向内的，它不是简单地对外在现实的复原，而是指向存在，指向生存和生命，它敞开的只有可能性。

二、丁庆中

丁庆中（1958～　），河北衡水景县人。1984 年开始文学创作，迄今已出版长篇小说《枯海》（与杨瑞霞合作）、《蓝镇》、《老鱼河》、《垆》等。现为河北作家协会理事，衡水市文联副主席。

丁庆中以长篇小说创作著称。1996年8月由百花文艺出版社出版的长篇小说《蓝镇》，使丁庆中在省内产生了较大影响。小说以蓝镇为背景，展示了副镇长季夏玉立志改革，但却深深陷入重重陷阱之中而不能自拔的痛苦状态。小说把人物放置在权欲、肉欲、物欲等复杂纠结之中，充分表现了人性的善恶美丑。小说最为人称道的是其在艺术上自觉追求一种独特的表达方式和结构方式。在全书总体的八章中，分别以不同人物的多视角叙述，打破作者专制独白的话语权力，从而使全书呈现一种众声喧哗的多视角吟唱。阅读本书，我们不禁要想到福克纳的《喧哗与骚动》，不过，《蓝镇》毕竟是中国农村的生活，丁庆中笔下的人物仍然具有很强的中国印记。

2001年出版的长篇小说《老鱼河》，继续沿着《蓝镇》的套路往前走，全书没有统一的故事情节线索，没有完整的故事结构，作者仿佛只是紧紧匍匐在大地上，让灵动的语言自动呈现的写作。一般读者阅读这样的小说是需要耐性的，它几乎随时翻开一页就可以阅读，因此，小说打动人的不是故事不是结构，而是语言，是语言所呈现出来的大地的诗意。它的确犹如凡·高的《农鞋》、《吃土豆的人》、《种马铃薯的农民》等画作那样，《老鱼河》呈现的正是这种平凡劳作在大地上的农民的同样平凡沉默的日常生活。赵长青、张俊花、徐紫苏、李彦增、周兴龙、刘章来、章来家、刘清秀、赵菊红等人物也和大地上许多物体诸如河水、河床、河堤、野花、嫩叶、白云等一样，都是这茫茫大地的产物，他们栖居在这大地上，繁衍生息，劳作着，操劳着。作者写出了浑茫的生命元气。

丁庆中是一个具有诗人气质的小说作家，这种气质在《蓝镇》里已有体现，到了《老鱼河》则显得更加从容、更加老到、更加深沉。诗人姚振函对《老鱼河》的评说殊为精到："《老鱼河》对读者的要求也是苛刻的，希望它的读者具有专业阅读水平。如果你像读其他长篇小说一样，期待从这部作品中读出一个引人入胜的完整的故事，那多半会让你失望。但是假如你是一个感觉细腻的人，一个对语言敏感的人，一个对生存现场有感受能力的人，你随便从哪一页读起，总能有所获，总能被作者的叙事风格、叙事意味、叙事魅力所吸引，所倾倒，导致你心理的、生理的、源于生命深处的感动。丁庆中的《老鱼河》就是给读者做的一席丰盛的感觉大餐。三十四万字的作品，几乎没有一处是介绍性交代性的文字，也没有过渡性段落，它直接把你带到现场，让你身临其境地面对作品中的情景和人物，一切如亲历、亲见、亲闻、亲触、亲感。读着它，我们自己的感觉能力也好像提高了，我们也变得敏感了，细腻了。对世界，对存在，对身边的一切，原来我们曾经是如此麻木，如此熟视无睹啊。对脚下的土地，对居住的房屋，对衣服，对一棵树，一棵草，对一个老人的生活习性，对地里的庄稼，原来可以如此去观察去感觉啊。过去我们生活过了吗？认真地活过了吗？是不是活得有点慌里慌张，有点没心没肺，有点粗糙，有点贫瘠啊。真要感谢《老鱼河》，它让我知道失去了什么，知道应当找回什么，补上什么。仅从这一点看，《老鱼河》的价值也是不可低估的。"① 不过丁庆中的小说，由于这种求异的追求，也使其阅读的难度增添了许多。这似乎值得作家审慎掂量，以求把握好创新的分寸。

---

① 姚振函：《自己的话》，花山文艺出版社，2004年，第254～257页。

第八章　胡学文　于卓　康志刚

第一节　胡学文

　　胡学文（1967～　），生于河北省沽源县的一个山村，师范学校毕业后即开始其教书生涯。后毕业于河北师范学院中文系。1992年回沽源四中任语文教师，并同时开始了其创作生涯。1995年开始发表小说。自此其作品一发不可收，至今已有40余部中篇小说发表于《长城》、《人民文学》、《当代》、《十月》、《中国作家》等刊物，且有多部被《小说月报》、《中篇小说选刊》等大型文艺刊物转载。他先后出版了长篇小说《燃烧的苍白》、《天外的歌声》、《私人档案》和小说集《极地胭脂》、《婚姻穴位》、《心急吃不了热豆腐》、《麦子的盖头》等。现任河北作家协会副主席，河北作家协会专业作家。其中《极地胭脂》获《中国作家》大红鹰杯佳作奖，并多次获得省级奖项。

　　胡学文的文学成就主要表现在他的中短篇小说特别是中篇小说上。从他发表和出版的大量中短篇作品中可以看出，浓郁的底层生活气息、强烈的爱憎情感、传奇的故事情节和自觉的艺术追求，都使他的小说达到了较好的艺术水准。

　　胡学文是一位来自于张家口坝上草原的基层作家。长期的底层生活濡染，对深切的苦难的体验，底层弱势群体的困窘处境，乡镇畸形权力的膨胀等种种现象，都使得胡学文的写作成为有源之水，有根之木。粗粝的生活、鲜活的人物、有趣的故事，从他的笔端汩汩流出，汇入新时代的文学河流，从而也与那些鸡毛蒜皮、家长里短、个人情调的"小资"写作区别开来。

　　发表于《长江文艺》2000年第1期上的《秋风绝唱》，是一篇优秀的中篇小说。这篇小说不仅获得了《长江文艺》2000 年度方圆文学奖，而且获得河北作协 2000 年度十佳作品奖、河北省第九届文艺振兴奖。小说以镶嵌式的结构，把一位厌恶了城市喧嚣的歌曲创作者尹歌只身来到坝上草原，试图寻找一种真正有生命力的歌曲的故事，巧妙地镶嵌进坝上北滩人的苦难生活中，成功塑造了二姨父马掌、瘸羊倌、瞎子以及翠花、黄文才等底层人物群像，不仅表现了坝上草原底层农牧民苦难的生活现状，而且还表现出城市化进程中对传统乡村牧歌生活消逝的焦虑。村长黄文才利用权力强迫翠花等乡村妇女做他的性奴隶，他与孙乡长合伙出卖村里的草场给药材贩子，他打击报复把二狗子送进派出所；乡村赌博成风，黄老二把妻子翠花押给了独眼儿；为了挣钱赎回翠花，瘸羊倌与马掌联手进赌场，结果却进了派出所；为了夺回草场，瘸羊倌、马掌与二狗子等众乡亲集聚一起准备抢割草场的草，结果却付出的是二狗子的鲜血和生命的代价。小说中那无处不在的苍凉的古歌，既是草原苦难的生活历史的见证，又是乡村复杂真实的生命与情感的记录。瞎子那忧郁悲凉的二胡声与那黑屋里的真实，正是乡村即将消逝的原始生命力的神秘储存。

发表于《人民文学》2002 年第 12 期的《飞翔的女人》，也是胡学文的一篇优秀作品。此篇获河北省第十届文艺振兴奖。小说塑造了一位下层农村妇女荷子的形象。荷子由于疏忽丢失了自己的女儿小红，从此荷子与丈夫石二杆踏上了漫漫寻女的征程。荷子有着超出常人的执著，她不惜变卖了所有的财产，甚至不惜与丈夫离婚。在寻女的过程中，荷子被人贩子拐卖，她的执拗的个性，使她勇往直前地告倒了人贩子秦天国，女儿虽然没有找到，但她扳倒了贩卖人口的团伙。荷子是普通的，但荷子的这种不达目的不罢休的精神，却是不平凡的。小说在艺术上采用了"丢失—寻找"的模式，使主人公的命运始终处在一种"在路上"的未知状态，极大地增添了故事的传奇性和可读性。

《莽莽的日子》与《一棵树的生长方式》，都是表现农村小人物的日常生活的佳作。前者写了农村妇女莽莽因医治继父的病无奈嫁给游手好闲的杨来喜，杨来喜在赌场上却把莽莽输给了收购站的马豁子。莽莽从此开始了自己的痛苦人生。小说表现了农村妇女这一弱势中的弱势群体苦难的生存现状以及她们无奈的抗争历程。后者写了姚洞洞由遭受歧视和压迫到终于报复成功的故事。小说塑造了一个个性鲜明的人物形象。姚洞洞由于出身不好，从小就受到村支书孙贵的欺负。孙贵利用权力优势，不仅长期占有着姚洞洞的母亲，而且也长期控制着姚洞洞的生活。姚洞洞喜欢慧慧，却阻挡不住孙贵与孙关水父子的权利诱惑；姚洞洞一双儿女的名字都要被孙氏父子粗暴干涉。长期的压抑和屈辱，使姚洞洞开始了报复的计划。新时代为他准备了机会。姚洞洞先是收破烂，后又开办了商店，他借马乡长来压孙关水，甚至让儿子姚小洞与马书记的残疾妻侄女攀亲；他到处赊账，以邀买人心，最终儿子顺利当了村长；他拉拢会计，终于把孙关水送进了监牢；他的报复心愈来愈强烈，他要让慧慧来求他，他甚至还有着更加贪婪的渴求……这是一个被畸形的权力欲扭曲的形象，他的生长方式，正是权力倾轧权力争夺的方式。

发表于《青年文学》2003年第7期的《婚姻穴位》，由于改编为电影《心急吃不了热豆腐》而产生广泛影响。小说把笔触从坝上草原投向城市底层人的生存现状，塑造了一位平凡、窝囊但心地善良的城市青年刘好的形象。刘好由于内心的善根，收养了贺文兰的私生子，从此他的婚姻生活处处不顺、事事坎坷。最终当他即将得到爱情的时候，却因车祸失去了生命。刘好对前妻留下的与自己毫无血缘关系的孩子刘小好无私的父爱、对晕倒的陈红仗义相救、对误入歧途的李大嘴的姐姐好意安抚，他纯良的人性美让我们敬佩。

《一个谜面有几个谜底》也是受到好评的作品，它描写了进城打工青年老六、王梅、胖子、乔小燕等人的艰辛生活状态。老六为凑够娶她心爱的女朋友做妻子的钱而数次打拼，结果都以失败告终，只好带着女朋友离开家乡，到城市淘金，但结果是老六的爱情在包工头的财富面前不堪一击，没过多久，他的女朋友就无法抗拒这种城市生活的诱惑而成为工地老板的俘虏。失恋中的老六在这个时候认识了一个批发商店老板的妹妹小丁，接受了去调查小丁哥哥的情妇的特殊任务，却与这个做情妇的寂寞女人上了床。结果是他最终变得一无所有，小丁和她哥的情妇都和老六没有结果。"我"此时在老六的召唤下也来到了城市，乡下教师工资的拖欠使"我"决心来城市打工，"我"的目的简单：尽快挣钱，迎娶老六的妹妹乔小燕。"我"与老六先在城市里开批发商店，后又进行报刊的批发生意，辛苦地挣扎在城市里，却看不到成功的希望。这使得老六感到了疲惫和绝望，当看到昔日女友王梅嫁给包工头在城里的体面生活后，心灵开始扭曲，老六费尽心思拆散"我"和老六妹妹的甜蜜爱情，处心积虑想把妹妹嫁到城市，甚而不惜让妹妹到一个夫妻分居的色狼教授家做保姆。但结果是老六的妹妹怀孕了，教授却不想负责。老六劝说我放弃爱情的理由则是如果你真的喜欢小燕就应该让她选择嫁进城市这条道路。故事的结构很有趣，老六的女朋友成为包工头的情妇，此时老六是一个痛苦的受害者角色；老六与小丁谈恋爱然后成为其哥哥情妇的情人，这是一个暧昧的角色；由此转换则是他最终将自己的妹妹从"我"的身边夺走变成教授的情妇，由此老六从一个受害者变成了一个双重受害的制造者的角色。城市与乡村的对立使老六心理产生了一种极度的扭曲与不平衡，颇类张爱玲的《金锁记》中的曹七巧在得不到情爱之后心灵扭曲，成为他人情爱的一个可怕的破坏者。受害者成为新的伤害的制造者，而这伤害则完全是因为对幸福的憧憬，这其中则包含着主人公对于自己奋斗和反抗挣扎意义的完全失望，以及对于自己在挣扎与反抗的灵魂与肉体上的折磨的愤怒抗议，因而我们就可以理解主人公老六的这种选择，老六聪明肯干，可惜幸运女神不肯眷顾。在重重挫折后，老六终于背弃了自己，为了让妹妹成为城市人而不择手段。这篇小说采用了一种黑色幽默的修辞手法，采用"我"拒绝把乔小燕变成城市人而把教授打伤后在监狱中的自述的方式进行，在故事的叙事中往往有许多令人发笑的情节，但愈是可笑我们愈是感到内心里的悲凉。这种追求城市而不惜舍弃一切的极端心理，也从侧面反映出城市文化相对于乡村文化的决定统治地位。

《麦子的盖头》似乎是对荞荞故事的一次改写。小说为我们讲述了一个美丽、善良、质朴，渴望拥有和睦平静的家庭生活的名叫麦子的农村女性，因不断遭到村长的骚扰引起丈夫的怀疑，在几十里之外矿区上班的丈夫每天回到家中来监督他的妻子。善良的妻子不忍丈夫每天为自己辛劳，在一次村长的骚扰和胁迫下她妥协答应仅此一次时，她的丈夫恰好回来了。这成了麦子痛苦的根源，她无法澄清事实的真相，更伤心的是丈夫在赌博中将她输给一个叫老于的男人。由此，麦子开始了她的逃跑与寻找的道路，她必须要找到自己的男人，但她终于在多次的失败之后又戏剧性地回到老于的家中。就在她在老于家中安静生活的时候，落魄的丈夫来找她，麦子以为自己终于找到了自己的依靠，却在和丈夫回家的路上明白自己所要寻找的其实是老于这样一个正直、成熟和善解人意的男人。这样，我们终于陪伴作家走完了这样一个寻找的主题，一直到小说的结尾，主人公麦子才意识到她真正所要寻找的对象和意义。

发表于《当代》2006年第6期的《命案高悬》，是一篇在艺术上颇有追求的作品。小说尽管写的仍是坝上草原底层人的苦难的悲剧命运和乡镇权力的畸形肆虐，但却让一个本是帮凶的贪色的小人护林员吴响，在寻觅真相的过程中，良心发现，似乎变成了一个伸张正义的正面人物。小说一开始，贪恋尹小梅姿色的吴响，处心积虑等着尹小梅家的奶牛出现在草场，他好以小梅破坏草场为借口逼小梅就范，可是尹小梅却阴差阳错地被副乡长毛文明带走，不明不白地死了。为了减轻自己的罪责，吴响想探明小梅的死因，结果不但自己落入了别人的圈套，还逼得尹小梅的丈夫跳河自尽。吴响的失望和希望总是反复交替出现，故事的发展总是与他最初的愿望南辕北辙，欲望的追求逐渐演化成无奈的自我拯救，最后落得一个苦涩的结局。

总的来看，胡学文的创作正处于上升时期，他的小说对底层人们的苦难生存的展示，对权力欲望的揭示，对城市化进程中乡村的不可避免的衰落等都有较深的思考。他的小说在艺术结构的设置上往往不囿于一时一地，而是喜欢大开大阖，总是让人物"在路上"去追寻什么，从而使故事传奇色彩浓郁，具有较强的可读性。不过，胡学文的小说仍然存在着情节重复、有时描写粗疏的问题，有待于在今后的创作中加以完善。

第二节 于卓 康志刚

一、于卓

于卓（1961～ ），生于沈阳市，1990 年毕业于西北民族学院汉语言文学系，鲁迅文学院首届中青年作家高研班学员。先后做过电工、记者、编辑等工作，2000 年走上自由写作之路。现为河北文学院签约作家。他 80 年代初期开始写诗，90 年代转入小说创作，迄今已在《人民文学》、《当代》、《十月》、《钟山》、《收获》、《中国作家》等发表小说作品 400 余万字。著有长篇小说《互动圈》、《红色关系》、《花色牌底》、《挂职干部》、《首长秘书》，中短篇小说集《过日子没了心情》等。

于卓的小说往往取材于他所熟悉的石油工程局的官场生活，善于对官场人物的内心生活做细致的描摹，小说读来跌宕起伏、惊心动魄。他的最有代表性的作品是中篇小说《七千万》、《八千万》、《九千万》和长篇小说《挂职干部》。

中篇小说《七千万》发表于 1996 年第 12 期的《人民文学》，接着即被《小说月报》1997 年第 2 期转载。这篇小说描写了某部能源局被所在地平阳市地方政府摊派了七千万的城市建设附加费，并且限期十天一次性交清。这件事对于局长贝先林来说是头等棘手的麻烦。善于抓生产的贝先林，却在这种人际关系的泥潭中一筹莫展。在这样的境遇中，书记关谈云应运而生，他适时地抓住了机遇，成为书记兼代局长，一头扎进了人际关系的海洋中如鱼得水。"他在翻来覆去过程中搞出一套精密周旋七千万的行动计划。经验和阅历使他懂得，时下官场上的某些事，微妙就微妙在公掺私，私掺公。具体到七千万上，光凭面子礼金还不行，多少得捏着点石砸不碎、水泡不烂的硬理儿，大公套小私，两头加温才容易把事炖熟了。他很有先见之明，能源局今日这个状况，他在前阵子就预感到了，并且为自己今日出山埋下了伏笔。"于是，关谈云分别对平阳市委书记赵萍珍和市长王庆河投其所好，各个击"破"，他为赵萍珍的表弟送便宜运输车，为平阳市修防雨蔽日长廊，翻修公厕，并投资王庆河的开发区光盘厂，为王庆河的升迁做足了形象工程。经过这一番的上钩下联，七千万在酒场上变成了四千万，看来这关书记的确不一般。小说形象地揭示出了官场上公事私办、私事公办的这种潜规则。这种不正常的潜规则却大行其道，怪不得贝先林在新闻上看到能源局团委与平阳市团委联合行动，以送温暖献爱心为主题，向尚未脱贫的田家堡捐助了一批教学用品时，他委屈得要命，真想变成一个孩子好好哭一场。

发表于《十月》1998年第3期的中篇小说《八千万》，也被《小说月报》1998年第7期转载，并获首届中华铁人文学奖。小说通过位于东升市的部直属工程一局和二局为争夺八千万工程款的人事纷争，表现了官场诸色人等的众生相。一局和二局本是一个局，只因局长李汉一和书记袁坤拴不到一个橛子上，才因副部长肖承山一句话一分为二了。如今，副部长苏南想把他们再合起来，便拿八千万导演了一场争夺战，为的是安排自己的秘书邹云。于是，李汉一和袁坤各显神通，各自使出浑身解数，斗了个不亦乐乎。袁坤的上蹿下跳，李汉一的暗中较劲，苏南的老谋深算，邹云的浑水摸鱼等都写得栩栩如生。

《九千万》发表于《长城》1999年第3期，获河北省第八届文艺振兴奖。小说通过描写能源一局下属的天湖国际酒店要以九千万的低价卖给香港商人贺少仁为由头，着重表现了官场兼商场诸色人等的生活样态，特别表现了天湖老总武培实、车婧，以及在幕后操纵的齐名注等人物的微妙心态，同时也揭示了国有企业的种种困境及弊端。小说特别深刻地批判了一些官场人物，借改革之名谋自己私利的丑恶行径。

最能代表于卓风格的是他 2007 年 5 月出版的长篇小说《挂职干部》。小说描写两个局级预备干部郭梓沁和肖明川到车西市洪上县挂职锻炼，担任水庙管道工程协调员，从而展开了争夺政绩的没有硝烟的战争。郭梓沁精明能干又富有心计，他对上级善于逢迎，对地方善于广拉关系，"擦边球"的绰号正是他形象的注脚。初来乍到，郭梓沁便发扬"风格"，让出好车沙漠王给肖明川，自己坐三菱吉普，以取得协调组组长韩学仁的好感；他通过各种关系并找记者来讨好洪上县委书记任国田，为的是牢牢抓住这位地方官好进一步开展工作；他为了巴结韩学仁，投其所好到古玩市场买玉镯，摔碎了也不心痛，为的是把玉镯做道具，"专门让韩学仁在自己身上施展一下他的古玩鉴赏能力，继而让他收获一份爽朗的心情"；对待肖明川他处处设机关下绊子，水窖工地让警察抓人，上级检查他鼓动老支书闹事；对自己他拼命作秀，面对记者的镜头他跳进古墓保护文物，上级来慰问，他组织了当地群众的反慰问……郭梓沁处处表现出的城府、心计，终于打败了对手肖明川，他仿佛成为当然的预备局级干部候选人了。然而机关算尽太聪明，郭梓沁终因贪污等经济问题被判处五年的徒刑，而肖明川却升任了局级。看则偶然实则必然，郭梓沁这样的干部的确具有重要的典型意义。难能可贵的是于卓没有把郭梓沁写成一个简单的腐败分子，而是深入到他的内心深处，揭示出他灵魂深处的另一面真实：郭梓沁在紧急关头救了自己的对手肖明川的命，表明他内心深处善根的存在。这样的一笔，就把郭梓沁走向异化的根源从道德层面上升到体制层面，是可怕的官僚体制、用人机制把好端端的干部的真情扼杀了。肖明川则是另一类型的人物，他踏实肯干、深入基层、有真情、有责任，但却不会讨领导的欢心；他给石崖畔村打井捐款，似乎也不是为了政绩，而是出于真情；他看望被判刑后的郭梓沁，真心理解了郭梓沁希望捐款给山村小学的来自于内心深处的生命的尊严。小说采用对比手法，把两个性格不同的人拴在一起进行对比描写，从而凸出了人物个性，深化了小说的主旨。

总而言之，于卓的小说虽然属于官场小说，但小说不是重在揭示问题，而是重在写官场上的人。不过，由于写实性太强，小说仍未有更超越的提升。

二、康志刚

康志刚（1963～　　），生于河北省正定县，现供职于石家庄市文联。已在《中国作家》、《青年文学》、《北京文学》等全国几十家报刊发表中短篇小说及散文 100 多万字。现为河北作家协会文学院签约作家。

2007 年康志刚出版短篇小说集《香椿树》，收进集子里的 34 篇作品基本代表了康志刚的文学成就。康志刚的短篇小说《敬酒》写得颇有韵味。《敬酒》写了一个非常简单的故事：村里的个体老板二军结婚，邀请顶没有能耐的农民老祥主持婚事，在筹办婚事的酒宴上，村里有头有脸的各色人等都抢着给老祥敬酒，原因就是老祥有一个靠打劫车辆而发迹起来的儿子大振。这样一个简单的故事却反映了一个重大的社会问题：即在我们这个时代，人们的价值观念已经混乱到了何种程度：笑贫不笑娼，有钱的就是大爷——不管这种钱的来路干净与否——已经成为人们普遍的价值准则。人们似乎已经失去了判断是非的能力，人们对黑恶势力的惧怕直至曲意逢迎，甚至像二军那样渴望让劣迹斑斑的大振充当自己的保护伞，进而不惜巴结老实巴交的老农大祥的人也已不在少数。更有甚者，作品还揭示出我们的基层组织和干部的涣散软弱、不作为的严重现象，他们不仅不和这种黑恶势力作斗争，而且还默认、纵容他们的胡作非为，村主任不是时常到大振家去串门，还和他们那一伙人喝酒、相互之间称兄道弟了吗？正义在哪里？是非在哪里？良知又在哪里？在构建和谐社会的今天，康志刚向整个社会的发问，难道不是很值得我们密切关注、警觉和深思的吗？这篇小说的另一可贵之处就是作者把这一重大的社会问题巧妙地结构在一篇只有几千字的短篇小说中，通过"敬酒"这一极富民俗意义的情节表现出来。小说不仅写了农村黑恶势力的猖獗，基层组织的涣散，价值观念、是非标准的混乱，而且着重叙写了本分庄稼人老祥夫妇在正邪善恶之间的心理矛盾与痛苦。作为最底层的庄稼人，老祥也渴望着做人的尊严，在得到二军的主持婚事的邀请之后，老祥颇感几分得意，甚至有些飘飘然，但想到儿子的斑斑劣迹，他的心情黯淡了，得意也无影无踪了。作品结尾老祥的那个噩梦，昭示着他在心灵深处的是非善恶标准并没有泯灭，它将如火种，随着灿烂霞光的铺展而烧遍天宇，这是作者的希望，也是对社会的良知的呼唤！

以上评说，在我们读了康志刚的诸多小说之后，觉得基本也适合他的其他作品，如《嫁人》、《醉酒》、《醒酒》、《香椿树》、《天文现象》、《花儿为什么这样红》、《偿还》等。这些作品证明了康志刚写作短篇小说的才能。这就是敏锐的观察能力、以小见大的结构能力、单纯简约的叙事能力以及试图把小说的主旨上升到形而上层面的努力等。《嫁人》这篇小说与《敬酒》的主旨很类似，《醉酒》则更像充满了契诃夫的味道。同样，《天文现象》通过两个昔日的男女朋友在生活中的偶然相遇，各自倾诉而又不能沟通的隔膜，从一个小角度表达了一个很现代的主题。《香椿树》写一棵香椿树，连接了城市与乡村，表达了城市化进程中现代性的焦虑。这种焦虑是充满张力的，其中理智与情感、激进与保守、欢乐与痛苦、前瞻与怀旧都集中在一棵老香椿树上，说明作者的匠心。由此看来，康志刚的短篇小说已经写得很成熟了。

康志刚的小说是从生活中观察来的、具有鲜活生命根蒂的东西，然后经他的洞悟产生了写作的欲望，生活感、时代感都有，只是在历史感与抽象感上还嫌不够。《敬酒》、《醉酒》、《嫁人》等都是如此。《醉酒》一致被看好，被认为是从写情境到写人物的转变，这样的评价很有道理，但在我们看来，契诃夫的味道浓了一些，因而原创性就有些打折扣。《天文现象》有了抽象感，但观念味重一些。因此，我们认为《香椿树》是康志刚迄今为止写得最好的小说之一。这篇小说表达了一种朦胧的复杂的情感状态，这种状态甚至连作者自己都说不清楚。它来源于生活，植根于历史，又具有浓郁的时代气息和现代感，几乎做到了"状难写之景如在目前，含不尽之意见于言外"。这恐怕是康志刚今后应该努力的目标。

第九章　河北女性小说家

第一节　刘燕燕

　　刘燕燕（1968～　），女，生于河北邯郸市。1990年毕业于河北大学中文系新闻专业。现在某杂志社工作。1999年在《大家》第4期发表中篇小说《阴柔之花》成名。之后相继发表中篇小说《不过如此》、《飞鸟和鱼》、《说话》、《千年等一回》、《春天在寂静里万马奔腾》、《遥远的今生》等，并不断有散文发表。2003年出版长篇小说《你我如此完美》。2001年获《大家》"红河杯"文学奖，2001年因长篇散文《谁是我们的敌人》获首届老舍散文奖。

　　阅读刘燕燕的代表作小说《阴柔之花》、《不过如此》、《飞鸟和鱼》、《春天在寂静里万马奔腾》、《遥远的今生》，我们印象最深的是她独特的文体意识。这种自觉的文体意识，具体落实在她的灵动的语言和有个性的叙述中。刘燕燕对语言的敏感和钟爱，使得她的小说读起来颇耐咀嚼。这是一种情绪化、感觉化的语感流，她似乎是在喃喃自语，又好像是一种梦呓，不在理性的河床里流动，而是如漫溢的水流，信马由缰、毫无方向感地散延开来。她的语言警秀超拔，似乎漫篇都是警句格言，那是一种无韵的诗化语言。她甚至对语言的音节都很重视。甚至小说的人物取名忽忽、琳琅、柔娜、琵琶等，都体现了刘燕燕对汉字的痴迷。作家说："我对那样的一些词汇感兴趣。比如，淋漓，铿锵，匍匐……有一种声音在空气里的震动感，它们产生了空气的流动和速度，哪怕只有一秒钟。动感，哪怕只有一秒钟，也活泼，有斑驳的颜色和生动的空间——从外形至音韵，都犹如天成。我愿意在平白直叙的句子（一马平川犹如平原）中，在笔画简薄的句子（单薄无趣）中，插入那些异军突起的词汇，它们是句子里的山峰，是一张脸上的鼻子和颧骨，非常重要，一个句子的起伏与生动，一个句子是否平庸得像一个五官乏味的女人，均有赖于此。"①正是这种对汉字的从音到形的超常迷恋，使得她的小说语言现出不同俗常的摇曳的姿色和撩人的气质。阅读这种极富冲击力的语言，我们并不感到造作和忸怩，而是自然率真的，这样的语言既阴柔又刚烈，既细腻又粗犷，既婉约又豪放，它是作者生命体验的外化，是刘燕燕个性魅力的结晶。

刘燕燕的小说在叙述上也颇有特点，往往通篇只有叙述而没有描写，夹叙夹议，非常自由。叙述人"我"既是作品中的人物又是作者自己，这样便于袒露心曲。在小说中，我们似乎找不到"意义"的核心，这使我们联想到罗兰·巴尔特"剥洋葱式"的阅读方式，刘燕燕小说的意义不在阅读的终结而在于阅读的过程。在阅读过程中体验女性的生命体验、女性情绪和女性心理及感觉。也就是说，刘燕燕不是在叙述一个故事，而是叙述一种感觉，这是一种感觉的碎片，因而不能构成完整的情节。刘燕燕的小说以感觉为圆心，以情绪为半径，画出的是一种独特女性体验的圆。如果要给这种叙事命个名，我们姑且叫它"镜子叙事法"。镜子叙事法是说刘燕燕的叙事有一种不断"重复"、不断增殖的可能性。当她叙述一个人物或是一种感觉时，往往有一个相似的人物和感觉相伴而生，如影随形，如梦似幻。如《阴柔之花》写婧子时却也在写忽忽，写忽忽时却又在写婧子，一边写一边又在擦抹，就像镜子里的影像，虚无缥缈，不可捉摸，使她的叙事成为无限滑动的"能指漂移"。镜子叙事法的另一个策略是插入文本的方式。荷兰学者米克·巴尔把文本与插入文本的关系称为"镜子—本文的关系"。②刘燕燕善于在文本中插入诸如歌词、短信、报刊文摘等几乎与叙述文本无关的东西。这些插入文本的出现，使刘燕燕的文本真

① 刘燕燕：《阴柔之花·飞鸟和鱼》，中国对外翻译出版公司，2000年，第98页。
② 〔荷〕米克·巴尔：《叙述学：叙事理论导论》，谭君强译，中国社会科学出版社，1995年，第117页。

正成为拼贴化、碎片化的后现代文本。

因此，从内容上看，刘燕燕的小说虽然没有完整的情节，没有统一的故事，甚至也没有典型的人物形象，但在其中我们还是能够强烈感受到她的女性意识、女性体验和女性感觉。刘燕燕小说的主人公就是"我们"——一群特立独行、桀骜不驯、率真敏感、阴柔而又刚烈的现代都市女性。《阴柔之花》中的婧子、忽忽，《飞鸟和鱼》中的琳琅、柔娜、琵琶，《不过如此》中的爱慕等，以及活跃在她所有作品中那个无处不在、喋喋不休的"我"。这是一群同类的女人，她们有着相同的爱好，相同的感觉，她们互为影子，她们爱林风眠、爱"希特勒"、爱女特务，她们爱的只是形式；她们生活在平凡的时代，她们没有连贯的故事情节，她们有的只是琐碎的世俗感觉的碎片，她们在碎片的拼贴中遥望记忆，绽露个性，她们在矛盾重重中渴望完美。

刘燕燕笔下的女性意识并不建立在与男性的对立基础上，而是建立在渴望对男性的理解的基础上，正像她在小说里说的："女人像阴柔的花朵一样盛开：她们神秘，寂静，芬芳的气息弥漫，女人像闪电，照亮深夜阴郁的天空。……我知道她们，我相信她们，如同我相信魔力。我总能从女性打开缺口，这如同顺着女人的缺口，走入女人的身体和子宫，进入一个幽深回肠梦中场景似的地方，这缺口暗示着女人天然的薄弱环节？接受，容纳？而男人是封闭的，没有入口，铁板一块，对男人，我的想象枯萎，抓不住一点具体，关于男人的感受像风一样，真实而虚妄，无法保留和等待，变得荒谬，毫无意义，他们陌生，隔膜，像另一个星空，而且面目模糊，他们使我惊奇，不可思议，受到不竭的吸引——而我的写作，也由于加入了对他们的观望，意味着未知的力量，危险的甜蜜，意外的想象。因而，我不可能不对男人感兴趣，因为上面的缘故。因而我在我的小说里我称女人：我们，称男人：他们。因而，我也不太可能进入女权主义的堡垒，不会同性恋。"[①]　由此可见，刘燕

---

① 刘燕燕：《不过如此》，见《阴柔之花》，中国对外翻译出版公司，2000年，第203页。

燕的女性叙事不是拒绝男性的叙事，而是试图接近试图理解男性的叙事。正像一位论者所指出的："作家对男性是厌倦和不满的，但她并不把男人当成不共戴天的敌人来看待。所以，小说中的女主人公们都在不断地寻找和接近男人，尽管许多时候她们的寻找最终都是没有结果的。"① 对理想男性的渴望与寻找以及这一寻找的无结果，就使刘燕燕产生了巨大的孤独感、渺茫感。因此，孤独感、渺茫感产生于男人女人之间的不可通约、不可理解。男人、女人之间是一场爱恨交织永无终结的"战争"，而且这场战争注定了女人的失败结局。在《阴柔之花》这篇小说里，忽忽曾自诩为天涯流浪女。这种飘零感、流浪感正是现代都市女性内心中的真实感觉，在一个无温暖的荒漠般的屋子里，在一个"称得上一应俱全的家里失掉家的感觉"之后的女性的孤独、飘零，成为刘燕燕最重要的女性体验、生命体验。

刘燕燕的小说尽管写了多篇，但我们似乎可以把这些文本看做一个统一的大文本，它们几乎有着相同的主人公，相同的叙述策略，相同的语言形式，相同的感觉，这些作品强化了刘燕燕的独特的叙述个性，给传统性阅读习惯以强烈的颠覆性效果，也给人以强烈的新鲜刺激。不过，无可讳言的是，这些文本也有着重复、似曾相识的感觉。叙述人絮絮叨叨，过分强烈的言说欲望，淹没了小说情节的推进。一而再，再而三的絮叨，读者是会厌烦的。对此，刘燕燕似乎也是清醒的，她在2003年出版的长篇小说《你我如此完美》中有所改进。在这本号称都市情感推理小说的作品中，刘燕燕展示了她叙述故事的才能。絮絮叨叨的叙述人不见了，引人入胜的故事成为主要的元素。一场情劫，两条生命，都源于日常生活的"恐怖主义"，刘燕燕在此仍然继续着她此前的对男性女性的思考，但她跳离了故事，她成为局外人，成为倾听者。如果说她的《阴柔之花》系列是在给别人讲故事，那么，在这部小说中，

---

① 郝雨：《女性：关于疼痛的述说或尖叫——对近年女性半自传体小说的一些理解及文化心理分析》，《社会科学论坛》，2003年，第3期。

则是别人给她讲故事。刘燕燕在思考，在探索，她正在路上，如何在已有的题材畛域进一步扩充自己的叙述视野，她还要走很长的路。

第二节 曹明霞

曹明霞（1967～　），生于黑龙江省铁力县，大专学历。鲁迅文学院第七届高研班毕业。曾做过工人、企管干部、女工委员、记者。现工作在河北省艺术研究所《大舞台》杂志社，任副主编。河北作家协会签约作家。1992 年冬开始小说创作，处女作短篇小说《类人猿》发表于《萌芽》杂志 1993 年第 4 期，并获当年"萌芽文学奖"。其后创作进入喷发期，先后在《中国作家》、《当代》、《大家》、《北京文学》、《长城》等杂志发表中短篇小说数十篇。著有中短篇小说集《这个女人不寻常》，长篇小说《良家妇女》、《呼兰儿女》、《一切只等来生》。

曹明霞的小说集《这个女人不寻常》中的主要作品，其女主人公一般都是离异的单身女人，这些女人往往又都是面容姣好，能力出众，但她们周围的男人无一不是形容猥琐，面目丑陋，既好色又贪财。这样女性内在的优秀与男性内在的无能之间构成鲜明的对比，然而，在外在的社会生活中，女性实际又处在弱者的地位，而男性则无疑是占优势的。如此，女性的角色定位是一个优秀的弱者，而男人则是无能的强势者，这一相互缠绕、相互纠结的悖论式的生存景观，就成为曹明霞小说创作的出发点，也是她的小说展开情节的动力。

曹明霞的小说是真醇的，这是因为她的小说流淌着生命体验的汁水，饱蘸着女人的辛酸的泪，她把自己糅进了小说，那是一个受伤的灵魂，写作成为抚慰生命拯救灵魂的唯一手段。阅读曹明霞的小说，我们感到她对理想之爱的寻觅之切，而寻觅的艰难与徒劳，如钝刀割肉般地刺痛了灵与肉，持续的伤痛来自那久难愈合的伤口，爱的缺失，婚姻的缺失，以及对真醇之爱、理想之爱的寻觅构成曹明霞所有小说的基本情节框架。它们表达了这样的经验：优秀的女人的命运注定了是悲剧的，这是因为社会文化规定的女人角色历来是辅助性的，从属于男人的，优秀女人天生的优势构成对男权文化的威胁，她的宿命般的结局就是被抛弃或者被孤立。如《我们的爱情》中，吴氏三姐妹都是人尖子，她们聪颖美丽，但她们的婚姻都不幸。"红颜薄命"这句老话也许千真万确，女人的命运直到今天仍然延续着古老的轨道前行。正像小说的结尾所写的：

> 三妹的问话让我突然热泪涌流，在这冰冷的夜晚，在我们全身的血液都要冰冻凝结的时刻，我的热泪波涛滚滚。是的，我们没有爱情，虽然我们渴望爱情，还经历过婚姻，可是爱情这东西，好像一生都与我们无缘。
>
> 可是，我们信仰过爱情。

爱情与我们无缘，是吴氏三姐妹共同的体验，但她们信仰过爱情，这说明她们理想未泯，她们仍然在寻觅，她们在路上，她们疼痛着，而且永远。

《谁的女人》中的刘妍也是如此。一个男人丢失了，她们还要寻找另一个："刘妍从一个人带孩子生活的那天起，她就开始了漫长的寻夫之路，她想找个男人结婚，她想过一种正常的家庭生活，她甚至梦想，能再当一次贤妻良母。可是，她越来越发现，这很难，非常非常地难。"在这里，刘妍的梦想是可怜的、卑微的，她在骨子里是传统的，然而，她的寻觅遇到的是一个比一个俗气的男人。这就决定了她的寻觅的有始无终，也决定了她们的宿命般的悲剧一生的生存状态。

因此，我们看到，曹明霞笔下的中年单身女性，她们的生活沉重而艰辛，她们都是世俗的女人，她们往往也没有太高的理想和崇高的追求，她们有的只是生活中的实实在在的奢望和把生活过得好一点的功利性企求。《母亲和墙角的圣诞老头》中的女人，《家有中学生》中的母亲刘云，《这个女人不寻常》中的过气京剧演员范梨花，《婚姻誓言》中的梁箫，《良家妇女》中的刘红兵等均是如此。为了孩子能上一个好些的学校，甚至为了换回孩子的学费，她们不惜出卖自己的身体。《这个女人不寻常》中的范梨花，其实也是一个寻常女子，青春不再、人老珠黄的她，为了消散家人的一个个麻烦，不得不硬着头皮周旋于交警队的交和平与电视台的小黄之间，她的无奈、她的苦楚只有她自己清楚。"梨花已经深深地领教了没有婚姻的可怕，梨花已经过了年轻气盛，梨花饱尝了这世间何其大，五亿多男人没有一个属于自己的痛苦。失去一半，终究是阴阳颠倒的。"由此看来，曹明霞作品中的女人实际上在骨子里都是十分传统的，她们既不是张洁、张辛欣笔下的自主女性，也不是林白、陈染笔下的反抗男权、自我中心的女性，更不是卫慧、棉棉等人笔下的那些坦然享受性爱、无拘无束展示自我身体的"新新人类"，她们更像《诗经》（《氓》、《谷风》）中的弃妇怨妇，这就使得曹明霞的小说更加接近了我们的日常生活和民风民俗，显得也更加真实和亲切。这就是批评家贺绍俊称曹明霞的小说为"最本色的女性文学"的意思。

作为弃妇与怨妇，曹明霞对男性的认识往往充满强烈的怨恨甚至是仇恨。在她的笔下，几乎没有一个好男人，所有的男人不是强奸犯就是色鬼。《事业单位》中的老官，《婚姻誓言》中的李维一，《家有中学生》中的贺老六、老吴，《良家妇女》中的王建国、霍志国、于东亮，《老孙又去读博士》中的老孙，《土豆也叫马铃薯》中的李校长，《看交响乐的女人》中的师长老房等，无一例外地都是贪婪、自私、好色的无耻之徒。对好男人的渴望与对现实生活中男性的失望厌恶乃至仇恨，构成曹明霞小说一种悖论式的结构张力，同时也使她的对美好爱情的寻觅成为西西弗式的徒劳与荒谬。

曹明霞的小说在艺术上是比较注意故事的营造的，但是她的中短篇小说中并不刻意于故事的传奇与悬念，而是在本色的叙事中，注重人物心理的开拓，通过这种心理的开拓，推进故事情节的开展。在长篇《良家妇女》中，作者写了一部性知识空白年代充满离奇的女性成长史。小说写了窥视癖、同性恋、虐待狂等心理的病态，使得这部作品更像一部精神分析小说。

曹明霞的小说语言也有着自己的特色，早期语言在本色朴实中往往透露出"刻薄"甚至"狠毒"的意味；近期语言则追求一种诙谐调侃的反讽性效果，往往让人在阅读中忍俊不禁，发出会心的笑意。

曹明霞的小说也有着不足，那就是由于跳不出男女哀怨的格局，往往有重复之嫌；由于太写实，则又缺少必要的超越和深度。

第三节　王秀云　讴阳北方

一、王秀云

王秀云（1966～　），出生于河北省东光县，大专学历，做过教师，之后一直从事机关工作，在撰写各类公文的同时，始终坚持诗歌、小说的创作。1987年始发表作品，著有诗集《长庚》、《温柔的旗语》（合著）等，中篇小说《玻璃时代》、《界外情感》、《水晶时代》，长篇小说《出局》等。河北省作协会员，沧州市文联副主席。

王秀云的小说往往从女性的体验角度来写官场。如在其代表作《玻璃时代》中，作家始终以女主人公林小麦的眼光来观察、体验、感受着这一特殊场域的人和事，这就使她的官场小说具有不同于他人的特殊性，首先是委婉细腻的心理描写、自然流畅的叙述语调、老道成熟的诗化语言，把个冷冰冰的官场写得很有情致。这显然与作者的女性生命体验有关。

《玻璃时代》的主人公是文学青年林小麦，她单纯正直、洁身自好，不愿意随波逐流，她希望放弃性别，通过自己的努力和能力来找到自己的位置，因而她敬重并挚爱着有真才实学且为人正派的邢文通主任，而鄙弃依仗职权企图劫色泄欲的赵市长以及打情骂俏的蒋昆主任。这都表明她对人格底线的守持以及对恶劣流俗的抗拒。然而，在官场这一特殊的场域，女性的性别是不可能被放弃的，尤其是有几分姿色的女性，一到关键时刻，男女关系就成为官场最敏感的话题。因此，女性在官场的道路只有两条：一是充分利用女性的资本，主动投怀送抱，二是坚持操守直到失败。在这里，王秀云揭示了官场这一男权文化强势场域中女性的不公平际遇。当然，王秀云没有拔高自己的主人公，而是真实地展示了林小麦在权利欲与基本操守之间的痛苦挣扎和极大的心理矛盾。赵市长的性暗示以及公然诱惑，使林小麦既感到恐惧，又有几分受宠若惊的成分在："林小麦心一紧，好像知道这件事迟早要来，又有些难于相信。平时和赵市长也常见面，但都是在人群里，她甚至认为赵市长都不可能看见自己，不知道自己是谁。但今天赵市长亲自打电话叫她，让她的心一时很有几分复杂。"她很清楚赵市长需要什么，也明白自己的终南捷径何在，但人格的基本底线使她不能轻易迈出这一步，她一直挣扎在这二者之间。因此，当赵市长给她留下了电话号码，"她直觉赵市长会给她打电话。她既期待着这件事又害怕这件事，回到瀛州市后，心里几天都惴惴不安"。这种矛盾和痛苦说明了林小麦的不能免俗，林小麦不是圣人，不是英雄，她是一个普普通通有情有欲的人，而且是一个女人，她不甘心一辈子做一个小科员，她渴望升迁，渴望尊严，这些正当的要求却需要不正当的手段来获得，于是为了获得升迁的机会，林小麦也曾不顾一切地来到东风路流河街 38 号，她不仅为市长买了礼物，而且准备献出自己，这一大段的心理描写使作品达到了高潮。最终，林小麦逃跑了，逃跑决定了她在官场上的路已经走到了尽头，同时也使林小麦的人格得到保全。王秀云以林小麦清洁的人格，完成了对流俗的拒绝。苏芳作为林小麦的对照，是一个官场中的成功者吗？苏芳的回答是："一个女人没有失去不愿意失去的，就算成功。其实，我心里也不是滋味。"可见对于女人来说，成功、失败都是一回事。苏芳所得到的是职位，失去的却是人格的基本操守。

与此相对应的是自然流畅的叙述、成熟老到的诗性语言。由于以林小麦作为叙述视角，因此作品便浸染了文学青年林小麦的主观情绪，在悲切的旋律中透出单纯明快的和音，在灰濛的色调中又有几分隐约的亮点。梧桐花袅袅的甜香、宾馆湖心精制的小亭子、歌厅里意味深长的歌舞，以及林小麦喝醉酒时那无声滑落的玻璃酒杯：

> 林小麦看见那酒杯在空中静静地悬着，像是一块不知从哪里飞过来的冰，正在寻找合适的落点，那冰慢慢在膨胀，像是要把整个房间充填起来。又过了很久，才听到清脆的玻璃破碎的声音，那声音从林小麦的心里穿过去，落到桌子上，地板上和那主任的衣服上，无数细碎的透明的玻璃，闪着晶莹剔透的光芒，在林小麦的眼前不停地翻飞、跳跃……

这样的描写像是电影中的慢镜头，我们看到了夸张了的无声的慢慢下落的酒杯，这也符合醉酒之人的感觉。正是这些诗化的叙述语言，营造了小说整体的诗意氛围，使我们的阅读充满了美的享受，同时也凸显了主人公林小麦单纯、乐观的生命质地，这样一个生命，与复杂芜俗的官场形成张力。

《玻璃时代》不是纯粹的女性文本，林小麦对官场的全面观察体验给我们的启发是多方面的。邢文通主任的惨败，蒋昆等人的平步青云，都说明了官场规则的非理性本质。王秀云没有把官场中人写成坏人，而是写了他们的普通和平凡，写了他们的理想、温情与友情，也写了他们的无奈，但是在利益关头，在欲望的诱惑面前他们轻易就丢弃了做人的底线和基本操守，他们成为流俗的奴隶。因此，在官场这一特殊的场域中，主要的不是人的道德操守出了问题，而是我们的用人制度和选拔机制出了问题。在这样的机制面前，人所固有的丑恶与劣根性全都暴露无遗，而一切美好、温情、诗意都如同玻璃世界一样不堪一击。这就是王秀云的小说给我们的重要启示。

当然，王秀云的小说也有不足之处，从认识的层面上说，即使是在较好的《玻璃时代》中，王秀云也并没有超出此前官场小说的高度，这是因为作者离现实太近，而没有更高地跳出局外，因而影响了进一步向深处的发掘。

二、讴阳北方

讴阳北方（1970～　），原名姬淑喆，回族，生于河北黄骅。大学毕业后，一直做教师工作。现为河北文学院合同制作家。2004年被录为"鲁迅文学院"第四届少数民族中青年作家高级研讨班学员。2007年加入中国作协。早年专注于诗歌创作，出版诗集《天鹅的情歌》。2000年开始小说创作，著有中篇小说《风中芦苇》、《随风而逝》、《故乡在芦苇深处》等，2006年出版长篇小说《无人处落下泪雨》。

她发表于2002年《长城》第2期的中篇小说《风中芦苇》，获河北省作协2002年度"十佳作品"奖，再获2004第十届河北文艺振兴奖。小说讲述了一个家族的苦难史。母亲和小姨的屈辱，大姐玉儿被强暴后的跳井惨死，大弟萧铁为给姐姐报仇而入狱，小弟萧钢的壮烈牺牲，父亲萧广才的残暴，都在作品中得到充分的表现。也许与作者的写诗经历有关，小说语言呈现出诗性品质。叙述中时时散溢出的忧伤悲怆的色调，连同那如霜的芦花，都与小说人物的苦难相辉映。

《无人处落下泪雨》是讴阳北方小说写作上的突破，2006年由作家出版社出版。出版后得到不少文学批评家的肯定。小说描写了一家三代女性的苦难历史。祖母刘明霞天生丽质，但却命运多舛。她的美貌吸引了东家少爷的贪婪的目光，然而，东家少爷需要的不是真情，而是肉欲的满足。始乱之，终弃之，18岁的俏姑娘明霞疯了。疯傻姑娘明霞在21岁的时候嫁给了龙马村的穷人江守业，从此开始自己痛苦的一生。当江守业知道明霞不是一个处女时，他在母亲的教唆下开始管教自己的女人，那种非人的虐待打骂成为家常便饭。更为残忍的是，她一生为江家生下了六个孩子，只活了两儿一女，但一辈子没有听见他们叫过一声娘。她把自己裹在厚厚的衣裤里直到死。在此，作者既是写实性地描摹了老一辈女性苦难的生活现实，同时也象征性地描写了女性被男权文化无端地指认为"疯子"的这种文化霸权的本质，即以"病态"的非正常界定来彰显男性霸权的正当性。

江家的第二代女性陈月秀比起明霞来也许多了一层幸运，她嫁给江一洲有过短暂的幸福。江一洲也曾许诺月秀要一辈子爱她，然而，这样的许诺实在是不堪一击，生完孩子的月秀，颜色暗淡的月秀，再一次重复了疯婆婆的苦难的经历。江一洲被二桂勾引走了。到了市场化的年代，江一洲来到城里，他与东北女人李平的鬼混，他的醉生梦死的糜烂生活，都是月秀苦难生活的源头。但是月秀的悲剧正在于她的不觉悟、她对男人的宽容和幻想，她认为靠自己的善良的诚意可以捂热一块顽石，她把多次的被伤害看做是换丈夫回头的筹码。她到底没有离婚，她只能重复自己疯婆婆的历史。

江家的第三代女性江小凡，虽然生在现代社会，但她实际上也在重复着江家前辈女性的生活道路。女性的命运似乎是一种宿命，她与苏致远的爱情，那样磕磕绊绊，那样充满变数，都与男性的丑陋的欲望有关。江小凡看透了现实生活中男性的丑陋本质。父亲对母亲的背叛，小学、中学直到大学教师的流氓嘴脸，使她对男性世界失去了最起码的信心，尤其是苏致远的背叛，无疑在她敏感的备受伤害的心口上扎下一把利刃。小凡也在做梦，她的梦不见得比自己的母亲、祖母就好多少。小说正是通过这样三代女性的苦难历史，深刻而敏感地揭示了父权文化霸权下的女性暗淡的未来前景。小说把反思的笔触深入到两性文化的根脉中去，试图为继续做梦的同类理清一条脉络，"为着在我的身后/能诞生一个未来"。

小说采用诗意抒情的手法，可读性比较强。不过，小说有时在情感把握上不够节制，有的地方还不够自然。